GW00692179

ANGÉLIQUE

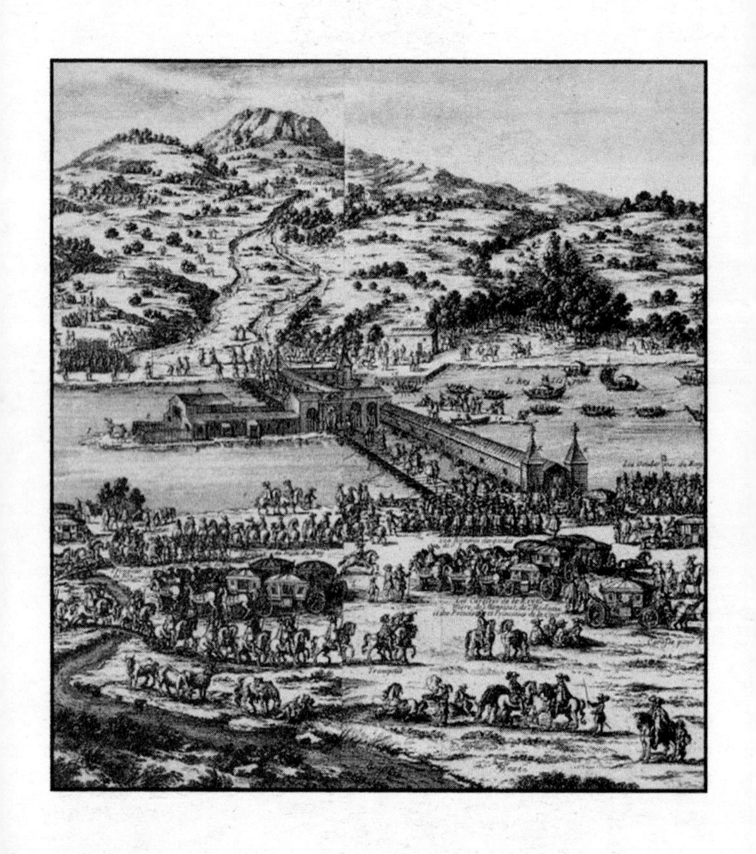

L’île des Faisans

Entrée du roi à Paris (1660)

ANGÉLIQUE

1. *Marquise des Anges*
2. *La Fiancée vendue*
3. *Fêtes royales*
4. *Le Supplicié de Notre-Dame*
5. *Ombres et Lumières*
6. *Le Chemin de Versailles*

ANNE GOLON

ANGÉLIQUE

Fêtes royales

roman

ARCHIPOCHE

www.archipoche.com

Si vous souhaitez recevoir notre catalogue
et être tenu au courant de nos publications,
envoyez vos nom et adresse, en citant ce livre,
aux éditions Archipoche,
34, rue des Bourdonnais 75001 Paris.
Et, pour le Canada, à
Édipresse Inc., 945, avenue Beaumont,
Montréal, Québec, H3N 1W3.

ISBN 978-2-35287-180-4

Avant-propos

Depuis 1957, traduite en de nombreuses langues, *Angélique* a accompagné des millions de lecteurs de tous âges et de tous pays. Treizième tome, *La Victoire d'Angélique*, paru confidentiellement en 1985, fut annoncé comme l'ultime tome de la série. Plus aucun volume ne parut ensuite.

Les plus célèbres auteurs ont connu l'oubli, que l'on appelle aussi « traversée du désert ». Au cours de cette traversée, je n'ai jamais cessé d'espérer. Je voulais qu'un jour *Angélique* renaisse dans son propre pays, elle qui avait fait aimer la France à des millions de lecteurs dans le monde. Et je voulais qu'elle reparaisse dans une version revue et augmentée.

J'ai en effet éprouvé le besoin d'enrichir mon œuvre à la lumière de ce que la vie – et mes études du Grand Siècle – m'ont enseigné. J'ai également souhaité y semer les éléments annonciateurs de la suite de l'histoire dont je poursuis l'écriture. Six tomes de cette nouvelle série ont paru aux éditions de l'Archipel entre 2009 et 2011 : *Marquise des Anges, La Fiancée vendue, Fêtes royales, Le Supplicié de Notre-Dame, Ombres et Lumières, Le Chemin de Versailles*, les quatre premiers tomes étant aussi disponibles chez Archipoche.

C'était pour moi l'occasion de donner plus de relief à un personnage dont je n'avais au départ qu'une idée schématique : le XVIIe siècle, si riche de passions et d'événements. Siècle de découvertes et de bouleversements pour le peuple et pour les princes. Siècle de guerres, de danses, de chansons, de bonne chère, siècle de rois et de gueux, siècle du Louvre et des tavernes. Siècle où une femme, dans les pires circonstances, conserverait ce plaisir d'exister qui honore l'espèce humaine. Et pour tous, la découverte de l'amour.

Anne GOLON

Première partie

Les voyages de la Cour

Chapitre premier

Le 21 février 1660, le roi Louis XIV vint à Cotignac. À cheval sur son superbe coursier, pas à pas, marche après marche, il fit l'ascension du mont Verdaille jusqu'où l'attendait Notre-Dame-de-Grâce à laquelle il devait la vie.

L'air était pur et lumineux comme il en est des hivers de Provence.

Le petit village de Cotignac, depuis plus d'un siècle centre d'un pèlerinage réputé, paraissait s'écouler de la falaise même, avec ses toits de tuiles roses, ses fontaines rassurantes sous le soleil vibrant, ses grottes accueillantes à la prière et la méditation. Au loin, par-delà un moutonnement de collines et de plaines, on avait parfois l'illusion de discerner, mêlé au bleu du ciel, l'azur de la Méditerranée.

Au pied de la falaise aux couleurs changeantes, la reine Anne d'Autriche sa mère, dans l'église agenouillée, revivait les moments d'angoisse et d'espérance qu'elle avait traversés vingt-deux années plus tôt, épouse partagée entre le royaume de son mari le roi Louis XIII et l'Espagne de ses deux frères: Philippe IV et le cardinal-infant Ferdinand, ennemis déclarés de la France.

La malédiction de sa stérilité l'accablait alors, après plus de vingt années d'une union sans charme où le spectre de la répudiation sans cesse brandi par l'intolérant cardinal de Richelieu dont elle dérangeait les plans politiques avait transformé les jours de sa vie en cauchemar, à elle, femme jeune et belle encore, reine de France abandonnée de tous. Elle n'avait eu d'alternative pour survivre que de se laisser porter par la Foi et l'Espérance. C'était l'instant suprême où seule apparaissait pour la sauver l'intervention de Dieu, où seuls les « mystiques » avaient pu relever son courage. Au cours des années, dans sa grande détresse, eux seuls avaient pu soutenir cette femme affligée, la pauvre reine de France Anne d'Autriche, vivant dans l'anxiété perpétuelle de ne point devenir mère.

Seules ces humbles et pieuses voix chuchotant, murmurant avec tendresse et conviction la promesse divine, lui avaient rendu force et confiance en elle-même et en son corps menacé du pire échec à infliger à une femme, et qui la rejetait vivante hors de la vie: la stérilité.

Les mystiques et leur chaleureuse charité, celle même de Dieu sur terre, par leurs voix ferventes qui s'élevaient de couvents discrets, de pèlerinages méconnus sans autre ambition que de transmettre le message divin, l'avaient consolée.

Il y avait d'abord eu sœur Anne-Marie, une calvairienne, de cet ordre des Filles du Calvaire, vouées « à la contemplation des mystères de la passion du Christ et de la compassion de Notre-Dame ». Ordre fondé par le père Joseph, l'éminence grise du cardinal de Richelieu.

Sœur Anne-Marie, née bretonne sous le nom d'Anne de Goulaine, avait pris le voile dans un couvent de Morlaix. Elle avait été stigmatisée le vendredi saint 1630, au cours d'une extase devant sa communauté. Depuis longtemps elle était favorisée de communications avec le Ciel. Bien qu'elle fût surtout la voyante du roi Louis XIII et de son cardinal qui l'avaient fait venir à Paris, les conseillant et les secouant dans leur foi imprécise et qu'elle estimait toujours insuffisante – n'avait-elle pas annoncé que « Corbie serait reprise »? –, ce qui était un miracle que stratégiquement ils n'avaient pas voulu envisager – sœur Anne-Marie, elle, n'oubliait pas la reine qu'eux oubliaient si volontiers. Maintes fois elle lui avait fait dire de la part de Dieu qu'elle serait exaucée dans son espoir d'être mère.

Il y avait eu aussi à Beaune, en Bourgogne, une carmélite, sœur Marguerite du Saint-Sacrement. Celle-ci avait eu de nombreuses et discrètes apparitions de la Vierge et de l'Enfant Jésus.

L'année où Anne d'Autriche était allée s'agenouiller devant Notre-Dame du Bon-Remède à l'abbaye de Frigolet, près d'Avignon, pour une nouvelle et ardente supplication, le 16 février 1632, la religieuse avait reçu la grâce du mariage mystique et avait été stigmatisée.

Son destin spirituel exceptionnel semblait lié de quelque façon à ce don vainement attendu d'un héritier sur le trône de France. Le Seigneur lui faisait confidence, avait-elle communiqué, « ... de l'amour qu'il portait au roi... Il voulait qu'elle priât pour obtenir un Dauphin... Elle le tiendrait par son Enfance... Il serait l'œuvre de son Enfance divine ».

Or, en son couvent, sœur Marguerite était chargée d'habiller pour les cérémonies la statue de l'Enfant Jésus qu'on appelait le Petit Roi de Gloire. En diverses circonstances, elle l'avait revêtu des habits du Dauphin. Le 15 décembre 1635, elle avait reçu la promesse qu'elle ne mourrait pas sans avoir vu cette grâce accomplie d'un Dauphin donné à la France. Et le carmel de Beaune en avait fait informer la reine par le grand couvent de Paris. Le 15 décembre 1637 la carmélite avait appris de la même source divine que la reine était enceinte d'un Dauphin... alors que celle-ci était encore dans le doute quant à son état.

Enfin, il y avait eu le frère Fiacre. Un humble parmi les humbles. Cet artisan potier de Montmartre, amoureux constant de la vie religieuse, avait fini par obtenir la grâce d'entrer au couvent des augustins déchaussés, dits les « petits pères », dont il servait la messe chaque matin et partageait les prières le dimanche. Admis le 19 mai 1631 dans la communauté, il avait pris le nom de frère Fiacre de sainte Marguerite.

Or, dès l'abord, ce modeste orant du petit couvent des augustins s'était senti investi par le Ciel d'une urgente mission de prier et de faire accomplir des vœux pour que le mariage du roi, stérile depuis bientôt vingt ans, connût la naissance d'un héritier à ce foyer déshérité.

Si urgente était cette mission exigée du pauvre frère qu'il dut, par la fin, se confier à son confesseur.

— Mon père, voilà sept années que Dieu m'a donné la pensée de faire des vœux et des prières à Dieu et à la Sainte Vierge pour le roi et la reine. J'ai toujours cru que Dieu leur voulait donner un Dauphin, et qu'il serait même nécessaire d'avertir Leurs Majestés...

Frère Fiacre avait déjà reçu au sujet de ce vœu des instructions très précises: Dieu voulait que le frère Fiacre fît trois neuvaines en l'honneur de la Sainte Vierge : la première en l'honneur de Notre-Dame-de-Grâce, au sanctuaire de Cotignac, en Provence, la seconde en l'église de Notre-Dame de Paris, la troisième en l'église de Notre-Dame-des-Victoires de leur couvent des augustins de Paris.

Prudents, son confesseur et son supérieur conseillèrent au frère Fiacre de demander des preuves au Ciel.

Lorsqu'une rumeur se répandit que la reine était enceinte, tout le royaume commença de trembler avec elle. Cet espoir avait été si souvent déçu. La reine pourrait-elle mener cette nouvelle grossesse à terme ?

Cette fois le frère Fiacre insista.

Il fallait avertir la reine.

Le Ciel lui avait donné les preuves qu'il avait demandées ainsi que l'y avait encouragé son confesseur :

Un jour qu'il priait ardemment dans sa cellule, il avait entendu un enfant pleurer derrière lui.

Se retournant il avait eu la vision de la Vierge Marie.

Elle portait trois couronnes d'or l'une sur l'autre et une robe bleue semée d'étoiles. Elle lui avait dit : « Mon enfant, n'ayez pas peur. Je suis la mère de Dieu. »

Alors, considérant l'enfant qu'elle tenait dans ses bras, il s'était jeté à genoux pour adorer Jésus-Christ son Sauveur.

Mais la Vierge sacrée lui avait dit : « Ce n'est pas mon fils. C'est l'enfant que Dieu veut donner à la France. »

Cette première vision lui avait duré bien un gros quart d'heure. Puis la Vierge avait disparu.

Elle revint une fois, deux fois. Elle finit par lui dire : « Mon enfant, ne doutez plus. Je veux que vous avertissiez la reine qu'elle fasse faire les trois neuvaines. Voilà la même image qui est de Notre-Dame. Notre-Dame-de-Grâce, de Cotignac. »

Il avait reçu dans son humble cellule l'image de tout un paysage de Provence et la vision de la statue qui y était honorée, semblable à celle qui lui était apparue « bien qu'un peu plus sombre ». Et cela avait duré le temps de bien la regarder.

Par l'intermédiaire de l'aumônier de l'Hôtel-Dieu, M. Bernard, dit « le pauvre prêtre », la reine avait enfin été avertie des visions du frère Fiacre.

Le 20 janvier 1638, M. Bernard, dans une longue missive à la reine, lui rappelait les promesses de la Sainte Vierge au frère Fiacre : « La joie que la France reçoit des nouvelles qui s'épandent partout de votre heureuse grossesse m'oblige de vous envoyer ces lignes… »

De ce jour, tout le monde voulait rencontrer le frère Fiacre pour garder confiance.

Convoqué, il vint au Louvre.

Transportée d'espérance, fortifiée dans toutes les fibres de son être, la souveraine enceinte écoutait les rassurantes certitudes du petit Père Déchaussé.

Elle lui avait répondu en latin.

— Vous n'êtes pas le premier qui m'avez prédit cette grâce de Dieu, mais vous êtes le premier qui me l'ayez fait croire.

La Foi rayonnante allait transformer en joie vivifiante l'épreuve insupportable de neuf mois d'attente, ces mois non seulement dominés par la crainte de la survivance de l'être fragile qu'elle portait en elle, mais aussi de l'inconnu de son sexe. Elle ne doutait plus. Il naîtrait bien vivant et ce serait un garçon.

Le roi Louis XIII lui-même, dominant son pessimisme naturel, avait témoigné de son allégresse et de sa confiance en les promesses du Ciel, en prenant avec « grand soin » toute décision pour composer la maison du futur Dauphin. Il avait aussi fait don à Notre-Dame de Paris d'une garniture d'autel de vermeil à servir pour le *Te Deum* qui serait chanté le jour de la naissance.

Le 6 février 1638 on apporta à la reine « en grande dévotion » la ceinture de Notre-Dame du Puy en Anjou près de Saumur, pèlerinage moins réputé que celui de Notre-Dame du Puy-en-Velay. Mais l'on y vénérait une relique considérable, une ceinture de la Vierge qui protégeait des fausses couches et que la reine avait revêtue.

Le 7 février 1638 le roi Louis XIII faisait remettre au frère Fiacre et à son supérieur, le père Jean Chrysostome, un ordre de mission en bonne et due forme, signé de sa main à Saint-Germain-en-Laye et contresigné par Sublet. Il y était dit que, les envoyant tous deux afin d'accomplir le vœu demandé par la Reine du Ciel

> *… et vu la grande assistance que plusieurs femmes enceintes ont reçue pour la conservation de leur fruit par l'intercession de Notre-Dame-de-Grâce en Provence… Le roi… Ne voulant omettre aucun des moyens qui viennent à sa connaissance pour obtenir cette grâce du Ciel en faveur de la Reine son épouse…*
>
> *… a chargé le père Chrysostome, supérieur du couvent des pères augustins de Paris, de s'acheminer au lieu de Notre-Dame-de-Grâce, seul avec le frère Fiacre du même ordre.*
>
> *Et, y étant, de présenter à Dieu les vœux et prières de Sa Majesté,*

Et, d'y célébrer pendant neuf jours la sainte messe afin que, par l'offrande de ce grand sacrifice, il plaise à la Divine Bonté d'accorder à la reine son épouse une heureuse lignée,

Et conduire à la fin désirée le fruit dont toute la France espère qu'elle est enceinte.

Mandant, à cette fin, Sa Majesté au père Hilarion, Vicaire général dudit ordre, de permettre auxdits père et frère de s'en aller présentement au dit lieu de grâce.

De recevoir et loger lesdits religieux et les favoriser de tout ce dont ils seraient requis par eux, et, à tous, gouverneurs et lieutenants généraux de Sa Majesté, dans les provinces et les villes où ils auraient à passer, de leur donner libre et sûr passage dans l'étendue de leurs charges sans leur faire, ni permettre qu'il leur soit fait et, mis ou donné aucun trouble ni empêchement, mais toute la faveur et assistance si besoin est requis ou sera.

Fait à Saint-Germain-en-Laye, le 7 février 1638.
Signé: Louis
Contresigné: Sublet.

Ainsi s'en étaient allés les dits Père et Frère, user leurs pauvres semelles d'augustins déchaussés et la corne de leurs pieds dans la poussière des routes. Ils mirent près de trois mois à parvenir à Cotignac, ce qui ne faisait pas beaucoup de lieues par jour. Mais ils étaient fort retenus par ceux qui venaient au-devant d'eux et qui voulaient entendre le visionnaire leur assurer que la grossesse de la reine parviendrait à son terme et que ce serait un Dauphin.

« Au lieu de grâce », à Cotignac, le frère Fiacre reconnaissait en l'image miraculeuse qu'on y vénérait la Vierge qui lui était apparue.

Au nom de Leurs Majestés, le roi et la reine de France, les humbles religieux entreprenaient les longues neuvaines, dévotions et supplications demandées par le Ciel.

Le 5 septembre de cette année 1638, à 11 h 30, naissait à Saint-Germain-en-Laye un Dauphin.

Des astrologues soulignèrent qu'il était né sous le signe zodiacal de la Vierge.

Quelque vingt années plus tard après ces prédictions, ce Dauphin devenu roi gravissait la montagne allant vers Celle qui lui avait fait l'honneur, dans une vision, de le tenir sur ses genoux sacrés.

La rumeur générale s'accordait à dire que jamais une telle représentation de la mère de Dieu n'avait honoré tout autre pèlerinage, ni d'autre prince au monde.

Il était vraiment Louis Dieudonné.

Parvenu au sommet, il entendit la messe dans la petite chapelle, dite par l'évêque de Fréjus. Ensuite, en souvenir de cette démarche d'action de grâce, il déposa sur l'autel son grand cordon bleu pour orner la statue de Notre-Dame, et l'anneau de diamants qu'il portait au doigt.

Il rejoignit sa mère et la Cour au pied de la montagne. Durant ce temps, Anne d'Autriche avait fait don à Notre-Dame-de-Grâce d'une fondation de six mille messes. De plus, le roi accordait au sieur Gaspard Figanière des lettres de noblesse afin d'honorer, par l'élévation de son maire, la cité de Cotignac à laquelle il devait tant.

Pourtant son beau visage de jeune homme ne se déridait pas d'un sourire et demeurait sombre.

Car il portait au cœur des stigmates d'un grand chagrin d'amour.

Chapitre deuxième

CELA AVAIT COMMENCÉ deux ans plus tôt à la suite de la très grave maladie qui avait atteint le roi à Calais, après la victoire de Mardick, et avait failli l'emporter. On accusait les fatigues de la campagne militaire.

Turenne assiégeait Dunkerque.

Le Roi se rendait souvent au camp de Mardick pour observer, aux côtés de son ami en tenue militaire, M. de Turenne, les avancées du siège et les résultats des « dehors » – ce qui signifiait les « sorties » des assiégés – mais qui étaient rares et piteuses pour ceux-ci.

La chaleur était excessive. On manquait d'eau et « les corps morts de l'année précédente, à demi enterrés dans le sable sans se décomposer répandaient une puanteur détestable fort malsaine ».

Les visites du Roi remontaient le moral des troupes. Mais la situation n'en était pas moins instable et indécise quant aux résultats à obtenir et fort pénible pour tous ceux qui y participaient.

Le siège de Dunkerque durait depuis un mois et était sur le point d'aboutir quand Turenne fut averti que le prince de Condé et don Juan José d'Autriche, à la tête de toutes les forces espagnoles, s'approchaient pour empêcher la prise de Dunkerque. Turenne demanda au roi l'ordre de livrer bataille, qui lui fut aussitôt accordé.

« Il sortit rapidement de ses retranchements, surprit l'armée espagnole, l'attaqua et la défit. » Sur ce, les assiégés de Dunkerque battirent la chamade et demandèrent à capituler.

Les troupes, les habitants des villes environnantes et jusqu'à Paris, tous étaient friands d'annonces de victoires et les préférences allaient au récit où le jeune roi s'était montré à la tête de son armée. Sa jeunesse triomphant sur les champs de bataille relevait peu à peu la renommée de la France.

Cette fois encore il se trouva là et l'on se réjouit au simple récit qui le mettait en scène.

« À une demi-portée de canon du côté de Mardick, le roi se tint au-devant de ses lignes pour voir sortir la garnison vaincue.

« Elle était de six cents chevaux et mille deux cents fantassins, sans les blessés et les malades au nombre de plus de quatre cents.

« Sa Majesté était vêtue d'un habillement de guerre, de sa cuirasse et d'un justaucorps de velours noir par-dessus avec l'écharpe blanche sur l'épaule.

« Elle était montée sur un très beau cheval de poils blancs, paré d'une housse en broderies d'or et d'argent, et avait son chapeau tout couvert de plumes blanches et incarnates.

« La garnison défila devant elle, saluant Sa Majesté avec un très grand respect, chacun à la manière de sa nation.

« Tout à la queue était le sieur de Bassencourt, homme de main et de réputation en Flandre, qui commandait dans la place depuis la mort du gouverneur, le marquis de Luyde, tué quelques jours auparavant dans l'un des dehors.

« Il mit pied à terre et, s'avançant avec un profond respect jusqu'à la botte du jeune roi, il lui dit que dans le malheur qu'il avait de ne pas pouvoir défendre plus longtemps la place espagnole, il lui restait cette consolation de la remettre à un si puissant monarque.

« Sa Majesté lui répondit de la meilleure grâce du monde, et le loua de la réputation qu'il s'était acquise par les armes. »

À peine avait-on eu le temps de se réjouir d'une victoire qui pouvait faire présager la paix, que le roi était tombé gravement malade à Calais.

Il ne fallait pas être grand clerc pour dénoncer comme la cause de son état l'air pestilentiel de Mardick et les fatigues qu'il avait éprouvées en allant lui-même visiter les avant-gardes et recevoir la capitulation. On parla de fièvre pernicieuse et du pourpre.

En moins de quinze jours, le roi fut à la dernière extrémité.

Son état fut considéré comme si désespéré, que les plus opportunistes de la Cour n'hésitaient pas à se placer près de son jeune frère, supputant que d'ici peu, il allait être appelé à régner sous le nom de Philippe VII.

Un médecin d'Abbeville, nommé Saussois, jouissant d'une grande réputation, appelé en dernier ressort, fit prendre au malade du vin d'émétique, remède peu connu à l'époque, qui sauva le jeune monarque dont la perte était déjà ressentie par tous comme un des plus grands malheurs qui pourraient arriver à la France.

De Calais, entouré de la Cour, le convalescent gagna Compiègne. C'est alors qu'on lui découvrit l'état d'affliction violente dans lequel avait été plongée Marie de Mancini durant ces jours où le péril de le perdre planait sur tous ceux qui l'aimaient. Alors qu'Olympe, qui avait été son amie préférée et sans doute sa première maîtresse choisie, n'avait démontré qu'indifférence. Mariée au comte de Soissons, elle ne pensait qu'à profiter de cette nouvelle situation fort élevée.

Ému d'apprendre que Marie s'était perdue dans les pleurs à l'annonce des dangers qu'il courait, tandis qu'Olympe avait manifesté la plus grande indifférence, surpris de cette marque d'affection sincère, il avait recherché Marie, découvert son caractère ardent et son esprit des plus fins, et ce fut entre eux deux l'éclosion d'un amour sans ombre. Ils se plaisaient ensemble, ils se découvraient avec d'autant plus d'émerveillement que leur entourage n'y voyait rien.

Le voyage de Lyon avait été décisif. Cavalcadant sur les routes gelées alentour des carrosses, les jeunes gens riaient, les joues roses, les yeux brillants.

À Lyon, Louis et Marie avaient vécu le développement d'un amour voué à devenir éternel.

Mais la ruse fomentée pour inquiéter le roi d'Espagne en laissant supposer que la France avait une autre candidate à accepter comme épouse du roi de France ne réussissait que trop. Les jeunes amoureux ne le comprirent pas. Ils dansaient, ils vivaient de joyeuses fêtes qui donnaient comme des ailes à leur attachement mutuel.

Marie s'inquiétait un peu de voir Louis se montrer aimable et attentif envers la charmante princesse de Savoie, Marguerite Yolande, mais il lui assurait que c'était pour obéir aux recommandations de sa mère, que cette rencontre n'était que diplomatique.

Cependant un soir à Lyon, un envoyé du roi d'Espagne, expédié d'urgence, demandait Mazarin et lui chuchotait par-delà les échos joyeux du bal: « L'Infante est à vous. »

Mazarin tenait son traité de paix. Mazarin en avait reçu la confirmation par un gage et une promesse de grand prix.

L'Infante épouserait le roi de France.

Ces secrets, celui du roi et de Marie, et celui du cardinal Mazarin qui commençait avec la plus grande prudence des pourparlers lourds de conséquences, demeurèrent longtemps cachés.

Ils explosèrent ensemble à l'occasion de la visite au Louvre – premières prémices de cette paix tant annoncée – d'un adversaire espagnol qui avait connu la défaite à la dernière bataille des Dunes, et qui se présentait pour saluer sa tante, la reine Anne d'Autriche.

Il s'agissait de don Juan José d'Autriche, fils naturel de Philippe IV que celui-ci avait eu avec une comédienne.

La reine Anne ne put s'empêcher d'accueillir ce « neveu » qui avait beaucoup de prestance, parlait admirablement et qui lui faisait espérer qu'un jour elle allait pouvoir retrouver son frère bien-aimé, le roi Philippe IV.

Il fut de toutes les fêtes.

Mais le drame éclata. Par une indiscrétion de la suite de don Juan, le roman d'amour entre le roi et Marie de Mancini fut révélé.

Le Roi alla aussitôt trouver le cardinal qui était son parrain et son protecteur depuis sa petite enfance, et l'avertit, croyant avoir choisi le prétexte qui ferait céder l'obstacle qu'il redoutait, qu'il ne saurait mieux le remercier de ses services qu'en lui demandant l'autorisation d'épouser sa nièce Marie de Mancini.

Si ambitieux qu'il fût pour le bon établissement de sa famille, le projet ne pouvait se présenter plus catastrophique pour Mazarin, alors qu'il ouvrait des négociations destinées à mettre fin à la guerre franco-espagnole, laquelle depuis plus de dix ans, soutenue par Condé le traître, ruinait la France.

Lui aussi explosa.

S'il y en avait un qui pouvait mesurer et apprécier le poids, le bienfait de la paix, c'était lui, Giulio Mazarini, qui n'était pas qu'un ministre et diplomate italien, placé par le hasard de ses ruses et de ses intuitions au gouvernement de la France.

La folie soudaine du Roi de vouloir épouser l'une de ses nièces ébranlait tout.

Dans l'obligation où il se trouvait de se mettre en route pour rencontrer un nouvel envoyé du roi d'Espagne, Mazarin s'évertua de rappeler au jeune roi le poids de ses responsabilités et, pour ce faire, il évoquait cette guerre de plus de trente années à laquelle les puissances belligérantes s'étaient livrées « jusqu'à ce qu'elles n'aient plus ni sang, ni armes, ni équipement, ni ravitaillement, ni argent », ce qui finalement les avait décidées, au bout de trente ans à se réunir et à discuter de la paix. Traité de

Wesphalie et de Münster, auquel il avait œuvré en maître, lui, Giulio Mazarini, ministre et diplomate italien placé par ses talents et le cardinal de Richelieu à traiter pour la France, répétait-il. L'intervention de l'Espagne et du prince de Condé qui avait amené à celle-ci son aide militaire et les armées de ses fidèles avait prolongé de dix années les horreurs des combats et le poids financier d'une armée en campagne.

Or le but était là, sur le point d'être atteint.

La paix était là, dans le consentement du roi d'Espagne à traiter et qui serait ratifié, garanti par le don qu'il ferait de sa fille comme épouse du roi de France, Louis XIV. Traité d'alliance et de paix dont les nombreux articles, âprement discutés, n'étaient, il fallait bien le reconnaître, que fragilité, gonflés de prétextes de guerre futures.

Mais il y aurait le mariage.

Devenue reine de France, la fille du roi d'Espagne Marie-Thérèse serait un gage éternel de paix.

Tandis que le cardinal se dirigeait vers le Sud après avoir mis trois de ses nièces non encore mariées – Marie, Hortense et Marianne et leur gouvernante Mme de Venel – sur le chemin de La Rochelle, ses adjurations adressées à son royal pupille continuaient.

Une bataille à coups de lettres écrites rageusement commençait, et l'on croyait entendre le grincement des plumes d'oie accrochant le papier pour mieux assener les arguments ou l'expression de la colère, le galop des coursiers s'élançant, tandis que Mazarin recevait l'envoyé du roi d'Espagne, puis entamait son voyage vers ce point du royaume qu'on avait pris l'habitude d'appeler familièrement « la Frontière ».

Les traités, à l'ordinaire, se discutaient dans le Nord, à l'orée, sinon à même les champs de bataille où s'étaient affrontées les forces ennemies.

Or celui-ci prétendait mettre face à face le roi d'Espagne et son adversaire intransigeant et pour cela il fallait trouver un terrain de rencontre, le lieu même où les deux nations, bord à bord, pourraient se considérer et dialoguer.

Dans la courbe du golfe de Gascogne baignant les provinces basques dont une partie était française et l'autre espagnole, s'ouvrait l'estuaire de la Bidassoa, fleuve modeste, mais dont le cours marquait naturellement une frontière abordable entre la France et l'Espagne.

Sur une île en son milieu, à peu près à hauteur de Saint-Jean-de-Luz, appelée l'île des Faisans, s'édifia un abri où l'on pouvait envisager que se réuniraient les plénipotentiaires. Et cette initiative consentie par le roi d'Espagne était déjà un signe favorable de ses intentions. Se rencontrer, travailler à la paix de l'Europe, qui garantirait le salut du royaume de France, c'était la hantise du cardinal, mais il ne se leurrait pas. Les conventions les plus acceptables et généreuses ne seraient rien sans la garantie du mariage du roi de France avec la fille du roi d'Espagne. Seule cette alliance prestigieuse, qui rassemblerait dans ce jeune couple les intérêts des deux royaumes, pourrait mettre fin à ces perpétuels conflits qui prenaient l'allure d'une guerre de Cent Ans.

Tout devait-il échouer par la seule volonté d'un souverain oublieux de ses devoirs?

Quels seraient les lendemains d'une aussi imprudente comédie jouée au vu et au su de tous les princes d'Europe?...

Enfin, il y en avait des pages et des pages ! Presque griffées et déchirées par des plumes rageuses et suppliantes que « l'ordinaire » – les cavaliers de la poste quotidienne – mais aussi des courriers réquisitionnés dans l'instant portaient au galop, partant en tous sens à travers le royaume. Cette année-là du Languedoc à la Provence, puis Paris, La Rochelle, Brouage en Vendée, Bordeaux et à nouveau le Languedoc, la Provence, les coursiers lancèrent partout des cris de panique.

Cris d'amour, cris de reproche, protestations d'amour, adieux déchirants, reproches, appels au devoir des rois responsables des peuples.

De sa nièce, Mazarin, ne cessait de rabattre les mérites.

« Sire, elle est fausse et ne cherche qu'à se venger de moi en retenant votre attention… »

Ce qui irritait Louis XIV et le rendait plus virulent encore pour la défense de celle qu'il aimait et qui ravissait tout son être. Marie ! Marie ! Elle avait fait entrer la lumière dans son existence inquiète.

La crainte montait, car Louis et Marie séparés ne cessaient de correspondre, et il était impossible que les échos de leur passion aberrante ne parvinssent pas jusqu'aux rives où dans les brumes marines de la Bidassoa Mazarin se débattait avec le coriace don Luis de Haro.

S'infiltrait le soupçon d'une impardonnable insulte faite au roi d'Espagne dont la fille, l'infante Marie-Thérèse, était mise en balance dans l'acceptation d'un roi, avec une obscure Italienne.

Puis le traité achoppa avec rigueur sur le pardon et l'accueil à réserver au prince de Condé.

Au rebelle qui huit années avait porté les armes contre le royaume de France, Philippe IV voulait qu'on lui ouvrît les bras et qu'on lui rendît tous ses biens avec quelques autres en plus. C'était l'honneur du roi d'Espagne que ses alliés n'eussent pas trop à pâtir de leur dévouement à son égard.

Si Mazarin avait été capable d'un sentiment proche de la détestation, ç'aurait été envers ce prince du sang sur lequel il avait cherché en vain à s'appuyer pour le voir se dérober aux pires moments.

De plus, il le soupçonnait – non, il l'accusait, car il ne doutait pas des rapports de ses propres espions qui étaient de qualité d'avoir cherché à l'empoisonner, non seulement lui-même, Mazarin, mais aussi les deux enfants qu'il avait à défendre, le roi et son frère Philippe, qui faisaient obstacle au projet fou et irraisonné du chef de clan entraînant une famille rapace et toujours avide de nouveaux biens, terres ou fortune, pour mieux assurer ses pouvoirs et influences.

Il avait payé assez cher de les faire arrêter, lui le Prince et son beau-frère Longueville, ainsi que son frère Conti. Mazarin avait dû s'enfuir à Brühl, à Cologne.

Mais tout cela était loin.

Aujourd'hui c'était lui qui tenait les rênes. Et il fallait céder pour Condé afin de contenter le roi d'Espagne.

Chapitre troisième

CET HIVER-LÀ, LA COUR erra en Provence, pays de lumière où le soleil aide à tout supporter.

Enfin le traité fut signé.

Tout d'abord, il l'avait été à Saint-Jean-de-Luz, entre les deux ministres épuisés, puis à Toulouse, en novembre 1659. On l'appellerait le traité des Pyrénées.

Novembre, un mois en tout temps et en tout lieu, difficile à vivre.

Le roi d'Espagne fit savoir que son âge et sa santé ne lui permettaient pas de se mettre en chemin en cette saison. Rien de plus cinglant que les vents glacés des plateaux de Castille à traverser. Rien de plus ingrat et déprimant qu'un voyage vers ses provinces du nord de l'Espagne, les provinces basques souvent hostiles qu'il fallait préparer avec précaution à recevoir leur souverain.

Le mariage du roi était retardé. Au moins jusqu'au mois de mars ou d'avril 1660.

Aussitôt Louis XIV parla de retourner à Paris.

Il se lancerait à la poursuite de Marie et l'on vivrait encore une saison de fêtes et de bonheur.

Mazarin, malade à mourir de la goutte, de la gravelle, envoyait en toutes directions des interdits.

Il ne s'illusionnait pas sur les dommages que ces mois d'attente allaient causer au traité à peine signé, et que des mains et raisonnements pervers commenceraient à démanteler, remettant en cause chaque article.

Personne ne retournerait à Paris! ordonna-t-il. Il fallait rester sur place et c'était l'occasion pour le roi de France d'aller visiter ses sujets et de leur rappeler sa souveraineté. En terminer avec la rébellion de Marseille… Mettre au pas les magistrats et juristes fortunés d'Aix-en-Provence, trop enclins à imiter le parlement de Paris, voire celui d'Angleterre.

Et la reine Anne d'Autriche rappelait à son fils que le temps était venu pour lui de remplir les promesses en se rendant au sanctuaire de Cotignac remercier la Vierge miraculeuse Notre-Dame-de-Grâce, à laquelle il devait la vie.

Ensuite, Anne d'Autriche se laissa tenter par un autre pèlerinage auquel elle aspirait depuis longtemps.

Apt, petite ville, conservait une relique unique au monde: le corps même et le suaire de sainte Anne, dont elle portait le nom, la mère de la Vierge, la grand-mère de Jésus-Christ.

Miraculeusement apporté de Palestine sur une barque sans voile ni gouvernail, le corps intact de la bonne aïeule avait échoué sur les côtes de Provence. Recueilli par les premiers chrétiens du lieu, il avait trouvé asile dans l'antique cité prospère de Colonia Julia Apta dont les blancs monuments romains se dressaient encore sur le ciel d'azur.

Dès lors il n'y eut de sanctuaire dédié à sainte Anne à travers le monde qui ne vînt quérir à Apt un peu de la relique bénie et nécessaire.

Près de sa sainte patronne, Anne d'Autriche s'abîma en prières avec l'impression de retrouver une amie, une mère.

Anne, qui avait reçu ce prénom qui en hébreu, paraît-il, signifie la Gracieuse, était une femme que l'on disait belle et pleine de vitalité, et qui avait souffert la même épreuve qu'elle. Unie à Joachim, un vertueux et respectueux pasteur de brebis, tous deux avaient connu l'affliction, au bout de plusieurs années, de ne pas avoir d'enfant.

En ces durs temps bibliques, il était dit qu'un couple sans enfants formait un couple qui ne plaisait pas à Dieu. On avait signifié à Joachim qu'il n'était plus le bienvenu au Temple. Il s'était enfui dans le désert, souffrant le rejet de son peuple, mais plus encore d'être séparé de la femme qu'il aimait.

Anne d'Autriche songeait que les temps bibliques n'étaient pas plus durs que ceux qu'elle avait traversés en son siècle. Là encore il avait fallu l'intervention des anges : « Votre enfant sera conçu sans tache », avait dit les anges à saint Joachim et sainte Anne. Et Marie, future mère du Sauveur, leur était née.

Apt, environnée de carrières d'ocre presque uniques au monde et qui ajoutaient à sa réputation et à la beauté de l'alentour, avait de nombreux charmes.

La Cour y fit provision de fruits confits. Une industrie qu'inspiraient les vergers de Provence et qui avait été créée pour le raffinement de la table des papes d'Avignon qui, tous français, de Clément V à Grégoire VI, étaient donc tous gourmets de nature, avait ajouté à l'accueil de l'Église universelle, des nouveautés moins connues à Rome.

❦

Le traité fut ratifié à Aix, en Provence, le 23 janvier 1660. Le sort en était jeté.

Et soudain Louis comprenait.

Il devrait épouser l'Infante.

Jamais il ne passerait sa vie aux côtés de celle qu'il aimait. Jamais il ne connaîtrait l'ivresse d'une union heureuse près de celle qui était tout pour lui.

C'est aussi à Aix, où la Cour prolongeait son séjour, que le prince de Condé vint plier le genou devant celle qu'il continuait d'appeler la Régente. Car, en vérité, elle était toujours belle et lui – quarante ans – dans son élément, la guerre, ne s'était pas senti vieillir.

On vit très bien qu'il mettait du temps à reconnaître, dans ce grand jeune homme hautain au regard impavide qui se tenait debout près de la reine, le roi qu'il avait quitté enfant.

Louis regardait ce parent auquel il devait d'avoir récupéré un royaume en charpie, mais qui toujours étincellerait à ses yeux de ses valeurs guerrières indéniables. Il ne pouvait s'empêcher de l'admirer.

Marseille tint tête. Marseille était une ville orgueilleuse et qui avait cent raisons de l'être.

Des Grecs, redoutables par leurs dons de stratégie, de commerce et de philosophie, l'avaient fondée six siècles avant J.-C. sur les côtes de la future Provence, au bord de la Méditerranée. Marseille était depuis deux ans en révolte populaire contre les nouveaux consuls imposés par le roi.

Le 23 janvier 1660, le duc de Mercœur, un Bourbon, reprit la ville. Le consulat fut remplacé par un échevinage de trois membres surveillés par un représentant du roi.

En mars, Louis XIV se fit ouvrir une brèche de convenance et pénétra dans la ville avec son oriflamme.

Les Marseillais s'inclinèrent, impressionnés par la sombre fureur que leur sensibilité particulière pressentait derrière le visage fermé d'un souverain qu'ils s'apprêtaient à séduire et à adorer pour mieux le circonvenir.

On abattit leurs remparts, on les gratifia d'une garnison de trois régiments appuyés sur la citadelle Saint-Nicolas, élevée en un temps record.

Toulon en février, Marseille en mars, Orange en avril. Tous s'inclinaient.

Vers le même temps le roi d'Espagne fit savoir qu'il allait entreprendre son voyage vers les provinces basques.

Tous ceux en France qui étaient invités pouvaient également se mettre en route en direction de « la Frontière », vers Saint-Jean-de-Luz, où la paix serait signée et le mariage du roi célébré.

Chapitre quatrième

PARMI CES INVITÉS qui prirent le chemin de Saint-Jean-de-Luz, se trouvaient le comte et la comtesse de Peyrac, grand nom réputé du Languedoc et qui, de leur hôtel du Gai Savoir à Toulouse, apportaient un rayonnement, une forte influence sur la province. Pour Angélique, au Gai Savoir tout était bonheur. Il lui arrivait de prendre Florimond, son bébé, dans les bras et, tout en dansant sous les arbres du jardin ou dans la lumière d'une flaque de soleil sur la terrasse, de se remémorer les étapes de leur étonnante histoire et de revivre l'épanouissement de leur amour entre leurs deux êtres si dissemblables.

Angélique aimait à se dire qu'elle était la prisonnière du seigneur du château.

Aux côtés de Joffrey, elle se sentait comme dans une île en ce palais de briques roses et de marbre clair, au point de ne plus être consciente de la ville qui l'entourait et, au-delà, de la contrée qui les environnait et du monde dont la marche continuait et dont les nouvelles venaient battre –

mais en vagues atténuées – les murs d'une demeure de beauté et d'harmonie sous le ciel de Toulouse.

Des bruits à propos des pourparlers du traité parvinrent jusqu'au Gai Savoir et certains percèrent la quiétude qui enveloppait si délicieusement la vie d'Angélique. Lorsqu'on parla des refus que non seulement Mazarin, mais la reine régente et le roi opposaient aux exigences de Philippe IV à propos de l'amnistie du prince de Condé, Angélique sentit s'éveiller en elle à nouveau une certaine angoisse à l'évocation de ce nom*.

Son mari avait su la rassurer lorsque, sa mémoire se réveillant, elle avait acquis la certitude que le prince de Condé ou celui avec lequel il formait complot avait placé près d'elle un espion. Joffrey voulait y voir une coïncidence comme il en existe beaucoup plus qu'on ne croit dans l'existence.

Les conspirateurs avaient-ils pu attacher une réelle importance à une fillette de treize ans qui n'avait pas manqué de naïveté?... Et, même en ce cas, la façon dont les événements avaient évolué atténuait la gravité du complot. Mazarin était gagnant. La défense contre ses ennemis d'hier n'exigeait pas la même virulence.

Cependant, quelque temps plus tard, alors qu'elle venait de sevrer Florimond, il lui avait dit négligemment un matin:

— Je ne voudrais pas vous contraindre, mais il me serait agréable de savoir que chaque matin vous prenez ceci à votre repas.

---

* Voir *Angélique*, tome I, *Marquise des Anges*.

Il ouvrit la main, et elle y vit briller une petite pastille blanche.

— Qu'est-ce donc ?

— Du poison… À dose infime.

Angélique le regarda.

— Que craignez-vous, Joffrey ?

— Rien. Mais c'est une pratique dont je me suis toujours trouvé fort bien. Le corps s'habitue peu à peu au poison.

— Vous pensez que quelqu'un peut chercher à m'empoisonner ?

— Je ne pense rien, ma chérie… Simplement, je ne crois pas au pouvoir de la corne de licorne.

❦

Puis était venue l'invitation au mariage du roi.

Et cela avait soulevé un ensemble de réactions diverses avec du côté d'Angélique beaucoup de plaisir et d'enthousiasme à la pensée des découvertes et réjouissances qu'entraînerait cette aventure. Car c'en était une à bien des points de vue.

On prenait de plus en plus conscience de la nécessité, pour la paix du monde, de la réalisation de ce traité que seul garantissait le mariage entre le roi de France et la fille du roi d'Espagne. Ceux de la noblesse française qui étaient appelés à en être témoins étaient marqués un peu, comme jadis à la convocation de « l'ost du prince », par la reconnaissance de leur fidélité, d'un attachement à la personne du roi. Joffrey dit qu'il pensait qu'il devait cette invitation à l'intervention de son adversaire habituel l'archevêque de Toulouse qui avait accompagné le cardinal Mazarin jusqu'à la frontière.

Dans la préparation de l'événement, M. et Mme de Peyrac se déplacèrent jusqu'à Beaucaire, ville des bords du Rhône. Joffrey y avait fait venir de Lyon, traversant le fleuve, un marchand réputé qui était arrivé avec une véritable petite caravane. Les plus belles étoffes de la ville des soieries avaient été façonnées pour les toilettes de la jeune comtesse. On devait prendre ces dispositions non seulement pour les nombreuses cérémonies du mariage, mais aussi pour l'entrée triomphale du couple royal en sa capitale.

Angélique et son mari voulaient accompagner la Cour à Paris.

Angélique trouvait que deux carrosses et trois chariots, plus une paire de mulets chargés, étaient un peu justes pour l'amoncellement des bagages.

Mais c'était déjà un convoi d'importance.

On quitta Toulouse de grand matin, avant les heures chaudes.

Naturellement, Florimond était du voyage avec sa nourrice, sa berceuse et le négrillon qui était chargé de le faire rire. C'était maintenant un bébé en belle santé, bien que peu en chair, avec une ravissante figure de petit Jésus espagnol: prunelles et boucles noires.

La servante Marguerite, indispensable, surveillait dans l'un des chariots la garde-robe de sa maîtresse.

Kouassi-Ba, auquel on avait fait faire trois livrées plus éblouissantes les unes que les autres, prenait des airs de grand vizir sur un cheval aussi noir que sa peau.

Il y avait encore Alfonso, l'espion de l'archevêque, toujours fidèle, quatre musiciens dont un petit violoniste,

Giovanni, qu'Angélique affectionnait, et un nommé François Binet, barbier-perruquier, sans lequel Joffrey de Peyrac ne se déplaçait pas. Valets, servantes et laquais complétaient l'équipage, que les trains de Bernard d'Andijos et de Cerbalaud précédaient.

Tout à l'excitation et à la préoccupation du départ, Angélique s'aperçut à peine que leur convoi dépassait la banlieue de Toulouse.

Comme le carrosse franchissait un pont sur la Garonne, elle poussa une petite exclamation et mit le nez à la vitre.

— Que vous arrive-t-il, ma chère ? demanda Joffrey de Peyrac.

— Je veux voir encore une fois Toulouse, répondit Angélique.

Elle contemplait la ville rose étendue sur les bords du fleuve, avec les flèches dressées de ses églises et la raideur de ces tours-clochers ajourées.

Une angoisse rapide lui serra le cœur.

— Oh ! Toulouse ! murmura-t-elle. Oh ! Le palais du Gai Savoir !

Elle avait comme le pressentiment qu'elle ne les reverrait jamais.

Deuxième partie

Saint-Jean-de-Luz

Chapitre cinquième

— QUOI ! JE SUIS ACCABLÉE de douleurs et il me faut encore être entourée de sottes gens. Si je n'avais pas conscience de mon rang, rien ne me retiendrait de me précipiter du haut de ce balcon pour en finir avec cette existence !

Ces paroles amères, clamées d'une voix déchirante, précipitèrent Angélique au balcon de sa propre chambre. Elle y vit, penchée à un encorbellement voisin, une grande femme en tenue de nuit, le visage plongé dans un mouchoir.

Une dame s'approcha de la personne qui continuait à sangloter, mais l'autre se démena comme un moulin à vent.

— Sotte ! Sotte ! Laissez-moi, vous dis-je ! Grâce à vos stupidités je ne serai jamais prête. Et d'ailleurs cela n'a aucune importance. Je suis en deuil, je n'ai qu'à m'ensevelir dans ma douleur. Qu'importe que je sois coiffée comme un épouvantail !

Elle ébouriffa son ample chevelure blonde et montra son visage marbré de larmes. C'était une femme d'une trentaine d'années, aux beaux traits aristocratiques, mais un peu alourdis.

— Si Mme de Valbon est malade, qui me coiffera? reprit-elle dramatiquement. Vous avez, toutes tant que vous êtes, la patte plus lourde qu'un ours de la foire Saint-Germain!

— Madame..., intervint Angélique.

Les deux balcons se touchaient presque dans cette rue étroite de Saint-Jean-de-Luz, aux petits hôtels bourrés de courtisans.

Chacun participait à ce qui se passait chez le voisin. Pourtant l'aube se levait à peine, une aube clairette, couleur d'anisette, mais déjà la ville bourdonnait comme une ruche.

— Madame, insista Angélique, puis-je vous être utile? J'entends que vous êtes en peine à propos de votre coiffure. J'ai là un perruquier habile avec ses fers et ses poudres. Il est à votre disposition.

La dame tamponna son nez rougi, qu'elle avait un peu long, et poussa un profond soupir.

— Vous êtes bien aimable, ma chère. Ma foi, j'accepte votre proposition. Je ne peux rien tirer de mes gens ce matin. L'arrivée des Espagnols les affole autant que s'ils se trouvaient sur un champ de bataille des Flandres. Pourtant, je vous le demande, qu'est-ce que le roi d'Espagne?

— C'est le roi d'Espagne, dit Angélique en riant.

— Peuh! À tout prendre, sa famille ne vaut pas la nôtre en noblesse. C'est entendu, ils sont pleins d'or, mais ce sont des mangeurs de raves, plus ennuyeux que des corbeaux.

— Oh! madame, ne rabattez pas mon enthousiasme. Je suis tellement ravie de connaître tous ces princes. On dit que le roi Philippe IV et sa fille l'Infante vont arriver aujourd'hui sur la rive espagnole.

— C'est possible. En tout cas, moi, je ne pourrai les saluer, car, à ce train, ma toilette ne sera jamais achevée.

— Prenez patience, madame, le temps de me vêtir décemment et je vous amène mon perruquier.

Angélique rentra précipitamment dans la chambre, où régnait un désordre indescriptible. Margot et les servantes achevaient de mettre un dernier point à la robe somptueuse de leur maîtresse. Les malles étaient ouvertes, ainsi que les coffrets à bijoux et Florimond, à quatre pattes, le derrière nu, promenait parmi ces splendeurs sa convoitise.

« Il faudra que Joffrey m'indique la parure que je dois mettre avec cette robe de drap d'or », pensa Angélique tout en ôtant sa robe de chambre et en revêtant une toilette simple et une mante.

Elle trouva le sieur François Binet au rez-de-chaussée de leur logement, où il avait passé la nuit à frisotter des dames toulousaines, amies d'Angélique, et jusqu'aux servantes qui se voulaient belles. Il prit son bassin de cuivre dans le cas où il y aurait quelques seigneurs à raser, son coffret débordant de peignes, de fers, d'onguents et de fausses nattes, et, accompagné d'un gamin qui portait le réchaud, pénétra à la suite d'Angélique dans la maison voisine.

Celle-ci était plus encombrée encore que l'hôtel où le comte de Peyrac avait été accueilli par une vieille tante, de parenté lointaine.

Angélique remarqua la belle livrée des domestiques, et songea que la dame éplorée devait être une personne de haut rang. À tout hasard elle fit une profonde révérence lorsqu'elle se retrouva devant celle-ci.

— Vous êtes charmante, fit la dame d'un air dolent, tandis que le perruquier disposait ses instruments sur un tabouret. Sans vous je me serais gâté le visage à pleurer.

— Ce n'est pas un jour à pleurer, protesta Angélique.

— Que voulez-vous, ma chère, je ne suis pas au fait de tant de réjouissances.

Elle fit une petite lippe navrée.

— N'avez-vous point vu ma robe noire? Je viens de perdre mon père.

— Oh! je suis désolée...

— Nous nous sommes tant détestés et querellés que cela redouble ma douleur. Mais quel ennui d'être en deuil pour des fêtes! Connaissant la malignité du caractère de mon père, je le soupçonne...

Elle s'interrompit pour plonger son visage dans le cornet de carton que Binet lui présentait tandis qu'il aspergeait abondamment la chevelure de sa cliente d'une poudre parfumée. Angélique éternua.

— ... je le soupçonne de l'avoir fait exprès, poursuivit la dame en émergeant.

— L'avoir fait exprès? De quoi donc, madame?

— De mourir, parbleu! Mais qu'importe. J'oublie tout. J'ai toujours eu l'âme généreuse, quoi qu'on en dise. Et mon père est mort chrétiennement... Ce m'est une grande consolation. Mais ce qui me fâche c'est qu'on ait conduit son corps à Saint-Denis avec seulement quelques gardes et quelques aumôniers, sans pompe, ni dépense. Trouvez-vous cela admissible?...

— Certes non, confirma Angélique, qui commençait à craindre de commettre un impair.

Ce personnage qu'on enterrait à Saint-Denis ne pouvait appartenir qu'à la famille royale. À moins qu'elle n'eût pas très bien compris…

— Si j'avais été là, les choses se seraient passées autrement, vous pouvez m'en croire, conclut la dame avec un geste altier du menton. J'aime le faste et qu'on garde son rang.

Elle se tut pour s'examiner dans le miroir que François Binet lui présentait à genoux, et son visage s'éclaira.

— Mais c'est fort bien, s'écria-t-elle. Que voilà une coiffure seyante et flatteuse. Votre perruquier est un artiste, ma belle. Je n'ignore pas pourtant que j'ai le cheveu difficile.

— Votre Altesse a le cheveu fin, mais souple et abondant, dit le perruquier d'un air docte, c'est avec une chevelure d'une telle qualité que l'on peut composer les plus belles coiffures.

— Vraiment! Vous me flattez. Je vais vous faire bailler cent écus. Mesdames!… Mesdames! Il faut absolument que cet homme s'occupe de moutonner les petites.

On réussit à extraire d'une pièce voisine, où caquetaient dames d'honneur et femmes de chambre, les « petites » qui étaient deux adolescentes dans l'âge ingrat.

— Ce sont vos filles sans doute, madame? interrogea Angélique.

— Non, ce sont mes jeunes sœurs. Elles sont insupportables. Regardez la petite: elle n'a de beau que le teint et elle a trouvé le moyen de se faire mordre par ces mouches qu'on appelle « cousins »: la voilà toute gonflée. Et, avec cela, elle pleure.

— Elle est triste aussi sans doute de la mort de son père?

— Point du tout. Mais on lui a trop dit qu'elle épouserait le roi; on ne l'appelait que la « Petite Reine ». La voici vexée qu'il en épouse une autre.

Tandis que le perruquier s'occupait des fillettes, il y eut un remous dans l'étroit escalier, et un jeune seigneur apparut sur le seuil. Il était de taille moyenne avec un visage assez fardé qui émergeait d'un mousseux jabot de dentelles. Il avait également plusieurs volants de dentelles aux manches et aux genoux. Malgré l'heure matinale, il était mis avec grand soin.

— Ma cousine, fit-il d'une voix précieuse, j'ai entendu dire qu'il y avait chez vous un perruquier qui fait merveille.

— Ah! Philippe, vous êtes plus futé qu'une jolie femme pour recueillir de pareilles nouvelles. Dites-moi au moins que vous me trouvez belle.

L'autre plissa ses lèvres qu'il avait très rouges et charnues et, les yeux à demi clos, examina la coiffure.

— Je dois reconnaître que cet artiste a tiré de votre visage un parti meilleur qu'on n'en pouvait espérer, dit-il avec une insolence tempérée d'un sourire coquet.

Il retourna dans l'antichambre et se pencha par-dessus la rampe.

— Guiche, mon très cher, venez donc, c'est bien ici.

Dans le gentilhomme qui entrait – un beau garçon bien découplé et très brun –, Angélique reconnut le comte de Guiche, fils aîné du duc de Gramont, gouverneur du Béarn. Le nommé Philippe saisit le bras du comte de Guiche et s'inclina sur son épaule avec tendresse.

— Oh! que je suis heureux. Nous allons certainement être les hommes les mieux coiffés de la Cour. Péguilin et le marquis d'Humières en pâliront de jalousie. Je les ai vus courir, fort en peine, à la recherche de leur barbier que Vardes leur avait enlevé grâce à une bourse bien pesante. Ces glorieux capitaines des gentilshommes en «bec de corbin» vont en être réduits à paraître devant le roi avec un menton en cosse de châtaigne.

Il éclata d'un rire un peu aigu, passa la main sur son menton frais rasé, puis d'un geste gracieux caressa également la joue du comte de Guiche. Il s'appuyait contre le jeune homme avec beaucoup d'abandon et levait vers lui un regard langoureux. Le comte de Guiche, souriant avec fatuité, recevait ces hommages sans aucune gêne.

Angélique n'avait jamais vu deux hommes s'adonner à semblable manège et elle en était presque embarrassée. Cela ne devait pas plaire non plus à la maîtresse du lieu, car elle s'écria tout à coup:

— Ah! Philippe, ne venez pas vous livrer chez moi à vos câlineries. Votre mère m'accuserait encore de favoriser vos instincts pervers. Depuis cette fête à Lyon où nous nous sommes déguisés, vous, moi, et Mlle de Villeroy, en paysannes bressanes, elle m'accable de reproches à ce sujet. Et ne me dites pas que le petit Péguilin est dans la peine ou j'envoie un homme à sa recherche pour le mener ici. Voyons si je ne l'aperçois pas. C'est le garçon le plus remarquable que je connaisse, et je l'adore.

À sa façon bruyante et impulsive, elle se précipita de nouveau au balcon, puis recula, une main posée sur sa vaste poitrine.

— Ah! mon Dieu, le voici!

— Péguilin? s'informa le jeune seigneur.

— Non, ce gentilhomme de Toulouse qui me cause une si grande peur.

Angélique, à son tour, passa sur le balcon et aperçut son mari le comte Joffrey de Peyrac, qui descendait la rue suivi de Kouassi-Ba.

— Mais c'est le Grand Boiteux du Languedoc ! s'exclama le jeune seigneur qui les avait rejointes. Ma cousine, pourquoi le craignez-vous ? Il a les yeux les plus doux, une main caressante et un esprit étincelant.

— Vous parlez comme une femme, dit la dame avec dégoût. Il paraît que toutes les femmes sont folles de lui.

— Sauf vous.

— Moi, je ne me suis jamais égarée en sentimentalités. Je vois ce que je vois. Ne trouvez-vous pas que cet homme sombre et claudiquant, avec ce Maure aussi noir que l'enfer, a quelque chose de terrifiant ?

Le comte de Guiche jetait des regards effarés à Angélique, et par deux fois il ouvrit la bouche. Elle lui fit signe de se taire. Cette conversation l'amusait beaucoup.

— Précisément, vous ne savez pas regarder les hommes avec des yeux de femme, reprenait le jeune Philippe. Vous vous souvenez que ce seigneur a refusé de plier les genoux devant M. d'Orléans, et cela suffit pour vous hérisser.

— Il est vrai qu'il s'est montré jadis d'une insolence rare…

À ce moment, Joffrey leva les yeux vers le balcon. Il s'arrêta, puis, ôtant son feutre à plumes, il salua à plusieurs reprises très profondément.

— Voyez comme la rumeur publique est injuste, reprenait Philippe. On raconte que cet homme est plein de morgue et cependant… peut-on saluer avec plus de grâce ? Qu'en pensez-vous, mon très cher ?

— Certes, monsieur le comte de Peyrac de Morens est d'une courtoisie reconnue, s'empressa de répondre de Guiche, qui ne savait comment rattraper les impairs dont il venait d'être le témoin, et souvenez-vous de la merveilleuse réception que nous avons eue à Toulouse.

— Le roi lui-même en a gardé un peu d'aigreur. Il n'empêche que Sa Majesté est impatiente de savoir si la femme de ce Boiteux est aussi belle qu'on le dit. Cela lui paraît inconcevable qu'on le puisse aimer…

Angélique se retira doucement et, prenant François Binet à part, elle lui pinça l'oreille.

— Ton maître est de retour et va te réclamer. Ne te laisse pas gagner par les écus de tous ces gens.

— Soyez tranquille, madame. J'achève cette jeune demoiselle et je m'esquive.

Elle descendit et rentra chez elle. Elle pensait qu'elle aimait bien ce Binet, non seulement à cause de son goût et de son habileté, mais aussi de sa ruse entendue, de sa philosophie de subalterne. Il disait qu'il donnait de l'« Altesse » à tous les gens de la noblesse pour être sûr de ne froisser personne.

Dans la chambre où le désordre n'avait fait qu'empirer, Angélique trouva son mari la serviette nouée au cou, attendant déjà le barbier.

— Eh bien, petite dame ! s'écria-t-il. Vous ne perdez pas de temps. Je vous quitte tout ensommeillée, pour me rendre aux nouvelles et connaître l'ordre des cérémonies. Et une heure plus tard je vous retrouve familièrement accoudée entre la duchesse de Montpensier et Monsieur, le frère du roi.

— La duchesse de Montpensier ! La Grande Mademoiselle ! s'exclama Angélique. Mon Dieu ! J'aurais dû m'en douter quand elle parlait de son père qu'on a enterré à Saint-Denis.

Tout en se déshabillant, Angélique raconta comment elle avait fait connaissance fortuitement avec la célèbre Frondeuse du règne, dont le père Gaston d'Orléans, frère du feu roi Louis XIII, venait de mourir. Et qui était, par sa mère, Marie de Bourbon-Montpensier, morte à sa naissance, la plus riche héritière de France.

— Ses jeunes sœurs ne sont donc que ses demi-sœurs. Mlles de Valois et d'Alençon. Binet les a coiffées aussi.

Le barbier surgit, essoufflé, et commença à barbouiller de savon le menton de son maître. Angélique était en chemise, mais on n'en était plus à cela près. Il s'agissait de se rendre rapidement à la convocation du roi, qui demandait que tous les nobles de sa Cour vinssent le saluer le matin même. Ensuite, absorbé par les préoccupations de la rencontre avec les Espagnols, on n'aurait plus le temps de se présenter entre Français.

Marguerite, des épingles plein la bouche, passa à Angélique une première jupe de lourd drap d'or, puis une seconde jupe de dentelle d'or, d'une finesse arachnéenne et dont le dessin était souligné de pierreries.

— Et vous dites que ce jeune homme efféminé est le frère du roi ? interrogea Angélique. Il se tenait de façon étrange avec le comte de Guiche, on aurait dit positivement qu'il en était amoureux. Oh ! Joffrey, croyez-vous vraiment que… qu'ils…

— On appelle cela aimer à l'italienne, dit le comte en riant. Nos voisins de l'autre côté des Alpes sont si raffinés qu'ils ne se contentent plus des simples plaisirs de la nature. Nous leur devons, il est vrai, la renaissance des lettres et des arts, plus un fripon de ministre dont l'adresse n'a pas toujours été inutile à la France, mais aussi dit-on, l'introduction de ces mœurs. Il est dommage que ce soit le frère unique du roi qui en fasse son profit.

Angélique fronça les sourcils.

— Le prince a dit que vous aviez la main caressante. Je voudrais bien savoir comment il s'en est aperçu.

— Ma foi, Monsieur est si frôleur avec les hommes qu'il m'a peut-être prié de l'aider à remettre son rabat ou ses manchettes. Il ne perd pas une occasion de se faire cajoler.

— Il a parlé de vous en des termes qui ont presque éveillé ma jalousie.

— Oh! ma mignonne, si vous commencez à vous émouvoir, vous allez être bientôt noyée dans les intrigues. La Cour est une immense toile d'araignée gluante. Vous vous perdrez si vous ne regardez pas les choses de très haut.

François Binet, qui était bavard comme tous les gens de sa profession, prit la parole:

— Je me suis laissé dire que le cardinal Mazarin a encouragé les goûts du frère du roi qu'on appelait le Petit Monsieur afin qu'il ne portât pas ombrage à son aîné. Il ordonnait qu'on l'habillât en fillette, il faisait déguiser de même ses petits amis. En tant que frère du roi, on craint toujours qu'il ne se mette à comploter comme feu M. Gaston d'Orléans, qui était si insupportable.

— Tu juges bien durement tes princes, barbier, dit Joffrey de Peyrac.

— C'est le seul bien que je possède, monsieur le comte. Ma langue et le droit de la faire marcher.

— Menteur! Je t'ai fait plus riche que le perruquier du roi.

— C'est vrai, monsieur le comte, mais je ne m'en vante pas, il n'est pas prudent de faire des envieux.

Joffrey de Peyrac trempa son visage dans une bassine d'eau de roses pour se rafraîchir du feu du rasoir. Avec sa face couturée de cicatrices, l'opération était toujours longue et délicate, et il fallait la main légère de Binet. Il rejeta le peignoir et commença à s'habiller, aidé de son valet de chambre et d'Alfonso.

Angélique avait enfilé un corsage de drap d'or et demeurait immobile, tandis que Marguerite fixait le plastron, véritable œuvre d'art, d'or filigrané et entremêlé de soies. Une dentelle d'or mettait une mousse étincelante autour de ses épaules nues, communiquant à sa chair une pâleur lumineuse, un grain de porcelaine translucide. Avec la flamme rose et atténuée de ses joues, ses cils et ses sourcils assombris, ses cheveux ondulés qui avaient le même reflet que sa robe, la surprenante limpidité de ses yeux verts, elle se vit dans le miroir comme une étrange idole qui n'aurait été bâtie que de matières précieuses: or, marbre, émeraude.

Margot poussa tout à coup un cri et se précipita vers Florimond, qui était en train de porter à sa bouche un diamant de six carats...

— Joffrey, que dois-je mettre comme parure? Les perles me semblent trop modestes, les diamants trop durs.

— Émeraudes, dit-il. En harmonie avec vos yeux. Tout cet or est insolent, d'un éclat un peu lourd. Vos yeux l'allègent, lui donnent vie. Il faut deux pendants d'oreilles, et le carcan d'or et d'émeraude. Vous pouvez mêler aux bagues quelques diamants.

Penchée sur ses écrins, Angélique s'absorba dans le choix des bijoux. Elle n'était pas encore blasée, et tant de profusion la ravissait toujours.

Lorsqu'elle se retourna, le comte de Peyrac attachait son épée à son baudrier constellé de diamants.

Elle le regarda longuement et un frisson insolite la parcourut.

— Je crois que la Grande Mademoiselle n'a pas tout à fait tort lorsqu'elle dit que vous avez un aspect terrifiant.

— Il serait vain d'essayer de camoufler ma disgrâce, dit le comte. Si j'essayais de m'habiller comme un mignon, je serais ridicule et pitoyable. Alors j'accorde mes toilettes à mon visage.

Elle regarda ce visage. Il était à elle. Elle l'avait caressé; elle en connaissait les moindres sillons. Elle sourit, murmura:

— Mon amour!

Le comte était entièrement vêtu de noir et d'argent. Son manteau de moire noire était voilé d'une dentelle d'argent retenue par des points de diamants. Il laissait voir un pourpoint de brocart d'argent orné de dentelle noire d'un point très recherché. Les mêmes dentelles en trois volants au genou retombaient sous la rhingrave de velours sombre. La cravate, qui n'était pas en forme de rabat, mais de large nœud, était également rebrodée de très petits diamants. Aux doigts une multitude de diamants et un très gros rubis.

Il se coiffa de son feutre à plumes blanches et demanda si Kouassi-Ba s'était bien chargé des présents qu'on devait offrir au roi pour sa fiancée.

Le Noir était dehors, devant la porte, objet d'admiration de tous les badauds avec son pourpoint de velours cerise, son ample pantalon à la turque et son turban, tous deux de satin blanc. On se montrait son sabre courbe. Il portait sur un coussin une cassette de très beau cuir rouge clouté d'or.

❦

Deux chaises à porteurs attendaient le comte et Angélique.

On se rendit rapidement à l'hôtel où le roi, sa mère et le Cardinal étaient descendus. Comme tous les hôtels de Saint-Jean-de-Luz, c'était une étroite maison à l'espagnole, encombrée de balustrades et de rampes torses en bois doré. Les courtisans débordaient sur la place, où le vent du large secouait les plumes des chapeaux, apportant par bouffées le goût salin de l'océan.

Angélique sentit son cœur battre à grands coups en franchissant les marches du seuil.

« Je vais voir le roi, pensa-t-elle, la reine mère ! Le Cardinal ! »

Comme il avait toujours été proche d'elle, ce jeune roi dont parlait la nourrice, ce jeune roi assailli par les foules méchantes de Paris, en fuite à travers la France ravagée de la Fronde, ballotté de ville en ville, de château en château, au gré des factions des princes, trahi, abandonné et finalement victorieux. Maintenant, il recueillait le fruit de ses luttes. Et, plus encore que le roi, la femme qu'Angélique apercevait au fond de la salle, dans ses voiles noirs, avec son teint d'une matité pâle d'Espagnole, son air à la fois distant et amène, ses petites mains parfaites posées sur la robe sombre, la reine mère savourant l'heure du triomphe.

Angélique et son mari traversèrent la pièce, au parquet brillant. Deux négrillons soutenaient le manteau de Cour de la jeune femme, qui était d'un drap d'or frisé et ciselé contrastant avec le lamé brillant de la jupe et du corsage. Le géant Kouassi-Ba les suivait. On y voyait mal et il faisait très chaud à cause des tapisseries et de la foule.

Le premier gentilhomme de la maison du roi annonça:

— Comte de Peyrac de Morens d'Irristu.

Angélique plongea dans sa révérence. Le cœur lui battait dans la gorge. Il y avait devant elle une masse noire et une masse rouge: la reine mère et le Cardinal.

Elle pensait: « Joffrey devrait s'incliner plus profondément. Tout à l'heure, il saluait si bellement la Grande Mademoiselle. Mais devant le plus grand, il affecte de tirer seulement un peu le pied… Binet a raison de… Binet a raison… »

C'était stupide de penser ainsi au brave Binet et de se répéter qu'il avait raison. Pourquoi donc, au fait?

Une voix dit:

— Nous sommes heureux de vous revoir, comte, et de complimenter… d'admirer madame dont on nous a déjà dit si grand bien. Mais, ce qui est contraire aux lois, nous constatons cette fois que l'éloge n'atteint pas à la réalité.

Angélique leva les yeux. Elle croisa un regard brun et brillant qui la dévisageait avec beaucoup d'attention: le regard du roi.

Vêtu avec richesse, le roi était de taille moyenne, mais il se tenait si droit qu'il paraissait plus imposant que tous ses courtisans. Angélique lui trouva le teint légèrement grêlé, car il avait eu la petite vérole dans son enfance. Son nez était trop long, mais sa bouche était forte et caressante sous la ligne brune, à peine tracée, d'une petite moustache. La chevelure couleur de châtaigne, foisonnante, retombant en cascades bouclées, ne devait rien aux artifices des postiches. Louis avait la jambe belle, des mains harmonieuses. On devinait, sous les dentelles et les rubans, un corps souple et vigoureux, rompu aux exercices de la chasse et de l'académie.

« La nourrice dirait: c'est un beau mâle. On a raison de le marier », pensa Angélique.

Elle se reprocha derechef des pensées aussi vulgaires dans ce moment solennel de son existence.

La Reine mère demandait à voir l'intérieur de la cassette que Kouassi-Ba venait de présenter, agenouillé, le front à terre, dans une posture de Roi mage.

On s'exclama devant le petit nécessaire de frivolités avec ses boîtes et peignes, ciseaux, crochets, cachets, le tout d'or massif et d'écaille des îles. Mais la chapelle de voyage enchanta les dames dévotes de la suite de la reine mère. Celle-ci sourit et se signa. Le crucifix et les deux statuettes de saints espagnols, ainsi que la lampe veilleuse et le petit encensoir étaient d'or et de vermeil. Et Joffrey de Peyrac avait fait peindre par un artiste d'Italie un triptyque de bois doré représentant les scènes de la Passion. Les miniatures étaient fines et d'une grande fraîcheur de teintes. Il y avait aussi deux chapelets: l'un d'ambre et d'or, l'autre d'ivoire rose à chaîne d'argent.

Anne d'Autriche déclara que l'Infante avait la réputation d'être fort pieuse et ne pouvait manquer d'être ravie d'un tel présent.

Elle se tourna vers le Cardinal pour lui faire admirer les peintures, mais celui-ci s'attardait à manier les petits instruments du nécessaire qu'il faisait miroiter en les tournant doucement entre ses doigts.

— On dit que l'or vous coule du creux des mains, monsieur de Peyrac, comme la source d'un rocher?

— Cette image est exacte, Éminence, répondit le comte doucement: comme la source d'un rocher... Mais de la roche que l'on aurait minée à grand renfort de mèches et de poudre, creusée jusqu'à des profondeurs insoupçonnées, que l'on aurait bouleversée, concassée, aplanie. Alors, en effet, à force de labeur, de sueur et de peine, il se peut que l'or jaillisse et même en abondance.

— Voici une fort belle parabole sur le travail qui porte ses fruits. Nous ne sommes pas accoutumés à entendre des gens de votre rang tenir pareil langage, mais j'avoue que cela ne me déplaît pas.

Mazarin continuait de sourire. Il porta à son visage un petit miroir du nécessaire et y jeta un coup d'œil rapide. Malgré les fards et la poudre dont il essayait de masquer son teint jauni, une moiteur de faiblesse brillait à ses tempes, poissant les boucles de ses cheveux sous sa calotte rouge de cardinal.

La maladie l'épuisait depuis de longs mois; lui au moins n'avait pas menti lorsqu'il avait pris pour prétexte sa gravelle afin de ne pas se présenter le premier devant le ministre espagnol, don Luis de Haro. Angélique surprit un regard de la reine mère vers le Cardinal, un regard de femme anxieuse, qui se tourmente. Sans doute, elle brûlait de lui dire: « Ne parlez pas tant, vous vous fatiguez. C'est l'heure de votre tisane. » Était-ce vrai qu'elle avait tant aimé son Italien, la reine si longtemps dédaignée par un époux trop chaste?… Tout le monde l'affirmait, mais personne n'en était sûr. Les escaliers dérobés des palais royaux gardaient bien leur secret. Un seul être peut-être le connaissait, et c'était ce fils âprement défendu, le roi. Dans les lettres qui s'échangeaient, le Cardinal et la reine ne l'appelaient-ils pas: le Confident? Confident de quoi?…

— À l'occasion, j'aimerais m'entretenir avec vous de vos travaux, dit encore le Cardinal.

Le jeune roi renchérit:

— Moi aussi. Ce qu'on m'en a dit a éveillé ma curiosité.

Et, il y eut tout à coup, parce que le roi avait parlé et avec une vivacité qui ne lui était pas coutumière, ou pour toute autre raison, comme une chape de plomb qui tombait sur la scène et figeait tous les personnages et Angélique se demanda avec anxiété s'ils allaient se remettre en mouvement.

Puis la voix de Monsieur, frère du roi, s'éleva.

— Oh! mon frère, n'est-ce pas une merveille? Cette robe que porte Mme de Peyrac. De l'or! De l'or! On y trouve de tous les ors. De l'or frisé, de l'or filé, de l'or plat lamé!…

Et comme sous un coup de baguette magique, la scène se ranima.

L'intervention frivole de Monsieur avait dissipé un bref instant de gêne et de contrainte qui venait de l'embarras ou de la surprise du roi, maladresse qu'il ne se pardonnerait pas.

Angélique, se redressant d'une nouvelle révérence, surprit le regard que le roi dédiait à son frère, où elle perçut furtivement jalousie et envie.

Il y avait beaucoup de choses que son cadet faisait mieux que lui.

Des scènes de leur enfance souvent revenaient à la mémoire du souverain. Il se revoyait, bégayant, incapable de prononcer les mots qu'on lui avait serinés avant de le conduire au chevet de ce père qui l'avait toujours terrifié et dont le visage cireux, enfoncé dans les oreillers, l'effrayait plus encore. Tandis que son petit frère, d'à peine trois ans, bien chapitré par sa gouvernante s'écriait: « Adieu, papa! » avec un élan qui avait fait sourire le mourant.

Angélique tressaillit.

Le Roi la regardait.

Puis aussitôt elle pensa qu'elle se trompait. Elle apprendrait que c'était la façon de regarder du roi, rassemblant tous et chacun dans sa vision. Et peut-être qu'il se contentait de fixer devant lui l'assemblée, sans en penser plus loin?

Et puis toutes ces subtilités, échanges de mots, de sensations, d'impressions, de comportements, n'avaient pas pris plus d'une minute, quelques secondes à peine. Elle avait entendu Joffrey répondre de sa belle voix sonore, courtoise, empreinte de juste ce qu'il fallait de déférence, mais aussi d'un peu de charme pour séduire.

— Je suis à la disposition de Votre Majesté et de Votre Éminence.

L'audience était terminée.

Angélique et son mari allèrent saluer Mgr de Fontenac qu'ils apercevaient dans l'entourage immédiat du Cardinal.

Puis ils firent le tour des hautes personnalités et de leurs relations. Angélique avait l'échine rompue à force de révérences, mais elle était dans un tel état d'excitation qu'elle ne sentait pas la fatigue. Ce jour était donc arrivé. Elle avait vu le roi, entouré de la famille royale.

Aux compliments qu'on lui adressait elle ne pouvait douter qu'elle avait bien tenu son rôle pour l'honneur de la province du Languedoc. Il était certain que leur couple attirait l'attention. Personne ne semblait avoir remarqué qu'il s'était passé quelque chose d'insolite au cours de leur présentation, et elle se demanda si elle n'avait pas été la seule à éprouver ce moment de trouble dû sans doute à l'émotion naturelle que suscite une cérémonie attendue où se concentre, en un seul instant, la rencontre avec des personnages renommés.

Tandis que son mari s'entretenait avec le maréchal de Gramont, un homme jeune mais de figure agréable vint se planter devant Angélique.

— Me reconnaissez-vous, ô déesse descendue à l'instant même du char du Soleil?

— Certes, s'écria-t-elle enchantée, vous êtes Péguilin!

Puis elle s'excusa:

— Je suis bien familière, monsieur de Lauzun, mais que voulez-vous, j'entends parler partout de Péguilin. Péguilin par-ci, Péguilin par-là! On a pour vous une telle tendresse que, sans vous avoir revu, je me suis mise à l'unisson.

— Vous êtes adorable et vous comblez d'aise non seulement mes yeux, mais aussi mon cœur. Êtes-vous consciente que vous êtes la femme la plus extraordinaire de l'assemblée? Je connais des dames qui sont en train de briser menu leurs éventails et de déchirer leurs mouchoirs, tant votre toilette les a rendues jalouses. Comment serez-vous parée le jour du mariage, si vous commencez ainsi?

— Oh! ce jour-là je m'effacerai devant le faste des cortèges. Mais aujourd'hui c'était ma présentation... J'en suis encore tout émue.

— Vous l'avez trouvé aimable?

— Comment peut-on ne pas trouver le roi aimable? dit Angélique en riant.

— Je vois que vous êtes déjà bien au fait de ce qu'il faut dire et ne pas dire à la Cour. Moi, je ne sais pas par quel miracle, je m'y trouve encore. Pourtant j'ai été nommé capitaine de la compagnie qu'on appelle les « gentilshommes en bec de corbin ».

— J'admire votre uniforme.

— Il ne me va pas trop mal... Oui, oui, le roi est un bien charmant ami, mais attention! Il ne faut pas le griffer trop fort quand on joue avec lui.

Il se pencha à son oreille.

— Savez-vous que j'ai failli être enfermé à la Bastille?

— Qu'aviez-vous fait?

— Je ne me souviens plus. Je crois que j'avais serré d'un peu trop près la petite Marie Mancini dont il était follement amoureux. La lettre de cachet était prête, j'ai été averti à temps. Je me suis jeté en larmes aux pieds du roi. Il est un fait qu'il m'a pardonné, et au lieu de m'envoyer dans la noire prison, il n'a nommé capitaine. Vous voyez, c'est un charmant ami... Quand il n'est pas votre ennemi.

— Pourquoi me dites-vous cela? demanda subitement Angélique.

Péguilin de Lauzun ouvrit toutes grandes de claires prunelles dont il jouait fort bien.

— Mais pour rien, ma très chère.

Il lui prit familièrement le bras et l'entraîna.

— Venez, il faut que je vous présente à des amis qui brûlent de vous connaître.

Ses amis étaient des jeunes gens de la suite du roi. Elle fut enchantée de se trouver ainsi de plain-pied au premier échelon de la Cour. Saint-Thierry, Brienne, Cavois, le marquis d'Humières que Lauzun présenta comme son ennemi attitré, Louvigny, le fils aîné du duc de Gramont, paraissaient tous fort joyeux, galants, ils étaient habillés magnifiquement. Elle vit aussi de Guiche, auquel se cramponnait toujours le frère du roi. Celui-ci posa sur elle un regard qui ne la reconnaissait pas. Et il lui tourna le dos.

— Ne vous formalisez pas, ma chère, de ses façons, souffla Péguilin. Pour le Petit Monsieur, toutes les femmes sont des rivales, et Guiche a eu le tort de vous adresser un regard amical.

— Vous savez qu'il ne veut plus qu'on l'appelle le Petit Monsieur, prévint le marquis d'Humières. Depuis la mort de son oncle Gaston d'Orléans, dont il a reçu l'apanage, c'est Monsieur tout court qu'il faut dire.

Il y eut un remous dans la foule, suivi d'une bousculade, et plusieurs mains empressées se tendirent pour retenir Angélique.

— Messieurs, prenez garde, s'écria Lauzun en levant un doigt de magister. Souvenez-vous d'une épée célèbre en Languedoc!

Mais la presse était telle qu'Angélique, riant et un peu confuse, ne put éviter d'être serrée sur de précieux pourpoints fleurant bon la poudre d'iris et l'ambre.

Les officiers de bouche de la maison du roi réclamaient le passage pour une procession de laquais porteurs de plateaux et de marmites d'argent. Le bruit circulait que Leurs Majestés et le Cardinal venaient de se retirer quelques instants pour prendre une collation et se reposer des présentations ininterrompues.

Lauzun et ses amis s'éloignèrent, appelés par leur service.

Angélique chercha des yeux ses relations toulousaines. Elle avait redouté de se trouver en face de la fougueuse Carmencita, mais voici qu'elle apprenait que M. de Mérecourt, malchanceux à son habitude et après avoir bu le calice jusqu'à la lie, s'était subitement décidé, dans un sursaut de dignité, à envoyer sa femme au couvent. Il payait d'une cuisante disgrâce cette fausse manœuvre, car la présence de sa femme avait été souhaitée à la Cour.

Angélique commença de se faufiler parmi les groupes. L'odeur des rôtis, jointe à celle des parfums, lui donnait la migraine. La chaleur était étouffante.

Angélique avait un solide appétit. Elle se dit que la matinée devait être fort avancée et que, si elle ne trouvait pas son mari d'ici quelques instants, elle retournerait seule à son hôtel pour se faire servir du jambon et du vin. Les gens de la province avaient dû se réunir chez l'un d'entre eux. Elle ne voyait autour d'elle que des visages inconnus. Ces voix sans accent du Sud lui causaient une impression inusitée. Peut-être, au cours des années passées en Languedoc, avait-elle pris aussi cette façon de parler chantante et rapide ?

Elle finit par échouer dans un recoin sous l'escalier, et s'assit sur une banquette pour reprendre haleine et s'éventer. Décidément, on ne sortait pas sans peine de ces maisons à l'espagnole, avec leurs couloirs dérobés et leurs fausses portes.

Précisément, à quelques pas, le mur recouvert de tapisseries laissait paraître une fente. Un chien venant de l'autre pièce, un os de volaille dans la gueule, agrandit l'ouverture.

Angélique y jeta un regard. Elle aperçut la famille royale réunie autour d'une table en compagnie du Cardinal, des deux archevêques de Bayonne et de Toulouse, du maréchal de Gramont et de M. de Lionne. Les officiers servant les princes allaient et venaient par une autre porte.

Le Roi, à plusieurs reprises, rejeta sa chevelure en arrière et s'éventa de sa serviette.

— La chaleur de ce pays gâte les meilleures fêtes.

— Dans l'île des Faisans le temps est meilleur. Il souffle un vent de mer, dit M. de Lionne.

— J'en profiterai peu, puisque, selon l'étiquette espagnole, je ne dois pas voir ma fiancée avant le jour du mariage.

— Mais vous vous rendrez dans l'île des Faisans pour rencontrer le roi d'Espagne votre oncle, qui va devenir votre beau-père, le renseigna la reine. C'est alors que la paix sera signée.

Elle se tourna vers Mme de Motteville, sa dame d'honneur.

— Je suis très émue. J'aimais beaucoup mon frère et j'ai si fréquemment correspondu avec lui ! Mais songez que j'avais quinze ans et lui dix lorsque j'ai quitté l'Espagne sur cette rive même, et que je ne l'ai pas revu depuis.

On s'exclama avec attendrissement. Personne ne paraissait se rappeler que ce même frère, Philippe IV, avait été le plus grand ennemi de la France, et que sa correspondance avec Anne d'Autriche avait fait soupçonner celle-ci par le cardinal de Richelieu de complot et de trahison. Ces événements étaient loin maintenant. On était presque aussi rempli d'espoir en la nouvelle alliance qu'un demi-siècle plus tôt, lorsque sur ce même fleuve de la Bidassoa des petites princesses aux joues rondes, engoncées dans leurs larges fraises tuyautées, avaient été échangées entre les deux pays: Anne d'Autriche épousant le jeune Louis XIII, et Élisabeth de France, le futur Philippe IV qui succéderait à son père à l'âge de seize ans. L'infante Marie-Thérèse qu'on attendait aujourd'hui était la fille de cette Élisabeth.

Angélique examinait avec une curiosité passionnée ces grands du monde dans leur intimité. Le roi dévorait de bon cœur, mais avec dignité; il buvait peu et demanda plusieurs fois qu'on mît de l'eau dans son vin.

— Par ma foi, s'écria-t-il brusquement, ce que j'ai vu de plus extraordinaire ce matin-ci, c'est bien l'étrange couple noir et or de ces gens de Toulouse. Quelle femme, mes amis! Une splendeur! On me l'avait dit, mais je n'y pouvais croire. Et elle semble sincèrement amoureuse de lui. En vérité, ce Boiteux me confond.

— Il confond tous ceux qui l'approchent, dit l'archevêque de Toulouse d'un ton acide. Moi qui le connais depuis plusieurs années, je renonce à le comprendre. Il y a là-dessous quelque chose de diabolique.

« Le voilà qui recommence à radoter », pensa Angélique avec découragement.

Son cœur avait battu agréablement aux paroles du roi, mais l'intervention de l'archevêque réveillait ses soucis. Le prélat ne désarmait pas.

L'un des gentilshommes de la suite du monarque dit avec un petit rire :

— Être amoureuse de son mari ! Voilà qui est bien ridicule. Il serait bon que cette jeune personne vînt un peu à la Cour. On lui ferait perdre ce sot préjugé.

— Vous semblez croire, monsieur, que la Cour est un lieu où l'adultère est la seule loi, protesta sévèrement Anne d'Autriche. Il est pourtant bon et naturel que les époux s'aiment d'amour. La chose n'a rien de ridicule.

— Mais elle est si rare, soupira Mme de Motteville.

— C'est qu'il est rare qu'on se marie sous le signe de l'amour, dit le roi d'un ton désabusé.

Il y eut un silence un peu contraint. La reine mère échangea avec le Cardinal un coup d'œil désolé. Mgr de Fontenac leva une main pleine d'onction.

— Sire, ne vous attristez pas. Si les voies de la Providence sont insondables, celles du petit dieu Éros ne le sont pas moins. Et puisque vous évoquez un exemple qui semble vous avoir touché, je peux vous affirmer que ce gentilhomme et sa femme ne s'étaient jamais vus avant le jour de leur mariage, béni par moi à Toulouse. Cependant, après plusieurs années d'une union couronnée par la naissance d'un fils, l'amour qu'ils se portent l'un à l'autre éclate aux yeux des moins prévenus.

Anne d'Autriche eut une expression reconnaissante, et monseigneur se rengorgea.

« Hypocrite ou sincère ? », se demandait Angélique.

La voix un peu zézayante du Cardinal s'élevait :

— J'ai eu l'impression d'être au spectacle ce matin. Cet homme est laid, défiguré, infirme, et pourtant quand il est apparu aux côtés de sa femme splendide, suivi de ce grand Maure en satin blanc, j'ai pensé : « Qu'ils sont beaux ! »

— Cela nous change de tant de visages ennuyeux, dit le roi. Est-ce vrai qu'il a une voix magnifique ?

— On le répète et on l'affirme.

Le gentilhomme qui avait déjà parlé eut un petit ricanement.

— Décidément, c'est une histoire extrêmement touchante, presque un conte de fées. Il faut venir dans le Midi pour en entendre de semblables.

— Oh ! vous êtes insupportable à persifler ainsi, protesta une fois encore la reine mère. Votre cynisme me déplaît, monsieur.

Le courtisan inclina la tête et, comme la conversation reprenait, il fit mine d'être attiré par le manège du chien qui dans l'embrasure de la porte rongeait son os. Le voyant se diriger vers le lieu de sa retraite, Angélique se leva précipitamment pour s'éloigner.

Elle fit quelques pas dans l'antichambre, mais son manteau était fort lourd et s'accrocha dans les poignées d'une console.

Tandis qu'elle se penchait pour se dégager, le jeune homme repoussa le chien du pied, sortit et referma la petite porte dissimulée dans la tapisserie. Ayant mécontenté la reine mère, il jugeait prudent de se faire oublier.

Il s'avança nonchalamment, passa près d'Angélique, puis se retourna pour l'examiner.

— Oh ! mais c'est la femme en or !

Elle le regarda hautainement et voulut poursuivre son chemin, mais il lui barra la route.

— Pas si vite ! Laissez-moi contempler le phénomène. C'est donc vous la dame amoureuse de son mari ? Et quel mari ! Un Adonis !

Elle le toisa avec un tranquille mépris. Il était plus grand qu'elle et fort bien découplé. Son visage ne manquait pas de beauté, mais sa bouche mince avait une expression méchante, et ses yeux fendus en amandes étaient jaunes, mouchetés de brun. Cette couleur indécise, assez vulgaire, le déparait un peu. Il était habillé avec goût et recherche. Sa perruque, d'un blond presque blanc, contrastait avec la jeunesse de ses traits de façon piquante.

Angélique ne put s'empêcher de lui trouver beaucoup d'allure, mais elle dit froidement :

— En effet, vous pouvez difficilement soutenir la comparaison. Dans mon pays, des yeux comme les vôtres, on les appelle des « pommes piquées ». Vous voyez ce que je veux dire ? Et quant aux cheveux, ceux de mon mari du moins sont vrais.

Une expression de vanité blessée assombrit la physionomie du gentilhomme.

— C'est faux, s'écria-t-il, il porte perruque.

— Vous pouvez aller les lui tirer si vous en avez le courage.

Elle l'avait atteint au point sensible et elle le soupçonna de porter perruque parce qu'il commençait à devenir chauve. Mais très vite il reprit son sang-froid. Ses yeux se fermèrent à demi jusqu'à n'être plus que deux fentes brillantes.

— Alors on essaye de mordre ? Décidément c'est trop de talent pour une petite provinciale.

Il jeta un regard aux alentours, puis la saisissant par les poignets il la poussa dans le recoin de l'escalier.

— Laissez-moi ! dit Angélique.

— Tout de suite, ma belle. Mais auparavant nous avons un petit compte à régler ensemble.

Avant qu'elle ait pu prévoir son geste, il lui avait tiré la tête en arrière et lui mordait cruellement les lèvres. Angélique poussa un cri. Sa main partit promptement et s'abattit sur la joue de son tourmenteur. Des années sacrifiées aux belles manières n'avaient pas atténué en elle un fond de violence rustique qui, jointe à la vigueur de la santé, éveilla sa colère et elle retrouvait les mêmes réactions qui la jetaient jadis à bras raccourcis sur ses petits compagnons paysans. La gifle claqua magistralement, et il dut en voir trente-six chandelles, car il se recula en portant la main à sa joue.

— Ma parole, un vrai soufflet de lavandière !

— Laissez-moi passer, répéta Angélique, ou je vous défigure si bien que vous ne pourrez plus paraître devant le roi.

Il sentit qu'elle mettrait sa promesse à exécution et recula d'un pas.

— Oh ! j'aimerais vous avoir toute une nuit en mon pouvoir ! murmura-t-il, les dents serrées. Je vous promets qu'à l'aube vous seriez matée, une vraie loque !...

— C'est cela, fit-elle en riant, méditez votre revanche... en tenant votre joue.

Elle s'éloigna et se fraya rapidement un passage jusqu'à la porte. La cohue avait diminué, car beaucoup de gens étaient allés se restaurer.

Angélique, outrée et humiliée, tamponnait de son mouchoir sa lèvre meurtrie.

« Pourvu que cela ne se voie pas trop… Que répondrai-je si Joffrey me pose une question ? Il faut éviter qu'il aille embrocher ce goujat. À moins qu'il n'en rie… Il est bien le dernier à se faire des illusions sur les mœurs de ces beaux seigneurs du Nord… Je commence à comprendre ce qu'il veut dire quand il parle de policer les façons de la Cour… Mais voilà une tâche à laquelle je ne me sens pas, pour ma part, le goût de me dévouer… »

Dehors, elle essayait, des yeux, de découvrir sa chaise.

Elle l'aperçut enfin et se fit reconduire jusque dans son quartier.

Il y avait de la presse. La ville ressemblait à une fourmilière. Mais les parages de leur habitation étaient plus calmes.

Pièce à pièce, la superbe robe d'or lui fut enlevée. Elle revêtit une toilette moins encombrante quoique élégante, ayant l'intention de rejoindre Joffrey. Elle prit cependant le temps de s'attabler devant un petit en-cas que Marguerite lui avait fait préparer.

Mais à peine avait-elle commencé de manger qu'il y eut un brouhaha à la porte et des appels. Il s'agissait d'estafettes de la maison de la princesse de Montpensier qui priait la comtesse de Peyrac de bien vouloir la rejoindre au centre de Saint-Jean-de-Luz, devant la maison où était descendue la reine Anne d'Autriche.

Angélique se retrouva dans une chaise, cette fois portée et escortée par la « livrée » de la princesse qui souleva au passage quelques applaudissements et vivats.

La foule, composée d'un mélange des plus variés, entre originaires du pays et nouveaux arrivants des quatre coins de France, avait appris à reconnaître les équipages des grands personnages qu'ils avaient plus que rarement l'opportunité d'applaudir. Le renom de Mlle de Montpensier, cousine du roi, était connu de tous et, quelque fût l'opinion que l'on eût de ses exploits guerriers pendant la Fronde, Saint-Jean-de-Luz s'honorait de l'avoir dans ses murs.

L'écuyer qui était venu chercher Angélique la pria d'attendre sur la place, au centre de la bourgade. Les maisons qui la bordaient étaient manifestement pleines à craquer et, dans l'agitation et le remue-ménage causé par les valets et femmes de chambre essayant de faire régner l'ordre pour leurs maîtres, ceux-ci essaimaient au-dehors, allant et venant et se regroupant en cercles pour continuer les discussions, conversations ébauchées dans les salons et dans les chambres d'où ils venaient d'être chassés.

Les considérant avec curiosité, Angélique attendit devant la belle habitation de briques rouges qu'on appelait le château Haraneder.

Un bras se glissa sous le sien.

— Ma bonne, je vous cherchais, dit la Grande Mademoiselle dont la haute carrure venait de surgir à son côté, je me ronge les sangs en pensant à toutes les sottises que j'ai dites ce matin devant vous sans savoir qui vous étiez. Hélas! un jour de fête, lorsqu'on n'a pas toutes ses commodités, les nerfs sont les plus forts et la langue marche sans qu'on n'y prenne garde.

— Votre Altesse ne doit point se préoccuper, elle n'a rien dit qui ne fût vrai, sinon flatteur. Je ne me souviens que de ces derniers propos.

— Vous êtes la grâce même. Je suis ravie de vous avoir pour voisine… Vous me prêterez encore votre perruquier, n'est-ce pas? Êtes-vous libre de votre temps? Ces Espagnols n'en finissent pas d'arriver…

— Je suis aux ordres de Votre Altesse, répondit Angélique avec une courte révérence.

— Allons par là! Allons voir la mer…, décida la princesse.

Et elle paraissait ravie de trouver une compagnie aimable et de bonne volonté.

— Que voulez-vous, ma chère! On est logé si à l'étroit qu'on ne songe qu'à jaillir hors des maisons et à respirer l'air avec délices, et à savourer la vue qui est si belle. Saint-Jean-de-Luz est une petite ville riche car les armateurs de la pêche à la baleine s'y sont fait construire de belles demeures. Malgré tout c'est encore trop peu pour devenir subitement une capitale improvisée avec toute sa magnificence. Alors on voit de tout: des cavaliers emplumés assiégeant les carrosses des dames comme au Cours-la-Reine… Là-bas j'aperçois trois évêques qui tiennent synode… Et nous venons de croiser un lettré en train de composer un madrigal pour son protecteur ou un discours à faire au roi pour un maréchal. On ne peut même pas dire qu'on se trouve transporté dans la bonhomie d'une ville de province où les rangs de chacun seraient respectés… Non! Un duc ou un pair est logé dans un galetas dont il ne voudrait pas pour sa livrée. Alors, que voulez-vous?… Comment garder la juste mesure dans le bon degré des manières obligées. Tout se casse! Tout se disperse. Pour moi, je vous l'ai dit, je me trouve très à l'aise, une égalité momentanée amoindrit la distance. Tenez! À peine étions-nous arrivés que l'un des comédiens de la suite du roi est devenu père. Eh bien! M. le duc d'Orléans, frère du roi, et moi-même nous nous sommes proposés pour être le parrain et la marraine.

L'enfant a reçu les beaux prénoms de Philippe-Louis!... D'aucuns nous ont blâmés d'avoir accordé cet honneur à des comédiens qui sont considérés comme hors de l'Église. Mais je ne vois pas les choses sous ce jour. Les comédiens français sont de la meilleure compagnie. Ils ont été les premiers à interpréter le grand Corneille, ce qui donne de la grandeur. Nous courons chaque soir pour les applaudir... La reine Anne préfère les comédiens espagnols qu'elle a retrouvés ici. Sans doute elle y goûte les saveurs de sa littérature natale. Je ne partage pas son ravissement. J'avoue même que j'ai compris, en y allant, ce qui nous sépare, nous Français, des Espagnols. Peut-être les précepteurs et duègnes font-ils, par ce théâtre, l'éducation des infants et infantes dont on dit qu'ils sont comme prisonniers dans leurs palais? Peut-être? Mais ces pantomimes m'ont paru tout à fait scandaleuses et allant jusqu'à profaner les mystères de la religion. Les Français ne sont pas habitués à cet air grossier...

Mademoiselle s'interrompit pour secouer plusieurs fois la tête d'un air d'incompréhension et de surprise. Puis elle reprit:

— J'accompagne chaque soir la reine Anne pour lui faire plaisir. Je lui dois bien cela. Elle est ma tante. Et nous avons partagé tant de vicissitudes ensemble, comme la fuite à Saint-Germain où il n'y avait pas de lits et où il faisait si froid! Heureusement les Parisiens m'ont toujours eue en amitié et ont laissé passer mes bagages et mon mobilier! La reine et le petit roi m'en avaient eu beaucoup de gré que je le misse à leur disposition. On avait oublié le Petit Monsieur qui était malade au Palais-Royal. Heureusement M. de Feuillange s'est souvenu de lui et a entrepris de le faire sortir de Paris. Il l'a enveloppé dans un manteau, caché dans un coffre, et a pu franchir les barricades de la porte Saint-Honoré sans attirer de suspicion… Oui, la reine et moi, et mes sœurs qui étaient bébés, nous ne pourrons oublier ce qui nous unit… La comédie espagnole, je n'en dirai mot à voix haute, pour ne pas peiner ma chère tante…

❦

Avec Mademoiselle, il n'y avait guère besoin de chercher des sujets de conversation.

Cependant Angélique profita d'une petite pause pour lui communiquer l'impression qu'elle avait éprouvée devant le roi, le voyant pour la première fois. Tout d'abord, bien que connaissant son âge – vingt et un ans – elle ne l'avait pas imaginé si jeune. Ensuite elle avait été frappée par sa majesté qui contrastait, précisément, avec sa jeunesse. Était-ce dû à sa façon de regarder sans voir, aurait-on dit, et pourtant sans manquer les moindres détails ?…

— Il a toujours été ainsi, reconnut Mademoiselle. Tout bébé, la façon qu'il avait de considérer les personnes de son entourage en indisposait certaines. C'est la cause qu'il y en a eu beaucoup qui ne l'aimaient pas et qui ne se sont pas privées de comparer son attitude avec l'amabilité de son frère qui ravissait toute la compagnie. Mais moi je ne me suis jamais laissé intimider, et par lui moins que par quiconque, même lorsqu'il était encore dans ses langes. Songez donc ! Quelle merveille, cet enfant ! L'enfant du miracle !… Après vingt-cinq ans de mariage stérile ! La reine a été deux ou trois fois enceinte. Mais toujours des espoirs déçus. Le peuple ne savait plus auprès de quels saints allumer des cierges ! Je me souviens du bonheur de tenir le Dauphin dans mes bras quand j'étais une enfant d'à peu près dix ans. Je le pouponnais. Je l'appelais « mon petit roi, mon petit mari ». Cela m'est apparu dès les premiers jours. Il avait été envoyé pour être mon mari. Quel prince plus que lui pouvait convenir à mon rang? Et avec ma fortune, Sa Majesté ne crierait plus misère.

La princesse s'interrompit et suspendit ses pas, revivant ses souvenirs.

— Mais le Cardinal est venu. Il m'a tancée vertement. Il m'a dit que je n'avais pas à me mettre dans la tête qu'un tel Dauphin était pour moi. Je parle du Grand Cardinal. Celui de son père, le cardinal de Richelieu. Quelle cruauté de sa part de m'empêcher, petite fille, de dorloter ce bel enfant. Mais il n'en était pas à une cruauté près! C'était un homme terrible que M. de Richelieu! Il n'avait qu'une idolâtrie: le royaume de France. Comme si ma fortune n'aurait pas été bénéfique aux affaires du royaume qui allaient si mal... Je lui ai tenu tête, croyez-moi! Mais cela n'a pas empêché qu'il m'a donné l'ordre de quitter Saint-Germain. La reine et Mme de Hautefort firent tout leur possible pour me faire demeurer mais ne purent l'obtenir. Et jusqu'au roi qui me témoigna son regret de me voir partir. Mais je n'en avais pas fini avec le Cardinal. Il me fit passer par Rueil où il demeurait d'ordinaire quand le roi était à Saint-Germain. Il avait tellement sur le cœur que j'eusse appelé le petit Dauphin « mon petit mari » qu'il continua sa réprimande. Qui n'a pas connu le Cardinal, duc de Richelieu, ne peut comprendre la terreur qu'il inspirait. Il avait un regard féroce. J'ai fini par pleurer. Pour me consoler il m'offrit la collation. Mais rien n'y faisait. Je partis, pleurant toujours. J'étais très en colère. Par la suite je n'eus le droit de venir à la Cour qu'une fois tous les deux mois, et vous savez ce que c'est. Il n'y avait pas de lit pour moi à Saint-Germain, et je ne pouvais pour une seule couchée me déplacer chaque fois avec mon mobilier. Aussi j'avais tout juste le temps de dîner avec la reine et de m'en revenir sur Paris… Pourquoi M. de Richelieu a-t-il été si intransigeant? Lorsqu'il s'agit d'alliance de maisons d'un tel renom, pourquoi faire tant d'histoires pour une question de différence d'âge? Philippe II le propre grand-père du roi d'Espagne actuel, n'a-t-il pas épousé Marie Tudor, fille d'Henri VIII d'Angleterre. Elle était également son aînée de dix années, mais de plus était sa tante, alors que moi je ne suis que sa cousine germaine, fille du frère de son père. Dieu sait que les deux frères ne se ressemblaient pas. Feu le roi Louis XIII était si morose et féru de morale, tandis que mon père…

La voix de Mademoiselle se fêla.

— Je le revois sifflotant gaiement aux pires moments… Alors que tout le monde s'enfuyait… Encore que pour ma part j'aie toujours veillé à ne pas donner prise aux ragots, je me garderai bien de me joindre aux blâmes dont on se permet d'accabler la reine régente. Sa Majesté la reine Anne n'a pas connu beaucoup de joies comme épouse du feu roi Louis XIII. Et pour ajouter au désaccord qui régnait entre le roi et elle, elle ne pouvait s'empêcher de correspondre avec le roi d'Espagne, son frère, et se faisait accuser de trahison. Il est vrai qu'elle s'est trouvée mêlée à bien des complots… lesquels étaient le plus souvent suscités par mon père.

Elle suspendit sa marche. Le vent commençait à les environner de grands souffles au parfum de sel. Pour Angélique c'était agréable et nouveau.

Continuant la promenade, Mademoiselle secoua la tête avec un mélange de résignation et de regrets.

— Pourquoi le royaume de France est-il le seul à refuser le trône aux femmes ? Dans l'ordre de succession c'était à moi d'y monter, si Louis Dieudonné n'était pas venu au monde. Je ne sais plus à partir de quel prince cette loi ancienne a été appliquée. Je crois que c'était au décès de Louis X qu'on appelait le Hutin, qui ne laissait qu'une fille fort entachée de bâtardise. Les barons la rejetaient, sa mère étant cette Marguerite de Bourgogne qui s'en allait la nuit recevoir de beaux jeunes gens dans la tour de Nesle, qu'elle faisait jeter ensuite à la Seine.

Mademoiselle s'interrompit et s'arrêta encore, mais cette fois c'était pour nouer énergiquement sous son menton le voile qu'elle avait posé sur ses cheveux. Le vent tout à coup redoublait d'énergie. L'écharpe qu'Angélique avait sur les épaules s'envola.

Elles arrivaient.

Le vent balayait le monde autour d'elles et il fallait décider rapidement de la résistance à lui opposer, pour éviter de se laisser happer par un tourbillon où l'esprit même s'abandonnait.

Le ciel et la terre lui apparurent dansant et se heurtant dans un étrange ballet où les nuages blancs soudain se cassaient en masses écumeuses, fonçant vers la falaise pour se retirer avec une promptitude qui inspirait l'effroi si l'on songeait à la violence de leur retour. Elle comprit qu'elle se trouvait pour la première fois devant la mer océane, et celle-ci soumise à l'un de ces phénomènes impressionnants qu'on appelle les tempêtes.

Dans le vent, des oiseaux allaient et venaient comme titubants, et leurs cris aigus se mêlaient à un bruit que les arrivantes eurent quelque mal à démêler parmi le fouettement des rafales. C'était le bruit des éclats de rire incoercibles que poussait un groupe de jeunes femmes rassemblées à quelque distance. À leurs tenues élégantes, robes et manteaux de robe avec lesquels elles bataillaient contre le vent, elles virent qu'il s'agissait de personnes de la Cour.

Mademoiselle se rapprocha. Elle était déjà venue à ce but de promenade et elle avait connu d'autres tempêtes.

— Que se passe-t-il, mesdames?

Riant toujours, elles lui désignèrent à quelques pas une autre dame, agenouillée, les bras en croix. C'était elle qui motivait leur hilarité. L'une d'elles s'approcha et, alors qu'elles étaient dans un discours haché par le rire et le souffle du vent, expliqua que venues ici en nombreuse compagnie, trois des gentilshommes qui les accompagnaient étaient descendus sur la plage pour se baigner et avaient été emportés par les rouleaux furieux de l'océan.

Alors – spectacle on ne peut plus hilarant – Mme de Bressigny s'était mise à genoux, les bras étendus en ex-voto à saint Antoine de Padoue, priant à haute voix pour le salut des trois morts…

— Elle était devenue complètement folle! estimaient ses compagnes.

— Mais… c'est vous, mesdames, qui êtes complètement folles, s'écria Angélique lorsqu'elle eut démêlé la trame de ce bizarre récit. Si vraiment ces trois gentilshommes se sont noyés, Mme de Bressigny est bien la seule qui a agi dignement en priant pour leur âme!

Brusquement, les personnes qu'elle avait devant elle parurent s'éveiller et, reconnaissant Mlle de Montpensier, se mirent à bégayer, n'en cherchant pas moins une excuse.

— Mais Mme de Bressigny s'est imaginé qu'elle était au mieux du monde avec Dieu et qu'elle pourrait les ressusciter…

— Venez, ma chère, dit Mademoiselle en tirant Angélique à l'écart. Elles ont perdu l'esprit. Retournons en ville. Nous allons voir ce que nous pouvons faire.

Un groupe de personnes parmi lesquelles on pouvait reconnaître M. de Roquelaure arrivaient, courant à demi. Des originaires du pays, reconnaissables à leurs grands bonnets plats, souvent de couleur rouge, portaient des gaffes, des cordages et des sortes de couronnes de joncs et de paille tressée.

Apercevant la princesse, ils s'arrêtèrent pour la saluer et commenter le drame qui venait d'arriver sur la plage.

— Ces gentilshommes ont été victimes de leur hardiesse de guerriers, dit M. de Roquelaure. Ils n'ont pas vu dans le déferlement des vagues un danger plus grand que la charge de la cavalerie ennemie. Et certes, le danger est infiniment plus mortel, car à ces impétueux rouleaux de l'océan on ne peut opposer ni armes, ni armure.

Quelqu'un traduisit les explications des Basques qui les accompagnaient.

— Ces paysans que vous voyez là, qui sont aussi pêcheurs, disent qu'il n'y a évidemment plus rien à faire pour le salut de ces imprudents.

— On n'aperçoit rien fort au loin sur la mer, renseigna Mademoiselle.

— Tout ce qu'on peut envisager, nous disent les naturels du pays, c'est que les corps seront portés par les courants en différents points de la côte qu'ils connaissent et où ils nous conduiront. Ainsi ces malheureux pourront-ils recevoir une sépulture chrétienne. Mais on ne nous promet rien. La mer, disent-ils, est une dévoreuse et rend rarement ses proies… Mais nous allons tout de même jusqu'à la plage. Je veux pouvoir faire mon rapport à leurs amis, au roi peut-être s'ils étaient de ses familiers.

Mlle de Montpensier et Angélique continuèrent leur chemin, retournant vers la ville. Un peu plus loin Angélique retrouva son écharpe retenue par une touffe de plantes. Elle la noua aussi vigoureusement sous le menton. Mademoiselle lui reprit le bras.

— Voilà ce que je vous annonçais tout à l'heure. Les gens deviennent positivement fous ! Ils se trouvent hors de leurs habitudes. Personne pour leur annoncer ce qu'ils ont à faire, ou aller… Le roi lui-même ne sait que proposer comme délassement. Tant que ce roi d'Espagne ne s'est pas annoncé avec sa fille, nous serons comme des oiseaux battant des ailes dans le vent de mer… Vous souriez… Pourquoi?

Angélique avoua que l'image suggérée par la princesse était des plus éloquentes ! Des oiseaux battant des ailes dans le vent de mer. C'était en effet bien cela.

— Oui, j'ai une certaine vision des événements même les plus imprévus, même les plus tragiques, une vision qui se propose à moi comme sur un théâtre où chacun joue son rôle, reconnut Mademoiselle. Je ne suis pas toujours comprise. Mais j'ai bien aimé la façon avec laquelle, tout à l'heure, vous avez su clore le bec à ces pécores qui riaient comme des hystériques. Vous me plaisez, madame de Peyrac…

— Votre Altesse m'honore. Qu'elle me permette de lui dire que pour ma part c'est une grande joie de pouvoir écouter les avis d'une princesse dont le renom de gloire et de courage est connu de tous.

Angélique s'autorisait à adresser un compliment à son auguste compagne, car elle était sincère. La personnalité de Mlle de Montpensier, si ressemblante à tout ce qu'elle en avait entendu dire, ne la décevait pas. Il était difficile de juger la princesse sur son rôle dans la Fronde. Le passé, encore très proche, se présentait en effet dans le même désordre échevelé dont semblait souffrir ce subit rassemblement de tout ce qu'il y avait de plus illustre et de titré en France, dans un bourg assez restreint de la côte basque sur ce golfe de Gascogne à la terrible réputation de tempêtes, et visité par les baleines qui avaient entraîné ses habitants vers l'Amérique.

En se rapprochant de la ville, la scène s'anima de nouveau. Trois ecclésiastiques en costume séculier les abordèrent et vinrent s'informer de l'agrément de leur promenade. Mais l'un d'eux, M. de Valence, presque aussitôt coupa court et les quitta en présentant ses excuses. Il dit :

— Je dois aller conter à M. le Cardinal tout le mal que j'ai dit de lui et tout ce que mes amis ici présents en ont dit. Car j'aime encore mieux pour eux et pour moi qu'il en soit informé par mes soins que par ceux de l'abbé de Bondy qui est sa mouche la plus diligente…

Chapitre sixième

UN CARROSSE PASSANT sur la route retint son attelage, et quelques personnes surgirent à la portière suppliant Mlle de Montpensier de se joindre à elles. Elles se rendaient sur les rives de la Bidassoa, poussées par la curiosité de voir ce fameux pavillon qu'on y avait élevé non seulement pour les premières négociations, mais en vue de solennelles rencontres. Quand les personnes royales et leurs cours s'y rencontreraient, il ne serait pas loisible à tous d'en admirer l'ornement luxueux.

Sachant que Mademoiselle et Monsieur, frère du roi, s'y étaient rendus la veille, ils comptaient sur elle pour les introduire auprès du maître de chantier espagnol, responsable de l'édifice et de l'ornementation pour les jours de fête prévus.

Mademoiselle et Angélique montèrent. Tandis que la joyeuse carrossée franchissait les quelques lieues qui séparaient Saint-Jean-de-Luz de la rive du fleuve frontière, Mademoiselle leur parla de tout ce qu'elle avait entrevu, dont de magnifiques tapisseries lors de sa trop rapide visite de la veille, que l'on s'affairait à suspendre à l'intérieur pour donner à l'endroit la majesté et la splendeur inhérentes aux demeures royales. Elle avait vu apporter aussi, déjà mises en place, deux écritoires en bois des îles, écaille, ferrures, serrures et accessoires d'or.

— Dans toutes les pièces il y a des cieux de « tabi », et des toiles de fleurs aux murs, et de riches tapis de couleur. À terre, je n'ai remarqué que ceux de la salle de la Conférence, là où les deux rois doivent échanger les serments. Dieu! Quel jour émouvant ce sera! La lisière des tapis marque la frontière des deux côtes où doivent se tenir les souverains de chaque nation.

Ce point du rivage de la Bidassoa avait toujours servi de passage à tous les échanges illicites, diplomatiques, ou mystiques pour les pèlerins de Saint-Jacques-de-Compostelle, avec la presque inatteignable Espagne, retirée derrière son rempart de hautes montagnes. C'était le verrou occidental de la chaîne des Pyrénées, ouvert sur l'océan Atlantique. En ce lieu, le mouvement des marées se faisait encore sentir mais l'eau y était moins salée et la Bidassoa méritait le nom de fleuve, voire de rivière.

Arrivant du côté du Pays basque français, la petite compagnie que Mademoiselle avait prise sous son aile fut ravie de découvrir, se mirant dans le miroir d'eau presque étale, le petit palais annoncé. Dressé sur une île, il ressemblait à un navire de conte de fées, se laissant aller au fil du courant.

La présence de ce fragile et provisoire édifice rendait possible l'accueil des personnages royaux et de leurs Cours, de leurs ministres et de leurs suites, de leurs invités, d'un minimum de gardes militaires, tant venus d'Espagne que de France. Car ce pavillon avait été édifié en partant du principe que le roi d'Espagne, tout au long de sa visite, ne devait d'aucune façon mettre un seul pied hors de son royaume.

Les rencontres entre les deux souverains devraient donc se passer des deux côtés d'une frontière.

Il était également entendu qu'aucune des deux nations ne devait essayer d'écraser l'autre par les effets de sa magnificence. D'où la nécessité de tracer, à l'intérieur même du bâtiment, la ligne de démarcation virtuellement infranchissable, ainsi que celle de distribuer le même nombre de pièces et d'espaces à chacune des forces en présence. Mais le maître de chantier espagnol, l'*aposentador mayor*, chargé de cette difficile réalisation, avait su concevoir et faire exécuter un plan où, selon l'approbation exprimée par Mademoiselle, à la suite de sa première visite, « tout y était à égalité et bien mesuré ».

D'emblée, l'île des Faisans n'étant pas située juste au milieu du courant, mais un peu plus proche de la rive espagnole, la galerie couverte et le pont flottant par lequel on accédait à l'île s'étaient donc trouvés dans l'obligation d'être plus longs du côté français. Par contre, l'avantage pour les Espagnols d'être plus proches de l'île était annulé par le fait que, dominée par les contreforts de la montagne, la plage où l'on apercevait ce matin quelques cuirassiers à l'exercice était très étroite et moins étendue que celle des Français.

Au cours des premières négociations, les ministres avaient dû se contenter, pour gagner l'île, de ponts de bateaux plus ou moins vacillants.

Aujourd'hui ces passerelles incommodes et exposées au vent et à la pluie étaient doublées par de longues galeries couvertes, bâties sur pilotis, au-dessus de l'eau, et ornées tout le long de fenêtres à vitrage, qui seraient réservées au passage et aux allées et venues des souverains et de leurs familles. Mademoiselle dit que le responsable de ces travaux, un Espagnol présenté comme l'*Aposentador real*, averti par un sûr instinct de leurs rangs, avait fait passer Mademoiselle et Monsieur par ces confortables galeries vitrées.

Du côté espagnol, une galerie couverte formant angle aboutissait à un embarcadère à gradins. Le roi d'Espagne serait contraint, pour parvenir à l'île des Faisans, d'arriver par la mer, d'où la construction de l'embarcadère.

Tandis que les Français domiciliés à Saint-Jean-de-Luz, après un parcours à travers une campagne aimable, pouvaient amener tous leurs carrosses à quatre ou six chevaux, tous leurs bataillons de gardes de la reine, du roi, de mousquetaires, de Cent-Suisses, de gardes de princes et de princesses jusqu'au bord de l'eau, jusqu'au seuil même de la passerelle à bateaux ou du portique à tourelles flanqué des armes du Roi Très-Chrétien Louis XIV, porche d'honneur par lequel on accédait à la galerie couverte.

Pesés les avantages et les inconvénients de la situation pour chacun et en considérant qu'il s'agissait de l'honneur de grands princes, ce qui avait été arrêté et construit donnait satisfaction à tout le monde.

La galerie couverte par laquelle on atteignait l'île depuis la France était de cent quarante-sept pieds, mais celle de l'Espagne de cent trente-sept pieds était complétée par l'embarcadère de quarante-quatre pieds et un deuxième portique aux armes du Roi Très-Catholique.

Ayant franchi la rive, d'un côté ou de l'autre des passerelles, on pénétrait dans une vaste pièce où devait se réunir la noblesse des deux Cours. Ensuite, séparée par une travée étroite, se trouvait de chaque côté une suite de trois pièces de différentes tailles, qui aboutissaient à une salle carrée qui serait commune aux deux rois et appelée : le Salon des Conférences ou de l'Entrevue, où auraient lieu les rencontres, les serments, les signatures, les présentations… Elle avait quatre portes, dont l'une était en cristal. Et elle recevait la lumière du jour par quatre grandes impostes placées au-dessus des portes. Par la fenêtre du fond s'apercevait le feuillage de quelques arbustes d'un jardinet établi à la pointe de l'île, mais il était peu probable que les participants de cette grande rencontre, trouvassent le temps de s'y promener.

La veille, Mademoiselle avait fait amitié avec l'*Aposentador real*.

Et comme aujourd'hui il les accueillait sous le portique, côté France, elle entreprit de lui faire avouer, par le truchement de M. de Villemare qui parlait espagnol, tout ce qu'il savait sur la venue du roi d'Espagne.

Sa Majesté Très-Catholique était-elle en chemin ? Était-elle accompagnée de sa fille ? En quelle ville l'annonçait-on ? Le roi d'Espagne logerait-il à Fontarabie ou à Irun ? Quand finirait cette longue attente ?

Elle le suppliait de dissiper ses appréhensions. N'avait-il pas été témoin, dès le début – cela faisait plus d'un an –, des pourparlers entamés sur ces rives où il avait été chargé de préparer un endroit propice à la rencontre des ministres ? Or le traité avait été signé à l'automne ! Mais il semblait qu'en diplomatie cela ne voulait pas dire grand-chose ces signatures, tant qu'une foule de détails annexes ne serait pas réglée et acceptée. Mais maintenant tout était assuré et, en étaient la preuve, ces préparatifs exceptionnels. Mademoiselle priait l'*Aposentador real* de la tranquilliser. Elle se faisait véhémente. Tant de travaux ne devaient-ils pas porter leurs fruits?

N'est-ce pas? On ne pouvait avoir drainé inutilement sur ces rives océanes toute la noblesse d'un pays, laquelle s'était endettée pour plusieurs années afin de fêter superbement le mariage qui sanctionnerait la réussite politique de ce traité: le mariage des deux jeunes et beaux héritiers des deux plus grandes nations du monde!

Leur interlocuteur écoutait avec déférence, opposant aux objurgations de la Grande Mademoiselle le mutisme d'un serviteur qui, bien que chargé d'une mission d'importance, ne s'estime pas pour autant dans le secret des dieux. L'*Aposentador* se présentait comme un homme de belle prestance mais d'humeur taciturne. L'on voyait aussi qu'il avait l'habitude et la science de résister aux caprices des princes.

Mais la bonne grâce de Mademoiselle finit par l'incliner vers l'indulgence, et il admit qu'il avait été rappelé depuis deux mois pour mettre le château de Fontarabie en état de recevoir Sa Majesté le roi d'Espagne, et pour compléter la décoration intérieure du palais de l'île des Faisans destiné aux rencontres des souverains.

Presque toutes les tentures étaient suspendues. Il encourageait Son Altesse à venir les admirer et les interpréter. Car dans le choix des œuvres d'art désignées et acheminées pour dresser le décor des grands jours de l'île des Faisans, chacune des deux nations, l'espagnole et la française, comme naïvement, révélait ses préférences, ses amours, ses passions, l'expression de ses aspirations idéales.

Ainsi lorsque, venant des ponts, l'on pénétrait dans la galerie de la salle de l'Espagne, l'on était accueilli par de superbes tapisseries en soie, laine, or et argent, signifiant, l'une, *Le Triomphe des Vertus sur la Vanité* et *L'Horreur du Péché*, et l'autre, de même étoffe, l'*Histoire de Noé*.

En face, dans la même salle où venaient par leur pont plus long les Français, ceux-ci avaient suspendu finalement vingt-deux draperies des fables de *Psyché et Cupidon*, le petit dieu de l'Amour, et sur la seconde galerie *Les Guerres de Scipion et Hannibal*. Du côté espagnol, dans la première pièce qui se présentait, venant de l'entrée, il y avait une très belle tapisserie de l'*Histoire de saint Paul*. Du côté français en tapisseries or et argent, une *Histoire de saint Jean-Baptiste*.

Dans la seconde pièce espagnole, une allégorie des poésie et histoires de ces héros plus ou moins aimés des dieux dont on ne se lasse point d'écouter les exploits : Icare, Achille, Orphée, Andromède... Et toujours du côté espagnol, dans la troisième pièce carrée, il fallait s'arrêter, ébloui, devant les cinq tentures d'or de la célèbre et merveilleuse tapisserie dites « des Globes» qu'on avait fait venir du Portugal.

Les Français vis-à-vis exaltaient les joies de la Nature. La première pièce illustrait en sept tentures or et soie *Les Mois de l'Année*. Et la seconde, une tenture brodée de différentes couleurs en or et soie intitulée *Broussailles et Fleurs* et l'on eût pu rester sans fin à en détailler les perfections.

Quant au Salon de l'Entrevue où auraient lieu la remise des contrats et l'échange des serments de la Paix, salle commune aux deux couronnes, la même partition se distinguait par les couleurs, les tapisseries et les ornements. Quatre tentures d'or, argent et soie de l'*Apocalypse* veilleraient sur le roi d'Espagne et sa fille.

Du côté français se déployaient différents thèmes, dont les *Métamorphoses d'Ovide*.

Au sol, la frontière entre la France et l'Espagne se trouvait délimitée par les lisières de très riches tapis de Perse pour l'Espagne, de Turquie pour la France, avec de grands motifs sombres de velours rouge et qui étaient traversés d'une sorte de carrelage dessiné par des bandes de tissus d'or.

M. de Méré qui était un lettré entreprit d'instruire ses amis sur l'écrivain latin Ovide, ami de Virgile et qui avait l'art de glisser sous d'apparentes images innocentes de subtiles allusions érotiques. Ses explications que tous écoutaient avec le plus grand intérêt furent interrompues par des ouvriers qui apportaient des tables. Celles-ci furent disposées face à face de chaque côté de la ligne médiane tracée par la séparation des tapis. Elles complétaient un mobilier assez sobre de fauteuils, tabourets, carreaux de tapisserie. Y étaient posées les deux écritoires à ferrures et serrures d'or que Mademoiselle avait admirées la veille.

Ils se retrouvèrent au bout de leur passerelle vitrée et une fois encore prodiguèrent leurs félicitations et leurs remerciements à l'*Aposentador* du roi d'Espagne. On ne pouvait que s'exclamer d'admiration devant le soin et le goût qui avaient présidé à la décoration intérieure. Tout avait été réuni pour satisfaire les souverains et la foule qui leur ferait escorte.

Des coloris superbes et nuancés réchauffaient le regard, le luxe des matières employées rassurerait sur la bonne santé financière des États. Les thèmes diversifiés avertissaient avec élégance de l'esprit particulier des peuples. Aucune salle, chambre, ou salon ne répétait l'un des thèmes choisis par l'autre. Sauf – et Angélique fut sans doute la seule à l'avoir remarqué – en ces étroits cabinets situés chacun à l'angle du Salon des Entrevues, et dans lesquels, après avoir suivi un petit couloir animé par l'histoire de *Romulus et Remus*, côté espagnol, et celle des *Matrones illustres* côté français, les ministres et leurs scribes s'enfermeraient pour collecter et mettre en ordre les innombrables pièces du dossier à relire, à préparer, pour s'y trouver à la fin, le moment venu, enfermés chacun avec son souverain respectif, afin de recueillir, loin de tous regards, les augustes signatures.

Or, en ces lieux secrets où tout se déciderait, le thème des tapisseries aux murs était le même, montrant, bien qu'exécuté par un artiste différent, les étapes de *La Passion de Notre Seigneur Jésus-Christ*.

La même attention délicate et inspirée semblait avoir estimé qu'aucun sujet profane ou différent ne devait distraire en ce moment décisif ces représentants des deux nations jusque-là ennemies, se réconciliant en ce jour sous le signe de la croix qui était celui de leur commune foi – la religion chrétienne.

Sous le bord des arbres, quatre chevaux énormes, gardés par d'aussi robustes cochers, mangeaient leur ration de picotin.

Pour convoyer rideaux et tapisseries, ces pesants rouleaux de soie, de laine, mêlés de fils d'or et d'argent, des charrois étaient partis des mois plus tôt des différentes manufactures, attelés de chevaux de trait, de cette race boulonnaise choisie pour amener chaque jour de leur lourd galop, de la côte à Paris, la « marée » fraîche à la halle aux poissons.

« Pourquoi le boulonnais? Pourquoi pas notre poitevin? », pensa Angélique.

Retournant à Saint-Jean-de-Luz, la petite faction qui avait eu le privilège de découvrir les préparatifs en l'île des Faisans remerciait Mademoiselle avec effusion.

Ils avaient eu un aperçu inopiné des graves et importantes audiences et engagements politiques, des cérémonies qui allaient se dérouler dans ce décor préparé avec tant de goût et de pointilleuses recherches de confort et de sécurité pour des actions qui ne seraient pas seulement de festivités, mais aussi de sévère diplomatie. Les courtisans et participants qui s'amasseraient dans les galeries du fond pouvaient s'attendre, comme il était de règle en ces manifestations, à piétiner longuement tandis que les rituels des serments et des signatures s'accompliraient, succédant à de non moins longs échanges de paroles, ou de conversations intimes entre membres d'une famille royale qui se rencontreraient, se retrouveraient, se reconnaîtraient ou se découvriraient, tel le roi Louis XIV voyant pour la première fois une épouse qu'il lui faudrait aimer.

L'attente serait longue pour les courtisans et la contemplation détaillée des superbes tapisseries aiderait à prendre patience.

On pouvait seulement déplorer que les *Métamorphoses d'Ovide* fussent suspendues dans le Salon de la Conférence, ce qui priverait les Cours d'occuper leur attente à écouter les explications de M. de Méré sur le symbolisme érotique de ces merveilleuses tentures, lesquelles, déployées du côté français, s'offriraient à la seule vue du roi d'Espagne et de sa fille l'Infante, dont on pouvait croire qu'en de tels moments ils seraient peu disposés à en deviner les charmes cachés.

Encore faudrait-il, pour vivre ces inoubliables journées qui s'annonçaient, que Sa Majesté Très-Catholique le roi d'Espagne Philippe IV et sa fille l'infante Marie-Thérèse parussent à l'horizon de la Bidassoa.

Tandis qu'ils regagnaient Saint-Jean-de-Luz, ils parlèrent aussi de l'*Aposentador* dont le talent à embellir les lieux les impressionnait. M. de Bar, qui avait fait partie de la mission chargée d'aller à Madrid demander la main de l'Infante, dit que cet homme se nommait don Diego Vélasquez et occupait à la Cour la place privilégiée de peintre du roi. La réputation de son grand talent passait les frontières parmi les cours souveraines. Mais il refusait de vendre ses œuvres et de travailler autrement que pour le roi, car très fier et conscient de sa valeur, il avait sollicité l'honneur d'être décoré de l'Ordre de Santiago, l'un des plus grands Ordres espagnols. Mais là où Philippe IV se portait garant de sa demande, les membres du chapitre de l'Ordre avaient refusé de le recevoir, s'opposant ainsi au désir du roi. Il y avait des doutes quant à la pureté de son sang, la *limpieza de sangre*, qui avait une importance capitale en Espagne, rien n'étant pire que d'être soupçonné d'être descendant de Juif ou de Maure converti deux ou trois siècles auparavant.

Mais surtout, Diego Vélasquez était considéré comme travaillant de ses mains, ce qui l'écartait de toute possibilité d'anoblissement. Et il avait beau assurer qu'il ne vendait son talent qu'au roi, le Chapitre de l'Ordre de Santiago n'en voulait pas.

Ce qu'Angélique avait aussi remarqué durant la visite, c'est que cet homme toussait beaucoup. Il avait des quintes profondes, étouffées mais fréquentes. À l'évidence il avait mal supporté les brouillards de l'estuaire l'hiver, les vents marins de la région.

Elle pensait à son frère Gontran qui voulait être peintre avec tant de sombre volonté qu'il acceptait à l'avance, travaillant de ses mains, toutes les avanies qui s'attachent à l'existence d'un pauvre artisan.

Des souvenirs continuaient à la traverser, qui devaient être provoqués par la soudaine irruption autour d'elle de ces représentants des provinces d'une France dont elle avait été séparée depuis son mariage… Par exemple, ceux de la province d'Ile-de-France, le fief des rois, avec la capitale Paris épinglée sur son cœur comme un joyau. Et puis ceux des provinces de l'Ouest: un peu de Normandie, l'Anjou, son Poitou natal entre Bretagne et le Maine, l'Aunis, qui porte La Rochelle et la Saintonge. Et ce n'était qu'un mince aperçu de l'échantillonnage des grandes familles du royaume de France qui allaient se bousculer ici, face aux Grands d'Espagne.

Après des regards jetés en direction du soleil on pouvait juger que l'après-midi était fort avancé, mais la journée était loin d'être finie. Cependant le dîner* avait été escamoté. On parla d'une collation chez M. de Lionne.

Angélique avança la nécessité de se vêtir avec plus d'apparat pour la soirée. Et elle voulait s'informer de la bonne santé de son fils. Mademoiselle la laissa partir avec regret, lui abandonnant l'usage de sa chaise et de ses porteurs afin qu'elle pût revenir plus rapidement.

---

* Vers 13 heures.

— Viendrez-vous au jeu de la reine ce soir? lui avait-elle dit en la quittant. Sa Majesté tient beaucoup à avoir toutes ces dames près d'elle et aussi celles qui lui ont été présentées ce matin. C'est une occasion pour elle de mieux connaître les épouses de tous ces Grands qu'elle a souvent considérés plus en adversaires qu'en amis. N'hésitez pas à jouer gros jeu. Elle aime qu'on se plaise chez elle. Puis nous l'accompagnerons à la comédie espagnole... Je vous en prie. Je suis curieuse de vos avis. Et de savoir ce que vous penserez de ces abominations...

La chaise à la livrée de Mademoiselle conduisit Angélique jusqu'à son hôtel, chargée de la ramener ensuite à la maison où résidait la reine mère.

Elle trouva sa demeure désertée et comme ouverte à tous vents.

Un marmiton d'une autre cuisine seigneuriale campée pour l'occasion au rez-de-chaussée de la maison d'en face, qui épluchait les légumes sur le seuil avec dextérité, la renseigna.

Tout le monde chez elle était parti visiter la ville, y compris la vieille dame, tous escortant le petit seigneur en sa promenade quotidienne.

Supputant que Florimond devait être « le petit seigneur » en question, Angélique, rassurée, renonça de se préoccuper plus de l'abandon dans lequel toutes choses se trouvaient. C'était le ton du moment. On s'inquiéterait plus tard de possibles cambriolages, auxquels nul n'avait trop la tête dans une ville envahie par tous les grands noms du royaume, de personnages réputés environnés chacun d'une armée de suivants, de servants et de gardes chargés d'une surveillance mutuelle pointilleuse et de les défendre de la pique ou de l'épée à l'occasion.

Elle changea rapidement de corsage, mit un manteau de robe qui ajoutait pour la soirée plus de distinction à sa tenue, changea de boucles d'oreilles et de colliers, garnit sa bourse de quelques écus et pistoles pour le jeu de la reine, puis remonta dans la chaise qui attendait.

Elle souhaitait pouvoir encore profiter de la collation, commençant à éprouver les affres de la faim et d'une soif que la chaleur brûlante brassée par le vent entretenait, malgré quelques libations rapides qu'elle avait pu s'accorder.

Mais dès son arrivée sur la place elle fut happée par un groupe de gentilshommes dont M. de Meilleraye, M. de Méré, M. de Courcillon et plusieurs de ceux qui avaient été avec elle à la Bidassoa, et propulsée dans la demeure de la reine Anne d'Autriche qui recevait et ne paraissait pas du tout troublée par le mouvement, la précipitation avec lesquels tout se faisait autour d'elle. Apparemment l'habitude et l'intuition, deux piliers de la mondanité, s'étaient développées en la souveraine. La science de deviner en chacun ou chacune leurs intentions, leurs projets ou espérances immédiats, afin de ne pas perdre de temps en d'inutiles questions, explications ou approches, l'aidait à régler au plus juste la place ou le rôle de chacun.

À peine Angélique avait-elle plongé dans sa révérence que la Reine, que l'on appelait encore la reine régente en commençant de l'appeler la reine mère, d'un sourire et d'un geste gracieux de son éventail, la renvoyait aux mains de ceux qui s'étaient emparés d'elle dans la fièvre.

Elle se retrouva dans une pièce étroite et bondée, mais c'était tout ce qu'on avait trouvé comme salle pour le jeu. Et de rester debout, pour la plupart, autour des tables, n'empêchait pas toutes les personnes présentes de se reconnaître comme membres d'une même famille : les joueurs. Angélique suscitait l'affection reconnaissante de tous ceux qui passent leur vie à craindre de ne pas trouver de partenaires pour leur partie du soir.

Les chroniqueurs attentifs et soucieux de collecter le plus d'informations surprenantes possibles auraient pu noter que ce jour-là, aux tables du jeu de la reine, Mme de Peyrac s'empara de la Cour de France par la magie subtile de sa beauté, de son rire, de son aisance à vivre et à se distraire, et de beaucoup d'autres choses qui relevaient de la magie de l'inattendu, de la magie de la nouveauté et de la Magie tout court. Et d'un peu d'insolence qu'elle pouvait se permettre étant donné la place que son mari occupait et le panache avec lequel elle avait relevé le défi non formulé que la noblesse de France lui avait lancé, non sans sournoiserie, en ce jour. La présentation au roi, à la Cour, c'était de ces exploits qui se jouent sur la scène d'un théâtre sans cesse occupé à monter de nouvelles intrigues pour de nouveaux triomphes ou défaites, théâtre où l'obtention des honneurs signifie Fortune, mais où Fortune ne signifie pas toujours Pouvoir. Et là se jouait l'incertitude de l'avenir, réussite ou disparition.

Défi qu'elle avait relevé avec d'autant plus de légèreté qu'elle n'en soupçonnait pas l'importance.

Elle accepta une autre partie à condition qu'on lui apportât à boire. Elle fut aussitôt sollicitée par différentes boissons et jusqu'à des sorbets de fruits mais les refusa ainsi que vins et liqueurs, se contentant d'un verre d'eau piquante qu'on lui dit de la fontaine et qui venait de la montagne. Elle ne voulait boire que de l'eau, à la déception de ses partenaires, ce qui la fit éclater de rire.

— Messieurs, la partie est serrée. Je me dois et je vous dois de garder toute ma tête. Ce n'est pas le moment de m'enivrer…

Tout le monde s'amusait et les joueurs invétérés avaient oublié la distance qui les séparait des lieux familiers où ils avaient l'habitude de battre les cartes ou de secouer les dés comme sur une planète rassurante où la chance leur était acquise par l'habitude : le Louvre, le Palais-Royal, les Tuileries, le Luxembourg et tous les coins secrets de Paris qui ne pouvaient les trahir.

Au cœur de la partie, un page se donna beaucoup de mal pour attirer l'attention. Il avait un message à lui remettre de la part de Mgr le comte de Peyrac. Quelqu'un pour l'obliger ouvrit le pli, et quelqu'un d'autre le lui glissa sous les yeux. Elle déchiffra : « Madame, à mon grand déplaisir je ne pourrai me trouver près de vous ce soir. Mais demain, à l'aube. »

Des cartes plein les mains, elle ne pénétrait pas le sens du message, excepté qu'il lui causait une cuisante déception. Puis elle reconnut son écriture et sa signature, et réussit à se saisir du papier. Ainsi, elle ne le verrait pas ce soir. Et cela lui parut tout à fait insupportable. Elle aurait voulu poser ses lèvres sur les signes tracés par sa main mais, comme au sein d'une bataille dans la nuit, elle avait appris aussi de lui à ne pas perdre le sens de l'endroit où elle se trouvait et en quelle assemblée. Elle glissa le pli dans son bustier. Devant elle, M. de Marty-Boissot grimaçait vilainement, tandis que d'autres s'esclaffaient en le regardant. On ébauchait du bout des doigts de discrets applaudissements.

Elle ne comprit le sens de cette pantomime qu'en voyant M. de Marty-Boissot lui compter d'un air sombre un nombre respectable d'écus. Elle avait gagné haut la main. Ce qui ne la surprenait pas car elle avait de la chance au jeu, et un sens unique des pièges à tendre à ses adversaires, lorsqu'il ne s'agissait pas seulement d'un jeu de hasard.

❦

Angélique fut au souper du roi.

Là au moins, elle put se rafraîchir. On ne voyait pas le roi. Il avait préféré souper seul, dans un recoin, comme il le faisait parfois.

Devant le nombre impressionnant de sorbets, de fruits glacés, de crèmes glacées, de soupes glacées, le marquis de Meillerayes, qui à l'île des Faisans avait intéressé par des explications sur les mœurs espagnoles, compléta ces renseignements en lui disant que pour les Espagnols, la glace, ou plutôt la « neige » comme ils disaient, avait autant d'importance dans leur alimentation que le pain dans celle des Français. Ils en mettaient partout jusque dans le bouillon, les rôtis, les divers légumes.

On cita pour exemple le cas d'un hidalgo qui, attiré par les ordres et soucieux de gagner son Ciel, renonça à prendre la bure en apprenant qu'au monastère on ne servait pas de « neige ». Prêt à toutes les austérités, y compris le jeûne et la flagellation, il ne pouvait consentir à celle-là. Il choisit l'armée, réputée pour se fournir d'autorité.

Ceux qui accompagnaient ainsi d'anecdotes le souper servi dans la demeure où était reçu le roi, et qui communiquait avec celle de la reine, avaient du mérite car soutenir les conversations avec verres et assiettes garnis de différents mets et boissons à la main dans la bousculade était un exercice de haute voltige. Mais la Cour de France y était rompue. C'était une cour bavarde et que le moindre mot d'esprit, le moindre récit pittoresque, ou de révélations curieuses, enchantait. On s'y amusait de tout et parfois avec innocence, jouissant d'être en compagnie et, pour les hommes, de pouvoir raconter à l'occasion leurs hauts faits à de nouveaux auditoires ou entreprendre de nouvelles conquêtes.

L'introduction dans ce tissu serré et pourtant souple, où chaque nuance du comportement, même pour une fois irréfléchie, avait des conséquences, d'une ravissante jeune femme inconnue, quoique de réputation – qui n'avait entendu le conte presque légendaire du mariage de celui qu'on appelait le Grand Boiteux du Languedoc ? –, aussi belle qu'annoncée, qui savait rire à une table de jeu tout en connaissant les règles et les manœuvres, et qui parmi les nombreux galants qui s'empressaient savait prêter l'oreille à leurs galéjades ou – ce qui était plus rare de la part des dames – au récit de leurs exploits, et sachant leur renvoyer la balle à l'occasion, il n'en fallait pas plus pour que le souper du roi, ce soir-là, fût pour beaucoup un exercice de mondanité réussi.

Angélique redescendit l'escalier étroit et bondé sans presque toucher terre, tant elle était portée par un entourage devenu quasi familier et amical sans faux-semblants. Elle n'avait pas aperçu, par bonheur, le marquis de Vardes. On l'interrogeait : pourquoi partir si tôt ? Le souper du roi, cérémonie appréciée et dans l'« intimité », quoiqu'il n'y parût guère, n'était pas terminé. Mais elle avait promis à la princesse de Montpensier de la rejoindre à la comédie espagnole qui allait commencer.

Elle fut projetée à l'intérieur par une foule qui se pressait devant l'étroite ouverture d'un bâtiment indistinct où chaque soir était annoncé le nouveau divertissement. La salle était dans une obscurité quasi totale. Angélique trébucha sur des gens assis, sur d'autres debout attendant d'être placés. Il y avait alentour une double estrade où devaient avoir pris place les personnes royales et leur suite. Angélique essaya de se déplacer dans cette direction mais quelqu'un la saisit au poignet, ce qui lui fut désagréable. Elle se retrouva assise sur un banc du parterre sans savoir qui elle avait comme voisinage. L'obscurité était profonde à part quelques lueurs de lampes à huile, ou de lanternes qui vacillaient çà et là. Devant, se devinait l'espace encore désert d'un plateau où allait se jouer la comédie. Dans la salle, en attendant le spectacle, tout le monde jabotait ferme en espagnol.

Puis il y eut sur la scène du théâtre un vague mouvement et des créatures dansantes, pareilles à des fantômes, vinrent comme subrepticement planter sur les côtés des sortes de torches courtes qui éclairèrent le plateau. La salle où se tenait le public demeura dans l'obscurité.

Puis la comédie commença. Angélique portait toute son attention à essayer de suivre le sujet développé sur scène car celui de la comédie espagnole, peut-être archaïque, ne lui était pas familier.

Sur l'estrade s'agitaient les différents éléments d'une troupe d'acteurs dont les sautillements et cabrioles avaient quelque chose de burlesque, la plupart étant vêtus de longues robes et Angélique comprit les réticences de Mademoiselle en discernant qu'il s'agissait de moines et de prêtres. Difficile pour elle de savoir si cela représentait une parodie de l'Enfer ou une scène du Jugement dernier. On distinguait des mitres d'évêques, des diables cornus. Par-dessus la musique discordante et les déclamations bruyantes, Angélique entendait rire la reine Anne d'Autriche avec la gaieté d'une novice de couvent à la récréation.

Tout à coup il se passa un phénomène étrange et qui la saisit comme ce matin à la présentation du roi. Toutes les lumières parurent s'éteindre et une onde de ténèbres se répandit à travers la salle et jusque sur la scène.

Angélique ne voyait plus que deux lumières qui brillaient, à la fois très fortes et vacillantes et qu'elle fixait, obnubilée, jusqu'au moment où elle s'aperçut que ces deux lumières étaient les deux yeux d'un des acteurs du théâtre, un individu habillé en moine et dont elle distinguait la silhouette se trémoussant et gesticulant dans la pénombre. Donc il ne faisait pas si obscur que cela! Le public continuait à rire bruyamment.

Angélique voulut se lever pour s'en aller. Mais alors l'obscurité retomba, complète, et il n'y avait plus que ces deux yeux luisants, un regard flottant dans le noir et qui était fixé sur elle. Angélique se sentit partir dans la mollesse d'un évanouissement.

« On m'a fait boire quelque chose, pensa-t-elle. Tout à l'heure… Au souper du roi. »

Elle fit à nouveau effort pour se lever et tenter de gagner la sortie. Un bras énergique la soutint – un bras d'homme – une voix lui parla tout bas:

— Je vais vous aider, madame de Peyrac.

Angélique remit à plus tard de s'informer à qui appartenait ce bras. Il la guidait vers la sortie et c'était tout ce qu'elle demandait. La voix continuait de chuchoter:

— Comme les choses s'arrangent! J'avais une requête à vous adresser de la part de Monsieur, frère du roi…

Mais soudain d'autres bras enlevèrent Angélique et elle se retrouva portée, étendue, comme flottant au-dessus des têtes qui formaient la mouvance d'une mer ténébreuse prête à l'engloutir. « Je suis perdue », pensa-t-elle, dans l'incapacité de se débattre.

Une bouffée d'air frais lui venant au visage la ranima.

Elle n'était plus évanouie, portée par plusieurs bras, étendue sur un océan de têtes houleuses.

Elle était debout sur le seuil de la salle dont, derrière elle, la porte s'était refermée. Devant elle, elle distinguait l'espace d'une placette de Saint-Jean-de-Luz éclairée par quelques lumignons suspendus à des enseignes. L'endroit était encore fort animé à cette heure nocturne. De nombreux passants allaient et venaient, et certains se mettaient à courir.

Ils lui apparurent eux aussi comme des fantômes à travers les voiles d'un brouillard, qu'elle pensa être dû au trouble dont elle avait été envahie. Mais ce n'était pas du brouillard. Il s'agissait d'une soudaine averse. Ce n'était qu'une petite pluie dont elle sentit la fraîcheur, en attouchements menus sur son visage, quand elle voulut s'avancer. Alors elle regarda celui qui à ses côtés la retenait par le bras, et reconnut le comte de Guiche, l'un des fils du duc de Gramont.

— Monsieur, je vous remercie de m'avoir aidée à sortir. J'ai éprouvé un malaise.

— Je vais vous reconduire chez vous. La pluie peut s'arrêter, dit-il, ou redoubler. C'est la façon de ce pays au printemps, m'a-t-on dit… Attendons.

Le gentilhomme avait une expression des plus sereines, aimable, qui devait être son expression habituelle. Angélique se demandait si elle avait vraiment vécu ce moment de terreur, avec ce regard sur la scène qui lui laissait comme une crispation glacée au creux de l'estomac. Elle essaya de s'expliquer.

— Je crains d'avoir été entraînée à boire trop de vin au souper du roi. Ou bien m'a-t-on versé une boisson à laquelle je n'étais pas accoutumée…

Le fin profil du jeune homme s'inclina vers son visage et elle se recula se souvenant du marquis de Vardes. Mais il ne participait pas à ses réactions intimes et avait d'autres intentions plus prosaïques.

— Où allez-vous chercher que vous avez trop bu? Je ne sens aucune odeur de vin ni d'alcool dans votre haleine. La chaleur et la presse vous ont étourdie.

— Je vous remercie de m'avoir soutenue. J'étais sur le point de m'évanouir.

— J'ai compris que vous vouliez partir. Ces comédies espagnoles sont tellement grossières et difficiles à apprécier. Et comme j'ai à vous entretenir d'urgence de la part de Monsieur…

Il la considérait en toute tranquillité et elle ne parvenait pas à être fixée sur le rôle qu'il avait joué près d'elle. Elle ne l'avait même pas reconnu en s'asseyant près de lui. À moins que ce ne fût lui qui se soit porté vers elle en l'apercevant. Il devait avoir des yeux de chat.

— J'ai demandé à des amis de vous porter, dit-il, afin que vous soyez plus vite à l'air libre, dehors.

D'un geste de bonne camaraderie il lui jeta un bras autour des épaules, l'enveloppant de son vaste manteau afin qu'elle pût mieux être abritée de la pluie qui continuait de tomber, mais fort douce.

Ils se mirent en marche.

— Où m'emmenez-vous?

— Chez vous.

— Je suis incapable de vous indiquer le chemin de la demeure où nous logeons.

— Mais moi, je le connais.

Il fit halte pour arrêter un homme qui passait, porteur de divers flacons suspendus à un fléau, ainsi que des tasses qu'il protégeait tant bien que mal par les bords d'un immense chapeau. C'était un limonadier ambulant. À toute heure les rues de Saint-Jean-de-Luz étaient pour lui pleines de chalands. On avait soif.

Le comte de Guiche lui commanda une liqueur fabriquée avec des plantes du pays. Ils discutèrent de laquelle était la plus réconfortante pour une dame qui ressentait la fatigue d'une longue journée de divertissements: la verte ou la jaune? Il fut décidé de la jaune, et versée dans un très petit verre, la liqueur chaleureuse lui fit du bien.

Ils reprirent leur marche.

La pluie tombait doucement, sans violence, mais assez mouillante, un peu comme un brouillard, et Angélique appréciait l'abri que lui procurait le manteau du comte de Guiche qui était de beau drap, avec un parfum prisé, disait-on, par les gentilshommes de guerre lorsqu'ils passaient des champs de bataille à la discipline des fêtes royales.

— Voilà de quoi il s'agit, déclara le jeune homme du ton décidé de celui qui a une mission délicate et difficile à remplir. Ce matin Monsieur a été tout à fait impressionné par la beauté des chapelets que vous avez offerts en cadeau d'avènement à notre future reine. Il a aussi été sensible à la merveilleuse et originale idée de présents à faire à une personne qui aime les beaux objets, mais qui est également vertueuse et pieuse. Il voudrait pouvoir faire la surprise d'un cadeau de cette sorte à sa mère, Sa Majesté la reine Anne d'Autriche. Il m'a chargé de m'entremettre pour lui procurer ces objets mais cela se révèle difficile, surtout ici, loin de Paris. Je me suis informé auprès des marchands, engagés dans la suite du roi ou de différentes maisons comme « garde-bijoux » et qui sont accompagnés de coffres où l'on peut trouver pour des présents quelques belles parures, mais ils se récusent à propos de chapelets dont la fabrication luxueuse comme ceux que vous avez offerts ne relève pas de leur corps de métier: orfèvres ou joailliers…

Angélique écoutait avec attention tout en veillant à ne pas trop mouiller ses fins souliers. Dès les premiers mots hésitants du jeune homme, elle s'était demandé où il voulait en venir. Mais il se tut et il parut qu'il n'avait rien d'autre à ajouter.

Elle rassembla ses esprits, s'évertuant à considérer la démarche du comte de Guiche pour ce qu'elle était dans sa simplicité. Elle répondit que c'était son mari qui s'était occupé des présents à emporter à Saint-Jean-de-Luz et qu'à propos des chapelets, elle n'avait aucune idée des artisans, joailliers ou orfèvres, qui avaient été chargés de leur exécution. C'était une activité qui devait relever d'une corporation particulière au sein de laquelle seulement on pouvait espérer trouver l'objet désiré et obtenir sa fabrication. Elle sentit que le comte était déçu du peu d'aide qu'elle lui apportait. Une idée lui vint qu'elle exposa à son compagnon.

En descendant aujourd'hui jusqu'à la Bidassoa pour visiter le pavillon de la Conférence, elle avait remarqué, en retrait, non loin sur le rivage côté français, un important campement de vivandiers et de marchands comme il s'en trouve toujours à la suite des armées et des lieux de rassemblement habituels comme des foires annoncées ou provisoires, à l'occasion de rencontres politiques, de festivités religieuses. Parmi ces gens se trouvaient certainement un ou deux représentants de la particulière corporation des patenôtriers, fabricants et vendeurs d'objets de piété, chapelets, médailles, croix, et il pourrait obtenir des renseignements sur un maître renommé pour la fabrication des chapelets de luxe. Par le bouche à oreille rien n'était inaccessible, d'autant plus que la région était maintenue sous influence religieuse par le passage des pèlerins de Saint-Jacques-de-Compostelle. C'était l'unique lieu à l'ouest de l'âpre chaîne des Pyrénées, où les pèlerins, trop vieux ou faibles de santé, pouvaient passer en Espagne, quitte à augmenter en prières le coût de leurs mortifications, pour avoir évité l'ascension et le passage du terrible col du Somport où se situait l'ultime point de leur effort et de leur pénitence.

Après l'avoir entendue, le favori de Monsieur parut reprendre espoir. Comme si elle le sauvait d'un grave dilemme dont dépendait sa carrière, sinon sa vie.

La sérénité d'une ruelle descendante, déserte et peu éclairée, lui annonça l'approche de son quartier, heureusement éloigné du centre où il semblait que les habitants ignoraient, à toute heure du jour et de la nuit, la nécessité de prendre du repos.

Avec soulagement, Angélique reconnaissait le seuil de son hôtel. Aux lueurs étouffées qui se devinaient derrière les petits carreaux des fenêtres et au silence qui régnait, elle sut que sa maison s'était repeuplée et apparemment tout le monde y dormait à poings fermés y compris Florimond.

Cette promenade tranquille lui avait fait du bien. Son malaise s'estompait. Elle en oubliait la cause. Cependant sa pensée ne cessait d'osciller.

Échaudée par une journée pleine de découvertes insolites et de réactions qu'elle ne pouvait s'empêcher de trouver bizarres, troublée par l'heure nocturne, cette heure de la nuit où tout vacille, elle se mettait à douter de son propre jugement, n'étant pas certaine d'avoir bien compris de quoi il retournait, déconcertée de voir un gentilhomme dépenser à la recherche d'objets de piété une énergie disproportionnée, comme s'il montait à l'assaut d'une redoute.

— Est-ce tout ce que vous avez à me dire ? demanda-t-elle. Cette histoire de chapelets ? Parlez-vous sérieusement ?

— Madame, connaissez-vous au monde question plus sérieuse à traiter que la dévotion ?... Pourquoi vous méfiez-vous de moi ? Préféreriez-vous que je vous conte fleurette comme tous ici le souhaitent et comme je le ferais volontiers si je ne prenais pas en compte l'amitié que je porte à M. de Peyrac ?

— Oh ! non ! non !... Certes non ! s'écria Angélique. Vous êtes charmant, monsieur de Guiche ! Je vous aime beaucoup !

Elle l'aurait volontiers embrassé sur les deux joues si la porte ne s'était ouverte derrière elle, tirée par Margot qui l'aida à franchir le seuil.

Angélique n'eut que le temps d'envoyer un geste d'adieu au comte de Guiche. Elle s'étonnait de se sentir titubante car elle n'avait pas l'impression d'avoir tellement bu au souper du roi.

Sans engager la conversation, Margot la soutint dans l'escalier jusqu'à l'étage où se trouvait leur chambre.

Joffrey n'était pas là. Mais il l'avait prévenue. Et elle n'était pas en état de philosopher d'aucune manière sur son absence. Elle se sentait aussi éreintée que si elle avait passé toute une journée à marcher sur une route ou à cavalcader dans les sentiers de la Montagne noire ou des Corbières. Et c'était pire encore car c'était une autre sorte de fatigue, inusitée. Avec une arrière-pensée de crainte, de peur, qu'elle ne pouvait ni chasser, ni considérer.

Après l'avoir débarrassée promptement de ses vêtements la servante lui passa des linges humides et parfumés sur tout le corps, puis l'aida à enfiler une très fine chemise de linon.

Angélique s'effondra sur la couche un peu étroite qui leur avait été dévolue. Elle dormit comme une souche. Rien n'est plus réparateur que le sommeil juvénile.

Quand elle s'éveilla, il ne lui restait aucune trace des fatigues infligées aussi bien par les frayeurs que par les plaisirs de la veille. Elle se sentait en parfaite santé, émerveillée de vivre.

Elle alla prestement sur ses pieds nus, jusqu'au balcon.

Du balcon, elle perçut des mouvements dans la rue, et peu après il fut là, monté à travers la maison endormie, et la retrouvant avec la joie d'un jeune amant qui a pu s'échapper pour revoir sa belle.

Elle-même avait l'impression de ne pas l'avoir vu depuis plusieurs jours. Joffrey, son amour.

Ils s'embrassèrent en riant.

La saveur du soleil mêlée d'un peu de fraîcheur matinale les engourdissait. Envahis de désir, ils firent l'amour presque furtivement, réfugiés dans un recoin de l'étage où il n'y avait même pas de quoi s'étendre, avec la crainte de réveiller leur hôtesse.

Elle sentait ses belles mains le long de son échine, sur ses reins. Elle passait ses doigts dans sa chevelure opulente, prenant goût à une familiarité qu'elle n'osait pas toujours. C'est en ces moments-là qu'elle se souvenait, étonnée, extasiée, de ses craintes anciennes. Comme elle continuait à être en son pouvoir! S'ennuyant loin de lui, ne se lassant pas de sa présence, de sa force, de son exigence... C'était un homme au-dessus de tous les autres, se disait-elle avec ivresse. Elle se perdait en lui, abandonnée à sa passion, tous deux volant ce moment de plaisir et de ravissement aux obligations qui les attendaient. Il fallait profiter du trop bref envoûtement en lequel le sommeil, dû à la fatigue de la veille, tenait encore la ville.

Le soleil s'imposait, accompagné d'une rumeur inconnue. Ce grondement lointain, par-dessus les toits, de l'océan Atlantique si longtemps appelé la mer des Ténèbres, tant que ne s'était pas dévoilé le mystère de son horizon sans limite.

Tandis qu'ils s'habillaient en s'aidant mutuellement – aujourd'hui il n'y avait pas de cérémonies d'apparat en prévision –, Angélique s'aperçut que, de tout ce qu'elle avait fait ou expérimenté la veille, ce qui se détachait le plus nettement c'était la rencontre des trois ecclésiastiques, dont l'un, M. de Valence, était parti le premier pour confesser au Cardinal le mal qu'il avait dit sur lui, afin qu'il n'en fût pas averti par l'un de ses espions, l'abbé de Bonzi entre autres. Loin de la faire sourire, ce comportement de la part d'un homme qui ne lui avait pas paru particulièrement timoré, un évêque au surplus, et dans la force de la jeunesse – il n'avait pas trente ans – lui avait comme révélé la réalité d'un climat de crainte qui nécessitait de tous une extrême attention et prudence.

Elle exposa le fruit de ses réflexions à son mari.

— Joffrey, hier matin, lorsque nous parlions avec Binet, je vous ai entendu dire en allusion au Cardinal: « un fripon de ministre ». Binet lui-même en fut inquiet et nous a recommandé la sagesse.

Joffrey l'attrapa par la taille et la fit tournoyer en riant.

— Ma petite fée! Ma petite sorcière! Je vous adore quand vous me faites ainsi la leçon!

Il la regardait avec cet air intrigué et amusé, mais aussi plein d'adoration qu'il avait parfois pour elle.

— Vous ne cesserez de m'étonner et de me ravir. Ainsi, loin de vous laisser éblouir par le clinquant de la Cour, vous en discernez les poignards cachés? Et vous me dites: « Prenez garde! »...

Elle avait raison. Ce rassemblement serait l'occasion pour beaucoup de se mieux connaître, mais aussi de s'épier, d'évaluer les réputations. Il lui dit qu'en apparence tout allait bien pour lui. La veille il avait été appelé à Ciboure, où logeait le Cardinal et précisément, après avoir longuement devisé avec lui, celui-ci lui avait demandé de se rendre jusqu'au château où se réunissaient des noms réputés de Guyenne. Chargé de leur porter l'invitation au mariage du roi, dont ils avaient été jusqu'ici écartés, dans l'ignorance où se trouvait le premier ministre, de leur fidélité, il devait y retourner aujourd'hui et serait sans doute encore absent ce soir.

Comme pour Joffrey avec le cardinal Mazarin, Angélique se doutait qu'en ayant gagné l'amitié d'une des plus considérables personnes de la famille royale, Mlle de Montpensier, il lui serait difficile de se dérober à sa demande de l'accompagner, si celle-ci se renouvelait.

Mademoiselle lui apparut presque suppliante, sur son balcon.

— Ne m'abandonnez pas!

Pour ainsi dire – on s'en doutait – requise par la reine Anne d'Autriche, la princesse n'avait pu fermer l'œil de la nuit, mais s'était accordé de regagner la demeure voisine afin de « se rafraîchir ». Tout le monde était dans l'inquiétude, dans l'attente de l'arrivée du roi d'Espagne. Mademoiselle se devait de demeurer aux côtés de la reine Anne, pour la rassurer. Et elle attendait Angélique un peu plus tard. Elle lui renverrait sa chaise.

À la lumière du jour, Angélique essayait d'écarter les ombres et les voiles de sa mémoire et de comprendre ce qui lui était arrivé la veille dans l'obscurité du théâtre. Restait une impression de peur mais sans qu'elle pût préciser quel genre de phénomène la lui avait inspirée. Quant à ce ridicule évanouissement elle se persuadait, qu'à part le comte de Guiche, personne n'y avait pris garde.

En quoi elle se trompait.

Sa faiblesse avait été perçue malgré l'obscurité et avait provoqué des mouvements de curiosité ou des réactions d'étonnement et de frayeur qui avaient comme propagé le sentiment de tragédie de la scène à la salle. Et comme il faisait toujours très sombre cela fut ressenti diversement, de la reine Anne, inquiète, au dernier des pages qui se vantait d'avoir aidé à porter l'évanouie.

Tout un groupe qui se retrouva après le théâtre au-dehors et que ne tentaient pas les cages étroites qui leur servaient de chambre décida de faire medianoche au-dehors en discourant sur l'étonnante apparition qu'ils avaient eue aujourd'hui, dans le cercle un peu restreint de la Cour, eux qui ne pensaient pas être gâtés de découvertes bien sensationnelles en voyageant jusqu'à ce point reculé du royaume, par la présentation de la comtesse de Peyrac. Or ils s'étaient tous trouvés subjugués, et jusqu'au Roi, et dans la nuit encore profonde, généreuse de quelques heures tranquilles, ils ressentaient le besoin de s'interroger. Quel était l'avis des dames sur une beauté si parfaite et inattendue?

Tout d'abord, medianoche.

M. de Méré ranima quelques braises sous l'auvent d'une cuisine de plein air et fit dorer différentes petites pâtisseries. L'on tira l'eau d'un puits. Le marchand de liqueurs vint distribuer sa boisson, verte ou jaune. Assis à la lisière d'un pré caressé d'une brise légère, ils s'interrogèrent. Tout le jour ils avaient été surpris par la science avec laquelle cette jeune femme avait su se faire remarquer et s'imposer à tous.

En tout cas, se pâmer en plein milieu de la comédie espagnole où chacun se rendait comme au prêche pour complaire à la reine mère, il fallait reconnaître que c'était une trouvaille ! Anne d'Autriche s'était émue, informée. Et Mademoiselle, comme d'habitude la mieux renseignée, avait parlé avec chaleur de cette jeune femme, jusqu'alors inconnue, qui ne s'était pas contentée d'être « dans sa robe d'or » une superbe apparition, mais l'avait accompagnée plus tard à la promenade, en toute simplicité. Mais l'on savait Mademoiselle naïve, et peut-être n'était-elle pas armée contre une nouvelle venue surgie dans la perfection de sa beauté et de sa jeunesse, de ces lointaines régions du Sud, aux réputations dangereuses, nids d'hérésie, aux forteresses imprenables, dont le cœur arraché – la fin de Montségur – saignait encore au bout de quatre siècles. On commença d'évoquer l'Histoire marâtre de l'hérésie méridionale qui, encore aujourd'hui, partageait le royaume en deux.

Beaucoup parmi les bavards ne se souvenaient même pas de quelle hérésie il s'agissait, mais ce qu'on savait c'est que les guerres de religion entre catholiques et protestants, très violentes, n'avaient fait que ranimer le souvenir sans l'effacer. Au sein de la Cour, l'apparition féminine insolite avait joué sur deux facettes. L'hérésie, proche ou lointaine ; la beauté, accessible ou mystérieuse.

Et les vieux rouliers de cet art ancien intitulé : « Comment, dès les premiers pas d'une introduction à la Cour, se faire remarquer des plus hautes instances, si possible du roi ? Et charmer les regards de tous ? » reconnaissaient qu'ils avaient succombé à l'instant même à une sorte de pouvoir qui habitait cette fée du Sud.

Tout en grignotant des petites choses grillées, en sirotant liqueurs, limonade ou jus de fruits, en croquant des dragées, des noix, de petits légumes frais et crus – on n'avait guère appétit à faire un medianoche plus fourni – ils se posaient des questions sur des habiletés dont ils avaient été victimes.

Était-ce son regard ? Une façon de sourire ? D'entrouvrir les lèvres en écoutant vos paroles ? Et, suprême réussite, de se relever avec grâce d'une profonde révérence dans une robe d'or ?...

Était-ce d'apparaître au pouvoir et à l'ombre d'un puissant personnage que peu connaissaient, sinon de réputation, en des récits contradictoires et controversés ? Le Grand Boiteux du Languedoc.

Il n'y avait pas que cela.

Et l'on était obligé d'en revenir au pouvoir de séduction personnelle de cette nouvelle étoile montante à l'horizon de la Cour de France, et à la nécessité d'en avoir une opinion plus nuancée pour décider de l'accueil à lui faire.

L'avis des hommes – mais... les hommes ! – était qu'il s'agissait d'une jeune femme ayant reçu une excellente éducation et qui, en appliquait les principes avec aisance dans une circonstance qui, pour tous, requérait un certain courage : la première présentation au roi. Les rêves ambitieux et les ruses viendraient plus tard. À leur avis – celui des hommes –, elle était seulement une jeune femme pleine d'esprit et de gaieté qui avait bien réussi l'examen. Et qui deviendrait plus belle encore lorsqu'elle se fortifierait d'expériences et qu'elle prendrait conscience de son pouvoir.

Ces décrets ne plurent pas à tous, ni à toutes. Certains insistèrent : la perfection de son comportement en des points difficiles ne pouvait être due au hasard ou à l'innocence. Mais d'autres insistaient dans le sens contraire, satisfaits d'avoir résolu le problème dans les règles de la philosophie et des connaissances pédagogiques: la séduisante comtesse de Peyrac agissait avec l'instinct de la jeunesse, sans penser plus loin. Ambition et stratégie?

Cela viendrait plus tard, répétait-on. Elle avait satisfait la curiosité générale.

Venait alors le récit de ses prouesses à la table de jeu.

Et commencèrent à s'éveiller des soupçons que la nuit, et l'attente du roi d'Espagne et les confins de cette terre habitée par un peuple étrange, les Basques, peuple incompréhensible, aux contorsions surnaturelles, rendaient plausibles. Il y avait de la magie là-dedans. On évoqua le Languedoc, pays où avait régné l'ostracisme de l'Inquisition, où celle-ci était allée jusqu'à déterrer des hérétiques pour les brûler. Pays de sorcières cathares au visage d'ange de femmes vertueuses. Pays de personnages savants, doublés de démons, parmi lesquels la rumeur provinciale et les plaintes d'un évêque plaçaient cet inquiétant comte de Peyrac de Morens d'Irristu, si fabuleusement riche, si librement libertin, si détaché de la crainte de Dieu. Car dans son palais de Toulouse, la ville des sciences occultes, non seulement il entretenait des fours de création alchimiste de l'or, mais il donnait des festins proches de l'orgie appelés « cours d'amour ».

En prenant soin de surveiller qu'il n'y eût pas trop de Gascons dans les parages, l'on parla à voix basse de certains bruits qui s'étaient répandus à son sujet.

Ses maîtresses innombrables, folles d'amour, disparues. Et, précisément le sort de la très belle Carmencita de Mérecourt inquiétait ses amis. On ne savait vraiment pas ce qu'elle était devenue…

Le couvercle de la boîte de Pandore commençait à se soulever, et l'aube pointait à peine lorsqu'une nouvelle beaucoup plus transcendante balaya des révélations trop éloignées, en ces jours fiévreux, des préoccupations qui hantaient chacun des résidents de Saint-Jean-de-Luz, serrés, rassemblés, tels des naufragés en cet étroit rivage martelé par les flots du golfe de Gascogne.

La boîte de Pandore se referma tandis qu'une immense et secrète exclamation de soulagement s'élevait de tous les cœurs.

Le roi d'Espagne Philippe IV, l'Infante sa fille et leur suite venaient de se montrer aux confins de la ville de Tolosa, c'est-à-dire à quelques jours de marche de la côte des provinces basques espagnoles.

On était le 11 mai.

Chapitre septième

La moitié de Saint-Jean-de-Luz se déversa d'un coup sur la rive française de la Bidassoa, face à l'île des Faisans. C'était prématuré.

Le roi d'Espagne ne présentait aucune intention de se hâter vers les lieux où se signeraient les contrats, où se prononceraient les serments d'amitié, où se dénoueraient, par le mariage de sa fille Marie-Thérèse d'Autriche, infante d'Espagne et de Louis XIV, roi de France, les liens d'une haine séculaire. Il y avait encore beaucoup de détails à mettre au point.

Et les nouvelles continuèrent d'arriver, portées sur les ailes du vent, à croire que les naturels du pays, les Basques de France et d'Espagne qui avaient la même langue, se les communiquaient par-dessus les montagnes et les frontières, car aucun messager espagnol, délégué pour ce faire, ne se montra. On sut seulement qu'à Tolosa où les attendait un corps de milice de mille deux cents hommes bien équipés, Leurs Majestés espagnoles, c'est-à-dire Philippe IV et sa fille l'Infante, avaient été logées chez don Francisco Fernandez de Arodo.

Mais le lendemain le souverain avait déménagé pour un palais plus vaste d'où l'on avait une fort belle vue sur la pittoresque rivière de l'Orio.

Aussitôt que Leurs Majestés y furent entrées, avait commencé sur une petite place contiguë une danse solennelle dont les exécutants étaient choisis parmi les notables de la ville. Et cela avait duré toute la nuit. Au matin il y avait eu la danse des Épées.

Le lendemain, visite du roi et de la Cour à la célèbre manufacture d'armes de la ville.

Puis devant le palais avaient recommencé les mêmes danses solennelles, suivies à la nuit de brillantes illuminations.

— Des danses solennelles! Et dansées par des notables! commentait Mademoiselle de son balcon vers Angélique. Il visite une fabrique d'armes alors que le roi de France l'attend ici pour signer des traités de paix! À quoi songe ce roi d'Espagne?

Les nouvelles se succédaient un peu plus encourageantes.

Sa Majesté Très-Catholique avait quitté Tolosa pour aller dîner à Hernani. Mais, entre ces deux villes, un malheureux accident avait attristé le voyage. Suivant une route qui côtoyait la rivière, un ami du roi d'Espagne, dont le nom était connu de quelques Français – qui poussèrent de grands cris de regret en apprenant la chose –, ayant voulu faire passer son cheval entre la voiture royale et le rebord du chemin, s'exécuta si maladroitement qu'il tomba à l'eau avec sa monture et se noya sous les yeux de toute la Cour!

— Nous voici, quant aux noyades, à égalité de malchance qui pèse sur la signature de ce traité de paix, estima la Grande Mademoiselle. J'ai remarqué cela souvent. L'on dirait que les grands projets généreux doivent se payer de quelques sacrifices, de préférence humains, comme dans les temps antiques…

Mais à Hernani la mer se montra aux Espagnols, et là les attendait le baron de Wateville, capitaine général du Guipuscoa, une des provinces du Pays basque espagnol.

Peu après le roi Philippe IV et l'Infante entrèrent à San Sebastián, où ils s'installèrent sous les ovations.

Pour les exilés de Saint-Jean-de-Luz, San Sebastián parut bien lointain.

Ils avaient espéré que Sa Majesté Philippe IV et sa fille se logeraient au moins à Fontarabie où l'*Aposentador* royal, don Diego Vélasquez, avait préparé leur venue.

Mais, apparemment, Philippe IV souhaitait visiter son royaume et se montrer à son peuple.

Le lendemain de son arrivée à San Sebastián, il y eut la cérémonie du baisemain. De toute la montagne, la campagne, et du moindre village de la côte, les habitants vinrent et défilèrent pour s'agenouiller devant lui et baiser cette main royale afin d'en retirer force et bénédictions jusqu'à la fin de leurs jours laborieux.

Puis le roi d'Espagne et sa fille se rendirent à la Marine, c'est-à-dire sur le port, où on leur avait préparé des divertissements sur l'eau. Il se passa que, dans cette effervescence, une petite barque pleine d'enfants du pays chavira. Mais le temps pour l'Infante de s'émouvoir, « tout ce petit monde, nageant avec dextérité, avait promptement regagné l'embarcation ».

— Voici l'arme pour se défendre contre les rouleaux meurtriers de l'océan, commenta Mademoiselle à Angélique. Apprendre à nager dès le berceau.

Les Français, à Saint-Jean-de-Luz, de l'autre côté de la Bidassoa, recueillaient la moindre nouvelle.

On ne savait toujours pas comment arrivaient tant de nouvelles.

Mais elles arrivaient. Et les moindres nuances de l'humeur du roi d'Espagne passaient de bouche en bouche car, du roi Louis XIV au dernier marmiton des cuisines seigneuriales, la suite de cette aventure prodigieuse dépendait maintenant de… Sa Majesté Très-Catholique, le roi Philippe IV.

Donc, on commentait par le menu la déclaration qu'il avait faite que, « satisfait de l'accueil de la ville de Tolosa », dont les notables avaient dansé sous ses fenêtres toute la nuit des danses solennelles, il avait pris cette nuit-là la décision que la cérémonie du mariage avec le représentant espagnol du roi de France, don Luis de Haro, serait consacrée par l'évêque de Pampelune. Évêché considérable par son passé de capitale de la Navarre avant que celle-ci ne fût divisée et dispersée en divers États de la France et d'Espagne. Mazarin rappela que le roi d'Espagne, longtemps, voulait que le mariage par procuration se fît à Burgos. Ce qui eût été une catastrophe, surtout pour Mademoiselle qui était bien décidée à y assister malgré son deuil et l'ombrageuse étiquette espagnole qui se refusait à y inviter le moindre Français superflu.

Le vendredi 14 mai, les Français, n'y pouvant plus tenir, arrivèrent à San Sebastián avec le désir de voir le roi d'Espagne et l'Infante, ayant à leur tête de grands noms choisis par le roi lui-même : le maréchal de Turenne, le maréchal de Villeroy qui avait été gouverneur du jeune Louis XIV, Le Tellier, déjà pilier de toutes les fonctions, M. du Plessis-Praslin, duc de Choiseul, etc., accompagnés comme il se doit d'une escorte importante.

Par une faveur particulière, on leur accorda d'assister au dîner du roi, mais nullement de voir l'Infante, fût-ce à son balcon. À croire qu'elle n'était pas présente à San Sebastián.

Il parut évident que Philippe IV ne souhaitait pas accueillir des Français de façon officielle, pour une affaire qui, à ses yeux, n'était pas encore conclue. Le fait est que, s'il ne pouvait empêcher la Cour de France de déferler chez lui, il n'encourageait pas les Espagnols de son entourage à agir de même en se rendant à Saint-Jean-de-Luz.

Malgré l'importance des personnalités qui lui avaient été envoyées pour le saluer, Philippe IV affecta de ne pas les voir.

Pour trouver une excuse à cette humeur inquiétante, quelqu'un émit la proposition que le choix de M. de Turenne dans cette première délégation n'était pas des plus heureux.

Le temps était proche encore de ces acharnées batailles des Flandres où les célèbres « Tercios » de l'infanterie espagnole avaient été, par les soins de ce grand homme de guerre – et selon une expression populaire –, « hachés comme chair à pâté ». De plus M. de Turenne se conservait de religion protestante avec l'opiniâtreté qu'il mettait en toutes choses, malgré les demandes de Louis XIV qui l'affectionnait et aurait voulu pouvoir le combler d'honneurs. Ce détail d'appartenir à la religion réformée ne devait pas être ignoré de Sa Majesté Très-Catholique. Le roi Philippe IV n'était peut-être pas si lointain ni si absent qu'il en avait l'air.

Il avait la réputation d'être, comme son grand-père Philippe II, un monarque qui, sans quitter son cabinet de travail, était au courant de tout.

— Quelle sottise! Quel manque de finesse, s'exclama Mademoiselle lorsqu'elle fut renseignée sur les réactions espagnoles à la première visite des Français. Pourquoi ne m'a-t-on pas consultée pour établir cette première délégation? Parce que M. de Turenne lui a gagné des batailles, Louis s'imagine qu'un militaire a tous les talents y compris ceux de diplomate. Moi, je l'aurais écarté sans hésitation… Mais tous y auraient vu motivation injuste de ma part. Il est vrai qu'entre M. de Turenne et moi le différend persiste. Il ne peut oublier que je lui ai fait perdre la bataille du faubourg Saint-Antoine…

Mademoiselle marchait à petits pas, le bras passé sous celui d'Angélique à laquelle elle s'appuyait, et le profil légèrement penché dans le soleil, elle jouissait de cet instant où elle avait le loisir de recréer pour une oreille attentive les moments les plus intenses de sa vie. Angélique ne pouvait s'empêcher d'être émue de recevoir ainsi les confidences d'une grande héroïne dont les récits des exploits couraient leurs campagnes et que l'on finissait par considérer comme des légendes.

— Je l'ai supplié, continuait la princesse.

— Qui cela?

— Mon père, bien évidemment! Toujours mon père! Ce qui se passait sous les murs de Paris, où l'armée de M. le prince de Condé et l'armée royale commandée par M. de Turenne se sont affrontées... c'était affreux! Un massacre! Une vraie boucherie. C'était à lui, mon père, de sauver ses partisans. Mais il s'est mis au lit, comme il faisait toujours quand il ne voulait plus entendre parler de décision à prendre... Ou bien il annonçait qu'il était en train de changer de chemise et personne n'osait insister pour demander ses ordres, durant cette opération. Pouvais-je laisser faire? gémit Mademoiselle, revivant ce passé. Qui sait si on ne me reprocherait pas la mort de tant de gentilshommes que M. de Turenne aurait occis, que le roi aujourd'hui affectionne, oubliant leur rébellion?... Je suis allée donner les ordres au nom de mon père, M. le duc d'Orléans. Je vous ai dit combien les Parisiens m'agréent. Il n'y a pas eu une hésitation pour m'obéir, ni de la part des artificiers de la Bastille, ni de ceux qui gardaient la porte Saint-Antoine.

Mademoiselle s'interrompit, puis reprit avec une certaine mélancolie:

— Soit, au nom de M. d'Orléans mon père, j'ai fait tirer sur l'armée du roi et sur M. de Turenne qui avait le dessus. Ce sont bien les boulets de la Bastille qui les ont fait reculer... J'ai fait ouvrir la porte Saint-Antoine pour que puisse se réfugier dans Paris l'armée de Monsieur le Prince qui s'y trouvait acculée. Ah! si vous l'aviez vu vous-même ce grand homme, couvert de sang et de poussière! N'ayant plus la force de soulever son bras armé... Et M. de La Rochefoucauld avec son œil qui pendait! Le roi avait quatorze ans. Il se tenait un peu à l'écart sur la hauteur avec la reine régente et le Cardinal. Il n'a rien perdu de mes actions. Il a vu le passage des boulets à travers son armée. C'est une chose impressionnante, croyez-moi, ma petite! Et l'on peut comprendre que cela ne se pardonne pas… Il paraît que le Cardinal a murmuré avec son accent italien: « Mademoiselle vient dé touer son mari. » Vous voyez que ce n'était pas seulement pour une question d'âge qu'on m'éloignait de lui. Mais tous ses ministres voulaient le garder pour leurs ambitions!… Eh bien, voilà, il épouse cette Marie-Thérèse qui a son âge et dont nous ne savons rien… Rien…

— Les portraits, paraît-il…

— Les portraits sont toujours menteurs.

À San Sebastián, malgré la froideur de l'accueil qui leur était fait, les Français s'accrochaient. Une partie d'entre eux demeurèrent et entreprirent, sans vergogne, de suivre le roi d'Espagne et sa fille dans leurs déplacements, ce qui leur permettrait peut-être d'apercevoir l'Infante.

Ainsi furent-ils témoins d'un incident entre Espagnols, qu'ils jugèrent des plus extraordinaires.

Leurs Majestés effectuaient ce jour-là une excursion aux pittoresques et célèbres villages de Pasajes, et l'annonce de l'arrivée de la cour d'Espagne donna lieu à une contestation entre les habitants qui faillit faire répandre le sang. Ceux de Pasajes et de Fontarabie ayant voulu pénétrer dans le territoire de Passages de San Sébastian avec salves et bannières déployées comme une armée ennemie et victorieuse, ces derniers s'y opposèrent en Basques indépendants qu'ils s'estimaient être, avec deux compagnies armées, et on eut toutes les peines du monde à les empêcher d'en venir aux mains. Il y eut également du mécontentement, lorsque le roi et l'Infante arrivèrent au canal de Pasajes que l'on ne passait d'ordinaire que sur des embarcations appelées gabares et qui étaient conduites par des femmes, chargées de la juridiction et de la surveillance des eaux et des côtes.

Là encore, tout s'arrangea, car tous ces peuples étaient contents de voir le roi d'Espagne.

Les rives étaient couvertes de monde.

Le roi et sa fille prirent place dans une grande embarcation recouverte d'une tente. Elle était remorquée par deux barques montées chacune par six rameurs vigoureux qui la firent voler sur l'eau, tandis que s'élançaient derrière elle d'autres barques contenant des clairons, des violons et des instruments de musique, et toute une flottille de gabares propulsées par les femmes des deux villages de Pasajes.

À l'entrée du port mouillaient sept frégates, un galion portant le nom de *Roncesvalles* et un autre grand navire, *La Capitana*, destiné à être le vaisseau amiral de la flotte de l'Océan.

Lorsque l'embarcation du roi parut, filant sur la crête des vagues, suivie de son escorte flottante et musicale, les salves des canons se mêlèrent au concert des instruments.

« Leurs Majestés montèrent à bord de *La Capitana* par un escalier fort commode recouvert d'un superbe tapis et visitèrent le colossal vaisseau, écrivit le chroniqueur espagnol. Puis elles revinrent dans la gabare qui les avait amenées, et après s'être rendues à l'embouchure du port d'où l'on a une vue magnifique sur la mer, elles remontèrent en carrosse et regagnèrent San Sebastián. »

Là, ils y trouvèrent, arrivés durant la promenade, l'évêque de Pampelune avec deux de ses dignitaires, six chanoines de son chapitre et bon nombre de ses serviteurs.

Le sort en était jeté.

Le mariage par procuration se ferait donc à Fontarabie, de plus près, tout près, de plus en plus près de ce rivage de la Bidassoa et de cette île au milieu du fleuve, où se dressait l'artificiel palais traversé de son invisible frontière, où tant d'actions décisives et bouleversantes s'accompliraient un jour, le palais de la Conférence en l'île des Faisans.

Le lundi 17 mai, le roi et l'Infante s'en furent entendre la messe au couvent de San Telmo.

Dans l'après-midi, on dansa une *mojiganga*, qui ne se donnait que dans des circonstances très particulières : cinq cents hommes richement vêtus exécutaient des figures fabuleuses.

Cette même nuit arrivèrent à San Sebastián, poussés par la curiosité, le neveu du cardinal Mazarin ainsi que plusieurs gentilshommes de ses amis.

Encore une erreur !

Le roi d'Espagne, si dévot, ne pouvait ignorer que ce neveu du Cardinal, le seul qui lui restait, avait été mêlé durant l'année, au moment des jours saints, à un affreux scandale sacrilège – les jours saints provoquent toujours les libertins, commenta Mademoiselle – qui s'était passé au château de Roissy et où, peut-être, le frère du roi avait été, ou failli être, mêlé.

Mademoiselle s'étonnait même que ce neveu eût été invité au mariage du roi.

— Mais, à la capitulation de Mardyck, le roi l'a nommé capitaine de sa compagnie de mousquetaires. C'est le seul neveu qui reste comme héritier au Cardinal. Le petit Alphonse sur lequel il fondait de grands espoirs s'est cassé la tête dans sa cour d'école, et l'aîné, à quinze ans, encore un de ceux qui se sont fait tuer au combat de la porte Saint-Antoine, ce qui a augmenté mon contentieux avec le Cardinal.

Mardi 18 mai

Dans l'après-midi, Leurs Majestés espagnoles sortirent de leur palais pour assister à une pêche au filet.

Ce jour même arriva M. de Lérins, premier écuyer du roi, portant une lettre-réponse de la reine Anne d'Autriche. Le frère et la sœur ne s'étaient pas vus depuis quarante-cinq ans. Il est vrai qu'ils avaient, en leur temps, beaucoup correspondu malgré la surveillance de Richelieu, en ces années troublées où le roi d'Espagne était considéré comme le plus grand ennemi de la France, et où l'épouse du roi Louis XIII était menacée de répudiation pour cause de stérilité.

Aujourd'hui, tout était transformé, différent.

M. de Lérins emporta une nouvelle lettre de la main du roi pour sa sœur.

Philippe IV, tourmenté, marquait bien que la rédaction de certains accords n'était pas terminée, accords qui, selon lui, n'avaient pas été décidés dans le traité de paix. Les avait-on seulement annoncés et soumis à la discussion ?

Aussi, lorsque l'évêque de Fréjus, en homme d'Église prudent, chargé de remettre à l'Infante une lettre que son futur époux lui avait écrite comme si elle lui eût été déjà accordée, informa le monarque de son désir de la remettre à l'Infante, se vit-il opposer un refus absolu.

Sans ambiguïté, le roi d'Espagne laissa entendre que l'Infante n'était pas encore accordée. Certains avenants dans le traité de paix n'avaient pas été soumis à son délibéré. Donc rien n'était décidé qui pût donner au jeune roi de France la liberté de s'adresser à l'Infante d'Espagne par une missive.

L'évêque de Fréjus s'inclinant voulut au moins faire voir ce message à celle à qui il était destiné, afin de l'avertir de l'impatience de son futur époux. Le jour où il reçut audience d'elle comme futur témoin de son mariage – s'il se faisait ! –, il garda la lettre dans sa main, et lui adressant des compliments de la part du roi de France et de la reine, sa tante, il lui murmura :

— Mais, madame, j'ai à vous dire un secret.

À ce mot, *secreto*, elle jeta les yeux finement autour d'elle pour voir si sa *camarera mayor*, la comtesse de Priego, et ses duègnes l'écoutaient, et lui fit signe de parler.

Alors, lui laissant voir la lettre, il lui dit que le roi, son maître, croyant être plus heureux qu'il n'était, lui avait écrit cette lettre, mais que le roi son père lui avait commandé de ne la lui pas présenter. Elle lui répondit à « demi-bas » :

— Je ne puis la recevoir sans la permission du roi mon père, mais il m'a dit que toutes choses s'achèveront promptement.

L'évêque de Fréjus revint à Saint-Jean-de-Luz tout gonflé de cette heureuse confidence.

19 et 20 mai

Entre San Sebastián et Saint-Jean-de-Luz des liens commençaient à se tresser, plus solides. Le roi d'Espagne accepta de recevoir le duc de Bouillon et quelques gentilshommes de sa suite.

Le lendemain, il expédia à Saint-Jean-de-Luz don Cristóbal de Gaviria, avec une lettre pour la reine mère. Ce fut une grande joie et une grande émotion pour elle. Son frère était donc là ! Proche ! Elle allait le revoir !

À San Sebastián se marquaient quelques attentions pour les représentants du roi de France. Pendant que le roi et l'Infante faisaient leur promenade devenue presque quotidienne à la Marine, le comte de Saint-Aignan arriva pour avoir de leurs nouvelles. On le logea chez le marquis de la Lapilla ainsi que sa suite et il ne repartit que le lendemain après avoir été reçu par le roi.

Ce jour-là, Leurs Majestés ne purent assister à la pêche au filet par la faute d'une violente tempête.

Les conférences continuaient. Mais sur fond d'inquiétudes.

Il était palpable que le roi d'Espagne, dans le désarroi où le plongeait la perspective de perdre sa fille, était à l'affût du moindre prétexte qui lui permettrait de prolonger ses protestations, voire de rompre des accords qui, sur beaucoup de points, ne le satisfaisaient pas.

22 mai

Don Cristóbal de Gaviria revenait de Saint-Jean-de-Luz en même temps qu'entrait dans San Sebastián l'abbé de Montégut, envoyé du roi Charles II Stuart qui venait de remonter sur le trône d'Angleterre.

Qu'il eût mis à la tête de sa délégation un ecclésiastique catholique, l'abbé de Montégut, ne put faire oublier au roi Philippe IV que l'Angleterre d'aujourd'hui était peuplée de cette « canaille protestante » dont la floraison avait annoncé les malheurs du monde.

Au surplus, la venue de la délégation anglaise rappelait au monarque d'amères traîtrises. Pour mieux l'abattre, Mazarin n'avait pas hésité à faire alliance, en 1657 – trois ans plus tôt –, avec ce grossier aventurier de la Réforme, ce Cromwell qui se voulait plus parfait serviteur de Dieu que le pape, ce roturier nommé Protector et qui se mêlait de donner des leçons aux défenseurs de la seule Église qui fût la vraie, reposant sur les paroles que Notre Seigneur Jésus-Christ lui-même avait adressées à saint Pierre : « Tu es Pierre et sur cette pierre je bâtirai mon Église… »

À ce Cromwell, Mazarin – un cardinal ! –, afin d'avoir les mains libres pour attaquer les villes côtières des Flandres espagnoles, avait rendu Calais, demandé, payé sa neutralité sur mer, ce qui avait entraîné la défaite des Dunes pour les troupes espagnoles.

On se demandait, médita le roi d'Espagne, pourquoi les Français avaient la manie dans leur politique extérieure de s'unir aux pires ennemis de la chrétienté !

Les exemples abondaient. Ainsi, M. de Richelieu – encore un cardinal! –, pour s'immiscer dans la guerre de Trente Ans, s'alliait aux princes allemands et au roi de Suède, tous luthériens notoires, alors qu'en France il assiégeait à mort les huguenots de La Rochelle…

Et François Ier donnant asile une année entière dans la ville de Toulon et son port, aux Turcs et à leurs galères, afin qu'ils y pussent mieux se préparer à affronter la flotte espagnole en Méditerranée occidentale.

Heureusement qu'il y avait eu la victoire de Lépante!

Quant au nouveau roi d'Angleterre, pour se faire admettre des Anglais, il s'était converti à l'anglicanisme, sorte de secte religieuse dérivée du protestantisme et qu'avait élaborée pour son peuple la grande reine Elizabeth Ire, celle-ci ayant compris que les foules restaient sensibles aux fastes du rituel liturgique, n'ayant pas si fréquemment l'occasion de se réjouir l'âme par de beaux offices avec miroitement de vêtements brodés d'or et la douce ivresse des nuages d'encens.

Bientôt, rêva le roi d'Espagne, serait le jour de la procession du Corpus Christi, qui honorerait la Divine Incarnation en l'hostie blanche au cœur de l'ostensoir rayonnant de vermeil et d'or, porté par l'évêque, sous le dais.

Lui, le roi de toutes les Espagnes, suivrait humblement Dieu descendu sur terre.

Alors, il s'abîmerait dans l'adoration du Saint Sacrifié et oublierait les motifs de tant de douleurs qu'il devait à son tour offrir en sacrifice.

Toutes les puissances et toutes les consolations naissaient de la foi en la vertu du Saint Sacrifié. Que de miracles et que de phénomènes extraordinaires accompagnaient alors ceux qui s'abandonnaient à sa miséricorde.

Philippe IV, roi d'Espagne dans l'attente de recevoir l'ambassade anglaise, ferma les yeux et rejoignit en pensée celle avec laquelle il entretenait depuis plus de vingt ans une correspondance où il puisait courage et conseil pour faire face à ses lourds chagrins et à ses multiples tâches : l'abbesse d'un petit monastère aragonais dominé par une sombre montagne, le Moncayo, Maria de Agreda, celle qui, abandonnant dans son austère cellule son frêle corps en état de mort apparente, était allée convertir les Indiens dans une région de l'immense Amérique vers le nord, qui n'avait pas encore reçu de missionnaires et qui s'appelait « Teplac »... Aujourd'hui, on parlait du Texas. Des Indiens étaient venus demander le baptême après avoir été instruits par la « déesse blanche » vêtue du manteau bleu de son ordre. C'était des Indiens de la tribu des Jumanos.

Philippe IV avait voulu rencontrer Maria de Jesus de Agreda. Et un miracle s'était produit. Elle lui avait rendu courage. Ils ne s'étaient pas revus, mais il avait entrepris avec la révérende mère une correspondance assidue. Il s'épanchait en de longues lettres qu'il signait : « Moi, le roi. »

Depuis longtemps, elle ne visitait plus le Nouveau Monde où avaient proliféré les missions franciscaines inspirées par cette histoire miraculeuse de la « Nonne bleue », comme l'appelaient les Espagnols et dont la véracité avait été prouvée par de multiples témoignages.

Sous la dictée de la Vierge Marie qui lui apparaissait souvent, elle avait écrit un livre sur la vie de la Mère de Dieu. Le livre avait provoqué la colère de l'Inquisition et seule l'intervention du roi avait évité le bûcher à l'abbesse du petit monastère aragonais. Philippe IV priait pour demeurer assez longtemps en vie pour la protéger.

Ainsi peut-on, quand le sort vous a fait naître roi, marcher à la surface de la terre, si l'on accepte de franchir les barrières de l'Invisible et de recevoir le secours de l'Au-delà.

Chapitre huitième

DANS LA SOIRÉE, le roi d'Espagne et sa fille acceptèrent une invitation qui leur était faite à la Marine, d'assister à une nouvelle pêche au filet, ce qui entraîna des ovations à leur vue, car la foule augmentait sans cesse à San Sebastián, de plus en plus mêlée de tout un concours de peuples qui arrivait de partout, aussi bien par mer, que par terre.

Les Français de Saint-Jean-de-Luz virent dans l'enthousiasme populaire autour de cette pêche au filet l'intention de Leurs Majestés espagnoles de fêter l'heureuse nouvelle du rétablissement de Charles Stuart sur le trône d'Angleterre.

Ç'avait été une grande joie deux jours plus tôt, à la cour de France, d'apprendre la nouvelle du rétablissement du roi d'Angleterre dans son royaume.

Sa mère, la reine Henriette, fille d'Henri IV, sa sœur, fine et jolie princesse qui n'avait connu que l'exil, étaient à Saint-Jean-de-Luz.

Le soir il y avait eu fêtes et bal chez les Anglais.

— Lui aussi, ce Charles, on me l'a proposé comme époux, expliqua Mademoiselle à Angélique. Pour tout vous dire, je n'ai jamais cru que le fils d'un roi auquel son peuple avait coupé la tête pourrait remonter sur son trône… Il semble que ce Charles ne s'est pas mal organisé, bien que le Cardinal l'ait prié à un moment de quitter la France, car il ne voulait pas mécontenter Cromwell. La politique a de ces exigences qui manquent d'élégance. La reine Henriette avait couru l'Europe, dépensé toute sa fortune et ses joyaux pour sauver la dynastie des Stuart. Elle est très fervente catholique et elle a encouragé son mari à ne pas souffrir en Angleterre un seul réformé. Ce qui a mené ce roi à l'échafaud, quand les puritains ont triomphé. Ils durent se réfugier en France, au Louvre. Ils étaient dans une pauvreté affligeante. Lui, n'était mon cadet que de trois années. Sa mère l'encourageait à me faire la cour. Il est bien certain qu'avec ma fortune il eût trouvé plus promptement des partisans. Mais voyez ! Cette question de différence d'âge révèle surtout la différence des esprits. Il était trop gauche pour me plaire. Un jour, il y avait eu bal au Louvre. Considéré comme souverain, on lui avait préparé un trône pour s'asseoir. Il n'y a même pas songé… Moi, à un moment, fatiguée de danser, j'y ai pris place et beaucoup de personnes présentes sont venues me faire la révérence en me disant que j'avais toutes les dispositions pour être reine. Soit ! Mais aux côtés d'un roi qui se veut roi et ne craint pas de le faire savoir à tous, même en exil ! Plus j'y réfléchis, plus son accession sur le trône de son père m'apparaît de beaucoup trop d'envergure pour ce qu'il était. Il a dû se lier avec ces sectes bizarres qui enseignent des formules magiques pour réussir des exploits, gagner le pouvoir. On dit les Anglais très portés sur ces mystères nébuleux. Leurs rois et leurs reines les ont trop fait changer de religion. Ils n'en ont plus que pour se combattre. Mais Charles doit rester catholique. Sa mère ne supporterait pas la moindre déviance de sa part. Mais les Anglais ne le supporteront pas.

Mademoiselle affirmait qu'il n'y avait qu'avec Mme de Peyrac qu'elle pouvait s'entretenir en ces jours d'impatience où l'on continuait d'être dans l'expectative quant aux décisions du roi d'Espagne. Elle entraînait Angélique faire quelques pas sur l'esplanade devant le couvent des Récollets.

Mademoiselle expliqua que, la place manquant dans les logis qui hébergeaient la famille royale, les religieux avaient accepté de mettre une des grandes salles de leur couvent à sa disposition afin d'y suspendre et présenter les atours du roi et de leur éviter de continuer à être froissés dans les coffres. Les privilégiés pouvaient venir passer en revue toutes ces merveilles et cela faisait un bon but de promenade.

Au cours d'une des visites du couvent, on montrerait à Angélique la comtesse de Soissons. C'était une Mancini, Olympe, nièce du Cardinal, longtemps la préférée du roi, et puis tout à coup il y avait eu l'autre sœur, Marie. Olympe, mariée à Enguerre de Carignan-Savoie, comte de Soissons, ne semblait pas trop ébranlée par l'abandon de son royal amant. Elle était là, elle, le roi lui conservait son amitié. Elle continuait de se mouvoir à la Cour comme chez elle. Elle y avait été élevée. Elle paradait beaucoup.

Angélique l'entendit dire à une de ses amies :

— Ma chère, j'ai trouvé des coureurs dont je suis très fière. On m'avait vanté en effet les Basques comme étant plus légers que le vent. Ils peuvent faire en courant plus de vingt lieues par jour. Ne trouvez-vous pas que ce genre d'être précédé de coureurs qui vous annoncent et de chiens qui aboient et écartent la population donne le plus bel air du monde ?

Ces paroles rappelèrent à Angélique que Joffrey, si partisan du faste, n'aimait cependant pas cet usage des coureurs précédant les carrosses.

Au fait, où était-il, Joffrey ?

24 mai

Le roi d'Espagne accueillit le comte de Marcin, un Français qu'il connaissait bien car il avait appartenu à la faction de Condé et avait combattu pour lui en Flandre.

Des Français, qui rôdaient par là, lui firent grise mine.

Le comte de Marcin était assez embarrassé, car il ne savait pas si le pardon accordé à Condé s'étendait jusqu'à lui…

Sa Majesté, le roi Louis XIV, ce jour-là encore chargea un messager de ses meilleurs souhaits pour le roi d'Espagne, en les accompagnant d'un présent de fruits de saison. Fraises, grenades, pommes, poires.

Il y avait dix jours que le roi d'Espagne et sa fille l'Infante étaient à San Sebastián.

25 et 26 mai

La reine Anne d'Autriche finit par laisser éclater son souci.

Aucun de ces Français, hommes ou femmes, qui allaient se distraire à San Sebastián, dans la foulée de la Cour d'Espagne, assistant à leurs fêtes sur l'eau, leurs danses, leurs repas, leurs « pêches au filet » et visites des galions d'Amérique, n'était capable de lui faire une description bien exacte de l'Infante, sa nièce et future belle-fille.

L'inquiétude s'emparait de la souveraine sur le point de devenir pour cette fois définitivement la reine mère. N'était-on pas en train de lui cacher quelque chose de déplaisant sur l'apparence de la princesse espagnole ? Les portraits montrés étaient-ils trompeurs ? L'Infante présentait-elle un défaut du visage ou de corps qui annoncerait une union désastreuse ?

On reconnut que son pressentiment était justifié, car personne, en effet, ne pouvait lui donner une description bien nette et rassurante de l'Infante. Il est vrai que la plupart des Français n'avaient pu l'apercevoir que de loin, dans ses divers déplacements aux côtés de son père, et, même à sa fenêtre, elle ne se montrait pas.

M. de Fréjus, convoqué, s'étonna. Pour l'avoir approchée de près, il avait trouvé l'Infante tout à fait charmante, avec de beaux yeux, un teint « admirable »... Mais comme il devait officier et bénir ce mariage aux très somptueuses cérémonies de Saint-Jean-de-Luz, chargé auparavant par la France dans le mariage qui devait avoir lieu en Espagne du rôle important de présenter les papiers de procuration du roi de France, on comprenait qu'il soignât ses intérêts.

La comtesse de Praty, qui avait accompagné certaine saison son époux à la Cour de Madrid, donna une explication sur une réaction qu'elle avait elle-même éprouvée au début de son séjour.

À son avis, si les Français, hommes et femmes, étaient dans l'incapacité de parler de la beauté de l'Infante, c'est qu'ils étaient tous, au premier abord, saisis, estomaqués, suffoqués par l'horreur de sa vêture. Il fallait reconnaître que ce que la mode espagnole appelait le « garde-infante » contraignait à reporter le jugement sur la silhouette. Elle pria sa suivante, Mlle de Volay, qui l'avait accompagnée dans cette ambassade, de l'aider à décrire de quoi et comment était composé cet accessoire tant prisé par les nobles espagnoles qui devaient y trouver un complément de majesté : c'était une machine à demi ronde et monstrueuse, car il semblait qu'il y avait plusieurs cercles de tonneaux cousus en dedans leurs jupes, hormis que les cercles sont ronds et ceux de leurs garde-infantes étaient aplatis un peu par-devant et par-derrière et s'élargissaient par les côtés, ce qui obligeait les personnes à se mettre de côté pour franchir certaines portes. Quand ces nobles dames marchaient, cette machine se haussait et se baissait, et se balançait et faisait « une fort laide figure ».

On fit venir M. de Gramont, qui avait été le chef de la délégation française envoyée demander la main de l'Infante au roi d'Espagne.

Soucieux d'élégance française, et pénétrant dans Madrid avec force cavaliers vêtus de satin rose soutaché d'or et d'argent et couronnés de plumes blanches, il avait affronté la rigidité immobile d'une Cour vêtue de noir, environnée de serviteurs de petite taille, exclusivement vêtus de noir, qui couraient en tous sens, porteurs d'ordres et de messages, des nains fort appréciés pour la vélocité de leurs courtes jambes et la vivacité de leur intelligence.

Puis, à la suite d'un labyrinthe compliqué, il s'était trouvé devant le roi, si hiératique, si figé qu'au bout d'un moment on le cherchait ailleurs, croyant se trouver devant son effigie. Quant à l'Infante, elle leur était apparue comme une petite idole lointaine perchée sur un trône opulent. En somme, lui non plus n'avait rien vu.

On se demanda pourquoi l'évêque de Fréjus ne s'était pas laissé impressionner par le garde-infante.

Ou bien parce qu'il était évêque, habitué à porter la robe et d'encombrantes draperies, ou parce qu'il avait abordé l'Infante alors qu'elle prenait son dîner et qu'il ne pouvait découvrir que son buste et son visage qui ne manquaient pas d'attraits: de très beaux yeux, un teint de lys, une bouche bien formée et dont le pourpre ne devait rien aux fards.

Malgré cela et après la description du garde-infante, une certaine appréhension au sujet de la future épouse du roi demeurait.

Chapitre neuvième

27 mai

Ce fut lorsque Louvigny lui proposa d'aller voir manger le roi d'Espagne dans un palais proche, qu'Angélique comprit qu'elle était à San Sebastián et très loin en terre espagnole. Tout était différent et impressionnant.

Le vent de mer qui passait sur la ville avertissait que c'était une ville, un port où elle-même et ses amis qui venaient d'y arriver étaient des étrangers. Angélique était certainement la seule à éprouver cette impression, car en ce jour, les Français et les étrangers devaient bien représenter la moitié de la population urbaine, et selon toute apparence, ils se sentaient parfaitement chez eux.

Ce jour du 27 mai était un jour de grande solennité, la fête religieuse du Corpus Christi.

Instituée officiellement en 1264 par le pape Urbain IV pour honorer la présence de Jésus-Christ dans l'Eucharistie, il était réputé que la Fête-Dieu existait déjà dans l'Église romaine du Ve siècle. Elle donnait lieu à des processions qui parcouraient entièrement les villes, amenant la présence et la bénédiction du Dieu incarné sur tous les seuils, devant toutes les portes.

Un premier formulaire d'une messe avait été établi en 1246 dans le diocèse de Liège. C'était bien dans le comportement de la principauté de Liège, qui se voulait en tous temps indépendante, d'inaugurer en ce domaine. Elle avait inculqué à l'Espagne sa ferveur pour cette dévotion, le Corpus Christi, qui s'accompagnait ici de cortèges de géants, représentant les rois maures, anciens envahisseurs de l'Espagne, et d'autres figures symboliques de son histoire.

Angélique se souvenait. En France aussi, villes et villages participaient. À Monteloup, ils allaient, enfants, effeuiller les premières roses du jardin de Mme de Sancé sous les pas de la procession.

Ici, c'était une fête de grande ampleur. Les processions s'accompagnant – l'on s'en doute – des danses les plus belles et les plus extraordinaires du pays des Basques.

L'abbé de Montreuil, chez une hôtesse espagnole, avait retenu tout un étage de fenêtres pour ses amis. Il avait passé la nuit à San Sebastián pour tout préparer, puis était revenu à l'aube emmener une carrossée d'enthousiastes dans laquelle Angélique se trouva prise, de bon cœur par ailleurs, car la description des festivités était inspirante, et entraînée sans doute par Louvigny, un frère du comte de Guiche qu'elle connaissait et qui y participait.

Ayant franchi la Bidassoa sur des barques du côté de Hendaye, la compagnie, en deux carrosses ouverts et plusieurs cavaliers, fonça vers San Sebastián.

Le pays était nouveau. Le monde y montrait d'autres conventions.

Plusieurs fois ils furent arrêtés par des groupes en chemin qui eux aussi se rendaient à la procession, et leur offraient au passage de quoi se rafraîchir : des boissons glacées d'eau de cannelle, de griottes, de jasmin, dans des tasses de verre étincelantes de propreté. Il n'y avait pas d'ivrognes. C'était, apprirent-ils, le défaut le plus honni en Espagne.

La plupart de ces groupes étaient composés de femmes et de quelques jeunes gens patronnés par un prêtre. Ils se rendaient en chariot, en carriole ou à pied. À ceux qui allaient à pied, on offrait un bout de chemin en carrosse et les conversations allaient bon train. Toutes les boissons étaient glacées. Angélique put constater ce que l'on lui avait déjà dit, que la « neige » était plus précieuse pour les Espagnols que le pain pour les Français.

Ces dames le lui confirmèrent amplement. La « neige », pour les Espagnols, se mettait en tout : les boissons comme les desserts, mais aussi les bouillons, les viandes, les légumes. Aussitôt l'anecdote fut contée par un jeune homme. Un de ses amis, attiré par le cloître, avait appris, au moment de s'ensevelir sous la bure, qu'au monastère on manquait souvent de « neige ». Or, prêt à gagner son Ciel par les plus dures austérités – jeûnes ou cilices –, cette privation lui apparut des plus insurmontables. Il avait renoncé. Il s'engagea dans l'armée, les militaires étant réputés ne se laisser jamais priver de rafraîchissements. Avec quelques variantes, l'histoire était donc souvent proposée aux étrangers pour donner la mesure de ce goût espagnol devenu un besoin en ce siècle.

D'après les réflexions et les renseignements retenus çà et là, le sens de l'honneur chez les Espagnols était très particulier et l'abbé de Montreuil qui, en bon confesseur, s'intéressait aux nuances de l'âme humaine appuya sur ce qui lui apparaissait l'élément essentiel de l'Espagnol, difficilement concevable par un caractère français. Un Espagnol, lui avait-on dit, pouvait se trouver au dernier degré de la misère et n'avoir pas de quoi manger des semaines durant, mais, s'il était « hidalgo », c'est-à-dire « fils de quelqu'un », donc noble et vieux chrétien sans aucun mélange de sang maure ou juif, il se sentait bien au-dessus de n'importe quel grand commerçant pourri d'argent. C'est pourquoi on ne trouvait pas d'Espagnol haut placé gras ou bien en chair. Quelqu'un protesta en disant qu'il connaissait M. de Pampelune, un évêque bien en chair quoique espagnol, mais il lui fut répondu que, précisément, cet Espagnol-là était de Franche-Comté.

Des Français reconnurent que cette mentalité leur était étrangère. En France, du plus haut prince au plus modeste individu de la hiérarchie sociale, chacun était persuadé que le pays, le monde même, ne tournait pas sans lui. Ce qui faisait finalement une nation assez satisfaite d'elle-même.

Ainsi, mêlé d'histoires et de plaisanteries, le trajet avait paru plus court. Mais il parut soudain à Angélique qu'elle se trouvait très loin de Saint-Jean-de-Luz. Cela s'imposait.

San Sebastián était une grande ville, un grand port où les galions d'Amérique venaient jeter l'ancre ou tendre les voiles.

Le roi d'Espagne y recevait son peuple, portant son attention sur ces provinces basques rarement visitées. En comparant avec les Espagnols de San Sebastián, ils avaient l'air plutôt étriqués, les Français de Saint-Jean-de-Luz en attente de l'autre côté de la Bidassoa, dans leur bourg de pêcheurs de baleine, malgré ses belles demeures de marchands armateurs.

À ceci près qu'une grande partie de la noblesse française hantait les rues de San Sebastián en ce jour de fête quasi nationale du Corpus Christi.

Les rues par lesquelles devait passer la procession avaient été couvertes de verdure et les maisons richement décorées de tapisseries. Parmi celles-ci on remarquait les palais du marquis de San Millán, de los Echeberris, du marquis de Morlans, du comte de Villa Casar et, dans la *calle* Mayor, la *casa* Balangui, quelques maisons avaient arboré les étendards et les bannières du duc Antonio de Oquendo, du général don Juan Chávarri, marquis de Villarrubia, et de beaucoup d'autres personnages de marque natifs de San Sebastián.

L'Infante ne devait paraître que lorsque le Saint-Sacrement passerait devant le palais de Jauregui qu'elle habitait à une vingtaine de pas de l'église de Sainte-Marie qui était la paroisse principale d'où partirait la procession.

Mais, comme beaucoup de gentilshommes français assez bien faits, ainsi que quatre ou cinq dames de la Cour de France avec leurs grands chapeaux garnis de plumes ne cessaient de tournoyer aux alentours du palais, « l'impatience la prit et elle s'y vint montrer deux ou trois fois ».

Le balcon où elle se montra ainsi était de fer peint en bleu avec des roses blanches attachées par des rubans bleus sur toute la bordure d'appui. Sous ses pieds elle avait un tapis de velours cramoisi, et cinq ou six carreaux de drap d'or autour d'elle. Elle parut seule et sans être entourée de ses dames.

À ce moment Angélique se trouva séparée de ses amis.

Sitôt qu'il vit la future reine de France, l'abbé de Montreuil, qui ne voulait rien perdre de la curieuse cérémonie annoncée du cortège des rois maures, se précipita, entraînant tout son monde vers la maison où il avait passé la nuit, et où son hôtesse lui avait réservé un balcon et plusieurs fenêtres.

Une même agitation commençait d'envahir la ville et ceux qui connaissaient le parcours de la procession devenaient tout à coup les maîtres de la foule, et la drainaient, la regroupaient. Autour des reposoirs, devant certaines demeures, les gens s'amoncelaient, décidés à ne plus bouger jusqu'à l'arrivée de l'ostensoir, et il y avait des remous violents provoqués par ceux qui voulaient le passage pour aller plus loin, à un autre reposoir.

Voyant que Louvigny n'était plus à ses côtés, Angélique marqua un temps d'arrêt et presque aussitôt l'abbé de Montreuil lui fut arraché et leur groupe disparut, englouti dans le mouvement. Elle suivit ce mouvement. Elle finirait bien, d'un point ou d'un autre, par voir cette fameuse procession.

San Sebastián était plus important que Saint-Jean-de-Luz, mais le réseau des rues et des places menait toujours en un lieu où l'on pouvait se repérer.

Intense et amicale invasion. L'imminence de la procession du Corpus Dei requérait une très intense et dévote participation de tous et ne permettait pas de se laisser dominer par le désordre.

Une osmose s'était faite ici au cours des jours précédents, et une partie de la ville continuait à redouter qu'il n'y ait pas assez de pétales de fleurs à lancer sur le chemin de la procession, tandis que d'autres se préoccupaient de consolider les coins de leur maison qui seraient heurtés par les chars, et d'autres continuaient de multiplier les bouquets sur des draps blancs tendus.

Angélique se frayait un passage un peu à contre-courant dans la direction que, lui semblait-il, avaient prise ses amis.

Elle s'entendit appeler. Des voix françaises venant de très haut et dominant le bruit de cris et de musique mêlé, qui était comme une émanation naturelle des habitants et visiteurs de San Sebastián en ce jour de la célébration du Corpus Dei, lui parvenaient.

— Madame de Peyrac ! Madame de Peyrac !

Elle aperçut l'abbé de Montreuil et la plupart de ses compagnons qui garnissaient de larges fenêtres à petits balcons des deuxième et troisième étages d'une très belle maison à la façade envahie de draps d'or et de tapisseries, de draps blancs piquetés de bouquets de fleurs, mais tous les orifices de la maison étaient dégagés.

— Entrez là !

Ils lui faisaient des signes, lui désignant la porte d'entrée ouverte, comme l'étaient ce jour-là les portes de toutes les demeures de San Sebastián. Elle se fraya un passage jusque-là. De cette porte des gens ne cessaient d'entrer et de sortir comme les abeilles d'une ruche. Elle réussit à pénétrer à l'intérieur et à atteindre les premières marches d'un escalier assez étroit et tournant.

Ce fut en atteignant le deuxième étage que la chose arriva.

À chaque étage les marches aboutissaient à une pièce assez vaste dont, en ce jour, on avait manifestement enlevé meubles et coffres. Le va-et-vient dans l'escalier tandis qu'elle montait s'était ralenti.

Elle s'immobilisa, soudain fébrile. Tandis qu'elle montait, elle venait de croiser quelqu'un.

Elle redescendit précipitamment.

Et alors elle le vit dans la pénombre de l'escalier tournant, l'homme aux yeux luisants, et qui, à demi détourné, la regardait en ricanant. Comme s'il avait deviné qu'elle allait revenir sur ses pas. Comme s'il avait deviné qu'elle aurait une brusque bouffée de peur, un réflexe de fuite et remonterait précipitamment jusqu'à la première pièce. Ce qu'il n'avait pas deviné, par contre, c'est qu'au souvenir du malaise qu'elle avait éprouvé à la comédie espagnole Angélique se reprochait sa réaction, et que, la première émotion passée, son réflexe serait de l'affronter.

Comme il arrivait sur ses pas, elle se retourna et lui fit face en criant :

— Cessez de chercher à m'effrayer, grossier personnage ! Donnez-moi le nom de votre maître que j'aille me plaindre à lui !

Il se rapprocha d'elle d'un mouvement insensible.

— Mon maître est le plus puissant, dit-il. Il connaît tous les secrets de Dieu.

Exaspérée par la peur qu'il faisait naître en elle, Angélique riposta d'instinct, envoyant presque sans le savoir la seule flèche qu'il y avait à décocher.

— C'est impossible ! La bibliothèque d'Alexandrie a brûlé et tous les secrets de Dieu ont *disparu* avec elle.

Et presque aussitôt elle regretta cette parole qui ressemblait plus à une boutade qu'à une réponse réfléchie, car il parut frappé et ses traits prirent une expression dure et assez effrayante. Ses yeux étaient toujours brillants, mais elle comprit qu'ils ne luisaient étrangement que dans l'obscurité.

Il dit :

— Alors, c'est donc vrai ? Vous connaissez… le secret ?

Elle était de nouveau clouée par l'indécision et une sensation de malaise. Et tout à coup, très leste, il n'était plus là.

Elle descendit. Elle voulait le prendre au collet, le secouer, lui faire avouer le nom de son maître, et qui le payait pour lui nuire, à elle ou à Joffrey.

Elle se retrouva dans la rue, bousculant les gens pour essayer de le rattraper. L'homme n'était pas très grand.

Des appels reprirent des hauteurs.

— Madame de Peyrac ! Mais que faites-vous donc ? La procession arrive. Sauvez-vous de là !… Montez vite !

Angélique à nouveau s'engouffra dans l'escalier. Au troisième étage, M. de Saint-Thierry et Cavois la happèrent avec l'impatience de spectateurs qui ne veulent pas perdre les meilleures places au balcon.

Elle préférait cent fois être serrée contre les broderies de leurs habits avec la poussée au-dessus d'eux de toutes les personnes présentes, y compris laquais et servantes qui s'amoncelaient dans la fièvre enfantine d'apercevoir les rois maures et tous les géants qu'amèneraient les chars de leur suite. Elle préférait cette chaleureuse promiscuité de grappe humaine à l'impression glacée qu'elle avait ressentie.

— C'est un Français, n'est-ce pas ? Cet homme, là-bas ! Qui se tient près du garde à hallebarde qui retient la foule. Là ! Là !

Elle secouait par le bras l'abbé de Montreuil, lui désignant l'homme en bas, qu'elle apercevait.

Elle criait, essayant de dominer un bruit effervescent de sonnailles qui s'avançait et grossissait sur un rythme cadencé.

L'abbé, désireux de lui plaire, finit par consentir à un effort d'attention dans la direction qu'elle lui indiquait.

— Ah! fit-il, c'est Flegetalis. Que fait-il ici?

— Qui donc, dites-vous? Qui est-ce? Qui est son maître?

— Je n'en sais rien. Il est commis des finances. Il fait des comptes.

— À San Sebastián?

— Mais non!... Pour la Cour et ses dépenses à Saint-Jean-de-Luz.

— C'est donc un Français?

Des hommes habillés de blanc, des sonnettes aux pieds, tournaient le coin de la rue.

— Pourquoi est-il là? Pourquoi est-il là? insistait Angélique.

Mais l'abbé de Montreuil se désintéressait de ses questions, requis par l'arrivée du cortège tant attendu.

— L'*espatadantza*!... La danse des Basques! Regardez.

Plus d'une centaine d'hommes envahissaient la rue, dansant avec des épées, chaque bout d'épée dans la main gauche de son voisin, et l'acier lançait des éclairs aux soubresauts de la danse.

Le bruit syncopé des sonnailles était assourdissant.

Angélique regarda à nouveau. L'homme avait disparu, comme happé par cette marée blanche, éclatante et houleuse.

— Qui est-ce? Qui est-ce? Que fait-il là? répétait-elle, énervée.

— Il est venu pour le climat mystique du jour du Corpus Dei, la renseigna son autre voisin, Saint-Thierry, voyant qu'elle continuait à se préoccuper du nommé Flegetalis. Le coquin prétentieux se pique d'ésotérisme.

Angélique voulut se tourner vers celui qui parlait et qui avait eu l'obligeance de la renseigner. Mais une forte poussée provoquée par deux ou trois personnes qui, sans vergogne, leur montaient sur le dos pour « mieux voir » la rejeta pour ainsi dire joue contre joue avec l'abbé de Montreuil.

— Regardez, dit celui-ci. Voici les petits garçons !

Une cinquantaine d'enfants avec masques à claire-voie de papier ou de parchemin suivait les danseurs de l'Épée, remplaçant la cadence des sonnailles, par le rythme léger et crépitant de leurs tambourins.

Une rumeur lointaine, qui se révéla être en approchant le chœur enthousiaste de la foule, annonçait l'arrivée des géants.

— Les rois maures ! Les rois maures !...

Il y eut tout à coup, à la hauteur de l'étage où Angélique se trouvait, un énorme visage noir, de la grosseur d'une barrique, enturbanné de blanc, un rire en balcon de dents blanches, des yeux comme des fenêtres dont la prunelle tournait.

Angélique oublia ses récentes émotions car le spectacle requérait du cœur et de l'admiration. Sept géants occupaient l'espace. Trois Maures, chacun sa femme derrière lui. Et pour clore le cortège, un saint Christophe portant l'Enfant Jésus, chacun de ces processionnaires « allant de pair avec les toits ». Il y avait ensuite, de même taille, un dragon et un monstre marin.

Puis – et c'est là que les étrangers réalisèrent qu'il ne s'agissait pas de Carnaval, mais d'une manifestation religieuse – la Procession.

L'intensité du silence qui s'établissait et où flottaient de vagues notes d'incantations sans qu'on pût deviner où se trouvaient les chanteurs préparait la venue du Saint-Sacrement, accompagnait l'avance du plus prodigieux des mystères parmi les hommes… la présence du corps du Christ. Au sein des rues fourmillantes, noircies de nombreux individus entassés soudain, tous dans un mouvement de houle s'agenouillaient. Dieu approchait…

Enfin l'évêque parut portant l'ostensoir éblouissant du Saint-Sacrement. Quatre seigneurs portaient le dais. Le roi d'Espagne suivait, seul, pénétré d'adoration. Et, ferait remarquer un témoin, on ne pouvait dire qui marchait plus gravement : ou celui qui portait Notre-Seigneur ou Philippe IVe.

Toute la grappe de gens suspendue à la fenêtre du second étage de la maison de doña Philippa en fut impressionnée et, dès que le flot des communautés ecclésiastiques et paroissiennes, chantant, fut passé, et la rue à nouveau rendue au flot urbain, ils avouèrent que de toute la procession, c'était Sa Majesté Très-Catholique qui avait le plus suscité leur émotion.

Les Français faisaient amende honorable.

— Ceux qui disent qu'il n'a pas d'autre majesté que celle qu'il se donne, avec sa lenteur, ses pas comptés et ses yeux immobiles ont tort. Et quoique son visage soit maigre et un peu maladif, on remarque qu'il a été admirablement bien fait dans sa jeunesse. Il ressemble plutôt à un Flamand qu'à un Espagnol, aussi le roi son père était petit-fils de Charles Quint qui était né à Gand.

Angélique demeurait penchée à la fenêtre, en vérité légèrement abasourdie par le flot de sensations qu'il lui avait fallu éprouver au cours de cette heure.

Quand l'ostensoir d'or, qui était immense avec en son centre l'hostie blanche si petite, si pure, et reflétant toute la lumière du ciel, était passé, comme illuminé par l'intensité de ferveur et d'adoration de la foule à genoux, elle avait eu un élan spontané répondant à l'angoisse éprouvée :

— Dieu tout-puissant, aidez-moi !

Et comme, endolorie, elle écoutait mourir l'écho de ces mots proférés, « Dieu tout-puissant », elle aperçut en bas dans la rue le plumet et le turban de Kouassi-Ba surnageant à la surface des têtes. Elle l'appela. C'était bien lui, accompagné de deux chevaux. Et sa vue l'enchanta plus que celle de tous les rois maures.

Distribuant des adieux à son entourage qui ne se préoccupait plus de ses lubies, elle se jeta dans l'escalier.

À l'étage, tout à coup, il y avait une immense table, nappée de blanc, couverte de vaisselle d'or et de verrerie de cristal. Un seigneur jovial qu'elle devina être le maître de maison l'interpella en français.

— Ne vous sauvez pas, belle dame ! Nous vous préparons un repas à la bourguignonne. Plats chauds et demeurez à table, verre en main, le temps qu'il faut et chacun sa salière, à l'espagnole…

Mais rien n'aurait pu la retenir. Elle aurait jeté à bas toute silhouette s'opposant à elle dans sa descente vers la rue, l'issue de l'hôtel.

Dans la rue, écartant des dos à coups de coude, elle se trouva près de Kouassi-Ba, n'en croyant pas ses yeux.

Les deux chevaux à sa poigne dressaient des têtes impatientes. Ils étaient très noirs, avec des yeux de feu et une crinière bouclée étonnante.

Kouassi-Ba dit que M. de Peyrac l'attendait de l'autre côté de la Bidassoa. Était-ce à Hendaye ? Non.

— Là où les rois s'embrasseront.

C'était donc au rendez-vous de l'île des Faisans.

Kouassi-Ba et le monde des valets en savaient déjà plus long sur les cérémonies qui auraient lieu dans le pavillon de l'île et dont la préparation requérait toutes les activités, le rôle de chacun réglé avec minutie. Tous les acteurs devaient se connaître et connaître leur rôle mutuel. La plus grande surveillance régnait et tous, jusqu'au moindre des domestiques, en étaient conscients.

Une fois en selle, les chevaux lancèrent quelques ruades dites « de batailles », car ainsi, au cœur de la mêlée, les chevaux faisaient-ils le vide autour de leur cavalier, laissant la place au tournoiement mortel des épées ou des sabres.

Ils bondirent, et très vite, les passants s'écartaient, pressentant l'élan de leur galop en pleine ville. Elle eut l'impression que le cheval qu'elle montait avait des ailes.

Le ciel s'obscurcissait.

Et la terre traversée était sombre comme celle de ces étendues immenses et vagues, que l'on franchit dans les cauchemars. Angélique se sentait en terre étrangère et désirait éperdument de se trouver de l'autre côté de la frontière, dans la familiarité des Français, à goûter le réconfort de leurs conversations futiles.

Ils franchirent avec la rapidité de flèches en chemin les lumières d'une petite ville, où l'on chantait, où l'on dansait encore. Peut-être était-ce Irun ?...

Les chevaux, percevant la fraîcheur de l'estuaire, redoublaient de vitesse.

Angélique se demandait si, pour atteindre la rive française, il leur faudrait demander l'autorisation de l'*Aposentador* espagnol afin d'utiliser le pont de bateaux qui venait de la rive au palais.

Mais peu après, alors que s'apercevaient vaguement les lumières préposées à la garde de l'endroit, Kouassi-Ba s'approcha des bords de l'eau. Une gabare, manœuvrée par des femmes, sortit de l'ombre dans le courant. Elles saluèrent gaiement Kouassi-Ba qui leur répondit de même.

Transportée sur l'autre rive, Angélique distingua la silhouette de Joffrey si particulière, devenue pour elle unique au monde, dans l'espace où il s'avançait.

Elle s'élança, vola vers lui sans souci des embûches de l'ombre.

La joie de l'enfant retrouvant sa mère après l'avoir perdue dans une foule ne pouvait être plus excessive que celle qu'elle éprouva à se jeter dans ses bras, à les sentir se refermer autour d'elle, l'emprisonnant avec certitude.

— Où étiez-vous passée ? Partir ainsi en Espagne, sans m'avertir !

Il y avait dans sa voix quelque chose de cassant qu'il n'avait jamais eu pour elle… ou qu'elle avait oublié.

Elle noua ses bras autour de sa nuque penchée.

— Vous êtes jaloux, s'écria-t-elle. Oh ! que j'aime cela !

Elle exultait de bonheur, de soulagement, de tendresse. Il était son refuge, sa force et il s'était préoccupé d'elle.

— Mon amour, dit-il, ne savez-vous donc pas que vous êtes toute ma vie ?… Ne disparaissez pas ainsi !

— Qu'allez-vous imaginer ? Vous saviez parfaitement où j'étais et avec qui. La preuve, c'est que Kouassi-Ba est allé droit à la demeure de doña Marala où l'abbé de Montreuil avait retenu des fenêtres.

Elle retrouva la blancheur de son sourire au-dessus d'elle. Et c'était merveilleux d'avoir atteint l'asile de ses bras et de son amour.

— Venez, fit-il. Je vous emmène à mon bivouac. Nous allons nous régaler.

Il l'entraîna vers l'extrémité de la plage où s'amoncelaient dans un chaos ténébreux, ponctué de quelques lueurs sourdes de lanternes et plus vives de quelques foyers allumés sous des marmites, le campement des vivandiers et celui des marchands. C'était devenu peu à peu une petite ville faite de tentes et de chariots, gardienne de trésors hétéroclites coltinés au long de tous les chemins et de toutes les routes, vivant peut-être plus intensément encore la nuit que le jour dans l'éveil des passions clandestines – et l'on entendait s'entrechoquer les dés sur le fond des barriques ou des tambours retournés – et dans la très soigneuse élaboration de leur survivance que ces communautés étrangères et nomades entretenaient plus obstinément le soir que le jour par l'organisation de leurs trafics du lendemain et de leurs soupers nocturnes aux recettes de leur pays, la préparation de leur nourriture traditionnelle dont la permanence leur assurait une bonne santé sous tous les cieux.

C'est pourquoi la rumeur d'une activité intense et souterraine continuait dans ces heures profondes de la nuit, et une odeur mêlée de diverses épices, de boulangerie et de ragoûts dominait, effaçant jusqu'aux effluves de la campagne proche à laquelle s'adossait le campement.

Un peu à l'écart, un feu brillait joyeusement, autour duquel s'affairaient des ombres armées de louches, portant plats et marmites. Angélique reconnut Alfonso et deux de ses aides fort occupés à accueillir trois gardes suisses du régiment des Cent-Suisses, dont certains étaient préposés à la garde du palais de la Conférence, côté français.

En collerette wallonne et toque emplumée, ils apportaient, encore enfilé sur sa broche, un cochon de lait rôti à point, accompagné de pots de sauces et de légumes.

Le cochon de lait grillé était tendre, croustillant.

Angélique retrouvait avec délices la bonhomie qui régnait en territoire français.

L'attention de Joffrey assis près d'elle effaçait comme par miracle son angoisse. Il lui redisait combien, tout à coup, il s'était inquiété de sa disparition.

Angélique secouait la tête et refusait de se sentir coupable.

— Non! Non! Vous saviez très bien de quelle promenade il s'agissait. L'abbé de Montreuil en parlait partout. Est-ce de savoir de quels gentilshommes j'étais accompagnée qui vous tourmente?

Ils pouvaient badiner un peu.

Ce coin de rivage et la mi-temps de la nuit les isolaient pour quelques heures et ils retrouvaient leur intimité familière.

Angélique reprenait des forces. S'estompaient les désagréments d'une promenade en terre étrangère.

Elle admit qu'elle s'était laissé entraîner presque malgré elle. La fête du Corpus Christi créait une excitation contagieuse. Dans ce contexte la rencontre de l'individu aux yeux luisants s'estompa. Oserait-elle en parler à Joffrey? Elle se souvint tout à coup qu'elle avait oublié, ce jour-là et peut-être aussi la veille, de prendre la pastille de contrepoison que Joffrey fabriquait pour elle. Elle la chercha et la trouva dans son aumônière. Joffrey lui tendit une coupe d'eau fraîche.

Les chevaux avaient été emmenés pour être pansés vers des abris où se trouvaient des réserves de foin et d'orge. Là aussi pour les services des chevaux les marchés se menaient entre le campement et les laquais chargés des montures.

Trois ombres s'approchèrent.

Dans la silhouette féminine, Angélique eût pu craindre une fois de plus de reconnaître Carmencita de Mérecourt. Mais, dans l'agitation des semaines précédentes, elle l'avait presque oubliée. L'homme présenta la belle dame espagnole sous le titre de doña Francisca de Bobadilla et lui-même, Robert Boyle, et le reconnaissant à la lueur des flammes, Joffrey de Peyrac se leva et le salua en anglais le priant de prendre place auprès d'eux, avec la très belle doña Francisca, qu'il salua à plusieurs reprises galamment.

Le troisième personnage était un jeune abbé, accompagnateur du couple et qui s'empressa à chercher et à trouver coussins et banquettes de carrosse pour s'asseoir devant le feu.

D'après les paroles échangées, Angélique comprit que son mari et l'Anglais s'étaient déjà rencontrés – aujourd'hui ou hier – et, comprenant assez la langue pour ne pas se tromper, chez le roi d'Espagne.

L'homme demeurait debout et il apparut qu'avec une courtoisie à la française il hésitait à prendre place devant Angélique, que, dit-il, il voyait pour la première fois, hésitant devant sa beauté et sa grâce à troubler leur repas et leur tête-à-tête.

Angélique insista, agréablement surprise de la retenue avec laquelle cet homme s'exprimait et très vite, Joffrey de Peyrac, beaucoup plus expansif, l'ayant présenté comme l'un des plus grands savants de l'univers, elle l'encouragea à leur faire le plaisir et l'honneur de leur compagnie. Il s'exécuta enfin mais refusa de partager le cochon de lait et accepta un plat de calmars et leur sauce noire.

Doña Francisca, elle, refusa viande et calmars, mais commanda un verre du très célèbre hypocras, cette boisson composée de vin cuit, sucré avec du jus de canne des Caraïbes renforcé d'épices diverses dont le poivre, le gingembre, la cannelle. On le lui apporta brûlant, et elle s'empressa de le mettre à la bonne température, en l'entourant de « neige ».

Toutes les commodités possibles sortaient comme par miracle du campement des vivandiers. Quelqu'un expliqua que la base de la sauce noire, qui accompagnait les gambas et qui avait une très fine saveur marine, était de cette encre que projettent les calmars.

Le jeune abbé était assez précieusement vêtu, arborant quelques dentelles sur ses vêtements noirs; on pouvait reconnaître son état ecclésiastique à ce qu'il ne portait pas perruque. Sa fonction semblait se résumer à guetter et à combler tous les souhaits de doña Francesca. Aussi son profil demeurait-il tourné vers elle, dans la fixité et l'immobilité de la contemplation. À un moment il se leva, se fondit dans l'obscurité, revint avec un supplément de « neige », obligeance dont il fut remercié par un sourire éclatant de la déesse dont le culte occupait sa vie.

L'Anglais s'était fait accompagner d'un tonnelet du meilleur vin, le pedro ximénez.

Le roi d'Espagne, dit-il, lui en avait fait remettre plusieurs tonnelets, sachant que ses compatriotes l'appréciaient beaucoup.

Ainsi, fit remarquer Angélique, le roi d'Espagne avait adouci sa rigueur pour un Anglais ! Mais celui-ci rectifia. Le roi d'Espagne n'ignorait pas que celui qu'il avait daigné recevoir était de naissance irlandaise et, donc, catholique. Laisser pénétrer un religionnaire de la religion réformée en Espagne pouvait être considéré comme un *casus belli*.

Il raconta que ce qui l'avait le plus surpris pendant sa rapide incursion à San Sebastián, c'était la variété de Français qu'il avait vus se promener sur terre espagnole – ou plus justement basque. Phénomène qui le laissait à la fois étonné et rempli d'admiration, car ceux-ci ne semblaient pas se douter que chacun d'eux avait en lui de quoi attirer les soupçons de l'Inquisition. Joffrey de Peyrac dit, qu'en France, les guerres de Religion avaient comme fait office de contrepoison de l'hérésie. Depuis l'édit de Nantes promulgué par le roi converti Henri IV, catholiques et protestants s'évertuaient et parvenaient plus ou moins à y vivre en bonne intelligence, et en tout cas beaucoup ne percevaient plus les dangers de leurs croyances opposées.

— Il n'y a donc pas de protestants en Espagne ? s'étonna Angélique.

Non. En Espagne, les bûchers de l'Inquisition avaient rapidement éradiqué les moindres rameaux issus du tronc de la Réforme, qu'ils fussent de Luther en Allemagne, de Calvin en France, de Zwingli en Suisse, de Knox en Écosse.

Elle essayait d'imaginer sa province natale, le Poitou, sans les villages protestants et leurs acerbes habitants qui enterraient leurs morts la nuit, mais qui parlaient le même patois que les paysans catholiques. Et que serait devenue la famille du baron de Sancé de Monteloup, sans un intendant huguenot comme Molines pour prendre en pitié leur incompétence à vivre d'un labeur nécessaire pour sauver leurs terres, ce qui d'autre part leur était interdit par leurs traditions nobiliaires?

Comme tous les gens d'étude lorsqu'ils avaient à citer des formules, et définir avec tout le déploiement des chiffres et de leur multiplication, expression d'une matérialité, incarnation de pensées incertaines, les deux hommes étaient passés tout naturellement au latin qui était leur langue d'étude dès l'enfance et demeurait, planant sur tous les idiomes de la Création, la langue universelle.

Angélique suivait leur conversation sans difficultés.

Question d'oreille et de mémoire, elle avait toujours eu la faculté de retenir les langues étrangères. Elle commençait même à comprendre un peu le basque. Elle ne s'était jamais félicitée de ce talent, le croyant naturel à tous.

Angélique frissonnait de plaisir, retrouvant le charme de leur vie du Gai Savoir, où par différents visiteurs elle se grisait au fil des jours de multiples découvertes, de voyages magiques.

Et, la voyant frissonner, Joffrey ôta son manteau et le lui mit sur les épaules.

Il est vrai qu'une fraîcheur brumeuse se levait. Mais si la motivation de leurs gestes et de leurs actes ne leur était pas toujours transparente, elle continuait de les rapprocher, dans ce vouloir d'amour qui les habitait.

Appuyée à lui, tout en dégustant quelques fraises, elle écoutait et revivait certains incidents de cette journée.

Parlerait-elle de l'homme aux yeux luisants à Joffrey? Plus le temps passait, plus l'enveloppait la nuit amicale et plus elle craignait de se révéler habitée de visions égarées comme s'en plaignent les héros des livres médiévaux. Comme les héros de Dante qui errent dans des contrées infernales, chaque fleuve rencontré ajoutant à leur folie et à la disparition de leur propre mental. La Bidassoa avait-elle joué ce rôle du Styx dans son escapade du jour?

Intervertissant les langues au fil de la conversation, mais attentive à tous les sujets qu'ils abordaient, elle entendait que l'un et l'autre, mais à une heure différente ce matin ou hier, avaient rencontré le roi d'Espagne, que Sir Robert Boyle travaillait à la connaissance de mystérieux éléments invisibles et « prisonniers de leurs limites » qu'on nommait gaz, que la nécessité de protéger les découvertes scientifiques des barbaries de l'Inquisition entraînait la création, au cœur des Académies de tous pays, de cellules secrètes dont les membres se reconnaissaient à certains signes connus d'eux seuls…

Les mots volaient et s'échangeaient, denses et riches, dans la clarté mouvante du petit feu sur la plage.

Les regards d'Angélique à demi endormie, mais surtout fascinée, enrobaient la vision du tableau composé par ces nouvelles présences.

La femme très belle ne disant mot, ni ne manifestant aucune mimique prouvant qu'elle suivait les propos qui s'échangeaient. Ou elle ne comprenait rien, ou elle comprenait tout. Quant à l'abbé, il était, plus que tous ceux qu'elle avait vus jusque-là, de cette société disparue de pages musiciens, de chevaliers errants, de poètes inspirés, qui vivaient de la ferveur de leur amour choisi, quitte à mourir un jour pour ne pas l'avoir atteint ou avoir été repoussé.

Elle s'interrogeait sur l'Anglais et la belle Espagnole. Étaient-ils seulement compagnons de rencontre d'un jour? À l'occasion d'une fête? Ou les souvenirs d'une liaison ancienne les rapprochaient-ils?

Était-elle son égérie lorsqu'il venait sur le continent loin des brumes de Londres? Y avait-il, entre ces deux êtres fort dissemblables d'apparence, un lien qui ressemblait à celui qui s'était, peu à peu, tissé entre elle et Joffrey de Peyrac?

Et pourquoi? Parce qu'ils se ressemblaient secrètement? Parce qu'ils se comprenaient? Parce qu'ils se désiraient? Parce qu'ils ne pouvaient pas s'oublier et ne pouvaient plus se priver l'un de l'autre? Parce que, tout bonnement, ils ne pouvaient pas se quitter?

Angélique souriait à demi alors que le débat entre les deux hommes s'animait, les comblant par leurs découvertes mutuelles.

À son habitude, Joffrey devisait avec un mélange d'ironie et de précision, comme s'il avait eu plusieurs vies pour emmagasiner l'abondance des connaissances glanées en tous les points du monde.

La nuit tournait doucement.

Les feux et les lumières des lanternes s'assourdissaient, voilés çà et là pour préserver le sommeil d'un repos rapide. Il faisait encore très sombre.

Robert Boyle se leva, dit qu'il devait rencontrer la reine d'Angleterre aujourd'hui à Saint-Jean-de-Luz.

Les trois visiteurs disparurent dans la nuit et Angélique en garderait une vision de la bénignité de la vie, la révélation, dans leur étrangeté, qu'il y avait peut-être des lieux préservés où des êtres différents pouvaient s'épanouir, échapper à la persécution perverse du monde commun, menant leur barque, riches de connaissances et de projets, tranquilles et toujours victorieux parmi les écueils…

L'autre rencontre de ce jour qui l'avait choquée lui parut maintenant mesquine, ridicule, provoquée par l'hystérie mystique de la procession. Il y a des fous partout!…

Joffrey lui aussi semblait content du hasard de cette conversation avec l'un des plus réputés savants du monde.

Elle posa la tête sur son épaule et ferma les yeux.

Lorsqu'elle les rouvrit, une lueur rose commençait de s'étendre vers l'est derrière le promontoire de la rive espagnole.

Chapitre dixième

28 mai

— VOTRE MARI A RENCONTRÉ le roi d'Espagne hier... Qu'en est-il de son humeur ?

Mademoiselle ayant ainsi entamé la conversation du jour, Angélique ne put retenir sur ses traits une expression interloquée, laquelle était peut-être la seule à convenir. Mademoiselle ne parut pas s'y laisser prendre, mais Angélique avait commencé à discerner qu'à la Cour on n'hésitait pas à plaider le faux pour savoir le vrai.

Elle se déroba.

— Que Votre Altesse me pardonne ! À la vérité, ces jours-ci j'ai eu peu l'occasion de m'entretenir avec mon époux, qui est lui-même retenu par le service qu'il doit à Sa Majesté...

— C'est vrai, je vous retiens beaucoup ! Mais vous êtes la seule personne avec laquelle j'aime bavarder ici. Dans ce désordre, vous ne perdez pas la tête. Mais pour hier, je ne sais à quoi m'en tenir. Que vous a dit votre mari ?

Angélique fit remarquer à la princesse que dans la diplomatie, les maris, en principe, avaient l'obligation de se montrer discrets vis-à-vis de toutes les femmes et plus encore de leur épouse.

— Mais il paraît qu'il n'en va pas de même dans votre couple, insista Mademoiselle.

Angélique sentait que la princesse de Montpensier souhaitait ardemment obtenir quelques paroles de réconfort et celles-ci ne coûtaient rien, tant la réalisation de ce mariage paraissait inéluctable.

Autant parler avec optimisme et assurance pour lui donner satisfaction.

Elle protesta, à la façon de l'*Aposentador*, qu'elle n'était pas dans le secret des dieux, mais tout ce qu'elle pouvait dire – et elle insista sur le mot « pouvoir » –, c'est que, selon toute apparence, et d'après également l'opinion de son époux, ce n'était plus qu'une question d'un ou deux jours, et peut-être d'heures. Elle prit sur elle d'ajouter que tout dépendait de la bonne volonté des ministres à consentir quelques ratures çà et là dans le traité pour ménager la fierté du roi d'Espagne et aussi celle de l'Infante. Tout dépendait de l'Infante!... Car, depuis qu'elle avait vu l'écriture de la lettre qu'elle n'avait pas eu l'autorisation de lire, l'on devinait qu'elle ne renoncerait pas facilement à l'union entrevue avec ce prince si galant, et elle saurait, le moment venu, accomplir la démarche qui déciderait de tout.

— Une fille est toute-puissante sur le cœur de son père! admit Mademoiselle, rassérénée.

De l'air qu'avait Mme de Peyrac, confia-t-elle à qui voulut l'entendre, il est certain que son époux, selon toute vraisemblance, a eu audience avec Sa Majesté le roi d'Espagne. Ces nobles du Sud ont des alliances partout, par-dessus leurs montagnes.

Elle répétait d'un air sibyllin :

— Une fille est toute-puissante sur le cœur de son père.

Ce qui pouvait être entendu de différentes façons.

Les optimistes disaient que l'Infante – qu'à la vérité ils n'avaient pas vue – se portait garante de faire céder son père. Les autres, qu'une aventure pareille – la fin de l'hégémonie espagnole sur l'Europe et sur le monde – était une utopie qu'aucune cervelle raisonnable n'aurait dû concevoir.

Mais il était un peu tard pour en délibérer.

Des « cervelles raisonnables » – le cardinal Giulio Mazarini et don Luis de Haro y Guzmán – se retrouvèrent l'une en face de l'autre. Le Cardinal était malade et cette fois encore ce n'était pas un prétexte... Mais il fallait sortir de l'impasse. Tous deux remirent sur le métier l'ouvrage.

Ce 28 mai, le grand maître de la garde-robe du roi Louis avait fait prendre des nouvelles de Leurs Majestés, qui, après l'avoir reçu, allèrent faire leur promenade quotidienne à la Marine.

Le lendemain, les Français arrivèrent en si grande foule qu'on dut leur demander de s'écarter pour laisser passer les services. Mais ils ne bougeaient pas d'un pouce tant ils étaient déterminés à apercevoir l'Infante.

Dressés au-dessus des têtes, les plats circulaient dans un sillage d'odeurs alléchantes et les gentilshommes français se régalèrent d'annonces qui ne l'étaient pas moins : des lapereaux rôtis, pigeonneaux avec laitues, boudins blancs sur un lit de biscuits à la crème, artichauts aux jarrets de porc...

Dans les hautes sphères sociales, l'art culinaire était fort apprécié en Espagne et on savait que le cuisinier du roi Philippe III, père de l'actuel souverain, ainsi que de la reine Anne d'Autriche, Francisco Martinez Montino, avait composé un livre de recettes intitulé « Traité de comment on doit servir les banquets ».

Ce jour-là, peut-être par le fait de cette presse qui encombrait la ville, le roi et l'Infante ne se rendirent pas à la Marine. On en fut bouleversé. Cette fois, tout était perdu, disaient les pessimistes. Plus la réalité de la situation prenait de certitude, plus elle apparaissait infranchissable. Le roi d'Espagne ne céderait pas.

Mais soudain, voici qu'un prompt cavalier s'élance dans la nuit et franchit en un temps record la distance qui sépare Saint-Jean-de-Luz de San Sebastián.

On réveilla le roi d'Espagne.

Le cavalier était un commis spécial dépêché par le premier ministre don Luis de Haro auprès de son souverain et qui lui annonçait que les conférences étaient terminées à la satisfaction de tous.

Le roi décida qu'il partirait pour Fontarabie avec l'Infante dès le lendemain. Ou plutôt le jour même, car il était 2 heures du matin et l'on était le 2 juin.

Le roi d'Espagne et l'Infante montèrent dans leur carrosse vers les 8 heures et se mirent lentement en route vers les villages de Passages.

À la Herreria, ils embarquèrent sur la superbe gabare qui leur avait déjà servi, et entourés d'autres gabares montées de musiciens, et suivis d'une foule d'embarcations, ils traversèrent le bassin.

La symphonie ininterrompue des violons couvrait une clameur profonde qui les escortait, où se mêlaient parmi les ovations des chants d'adieu en langue du pays.

Bien qu'ils fussent basques et souvent réticents dans leur soumission à ces rois de Castille, les habitants de la contrée savaient que l'infante d'Espagne se rendait à Fontarabie pour s'y marier et que cette célébration ferait d'elle la reine de France.

Et l'infante d'Espagne qu'ils avaient vue passer quelques jours au long de leurs rivages, dans le sillage de son père l'auguste roi d'Espagne, volant sur les flots dans une barque dorée, visitant les galions d'Amérique, et admirant la grande habileté des pêcheurs basques déployant leurs filets ou leurs danses acrobatiques, l'infante d'Espagne franchirait la frontière invisible divisant les eaux de la Bidassoa, et elle disparaîtrait à l'horizon du royaume de France et jamais, jamais ils ne la reverraient.

Cris et appels d'adieu se mêlaient.

Leurs Majestés arrivèrent à Fontarabie à 6 heures du soir.

La ville les accueillit avec de nombreuses salves d'artillerie, tandis que le régiment des gardes y répondait par sa mousqueterie et saluait le roi en abaissant ses étendards.

La presse était inimaginable.

Il y avait déjà cette foule de Français qui, dès que l'annonce avait été donnée de la bonne fin des pourparlers, s'étaient précipités et étaient passé d'une rive à l'autre. Plus que jamais les danses et danseurs se déchaînaient en fébriles figures reptiliennes et aériennes.

La province de Guipuscoa avait offert au roi le même service qu'en 1615, quand on avait échangé les princesses. C'est-à-dire de mettre dix mille hommes sur la frontière, mais Philippe avait refusé et fait venir de Catalogne six cents cavaliers et le régiment de sa garde qui comptait six cents hommes à pied. Ils étaient commandés par le lieutenant-colonel Pedro Nuño Colón de Portugal, amiral et *adelantado* des Indes et duc de Veragua, descendant de Christophe Colomb. Leurs uniformes se composaient d'une casaque jaune avec des franges de velours en damiers à deux couleurs, et sur la poitrine et le dos ils portaient l'écu d'armes du roi brodé. Sur les épaules, la croix de Bourgogne. Ils étaient armés de piques et de mousquets.

Maintenant le roi d'Espagne voulait aller vite.

Dès son arrivée parmi le charivari des danses et des mousqueteries, il décida que la cérémonie du renoncement de Marie-Thérèse à son héritage et aux droits de succession à la couronne espagnole se ferait le soir même.

Et à 8 heures les témoins arrivèrent : Alonso Pérez de Guzmán, patriarche des Indes, et Fernando de Fonseca Ruiz de Contreras, marquis de la Lapilla, secrétaire d'État. Ce dernier fut chargé de lire les deux documents. Le patriarche, lui, reçut le serment solennel de l'Infante.

Le mariage par procuration se célébrerait le lendemain dans l'église de Fontarabie. Le lendemain, 3 juin.

3 juin

À l'annonce d'une si prodigieuse et prompte décision, la reine Anne d'Autriche et ses deux fils passèrent une partie de la nuit à rassembler tout ce qu'on pouvait trouver de plus magnifique à offrir à celle qui allait devenir reine de France.

De son balcon, Mademoiselle confia à Angélique, qu'elle priait de l'accompagner, les échos qu'elle avait recueillis de cette nuit fiévreuse à laquelle elle n'avait pas été conviée, ce qu'elle déplorait pour le bien de tous.

— Je n'ai pas vu ce que contenait la cassette, un coffre assez grand en *calambucco*, un bois d'Amérique très parfumé. Ils ont mis là-dedans tout ce qu'on peut imaginer de plus beau, à la réserve des pierreries de la Couronne, parce qu'elles ne sortent jamais du royaume, et que les reines ne peuvent les avoir en propre... De toute façon ce n'était pas la peine de se hâter à la porter aujourd'hui, car l'Infante ne peut rien accepter tant qu'elle n'est pas mariée... Je confesse que je regrette de ne pas savoir le détail de ce que contient la cassette.

Tandis qu'elle parlait, deux femmes achevaient de l'habiller, lui ajustant une robe noire assez austère.

— Je vais assister au mariage à Fontarabie, continuait la princesse avec entrain. Dès que nous avons appris hier l'arrivée de Leurs Majestés espagnoles en cette ville, Philippe et moi avons formé le projet d'aller voir la cérémonie du lendemain et enfin le roi d'Espagne et l'Infante. Le cardinal Mazarin ne s'y opposait point, mais tout à coup le roi a interdit à son frère d'y aller. Il a fait remarquer que, dans la situation inverse, l'héritier présomptif d'Espagne – ce qu'est Monsieur pour la France – n'y entrerait point, car c'est en terre étrangère. Et il n'y avait pas même de Grands d'Espagne ni de principaux seigneurs de ce pays-là qui se fussent dérangés pour venir voir la Cour de France à Saint-Jean-de-Luz... Le roi avait même ajouté que la princesse, sa cousine, ferait tout aussi bien de n'y pas aller. Mais je me suis opiniâtrée dans mon dessein, vous pouvez m'en croire.

Et cela avait fait toute une affaire pour laquelle les ministres furent mandés dans la chambre du Cardinal, qui était toujours malade avec son attaque de goutte. Monsieur, voyant bien qu'il lui serait impossible d'assister à la cérémonie en pays étranger, avait manœuvré « par en dessous » pour que la même interdiction frappât Mademoiselle.

Mais au contraire, il fut tout à coup résolu qu'elle aurait l'autorisation.

En bref, la reine Anne avait déclaré que, pour avoir « le cœur net » sur la beauté de sa belle-fille, elle ne se fiait qu'à l'opinion de Mademoiselle, et que le moment était venu qu'une personne de bon sens la renseignât pour la préparer aux heures émouvantes et solennelles qu'elle aurait à vivre lors des rencontres en l'île des Faisans.

Conscient qu'il fallait ménager la susceptibilité de la souveraineté espagnole sur son propre sol, le Cardinal avait fait savoir à don Luis de Haro que la Grande Mademoiselle se rendrait incognito au mariage par procuration. On chargeait Lénet, l'homme d'affaires du prince de Condé, de l'accompagner, et elle avait commandé un carrosse d'emprunt afin que ses armoiries ne la fissent pas reconnaître.

Pas de coiffure à la Binet, aujourd'hui!

— J'ai voulu mes cheveux tout défrisés. On ne va pas me remarquer avec mes cheveux blonds tout plats qui ne sont pas d'un grand ornement.

Habillée de drap noir, voilée de satin noir uni, des perles modestes aux oreilles et à l'encolure – on lui assurait que les perles étaient les seuls bijoux autorisés dans le deuil –, tout était parfait pour sa mission.

Et elle ne mettrait pas de poudre.

Elle avait tenu son voyage secret afin de ne pas être importunée par des gens qui auraient voulu aller avec elle. Mademoiselle ne voulait qu'Angélique et trois de ses dames.

À Hendaye, sur les bords de la Bidassoa, ils trouvèrent les bateaux que Lénet avait été en avant leur préparer pour passer la rivière. Trois gabares peintes et dorées « d'une manière fort magnifique », avec des rideaux de damas bleu à grandes franges d'or et d'argent et tous les meubles qu'il fallait pour être assis confortablement.

Les bateliers leur dirent qu'ils avaient déjà conduit des dames françaises à Fontarabie.

— Je suis certaine que c'est Mme de Motteville et quelques suivantes de la reine. Elle craignait de troubler mon incognito, car elle est connue des Espagnols. Je parie qu'elle est allée pour le déjeuner du matin chez Pimentel…

Toute une saison, l'émissaire secret du roi d'Espagne, don Antonio Pimentel de Prado, avait hanté les environs de Paris, se précipitant anonyme au Louvre dès qu'on lui faisait signe.

Tous le connaissaient, tous aimaient le revoir pour commenter avec lui les affres de l'année d'attente. Son attachement à la Cour de France ou, plus exactement l'attachement de la Cour de France pour lui, datait de ce voyage à Lyon où il était venu apporter la bonne nouvelle : « L'Infante est à vous. »

Mme de Motteville était en effet chez Pimentel. On l'aperçut à la fenêtre de son logis avec quelques dames et l'on sut plus tard qu'il les avait reçues avec du chocolat, boisson espagnole très appréciée, et des biscuits pour le déjeuner.

Au débarcadère de Fontarabie, un carrosse ouvert, mené par six chevaux, attendait. Et bien qu'elle fût persuadée de l'excellence de son déguisement d'« incognito », Mademoiselle ne douta pas que ce ne fût pour elle. Le roi d'Espagne était un galant homme. Et surtout – et cela plut à Mademoiselle – respectueux des parentés royales. Prévenu, il n'aurait pu souffrir qu'une personne du rang de la princesse de Montpensier fût par trop mêlée et confondue avec la foule plébéienne.

Il y avait, en dehors des courtisans qui avaient accompagné le roi depuis Madrid, une foule d'autres grands personnages de moyenne importance, arrivés au dernier moment, répondant à un appel jeté par-dessus les montagnes et ne voulant rien perdre d'un spectacle auquel peut-être ils n'avaient pas voulu croire tant il paraissait impossible qu'il y eût jamais la paix entre la France et l'Espagne.

Fontarabie, ville en hauteur, à tous les étages, drainait la gloire et l'honneur de l'Espagne. Parmi ceux que le flot des uniformes, des cavaliers, des musiciens porta jusqu'à l'église Sainte-Marie, on nomma l'évêque de Pampelune, le comte de Fuensaldana, le duc de Veraga, le baron de Wateville, don Antonio Pimentel de Prado, le subtil envoyé du roi d'Espagne à Lyon.

Le chroniqueur espagnol reconnaît qu'il y eut un peu de cohue, « mais que cela ajouta de la variété et de la vivacité au spectacle. Le comte de Fuensaldana éblouit tout le monde par la beauté de ses atours et les livrées de ses servants et la magnificence de la nombreuse famille dont il était entouré ».

Il y eut aussi don Carlo d'Este, chevalier de la Toison d'or, marquis de Burgomayne, sergent général de la Bataille et colonel d'un régiment d'Allemands, don Jenigo de Belandia, chevalier de l'Ordre de Saint-Jean et commandeur de cet Ordre, général, propriétaire de l'artillerie de l'État de Milan, puissante et célèbre ville d'Italie où les empereurs du Saint Empire romain germanique continuaient de se faire couronner rois des Lombards, don Nicolas de Cordoga, chevalier de l'Ordre de Santiago, mestre de camp de l'infanterie et général de l'Armée, don José de Borja, chevalier de l'Ordre de Montesa, capitaine des chevaux, don Diego de Fonseca, capitaine de l'infanterie, don José de Cordoba, chevalier de l'Ordre de Calatrava, aussi capitaine de l'infanterie, don José de Escobedo, préposé aux galions, don Antonio de Robles, chevalier de l'Ordre de Santiago, capitaine des chevaux, et le sergent-major Gabriel de Sifra.

Et avec le baron de Wateville, seigneur Breaut, abbé de Baulme, frère Virginio Val, de l'Ordre de Saint-Jean, sergent-major de bataille et mestre de camp, se trouvaient là le baron de Saint-Maurice, colonel d'un régiment de l'infanterie allemande, don Fernando de Luján, vicomte de Sainte-Marthe et capitaine des gardes du gouverneur de Milan, don Francisco de Salazar, le fils du comte de Salazar, capitaine des chevaux, c'est-à-dire de la cavalerie, don Juan Antonio de Aburto, capitaine de la cavalerie, le marquis de Rhisbourg, maître de camp de l'infanterie wallonne.

Le baron Veek, colonel de l'infanterie allemande, le comte d'Utrecht, le marquis Arpano, le comte Eredi et don Alfonso Pérez de Los Rios, mestre de la cavalerie. Le duc de Veraga était accompagné par don Luis de Alarcón, chevalier de l'Ordre de Calatrava, capitaine de l'infanterie, don Juan de Wateville, marquis de Conflans, comte de Bassolin, mestre de camps de cavalerie. Et encore beaucoup de monde de haut lieu, dont les députés des provinces basques espagnoles : soit la Navarre, la Biscaye, le Guipuscoa et l'Araba, et « foule de chevaliers de ces provinces, et des chevaliers et une tourbe de Français, qui ajoutèrent à la somptuosité du spectacle », nota le chroniqueur espagnol.

Et c'était une foule étonnante, éclatante de couleurs, et hennissante et caracolante par les contingents de tous les princes responsables de la cavalerie. Don Carlos d'Este, marquis de Burgomayne, très remarqué parce que chevalier de la Toison d'or dont il portait les insignes, ainsi que don Snigo de Labetandia, chevalier de l'Ordre de Saint-Jean et commandeur de celui-ci, et don Pedro d'Aragon, capitaine de la garde bourguignonne, évoquaient ces fastueux ducs d'Occident qui, prolongeant le royaume de Lothaire, avaient marqué l'Europe du nord au sud de leur brillance et de leur fougue, liés aux Habsbourg comme à l'Espagne.

Les insignes de la Toison d'or consistaient en un collier garni de briquets lançant des flammes et en forme de *B* pour la Bourgogne. Ou, ce jour-là, ce que portait l'un d'eux, un large ruban rouge supportant un bélier d'or.

Sur le parvis et à l'entrée de l'église, la foule était pressée et très remuante, car sans cesse renouvelée par ceux qui entraient, ceux qui voulaient rester pour voir l'arrivée du roi et de l'Infante, ceux qui en sortaient pour venir chercher les personnes à placer.

Un remous sépara Angélique de Mademoiselle qui tout à coup avait été entraînée à l'intérieur par deux superbes hidalgos très respectueux, et qui étaient venus chercher « la parente de M. Lénet ».

L'attente se prolongeait.

Les prêtres inoccupés causaient avec les Françaises, et Mme de Motteville s'horrifia une fois de plus des propos qu'on lui tint, grâce à une ombre propice.

— *Perdone. Dejeme pasar**, dit soudain une rauque voix espagnole près d'Angélique.

Angélique regarda autour d'elle et baissant les yeux aperçut une bizarre créature. C'était une naine aussi large que haute, avec un visage d'une laideur puissante. Sa main potelée s'appuyait à l'encolure d'un grand lévrier noir. Un nain la suivait, lui aussi en habit chamarré et large fraise, mais son expression était futée et en le regardant on avait envie de rire.

La foule s'écarta pour laisser passer les petites créatures et l'animal.

— C'est la naine de l'Infante et son fou Tomasini, dit quelqu'un. Il paraît qu'elle les emmène en France.

— Qu'a-t-elle besoin de ces nabots ? En France, elle aura bien d'autres sujets de rire.

— Elle dit que sa naine seule peut lui préparer son chocolat à la cannelle.

Enfin Lénet lui-même vint chercher Angélique. Anne d'Autriche avait confié Mademoiselle et sa suite à l'homme d'affaires du prince de Condé avec lequel se renouait une amitié d'avant la Fronde.

---

* « Le passage, s'il vous plaît. »

Les palais où résidaient le roi d'Espagne et sa fille étaient proches de l'église, mais pour s'y rendre, cela représentait un ou deux étages de dénivellation. Ils vinrent en carrosse.

L'Infante s'y trouvait assise à la gauche de son père.

Tel un frisson de brise parcourant la surface d'un étang et qui se propagea au loin sur la foule, une rumeur d'admiration passionnée s'éleva lorsque le roi d'Espagne descendit de carrosse.

À son chapeau, ce jour-là, pour en maintenir le revers, Philippe IV arborait les deux plus beaux joyaux du trésor de la Couronne.

Un diamant table d'une grosseur exceptionnelle, appelé « Miroir du Portugal », et une perle unique par sa forme, sa taille et son orient, nommée la « Pélégrine ».

Mademoiselle chuchota la nouvelle à l'oreille d'Angélique.

— Cela doit signifier la Pèlerine en français…

Pâle comme la mort, le roi d'Espagne remonta la nef pendant qu'on chantait le *Te Deum*.

L'Infante le suivait seule, habillée de satin blanc aux broderies multiples. Mais l'ampleur du garde-infante ajoutait à l'insolite de sa silhouette et continuait à troubler le jugement des Français sur celle qui allait devenir leur souveraine. Sa *camarera mayor*, la comtesse de Priego, soutenait la traîne de cette robe imposante.

Le roi fit sa révérence à l'autel avec une gravité « qui ne se peut copier », eût dit Mademoiselle.

Leurs Majestés Catholiques montèrent sur une estrade élevée dans la chapelle principale et qui était recouverte de riches tapis de Turquie. Le roi et l'Infante prirent place du côté de l'Évangile, tandis que les dames et demoiselles d'honneur se tenaient à quelque distance.

De l'autre côté se trouvait don Luis de Haro, sur un tabouret de velours cramoisi. Les Grands d'Espagne prirent place à sa suite sur des bancs.

Après les oraisons qui étaient accoutumées pour la réception des rois, l'évêque de Pampelune célébra la messe.

Puis l'on vit Mademoiselle commencer à s'agiter en regardant de tous côtés, ce qui attira l'attention des Français placés non loin d'elle.

La messe était déjà à moitié dite et dans l'enceinte réservée à la cérémonie du mariage un siège restait vide. C'était celui prévu pour M. de Fréjus, seul Français officiellement invité car participant au cérémonial. Il était chargé d'apporter et de remettre la procuration accordée par le roi Louis XIV à don Luis de Haro pour le représenter. De ce fait M. de Fréjus était également témoin de l'époux absent. Mais personne n'avait l'air d'y songer, ni de s'émouvoir. Tout se déroulait parfaitement entre Espagnols. Le commandeur de Souvres, enfin, s'aperçut du manège de Mademoiselle et constata l'absence de M. de Fréjus. Il le dit à Pimentel et à M. de Lionne.

Celui-ci chargea son frère l'abbé d'aller chercher l'évêque français sans lequel et, surtout sans le document dont il était porteur, il ne pourrait y avoir de noces royales.

Sur ce, M. de Fréjus arriva, fâché, seul et sans maître des cérémonies ni personne pour l'accompagner.

Il fit remarquer qu'il était en évêque et qu'on aurait dû venir le chercher avec les cierges. Lorsqu'il passa auprès de don Luis, il se plaignit à mi-voix du « peu de soins que l'on avait eu de l'avertir », lui, le seul Français officiel présent.

Or la messe, qui était seulement la messe du jour, s'achevait.

Et vint le moment où les rites du mariage allaient se dérouler.

« Le roi et l'Infante se tinrent debout, tandis que l'évêque de Pampelune, revêtu de sa chape pluviale, suivi du patriarche des Indes, de l'évêque français et de la même suite qu'auparavant remettait à don Luis de Haro le document qu'il tenait du Roi Très-Chrétien. Le Notaire du royaume s'avança et lut ce document qui avait été signé à Toulouse le 10 novembre 1659, par M. de Loménie-Praslin, et qui autorisait don Luis de Haro à tenir le rôle du roi de France pour le mariage par pouvoirs. Il lut ensuite la Dispense accordée par le pape Alexandre VII pour passer outre à la consanguinité des époux. »

Cela dit, l'évêque de Pampelune s'adressa à l'Infante et lui demanda si elle était consentante à ce mariage, à quoi elle devait répondre au moyen de trois « questions nuptiales » et suivant l'ordonnance consacrée de cette démarche.

Se tournant vers son père, l'Infante lui fit trois révérences et par trois fois lui demanda la permission de répondre. Et celle-ci accordée, l'Infante répondit à la demande de l'évêque par un « oui » que l'on devina plus que l'on ne l'entendit.

Il y avait une rumeur bouleversée qui ne s'éteignit pas dans l'église, bien que ceux qui représentaient cette foule française ou espagnole fussent des gens de qualité, sachant comment se comporter dans les sanctuaires. Mais l'émotion devait les submerger.

Lorsque l'instant des serments fut venu, l'Infante et don Luis tendirent le bras l'un vers l'autre, mais sans se toucher. Du même mouvement, l'Infante mit sa main dans celle de son père et, s'agenouillant, la baisa.

Des larmes coulèrent sur les joues d'ivoire du souverain.

Mademoiselle se moucha bruyamment.

Tout à coup la vérité s'imposait.

C'était un grand événement. Et c'était un grand jour.

En redescendant la nef, Marie-Thérèse marcha à la droite de son père.

Elle avait rang de souveraine désormais, comme lui.

À Fontarabie, ville en étages, le parvis de l'église était un poste d'observation idéal. Beaucoup de Français s'y retrouvèrent en se congratulant.

Angélique aperçut Joffrey et se rapprocha de lui. Depuis l'avant-veille, elle ne l'avait pas revu. Il était passé à l'hôtel changer de vêtements et se faire raser, mais elle était alors retenue par la Grande Mademoiselle. Elle-même avait dû s'habiller trois ou quatre fois dans la hâte. Elle avait à peine dormi quelques heures, mais les libations de bon vin qui avaient lieu à tout propos la tenaient éveillée. Elle renonçait à s'inquiéter de Florimond. D'ailleurs Margot veillait. Son tempérament huguenot réprouvait les fêtes, et cette femme, si attentive à tous les soins de coquetterie pour sa maîtresse, tenait sévèrement les domestiques qu'elle avait sous ses ordres.

Heureuse, elle se glissa jusqu'à lui et le toucha de son éventail.

Il lui baisa la main avec courtoisie. C'était une sensation assez curieuse que de jouer ce jeu, en public, de dissimuler leur passion amoureuse jusqu'à la plus simple et naturelle affection. Le théâtre mondain exigeait ces convenances.

Autour d'eux, on discutait vêtements. Des Français se moquaient par habitude des Espagnols.

C'était plus visible que jamais que les habits des Espagnols leur collaient au corps, ce qui était plus flatteur pour les hommes que de se noyer de dentelles, et que leurs souliers, en très bon cuir, étaient plutôt des escarpins car ne comportant aucun talon. « Le sentiment de leur grandeur est tel qu'ils ne sentent pas le besoin de l'augmenter par un petit bout de bois », fit remarquer encore Mme de Motteville.

Pour être équitable, ajoutait-elle, elle devait avouer que la largeur et l'ampleur des vêtements français, « canons » de bas, manchettes de dentelles, cravates qui après avoir été en « ailes de papillon » étaient en « ailes de moulin », atteignaient des proportions qui tournaient au ridicule et il ne fallait pas s'étonner de voir les Espagnols en rire. Bien que cela fît beaucoup d'effet et ne déparât pas l'air de fête qui se glissait ici et s'évertuait à régner.

Dans ce pays-là, les femmes jeunes et belles restent au logis, commenta-t-on encore. Pour les autres, le garde-infante leur donnait la majesté nécessaire à leur rang.

Angélique pensait que Joffrey était le plus élégant, le plus différent, ni Espagnol, ni trop de la Cour française et chacun – surtout chacune – le regardait comme s'il eût été le prince représentant d'une nation étrangère.

À nouveau il lui baisa la main, ainsi que celles de quelques dames, et s'éloigna, disant qu'il avait aperçu celui qu'il était venu rencontrer. On décida d'aller voir manger le roi d'Espagne.

— Allons dans cette salle. On prépare le couvert. Selon l'étiquette espagnole, le roi d'Espagne doit manger seul, en suivant un cérémonial très compliqué.

La salle était tendue de tapisseries de haute lice qui racontaient en tonalités sourdes, mordorées, touchées de rouge et de gris-bleu, l'histoire du royaume d'Espagne. Il y avait un monde fou. On s'écrasait.

Le silence tomba soudain.

Le roi d'Espagne venait d'entrer. Angélique réussit à grimper sur un petit tabouret.

— On dirait une momie, souffla encore Péguilin.

Le teint de Philippe IV était en effet couleur de parchemin. Un sang épuisé, trop fluide, mettait un fard rose à ses joues. Il vint d'un pas d'automate à sa table. Ses grands yeux mornes ne cillaient point. Son menton accusé de prognathe supportait une lèvre rouge qui, avec sa chevelure rare d'un blond cuivré, accentuait son aspect maladif.

Cependant, pénétré de sa grandeur presque divine de souverain, il ne faisait aucun geste qui ne répondît à l'obligation exacte de l'étiquette. Paralysé par les liens de sa puissance, solitaire à sa table, il mangeait comme on officie, une grenade avec une petite cuillère.

Un remous de la foule qui ne cessait de grossir entraîna soudain les premiers rangs en avant. La table du roi fut presque renversée.

L'atmosphère devint irrespirable. Philippe IV en fut incommodé. On le vit un instant porter la main à sa gorge, chercher de l'air en écartant sa fraise de dentelle. Mais, presque aussitôt, il reprit sa pose hiératique en acteur consciencieux jusqu'au martyre.

— Qui dirait que ce spectre engendre avec la facilité d'un coq? reprit l'incorrigible Péguilin de Lauzun lorsque le repas fut terminé et qu'ils se retrouvèrent dehors. Ses enfants naturels vagissent dans les couloirs de son palais, et sa seconde femme ne cesse de mettre au monde des petits gringalets qui passent rapidement de leur berceau au pourrissoir de l'Escorial.

— Le dernier est mort pendant l'ambassade de mon père à Madrid, lorsqu'il est allé demander la main de l'Infante, dit Louvigny, l'un des fils du duc de Gramont. Un autre est né depuis et n'a qu'un souffle de vie.

— Non, rectifia le comte de Saint-Amond, ce n'est pas tout à fait exact. L'infant Felipe-Prosper n'est pas mort encore. C'est lui qui n'a qu'un souffle de vie. À quatre ans il ne survit que par le lait de sa nourrice. La jeune reine Marie-Anne d'Autriche est enceinte à nouveau. C'est une des raisons pour lesquelles elle n'a pu accompagner le roi dans ce voyage. On espère un fils en bonne santé.

— Il mourra, dit le marquis d'Humières, et qui donc alors héritera du trône de Charles Quint? L'Infante, notre reine.

— Vous voyez trop grand et trop loin, marquis, protesta le duc de Bouillon, pessimiste.

— Qui vous dit que cet avenir n'a pas été prévu par Son Éminence le Cardinal, et même par Sa Majesté?

— Sans doute, sans doute, mais de trop grandes ambitions ne valent rien pour la paix.

Son long nez pointé vers le vent du large comme s'il y flairait quelques relents suspects, le duc de Bouillon grommela.

— La paix! La paix! Il ne lui faudra pas dix ans pour chanceler!

❦

À un moment, Angélique vit que l'on venait chercher la princesse de Montpensier pour la conduire à la demeure où l'Infante, maintenant reine de France, prenait son repas.

Elle ne put la rejoindre dans la foule assez dense et préféra attendre sur la place. Le spectacle de tous ces uniformes et de ces danses continuait.

Mademoiselle la rejoignit plus tard, tout à fait rayonnante de la rencontre qu'elle avait faite avec la fille du roi d'Espagne, la reine de France désormais.

Elle raconta qu'on l'avait donc introduite dans la salle où celle-ci dînait servie par ses femmes de chambre et par ses menins. Ceux-ci étaient tous nains.

Arrivée près d'elle, Mademoiselle lui avait fait une seconde révérence à laquelle Marie-Thérèse avait répondu par un charmant sourire, et alors, disait Mademoiselle émue, « elle avait paru tout à coup si aimable et si grande que je n'ai plus douté qu'elle ne plût beaucoup à tous les Français ».

Et pendant le repas, la jeune reine avait regardé souvent du côté de la princesse française, sa parente désormais. Au moment de quitter la salle elle était allée droit vers Mademoiselle en lui disant avec une grâce charmante: « *Un abrazo le quiero dar a escondidas**. » Presque

---

* « Je veux vous embrasser en secret. »

aussitôt après qu'elle fut rentrée dans son appartement, sa première femme de chambre était venue prévenir Mademoiselle que la reine la demandait. Assises sur des carreaux elles avaient parlé sans apprêt, le baron de Wateville servait d'interprète. La reine avait demandé à Mademoiselle si ses sœurs étaient jolies, si elle les verrait à Saint-Jean-de-Luz… Il était manifeste que la jeune reine éprouvait quelque anxiété et avait beaucoup apprécié, en ce jour-là, qu'une princesse de France de sa nouvelle famille ait bravé l'étiquette pour, à ses côtés, partager l'émotion d'un tel moment.

C'était une question de cœur, eût dit Mademoiselle, n'en déplaise au chroniqueur espagnol Leonardo del Castillo, chargé de noter point par point le déroulement de ces grandes fêtes et qui, féru de protocole, ne cacha pas son désaccord, révélateur de cette inimitié entre nations, que ces rencontres en l'île des Faisans étaient chargées de dissiper: « Et aux noces il y eut la dame d'Orléans, fille de feu le duc d'Orléans et cousine germaine du Roi Très-Chrétien, qui fut au palais avec l'Infante et assista au repas de Sa Majesté. Et que même, étant venue en secret, se laissait voir et connaître de tous, affectant de ce sans-gêne dont la nature et même le climat ont orné les Français. »

— Faites-vous belle pour le bal, ce soir, avait dit Mademoiselle à Angélique. Les Espagnols sont tristes. Ils perdent leur Infante. Mais nous, nous gagnons une nouvelle vie. Le roi veut danser. Je vous enverrai ma chaise.

Mlle de Montpensier dîna rapidement à Hendaye tant elle était pressée d'aller raconter à la reine mère tout ce qu'elle avait vu. Elle se fit descendre chez le Cardinal où se trouvait Anne d'Autriche et lui fit une fidèle relation de son voyage dont la reine fut enchantée.

Comme c'était le jour de la petite Fête-Dieu, 3 juin 1660, Mademoiselle se rendit à l'église au salut avec la reine, et se retira ensuite chez elle pour se préparer pour le bal où elle n'était pas allée depuis la mort de son père… Ses sœurs et elle se parèrent de perles qui, à ce qu'on leur assurait, étaient une parure de deuil.

— Hâtez-vous, madame !

Ce qui avait fini par impressionner Margot, c'était que des pages de la maison du roi étaient venus porter l'invitation.

Angélique aimait danser. Il était arrivé qu'à la sortie des salles de jeu un groupe de jeunes gens de goût noctambule, recrutant violons ou luths, allassent à la recherche d'une salle, souvent une écurie ou une grange, pour y faire quelques pas de danse. Avec l'agréable Philippe de Courcillon, doué en tout pour s'amuser et entraîner les autres, Angélique, un soir, les avait initiés à la volte provençale, scandée par le tambourin.

— Dépêchez-vous, madame !

Marguerite lui avait préparé sa robe rouge, de ce rouge des blondes, très lumineux aux lumières.

Pour une fois la servante était un peu impressionnée. Elle avait glané, des pages, quelques détails supplémentaires sur la fête de ce soir. Ne pouvant, décemment, retenir pour danser une salle assez vaste chez les Récollets, le bal se ferait dans celle qui servait de théâtre pour la comédie espagnole.

On y installerait des estrades contre le mur pour les musiciens et d'autres, au milieu, pour les personnes qui ne dansaient pas.

Angélique fit la grimace à cette annonce, puis s'en désintéressa. Il n'y avait pas, en effet, d'autres espaces où l'on puisse évoluer nombreux que cette salle de la comédie espagnole.

Le temps passa.

La chaise de Mademoiselle ne se présentait pas.

Angélique dans ses atours attendit.

La nuit s'avançait et depuis longtemps le roi avait dû ouvrir le bal.

Angélique regrettait. Elle s'était réjouie de cette occasion inespérée de voir le roi danser. De l'avis de tous, c'était un plaisir sans pareil.

À l'approche de minuit, elle pria Margot de l'aider à se débarrasser de sa robe, corsage, collerette, manchettes et de défaire ses cheveux. Elle avait sommeil. Elle but de l'eau fraîche et se prépara à aller dormir. Il y avait de l'insolite dans l'air. C'était le soir d'une journée où s'était accompli l'incroyable : le mariage de la fille du roi d'Espagne avec le roi de France.

Marguerite « voyait » très bien pourquoi Mademoiselle n'avait pas renvoyé sa chaise, ce soir, à Mme de Peyrac.

Angélique ne « voyait » pas et la pria de s'expliquer sur ses airs entendus.

Tout ce beau monde, selon Margot, en ce soir où le roi Louis XIV, à vingt et un ans, enterrait sa vie de garçon, ne tenait peut-être pas à ce que ses regards fussent attirés par une nouvelle beauté alors que ses anciennes et fidèles amies se disputeraient, pour sûr, ses faveurs.

— Tu exagères, dit Angélique en haussant les épaules.

Elle, elle ne voyait pas Mademoiselle lui jouer un mauvais tour de cette sorte. La princesse paraissait tout à fait naturelle en lui disant de se préparer pour le bal. Mais Mademoiselle ne pouvait avoir l'œil à tout après une journée comme celle-là, rétorqua Margot. Ce ne serait pas la première, ni la dernière fois que l'on contrecarrerait ses ordres à Mademoiselle ! Ou qu'on les interpréterait différemment. Car aussi, c'était un talent de cette « valetaille » de princes d'en savoir plus long sur les intentions de leurs maîtres que leurs maîtres eux-mêmes.

Angélique lui dit de se taire, qu'elle lui rappelait sa nourrice…

Mais raison fut donnée à Margot, lorsque, un peu plus tard, le comte de Peyrac se présenta au logis. Angélique était encore à discuter avec Margot. Toutes déceptions s'évanouirent pour elle. Aucun bal ne comptait en échange de l'avoir pour elle. Elle se jeta à son cou.

Avec une petite révérence, Margot se retira.

Tous deux gagnèrent leur chambre dans les hauteurs où le souffle de la nuit était plus frais, portant, par moments, le murmure de la mer.

Joffrey ne cacha pas que c'était la connaissance d'un bal royal à Saint-Jean-de-Luz qui l'avait entraîné à quitter des hôtes lointains qu'il rencontrait pour le service du Cardinal. Et à envisager de venir lui-même à ce bal proposer une danse à la comtesse de Peyrac, provoquant par son irruption l'éclat d'un incident dont une belle fête s'honore, à condition qu'il ne tourne pas mal : lui aussi aimait danser, et elle savait que certaines danses ne posaient pas pour lui plus de problèmes que les acrobaties d'un bon duel.

— Vous êtes jaloux, lui reprocha-t-elle à nouveau avec délectation. Seriez-vous de ces hommes qui rêvent d'enfermer leur épouse et de la soustraire à tous les regards ?

— Qui sait ? répliqua-t-il d'un air farouche. Quand elle est la plus belle ? La plus exquise ? La plus adorable ? Oui peut-être…

Ils se disputèrent gaiement.

Ils s'enlacèrent et se perdirent l'un dans l'autre.

Ils s'aimaient.

Et, heureux parmi les vivants, ils savaient également savourer ces instants de bonheur qui leur étaient donnés, et où ils se sentaient seuls au monde.

Chapitre onzième

TOUT LE BAL SE DANSA sur le même échafaud qui sert à la comédie espagnole, dit la chronique. La reine mère et ceux, hommes ou femmes, qui ne voulaient point danser, entrèrent par la grande porte et se mirent sur une estrade, au milieu de la grande salle.

Un quart d'heure plus tard, le roi, les seigneurs et les dames de la Cour entrèrent par une porte de derrière et se trouvèrent sur le théâtre. Les musiciens étaient rangés autour, contre le mur.

Le chroniqueur se plaît à nommer les danseurs qui, pleins d'entrain et d'impatience, oublièrent dans les figures et les entrelacs des danses la gravité des cérémonies auxquelles ils avaient assisté – sans être invités par ailleurs ! – de l'autre côté de la frontière, à Fontarabie.

Constat d'une position inhabituelle dans l'allégresse des participants d'un mariage princier, une profonde tristesse s'était révélée chez les Espagnols et ce n'était pas seulement parce qu'ils perdaient leur Infante.

Et bien que cela parût assez bizarre en effet, de voir le roi de France célébrer par un bal son mariage avec une épouse qu'il n'avait pas encore vue, ce furent les Français qui se montrèrent les plus joyeux. Rassemblés autour du jeune roi, leur compagnon de festivités et de combats, ils offraient et s'offraient ce bal en hommage aux années passées, les années vécues dans l'alternance des jeux et des guerres, où, dans la ponctualité et la grâce scandée et mesurée des ballets et des danses, ils avaient goûté à l'ivresse de la jeunesse, au bord des grandes actions de la Vie qui les attendaient tous avec lui.

Il y avait le Roi, Monsieur, Mademoiselle, Mlle Chemerault, M. d'Armagnac, la princesse de Badē, le duc de Créqui, la duchesse de Valentinois, sans doute la princesse Henriette d'Angleterre. Le chroniqueur remarque que « Mademoiselle, qui a beaucoup de grâce en toutes choses, en a encore davantage quand elle danse. Elle est encore plus belle quand elle est parée. En bref, elle était splendide! »

Le chroniqueur, ici, est français, et personne ne s'étonnera de reconnaître le style de l'abbé de Montreuil. Le comte de Soissons, M. de Turenne, le duc de Bouillon, le duc de Valentinois, quelques femmes n'y dansèrent pas, rebutant à monter sur le théâtre, soit qu'ils n'aimassent pas la danse, soit que quelques-uns d'entre eux ne fussent pas d'accord avec la dignité de leurs rangs.

Il y avait cinq ou six seigneurs d'Espagne.

Parmi les dames qui ravirent les yeux par leur beauté, leur grâce et leur habilité à la danse, il y avait la duchesse de Valentinois, mais elle n'était pas reconnue aussi belle que Mlle de Méneville. Mais elle dansait mieux, bien que Mlle de Méneville recueillît tous les suffrages. Mlle de La Motte paraissait à tous la plus belle et peut-être dansait-elle mieux que toutes. C'est un mystère qui dépend des partenaires dans les figures difficiles de certaines danses.

Un enchantement marqué d'une pointe de regret et d'un peu d'énervement les habitait tous.

Les musiciens étaient comme transportés d'allégresse et d'entrain et enchaînaient des rythmes bien frappés à la paysanne, à d'autres plus langoureux, s'entrelaçant avec grâce.

Parmi les messieurs, on nota MM. de Villequiert, Gonteri, Saucourt.

« Je n'ose parler du roi, écrit l'abbé de Montreuil, qui les passa tous en bonne mine et à bien danser… »

Et dans l'euphorie de ce bal réussi, il y eut des voix pour regretter l'absence de don Juan José d'Autriche, fils du roi d'Espagne, qui était si beau et qui dansait si bien.

De véhéments signaux de silence firent taire les étourdis. Avaient-ils oublié le scandale causé par l'horrible monstre Capitor, la bouffonne de don José ?

Don Juan José, à la coutume des Grands d'Espagne et des anciennes Cours, qui se faisaient accompagner de bouffons pour les distraire, avait introduit au Louvre, non pas un « fou », mais une « folle », nommée Capitor, habillée en homme, l'épée au côté, et qui s'en était prise ouvertement à Marie de Mancini, la raillant cruellement de s'imaginer qu'elle pourrait être reine, telle qu'elle était, une Italienne maigre et noiraude, révélant ainsi à toute la Cour les amours du roi, demeurées jusqu'alors cachées. Marie, horrifiée, avait exigé l'expulsion immédiate de la nabote, qui n'était peut-être qu'en service commandé, le rôle de bouffons, porteurs d'ordres ou de messages d'amour, les désignant souvent comme révélateurs de secrets. Car, en effet, cet esclandre avait contraint Louis XIV à aller demander la main de sa nièce au cardinal Mazarin dont ç'avait été le tour d'être horrifié.

Sur le point de voir aboutir ses négociations de paix avec l'Espagne, par le mariage de l'Infante avec Louis XIV, il lui avait fallu affronter la volonté de celui-ci de vouloir vivre ses amours. Et quelles amours !

D'affreuses disputes avaient suivi comme l'on sait et, qu'il était vain d'évoquer puisque ce soir le roi était marié et le Cardinal victorieux.

Relançant le bal, Philippe de Courcillon, qui était toujours plein de finesse et d'idées, s'empressa de noyer le souvenir de Capitor dans le déroulement et les arcanes d'une longue sarabande qui entraîna tous les danseurs au-dehors, sous la lune, à travers la place.

Puis l'on retourna à la salle du théâtre et il y eut des danses aux petits pas qui permettaient de se toucher les mains au passage et de se regarder dans les yeux.

Ce soir-là, la vie s'ouvrait à tous.

Ce soir, tout le monde était jeune, comme le Roi.

Après avoir ouvert le bal avec le Roi, son cousin, Mademoiselle était venue s'asseoir près d'Anne d'Autriche et causer avec elle des charmes et des perfections de la future reine de France. Et l'on retrouvait les avis de M. de Fréjus ou de l'abbé de Montreuil.

« L'Infante était petite, mais bien faite. On pouvait admirer chez elle ce qui était le plus recherché comme critères de beauté : la plus éclatante blancheur que l'on puisse avoir, blancheur que l'on pouvait voir et deviner en toute sa personne humaine. Elle était blonde, vraiment blonde, et d'un blond argenté qui seyait parfaitement aux belles couleurs roses et nacre de son visage. Ses yeux bleus charmaient par leur douceur et leur brillant. La beauté de sa bouche était souvent célébrée, charnue et vermeille et on ne pouvait blâmer l'abbé de Montreuil d'en avoir été inspiré » quand il avait déclaré dans son rapport: « Une bouche pour être baisée, par les rois s'entend… »

Quant aux mains, elle ne les avait pas aussi belles que celles d'Anne d'Autriche. Mais c'était difficile, car les bras, et les mains et la gorge de celle-ci étaient célèbres dans toute l'Europe.

Marie-Thérèse avait demandé des nouvelles de sa tante et du Cardinal. L'impatience qu'elle avait de voir sa tante était touchante. Selon l'étiquette, elle ne pouvait parler encore du roi, son époux.

Mademoiselle ne s'étendit pas à donner son impression sur le roi Philippe IV, car, au premier abord, il lui avait paru « vieux et cassé ».

Mais elle se plut à détailler toutes les attentions que, malgré la bousculade et le déroulement rituel du mariage, ce grand monarque avait pris soin d'ordonner pour elle: les deux carrosses aux six chevaux envoyés au port de Fontarabie, les hidalgos chargés de veiller sur la « parente de M. Lénet ». Et dans l'église, alors que commençait la messe, le roi avait commandé que l'on tirât le rideau du côté de Mademoiselle afin qu'elle pût mieux le voir, ainsi que la cérémonie.

« Tous ces soins me parurent fort honnêtes et très obligeants », ferait remarquer la Grande Mademoiselle à la postérité.

Elle rapporta encore à la souveraine comment le roi avait fait sa révérence à l'autel.

« Très touchant! Très émouvant! », pensait Anne d'Autriche, le cœur battant d'une tendre impatience.

Demain! Demain serait le 4 juin, le jour des retrouvailles, le jour de la première rencontre sur l'île des Faisans.

Troisième partie

L'île des Faisans

Chapitre douzième

4 juin

C'ÉTAIT LE JOUR de la première rencontre avec le roi d'Espagne dans l'île des Faisans. La reine Anne d'Autriche voulait y aller seule, sans autre compagnie que le Cardinal et quelques dames de sa suite qui se tiendraient à l'écart, avec pour garde un minimum de gentilshommes et de mousquetaires.

Toute la personne de la reine Anne d'Autriche qui avait été la reine régente et qui allait devenir la reine mère aspirait au calme et au silence autour de ce moment où elle allait revoir son frère tant aimé, avec lequel elle n'avait cessé durant des années de tenir une correspondance interdite qui la désignait comme traîtresse au royaume dont elle était la souveraine, son frère, le roi d'Espagne qui ne cessait de se dresser aux confins de la France et jusque sur son territoire avec sa terrible infanterie, comme un épouvantail.

Louis XIV insista pour que son frère Philippe, cette fois, fût de la partie.

— Vous parlez fort bien espagnol. Vous distrairez l'Infante pendant ces moments de retrouvailles entre notre mère et notre oncle. L'Infante est de notre âge. Elle sera charmée de se découvrir un frère en vous…

En réalité, il était profondément ulcéré de ne pouvoir même entrevoir celle qui depuis la veille était son épouse. C'était par la faute de cette satanée étiquette espagnole attachée à la sainteté du sacrement du mariage qui ne pouvait autoriser, envisager, aucune pulsion charnelle, tant qu'ils n'auraient pas reçu la bénédiction nuptiale, c'est-à-dire la permission de Dieu.

Il attira son frère à l'écart et lui parla longtemps. Son idée était bonne.

En effet, Philippe, très lié à sa mère, ne s'entretenait avec elle qu'en espagnol. Tandis que Louis, dès sa majorité – quatorze ans –, avait affecté de ne plus comprendre et d'avoir oublié la langue de sa petite enfance, au point de demander un interprète chaque fois qu'il avait à rencontrer des Espagnols.

L'enfant Louis gardait-il le souvenir de l'horrible scène à laquelle il avait assisté ainsi que son frère – mais celui-ci ne marchait pas encore – lorsque le Grand Cardinal Richelieu était venu reprocher à leur mère d'élever ses enfants dans la langue de l'ennemi et la menacer de les lui enlever ?…

Il reverrait toujours sa mère à genoux, en larmes, les mains jointes, suppliant.

L'homme au regard de loup, plein de mépris et de haine pour cette femme, sa souveraine, qui ne cessait de comploter avec tous les imbéciles du royaume, les Chevreuse, les Lorraine, Gaston d'Orléans contre lui et le roi, et de les trahir avec son frère, le roi d'Espagne, et de détruire l'œuvre branlante, sans cesse recommencée, d'arracher la France aux invasions ennemies. L'avait-il enfin réduite à ses raisons? Déplorant qu'elle ne fût pas assez intelligente pour qu'il en fît sa complice, n'ayant d'autre ressource que de la paralyser, tremblante d'une peur abominable: qu'on lui enlevât ses enfants.

La pire des menaces! Des punitions! Ses enfants, ses amours, ses trésors enfin donnés!

Ses deux fils miraculeux! Toute sa joie! Toute sa vie! Elle promettait. Elle s'engageait! Elle ne leur parlerait plus espagnol!

Elle n'en avait rien fait, bien évidemment. Son entêtement à contrer son pire ennemi était sans limites.

Et puis le cardinal de Richelieu était mort. Presque un an avant celui dont il avait protégé et fortifié le royaume, le roi Louis XIII.

Même un Grand Cardinal finit par mourir.

Il laissait en place un autre cardinal, un Italien aux yeux de velours, à la voix charmeuse. Auprès d'une reine régente qui avait besoin d'être conseillée, consolée, aimée.

— On voit qu'il a du sang espagnol dans les veines, dit Mademoiselle à Angélique. Quand il est en colère il se maîtrise, mais il devient un peu jaune. Louis est furieux. Pourquoi aussi tant de simagrées? déplorait-elle. Le roi de France doit descendre jusqu'aux rives de la Bidassoa mais il n'a pas le droit de s'approcher de sa femme afin qu'elle puisse le voir de plus près et lui, elle. C'est un prétexte de guerre ! dit-il. Je suis certaine qu'il prépare quelque chose.

À Fontarabie, le roi Philippe IV et Marie-Thérèse vers 3 heures de l'après-midi prirent le carrosse pour aller à l'embarcadère, suivis d'un petit nombre de servants.

Il y avait là deux gabares que le baron de Wateville avait fait construire sur place.

Celle destinée au roi et à sa fille était complètement dorée. À bâbord, était placé l'étendard royal et, à l'extrémité de la poupe, il y avait un Cupidon qui enfourchait un monstre moitié lion, moitié serpent. Sur la poupe était peinte la chute de Phaéton, et sur cette peinture, le fanal était planté et deux fleurons d'or des deux côtés.

Au-dessus, la dunette carrée était couverte d'un toit formé de rayons dorés et délicatement taillés, ses côtés couverts en brocart blanc au fil d'or et le tout fermé par des vitres qui pouvaient « s'abattre comme celles des carrosses ». Sur la partie inférieure de la dunette on avait peint plusieurs fables, et à l'intérieur, « même sur les chaises pour le roi et sa fille, on ne voyait rien d'autre que du brocart ».

L'autre gabare était égale à celle-ci, et chacune était remorquée par trois bateaux à rameurs, qui étaient habillés en damas cramoisi.

Sur celle des souverains prirent place la *camarera mayor*, comtesse de Priego, suivante d'honneur, le marquis d'Orani, premier écuyer, et le baron de Wateville ; dans l'autre, don Luis de Haro avec les gentilshommes de la chambre du roi et d'autres nobles, servants du roi.

Et, bien qu'on s'efforçât de limiter le nombre des assistants, il y eut une foule de bateaux qui se dirigèrent vers l'île, tandis que sur les rives les habitants d'Irun applaudissaient sur son passage et tiraient des coups de mousquet dans l'air. Il y avait aussi des musiciens qui jouaient des trompettes et du violon sur d'autres bateaux et une multitude de petites barques qui suivaient les gabares royales.

Sitôt arrivé sur le rivage de la Bidassoa, le roi Louis XIV sauta sur son cheval bai brun et galopa pour rejoindre le groupe de ses amis. Avec eux il parla du moyen de réaliser la petite comédie qu'il avait en tête sans s'attirer les sermons du Cardinal et de sa mère. Il chargea Créqui de la demande auprès de ce dernier. Mais en même temps il fit comprendre à Créqui qu'il devait convaincre le Cardinal car lui, le roi, était décidé à agir selon son idée, et le Cardinal le connaissait. Mais si le Cardinal était gagné, il saurait amadouer don Luis de Haro, son compère en diplomatie, et les ministres étant d'accord, il ne sortirait que du bien de son initiative hardie.

Son frère, Monsieur, prévenu, serait déjà dans la place.

Ainsi gagne-t-on les batailles!...

Créqui s'en alla, bourré d'arguments convaincants comme d'autant d'explosifs pour faire sauter un bastion.

Les royales gabares arrivèrent, venant de Fontarabie.

Le roi d'Espagne prit pied sur l'embarcadère.

Puis, franchissant le portique de six arcades surmontées d'un écu à ses armes, il s'engagea suivi de l'Infante dans la galerie couverte et vitrée qui menait à une première salle.

Tournant en prenant bien garde de demeurer sur le côté espagnol, il parvint au salon commun de l'entrevue où la ligne de la frontière au sol était marquée, par la lisière des tapis qui le recouvraient et qu'il fallait prendre bien soin de ne pas franchir.

Et soudain, là, dans cet asile de fortune ancré au milieu d'un petit fleuve ignoré, demeure provisoire garnie de tentures, de tableaux et d'objets précieux, le frère et la sœur, qui ne s'étaient pas vus depuis quarante-cinq ans, se trouvèrent face à face, des deux côtés de la ligne tracée par la lisière des tapis de Perse et de Turquie.

Ce fut le roi d'Espagne, raidi par le protocole et l'habitude de ses apparitions publiques, qui se montra le plus grave.

Il se contenta de pencher la tête vers les cheveux de la reine et comme elle voulait l'embrasser il retira sa tête si loin que jamais elle ne put l'attraper. « Ce n'était pas froideur, ni défaut d'amitié, commentèrent les témoins de cette scène, car ils avaient tous deux les yeux pleins de larmes de joie. Mais la gravité et la coutume d'Espagne portaient à cela et, plus que tous, le Roi Très-Catholique en était pénétré. »

L'Infante était tombée à genoux et cherchait la main de sa tante pour la baiser, mais celle-ci la lui refusa et la relevant la serra sur son cœur, l'embrassant dans une effusion de tendresse quasi maternelle, voyant en cette jeune épouse de son fils l'aboutissement de tous ses rêves.

« Les ministres avaient mesuré l'importance de se revoir et qu'il était nécessaire, malgré la solennité, que ces grands personnages puissent échanger quelques paroles dans l'intimité et que cette entrevue de famille fût simple et cordiale. »

Don Luis de Haro apporta une chaise au roi, son maître, et la comtesse de Flex dame d'honneur d'Anne d'Autriche, en apporta une autre pour cette princesse. Tous deux s'assirent sur la ligne qui dans la salle de la Conférence séparait les deux royaumes.

La *camarera mayor* du côté d'Espagne, la comtesse de Priego, fit apporter deux carreaux à la jeune reine, sa maîtresse qui s'assit auprès de son père. Monsieur s'assit sur un siège pliant à côté de sa mère.

Alors, étant ensemble, ils commencèrent de s'entretenir et la reine parla de la guerre qui avait tissé et dominé leur vie à tous pendant des années comme un lien infernal. Et comme elle se lamentait sur sa durée, son frère lui dit :

— Hélas ! madame, c'est le diable qui l'a faite.

Anne d'Autriche avait à cœur d'effacer les ombres qui avaient pesé sur leur affection fraternelle. Elle lui dit :

— Je crois que Votre Majesté me pardonnera d'avoir été si bonne Française. Je le devais au roi mon fils et à la France.

— Je vous en estime, répondit le roi d'Espagne. La reine ma femme en a fait autant, car étant française elle n'avait dans l'âme que l'intérêt de mes royaumes.

Il évoquait ainsi sa première femme, fille d'Henri IV, dont la mémoire était vénérée dans toute l'Espagne. Puis ils parlèrent de choses et d'autres comme elles se présentaient à leurs souvenirs, et en particulier de leur frère, le cardinal-infant Ferdinand qui n'était plus et qui longtemps avait combattu dans les Flandres contre la France, avant de mourir à Bruxelles d'une fièvre tierce.

À ce moment, Mazarin et don Luis de Haro s'approchèrent de Leurs Majestés pour avertir qu'un gentilhomme étranger demandait à entrer.

Sur consentement du roi d'Espagne, on fit ouvrir la porte et un beau jeune homme, splendidement vêtu de toile d'or et d'argent, couvert de plumes et de rubans verts, apparut sur le seuil.

La reine Anne rougit en reconnaissant son fils, et la jeune reine pâlit, n'ayant pas de peine à deviner qu'il s'agissait de son époux, dont la belle taille dépassait celle des deux ministres.

Puis, après un moment, l'apparition se retira et la porte se referma.

Quarante-cinq années de présence au pays de l'art de la conversation, fait remarquer le chroniqueur espagnol, avaient nanti la reine Anne d'Autriche de toutes les habiletés pour relancer le cours d'un échange verbal interrompu par un incident aussi incongru que hardi. Rompue aux nuances de l'étiquette espagnole qu'elle ne retrouvait pas sans joie, mais dont elle se sentait investie par son expérience française d'en atténuer les rigueurs par la bonne grâce et l'indulgence, Anne d'Autriche s'adressa souriant à son frère, plus pâle et plus figé que jamais, et lui demanda s'il autorisait sa fille à leur communiquer son impression sur ce visiteur qui venait de se présenter dans l'encadrement de la porte. Ce à quoi Philippe IV, qui n'aimait pas – et, de plus, n'en avait pas coutume – se voir forcer la main, répondit avec raideur :

— Non ! Pas tant qu'elle n'aura pas franchi cette porte !

Il ramenait ainsi tout le monde à sa place. Tant que sa fille, toute reine de France qu'elle était devenue, restait sous sa juridiction, elle devait respecter les règles de l'étiquette qui ne l'autorisait pas à donner son avis sur un personnage qui, sans droits et sans présentation, s'était montré à elle, qui n'existait pas encore pour elle, tant qu'elle n'aurait pas franchi la frontière de la séparation avec l'autorisation de son père.

Mais une fois de plus le duc d'Orléans dissipa la gêne.

Se penchant vers l'Infante qui avait pâli, puis rougi, il lui demanda avec malice :

— Ma sœur, que vous semble-t-il de cette porte ?

Le suivant promptement dans son intention, elle répondit en souriant :

— Cette porte me semble belle et bonne.

Sa joie et l'enthousiasme qu'elle venait d'éprouver à la vue de celui qu'elle avait accepté pour époux lui donnaient des ailes et toutes les audaces.

Le roi d'Espagne, lui-même, baissa sa garde.

S'adressant à sa sœur avec ce qui aurait pu passer pour un sourire, il dit d'un ton satisfait :

— J'ai un beau gendre… Nous aurons des petits-enfants.

Répondant aux saluts des Grands d'Espagne enchantés par sa venue, Louis XIV de son pas de cavalier avait parcouru à rebours la galerie aux baies vitrées et quitté le palais de l'île des Faisans où son action audacieuse, quoique autorisée par les ministres, lui avait conquis le cœur de la reine, sa femme, pour la vie.

Sautant à cheval, il rejoignit le groupe de ses amis un peu plus loin.

Il leur dit que « tout d'abord, la laideur de l'habillement de la jeune reine l'avait indisposé », mais que, l'examinant de plus près, et reconnaissant les qualités annoncées par Mademoiselle: ses yeux bleus, son teint de lys et de rose, sa belle bouche, sa jeunesse, ses cheveux fort blonds devinés malgré l'espèce de postiche sous lequel elle les dissimulait, il avait pensé « qu'il allait pouvoir l'aimer ».

Tout était donc pour le mieux. Ses amis se réjouissaient avec lui. Ils avaient partagé son épreuve d'aujourd'hui, et plus encore celle récente quand, fou d'amour pour Marie de Mancini, il avait affronté le Cardinal, bouleversé sa mère, bradé son royaume, parlé de se détruire. Ils l'avaient escorté dans ses folles escapades pour rejoindre l'aimée, ils avaient veillé sous les fenêtres des demeures où il la retrouvait, tendu des pièges à la gouvernante espionne Mme de Venel, que le Cardinal avait mise près de sa nièce, multiplié les projets utopiques d'enlèvement, d'évasion à deux, de mariage secret dont l'espérance adoucissait sa douleur; ils avaient tout tenté et tous risqué pour lui, tout en sachant, le connaissant, qu'il serait vaincu par sa propre force et sa propre conscience.

Il était roi.

Une ère nouvelle s'annonçait.

De leurs existences, partagées entre les duels et l'amour l'hiver, la guerre l'été, si la guerre faisait trêve qu'adviendrait-il d'eux?

Leurs Majestés Très-Catholiques, le roi d'Espagne et sa fille, repartirent pour Fontarabie suivis d'une foule de petits bateaux, et d'une immense multitude décidée à se fatiguer pour les accompagner sur la rive malgré les difficultés. La reine mère, le cardinal Mazarin et Monsieur remontèrent dans leur carrosse, tandis que le roi Louis XIV et sa suite caracolaient à l'écart.

Lorsque la flottille escortant le roi d'Espagne et l'Infante reine de France dans leur gabare dorée reprit, dans la musique et les vivats, le chemin de l'estuaire, un beau cavalier s'élança sur la rive française, les suivant au petit galop et saluant de son grand chapeau brodé de diamants et empanaché de plumes blanches et vertes.

Toujours galopant et saluant il arriva en un point où commençaient les marécages, mais où aussi la rivière se rétrécissait. Alors mettant pied à terre il fit un grand salut en direction de Leurs Majestés Très-Catholiques.

Avertis, Philippe IV et sa fille sortirent de la chambre de la gabare et lui répondirent eux aussi par un grand salut.

« Ce qui fournit à l'Infante reine l'occasion de voir pour la première fois son mari », commente le chroniqueur, qui ignorait l'entorse faite à l'étiquette espagnole dans le secret du pavillon de l'île !

Lorsque la gabare eut disparu au tournant du fleuve, le cavalier alors reprit le chemin de Saint-Jean-de-Luz où il retrouva sa mère et le Cardinal.

Au soir de ce 4 juin, à Fontarabie, en son appartement, Marie-Thérèse répondait le cœur battant à son *azafata*, la señora Molina, qui lui demandait si elle avait trouvé le roi bien fait :

— Comment, s'il m'agrée ! C'est un fort beau garçon qui a fait une très brave cavalcade, et un homme fort galant*.

---

* « *Y como, que me agrata, yor cierto que es muy lindo moço, y que ha hecha uma cavalcada muy brava, et muy de galan.* »

Elle était heureuse.

❦

5 juin

Ce jour-là fut à qui s'empresserait de manifester à l'autre la joie éprouvée de cette première rencontre en l'île, sur la ligne frontière.

« Toujours empressé, dès la première heure, le roi de France envoya Berlinghen, le premier écuyer de la petite écurie, complimenter les hôtes augustes de Fontarabie : le roi d'Espagne et… la reine de France. Et, le soir, alla le duc de Noailles, avec d'autres compliments et des remerciements émus… »

Car entre-temps Philippe IV avait envoyé à Louis XIV son plus ancien écuyer, don Cristóbal de Gaviria, accompagné de palefreniers conduisant douze magnifiques chevaux espagnols, harnachés de couvertures écarlates brodées d'or et de franges, sur lesquelles étaient relevées en bosse d'or et de soie les armes de Sa Majesté Très-Chrétienne, le roi de France.

Et le frère de celui-ci – que le roi d'Espagne continuait à appeler le duc d'Anjou – avait reçu également huit chevaux semblables, revêtus du même caparaçon.

Le 5 juin, il parut que chacun vivait dans l'émotion de ce qui s'était passé la veille. Il ne se passa rien. Chacun se préparait, se recueillait pour la journée du lendemain, le 6 juin où les deux souverains devaient se rencontrer et se saluer, où seraient lus les attendus du contrat de mariage et les longs et infiniment variés articles du traité de paix.

Où les rois, enfin, s'embrasseraient.

L'impossibilité de parvenir à une telle transfiguration d'une telle inimitié héréditaire apparaissait à tous et accablait les esprits.

Et pour cette journée du 6 juin, ce n'est pas tant l'impulsivité du jeune Louis que l'on pouvait craindre, que le sursaut du monarque espagnol auquel était demandé le plus grand nombre de sacrifices.

La reine Anne d'Autriche communiqua à son entourage que pour s'être entretenue quelques instants avec doña Maria Molina, de la suite de l'Infante, celle-ci lui avait révélé qu'un peu avant les noces le roi d'Espagne avait fait lire devant lui et les Grands de la Cour le contrat de mariage du roi de France et de l'Infante, et il s'était écrié, se condamnant lui-même tout haut sur l'article de la renonciation : « Ceci est une faiblesse ! Si mon fils venait à manquer, ma fille, de droit, doit hériter de mes royaumes. »

6 juin

Le jour de la grande solennité si impatiemment attendue était enfin arrivé.

Le jour de la rencontre des rois.

Et de leur serment sur le Nouveau Testament et le Crucifix, de leur alliance de Paix.

C'était un dimanche et un soleil magnifique faisait étinceler la pittoresque campagne qui sépare Saint-Jean-de-Luz de la Bidassoa.

Les paysans en habits de fête, chantant et dansant, bordaient la charmante route qui conduisait à l'île des

Faisans. Des cavaliers, des équipages la sillonnaient en tous sens.

Dès le matin, le roi d'Espagne avait envoyé à Saint-Jean-de-Luz pour saluer Anne d'Autriche et Louis XIV, don Amiele de Gaymare y Carrafa, fils du duc de Lúcar, qui se présenta entouré d'une pompe splendide, accompagné de gentilshommes dans sept carrosses et avec cent domestiques. Ce qui ajouta à la cohue, lorsque les carrosses attelés de six chevaux se frayèrent un passage pour venir prendre la famille royale.

Ce jour-là, sur la rive espagnole, au pied du promontoire, il y avait les six cents fantassins du régiment de la garde royale, qui était venu de la Catalogne aux ordres de leur colonel, le duc de Veragua. Et encore les cinq cents cavaliers de cette armée, commandée par don Baltasar de Urbina.

Le chroniqueur espagnol, qui prit note avec conscience de tout ce qu'il pouvait noter pour la postérité de l'événement de ce jour du 6 juin, signale avec un peu de regret que les soldats espagnols étaient forcés de se grouper très serrés car il y avait peu de terrain plat qui existât de leur côté, les montagnes étant toutes proches, les dominant sur cette rive de la Bidassoa.

Tandis que du côté des Français le terrain étant plus plat leur permettait d'aligner leurs gardes « en une très belle et longue ligne ». Scrupuleux, il signale aussi que les Français étaient plus nombreux parce que, outre la garde du roi Louis qui avait exactement le même nombre de soldats que celle du roi Philippe, « car il en avait été accordé ainsi », il y avait en plus, les gardes de la reine mère, de Monsieur, et de celle du Cardinal qui comptait à elle seule trois cents hommes.

Côté français, les militaires emplumés, en cuirasse où se mirait le soleil, dominaient. On ne voyait qu'eux parce qu'ils allaient en tous sens, porteurs d'ordres ou répondant à un appel, et ces miroitements rappelaient les premières heures d'un jour de bataille. Des carrosses, des équipages plus modestes se rangeaient, puis d'autres repartaient.

Et allaient et venaient trompettes et timbaliers, s'essayant par instants à un petit duo martial qui dominait le bruit et mettait en alerte, donnant l'impression qu'il allait se passer quelque chose. Puis cela s'interrompait et le brouhaha reprenait.

De bon matin, tout ce qui représentait la noblesse de France avait été prié de se rendre à l'île des Faisans et de prendre place dans les salles réservées aux deux Cours.

Mais cette fois c'était le carrosse de la famille de Gramont qui avait emmené Angélique. Elle n'avait pas à mettre aujourd'hui la robe d'or. Elle et son mari n'étaient qu'un couple à présenter au roi d'Espagne parmi les grands noms de la cour de France.

À la suite du serment, il y aurait présentation des Grands des royaumes à chacun des rois.

Au bord de la rivière, il y avait un incessant va-et-vient de dames et de gentilshommes s'embarquant pour gagner l'île.

Les barques glissaient sur l'eau tranquille, chargées de leur chatoyant équipage. On aborda. Tandis qu'Angélique attendait son tour pour mettre pied à terre, l'un des seigneurs posa le pied sur la banquette où elle se trouvait assise et de son haut talon de bois lui écorcha les doigts. Elle retint une exclamation de douleur. Levant les yeux elle reconnut le gentilhomme du jour de la présentation au roi qui l'avait si méchamment molestée.

— C'est le marquis de Vardes, dit près d'elle la jeune princesse Henriette. Naturellement, il l'a fait exprès.

— Une vraie brute! se plaignit Angélique. Comment peut-on tolérer un si grossier personnage dans l'entourage du roi?

— Il amuse le roi par son insolence, et d'ailleurs, pour Sa Majesté, il rentre ses griffes. Mais il est réputé à la Cour. On a fait une petite chanson sur lui.

Elle fredonna:

Il n'est besoin de peau de buffle
Pour se conduire en vrai sauvage.
Ne cache point un sombre mufle,
Ni un habit, ni l'équipage.
Qui dit de Vardes, dit: le mufle…

— Taisez-vous, Henriette! cria quelqu'un. Si Mme de Soissons vous entend, elle va piquer une rage et se plaindre à Sa Majesté qu'on raille son favori.

— Bah! Mme de Soissons n'a plus de crédit près de Sa Majesté. Maintenant que le roi prend femme…

— Où avez-vous appris, madame, qu'une femme, serait-elle l'Infante, pouvait avoir plus d'influence sur son époux qu'une ancienne maîtresse? demanda Lauzun.

— Oh! messieurs! Oh! mesdames, pleurnicha Mme de Motteville, dame d'atour de la reine mère. De grâce! Est-ce le moment de tenir de pareils propos?

Tout à coup, avec joie, Angélique aperçut Joffrey parmi les personnes qui se rassemblaient côté français et qui, comme elle, attendaient. Elle le rejoignit.

Il abaissa sur elle un regard distrait.

— Ah! vous voici.

— Mais, Joffrey, je ne vous ai pas vu depuis deux jours. Vous me manquez terriblement. Décidément, je crois qu'en public vous sacrifiez aussi aux préjugés qui tournent en ridicule des époux qui s'aiment? Auriez-vous honte de moi pour quelque raison?

Il retrouva son franc sourire et lui prit la taille.

— Non, mon amour. Mais je vous vois en si princière et agréable compagnie...

— Oh! agréable, fit Angélique en passant un doigt sur sa main meurtrie. Je risque d'en sortir fort éclopée. Et vous Joffrey, qu'avez-vous fait depuis hier? Avant-hier?

— J'ai rassemblé des amis pour le Cardinal, causé deci, de-là.

L'écho musical de la flottille du roi d'Espagne remontant la Bidassoa se faisait entendre.

Fait assez rare et qui mérite d'être mentionné, ce jour-là Philippe IV et sa fille arrivèrent les premiers.

Après avoir eu la satisfaction d'admirer ses belles troupes – serrées, mais donnant d'autant plus une impression de force –, le roi et sa fille attendirent dans l'un des petits salons côté espagnol, peut-être celui qui était tendu de drap d'or et de la précieuse tapisserie, dite « des Globes », et qu'on avait fait venir du Portugal.

À Saint-Jean-de-Luz, dans un carrosse avaient pris place le Roi, la Reine sa mère, Monsieur son frère, Mademoiselle et ses sœurs, Mme de Navailles et le prince de Conti.

La reine Anne dans ses voiles de veuve portait une croix de perles et ses très beaux pendants d'oreilles. Le roi et son frère avaient des cordons de diamants à leurs chapeaux. Tous, ce jour-là, estimèrent que le jeune roi de France semblait heureux.

Dans le second carrosse de la reine se trouvaient les princesses de Carignan et de Bade, la fille de l'une d'elles, la princesse Palatine la toujours belle et célèbre Anne de Gonzague, les duchesses d'Uzès, de Gramont et de Noailles.

Puis venait le train du Cardinal avec des ducs, des personnages de son choix qui devaient le seconder dans le déroulement des différentes cérémonies, rituel ou théâtre, où pas un faux pas, pas un oubli ne devaient être commis.

Comme on arrivait en vue de l'île de la Conférence, le cortège royal découvrit un spectacle magnifique.

Le temps était excessivement chaud et pur et l'on put apercevoir sur la rive espagnole les troupes rangées en bon ordre, cavalerie et infanterie revêtues d'uniformes rouges et jaunes.

« Du côté de la France, se trouvaient les Gardes françaises et suisses, les gardes du roi, et les mousquetaires rangés en bataille. »

Le fils du duc de Medina de las Torres vint au-devant du carrosse complimenter le roi et la reine mère de la part de Sa Majesté Très-Catholique.

On était loin du silence hautain des premiers jours, où l'on ne pouvait compter, pour avoir des nouvelles du roi d'Espagne, que sur les bergers basques et les pigeons voyageurs!

« Ces illustres personnages mirent pied à terre, et accompagnés seulement de vingt gardes, entrèrent par la galerie vitrée en direction des appartements. Et à l'entrée les attendaient des présents du roi d'Espagne, quatre ou cinq grands coffres en forme de bahuts, garnis de bandes d'or. » Mademoiselle dira plus tard qu'ils devaient contenir des parfums. On les fit transporter sur la rive française.

La cérémonie se poursuivit.

Salués par tous ceux qui se trouvaient là, les « illustres personnages » furent conduits jusqu'à l'entrée de la salle des Conférences. Mazarin refoula toute la suite des dames et gentilshommes qui se bousculaient sur leurs pas ; leur tour viendrait.

Dans la salle tout d'abord ne pénétreraient que le roi de France, la reine sa mère, son frère, le Cardinal et une seule des suivantes de la reine, Mme de Navailles.

Selon l'ordonnance souhaitée, les deux rois entrèrent en même temps chacun de leur côté dans le Salon de l'Entrevue, Philippe IV, suivi de la jeune reine sa fille, le roi de France, de sa mère et de son frère.

En s'apercevant, les rois se découvrirent, puis s'approchant, se saluèrent mais sans s'embrasser.

Se tenant debout, ils échangèrent quelques courtoisies que traduisit le cardinal Mazarin, car le roi de France ne savait pas l'espagnol. Le Cardinal servit également de traducteur lorsque Louis s'approcha de sa femme pour la saluer très poliment.

Le chroniqueur espagnol qui semble avoir porté un intérêt attendri à ce mariage remarque que cette fois l'Infante et son époux se voyaient de près, et non pardelà les lointains d'une rivière, mais quoiqu'il eût été signalé que Louis XIV salua sa femme avec des mots traduits par le cardinal Mazarin, ce jour-là le jeune roi, qui avait immolé tout sentiment du cœur à cette victoire politique et diplomatique, concentrait son regard et son attention sur le monarque qu'il avait devant lui et en lequel il ne voyait ni un beau-père, ni un oncle retrouvé, mais Philippe IV roi d'Espagne, dominateur de l'Univers, et avec lequel, lui, roi de France, devait établir une alliance et décider de la paix des peuples et de la suspension des guerres.

Après les salutations ils s'assirent chacun dans sa partie de la pièce commune.

Philippe IV tenait à sa droite Marie-Thérèse, et en face Louis tenait sa mère à sa droite et son frère à sa gauche. Monsieur fut le seul qui s'assît sur un tabouret. Les autres avaient des chaises garnies de coussins. Le Cardinal et les quelques personnes d'accompagnement s'étaient retirés à l'écart afin de les laisser « départir » dans le calme.

Au fond du palais, dans les salles réservées, près des portes des ponts, les deux cours bourdonnaient dans un mélange de plusieurs langues où, à l'espagnol, le français, l'allemand, se mêlaient l'anglais, le flamand et le wallon, le basque évidemment, et différents dialectes du sud de la France et du nord de l'Espagne. La frontière entre les deux noblesses était fictive et bientôt elles se mêlèrent, des amis, d'anciens ennemis se retrouvant.

Car avait été réuni, ce jour-là, un emmêlement de nations que seuls, jusqu'alors, les champs de bataille avaient connu. La présence des dames mettait une note insolite. Leur grâce, leurs rires, leurs réflexions primesautières touchaient de légèreté une rencontre où planait la sombre et brutale réalité des antinomies masculines.

En vérité, Angélique elle-même était sensible à ce phénomène sous-jacent de guerriers réconciliés, mais elle était heureuse de rester près de Joffrey puisque, pour une fois, il était parmi ses pairs.

Il l'amena à don Baltasar, ami de longue date, qui leur avait mis à disposition ses chevaux noirs, le jour du Corpus Christi, afin qu'elle pût revenir rapidement de San Sebastián aux abords de l'île des Faisans. Les yeux de l'Espagnol brillèrent lorsqu'elle lui parla de ses sensations merveilleuses d'envol qu'elle avait éprouvées sur ses fiers coursiers. C'était une race de chevaux des plus extraordinaires qu'on pût trouver, expliqua-t-il, de la province de Frise. Une très nordique région, de celles où les prairies étaient comme couvées par la mer dont le grondement se faisait entendre derrière des digues, édifices à la défense desquels on les avait confiés. Don Balthazar était le type même de l'Espagnol dont les racines ne pouvaient s'arracher des Pays-Bas où il était né et avait combattu. À son avis, précisa-t-il encore, le calvinisme ne convenait pas à ces pays de beffrois carillonnant et de kermesses et de gens passionnés de tulipes. Mais c'était trop tard! Ces provinces imaginatives et exubérantes s'étaient enfermées dans le dur corset de la Réforme où le grand empereur Charles Quint ne reconnaîtrait pas son âme. Toutes sortes de souvenirs et de considérations commencèrent à se mêler et l'on ne comprendrait que plus tard qu'en ces heures, une Europe encore enveloppée de garnitures médiévales avait commencé à se dissoudre.

À un moment, la reine mère fit venir dans la salle de l'Entrevue Mademoiselle, ses sœurs et les dames de sa suite pour les présenter au roi d'Espagne et à la jeune reine de France, Marie-Thérèse. Au passage, Mademoiselle fit signe à Angélique. Celle-ci préféra rester avec son mari et les groupes en attente. Ce fut un bon moment où elle savoura d'être près de lui au milieu d'amis.

Sous l'honnête et superbe protection des tapisseries espagnoles représentant *Le Triomphe des Vertus sur la Vanité* et *L'Horreur du Péché*, thèmes qu'il n'était pas vain de méditer en ce jour où se présentaient dans un flux de recherches d'élégance, de riches et magnifiques costumes et, côté français, sous les plus distrayantes et aimables fables de

Psyché et Cupidon, la rencontre se poursuivait. Ce jour-là, on avait fait entrer à l'intérieur du pavillon de l'île d'un côté la garde espagnole, la garde allemande et la garde du corps. De l'autre, la garde des Suisses, et les gardes du corps de Leurs Majestés le roi Louis XIV et la reine Anne, tous ces gardes en grande tenue.

Les morions à l'espagnole, surmontés, qui de plumes blanches, qui de plumes rouges, se trouvaient être à peu près les mêmes que ceux des gardes suisses.

Les jeunes gens de la suite du roi Louis XIV arboraient des manteaux de moire grise recouverts de dentelles d'or, rattachées par des points couleur de feu. La doublure était de toile d'or. Peu à peu, cette rencontre audacieuse composait le Palais des Merveilles.

Parmi les personnes présentes le regard d'Angélique fut attiré par un homme qu'elle fut quelques instants avant de reconnaître. Il se faisait remarquer par sa belle prestance et le bon goût de son costume. Ses vêtements étaient richement brodés de dentelles d'argent. Il portait la fraise en usage dans les Castilles et un petit manteau court sur lequel était brodée la croix rouge de Santiago*. La décoration de l'Ordre, étincelante de brillants, était suspendue à son cou par une chaîne d'or. Elle reconnut l'*Aposentador real* qui leur avait fait visiter le palais, et qui était aussi l'illustre Diego Vélasquez, peintre ordinaire du roi.

M. de Bar se réjouissait et en parla à Angélique.

— Finalement, il a reçu l'Ordre de Santiago lui dit-il, malgré le soupçon qui pesait sur sa *limpieza de sangre*. Il

---

* L'Ordre de Saint-Jacques de l'Épée, fondé pour protéger les pèlerins.

paraît que Sa Majesté Philippe IV a demandé directement au pape Alexandre VII une *dispensa*, une grâce particulière afin qu'il pût lui accorder l'Ordre. Cette fois le chapitre de Santiago n'a pu se dérober et a dû l'admettre, mais en soulignant que ce fût par écrit, ce qui le marque pour toujours comme un chevalier de Santiago de second rang, un paria parmi eux. N'importe, je le crois heureux. Avez-vous remarqué le fourreau et la poignée de son épée en argent ciselé, d'un art exquis, exécutée par un artiste italien ?

Ce devait être aussi un jour de satisfaction pour cet homme où il pouvait voir la glorieuse cérémonie se dérouler avec harmonie dans le confort qu'il avait su créer, sur cette petite île de la Bidassoa.

Malgré tout, ce qu'elle remarqua aussi, c'est qu'il toussait toujours*. Les Espagnols, pensa-t-elle, n'avaient-ils pas de médecine secrète comme en tous les pays ? Ou avaient-ils brûlé trop de sorcières et trop de médecins juifs et arabes ?

Un peu plus d'une heure s'écoula.

Soudain le silence s'épandit et régna au sein du petit palais de la Conférence. Au bout de la travée médiane derrière la porte de verre, on avait vu un mouvement s'ébaucher.

Les ministres s'étaient approchés des rois et leur signalaient qu'il était temps de prêter serment et de signer la Paix.

Les rois se levèrent, et aussitôt l'on ouvrit les portes des deux côtés pour laisser entrer les témoins. Ce furent, pour

---

* Vélasquez devait mourir deux mois plus tard, mal remis de la maladie contractée par l'humidité de la rivière.

le roi de France: le prince de Conti, le comte de Soissons, les ducs, maréchaux de France et officiers, et ceux de la maison du roi, de la reine et de Monsieur.

Les premiers ministres installèrent deux bureaux égaux au centre de la pièce, toujours de chaque côté de la ligne médiane.

Les rois s'avancèrent et se placèrent l'un en face de l'autre.

Le marquis de Malpica, majordome de semaine du roi Philippe, lui apporta un coussin sur lequel le souverain s'agenouilla, tandis que Louis XIV faisait de même, servi par l'abbé de Coislin.

Puis don Alonso Pérez de Guzmán, patriarche des Indes, plaça devant Philippe IV, sur le bureau, un crucifix et un livre des Évangiles ouvert. Mazarin fit de même de son côté, plaçant le crucifix et le livre des Évangiles ouvert.

Puis don Fernando de Fonseca Ruiz de Contreras, marquis de La Lapilla, debout à la droite du roi Philippe IV, lut en castillan le texte du serment, et M. de Brienne, secrétaire d'État, en fit autant en français. La lecture du contrat de mariage suivit, assez longue. Enfin solennellement, fut lu le préambule du traité.

Sans aucune autre intention ni motif que les sentiments de compassion que les deux rois ont eus des souffrances de leurs bons sujets et d'un désir paternel de leur bien et soulagements, et du repos de toute la chrétienté, ils ont trouvé le moyen de mettre fin à de si grandes calamités, d'oublier et éteindre les causes et les semences de leur division et d'établir à la gloire de Dieu et à l'exaltation de notre sainte loi catholique une bonne, sincère, entière, et durable paix et fraternité…

Quand ce fut fini, les rois furent priés de prêter serment sur le crucifix.

Philippe IV répondit d'une voix ferme :

— *Asi, io juro.*

Et Louis ajouta :

— Non seulement je jure la paix, mais aussi l'amitié.

« Puis ils se lèvent et s'embrassent tendrement, tandis que la reine mère pleure. »

La Cour de France entra et Mazarin présenta tous ces personnages au roi d'Espagne, tandis que Luis de Haro faisait de même près du roi de France avec les nobles espagnols.

Quand vint le moment d'avoir devant lui Henri de La Tour d'Auvergne, vicomte de Turenne, descendant d'une des plus hautes et anciennes familles nobiliaires de France et de Guillaume le Taciturne, prince d'Orange, par sa mère Élisabeth de Nassau, Philippe IV le considéra longuement et murmura :

— *Me ha dado muy malas noches** *!*

Ce qui, avec une pointe de sarcasme pour lui-même, rendait hommage à la valeur guerrière de l'adversaire.

Sous le plafond en velours cramoisi et frangé d'or du grand salon de l'île des Faisans, dans l'embrasement superbe des *Jours de l'Apocalypse* et des *Métamorphoses d'Ovide*, se présenta alors, par le rassemblement de tant de grands noms réunis, un spectacle qui resterait inoubliable dans l'Histoire des nations.

« Là se trouvait Philippe IV, régnant depuis quarante années et conservant cet air fier et grave que ni

* « Il m'a fait passer de bien mauvaises nuits ! »

les infirmités, ni les soucis, ni les malheurs n'avaient pu altérer.

« Louis XIV dans la fleur de sa beauté et l'aurore de sa gloire.

« Là étaient deux reines, toutes deux filles de l'Autriche dont elles avaient le titre en apanage. Les voiles noirs de l'une attestaient de son expérience de la vie qui contrastait avec l'innocence de sa jeune belle-fille.

« Le cardinal italien sur lequel était tombé le manteau de Richelieu était là, goûtant la réussite de ses travaux, lisant dans l'alliance nouvelle la gloire future de la France.

« Le froid et habile don Luis de Haro recevant de son côté les honneurs dus à son rang auquel venait de l'appeler son maître en lui conférant le titre de Prince de la Paix.

« Turenne, tout couvert de la gloire récente de la victoire des Dunes.

« Le vieux maréchal de Villeroy et le jeune duc de Créqui.

« Medina de las Torres, le modèle et le miroir des Grands.

« Le jeune Guiche avec son air romanesque.

« Monterrey et Helliche.

« Les Noailles et les d'Harcourt.

« Les Guzmán et les Tolède.

« Et l'illustre Vélasquez, peintre du roi d'Espagne, son *Aposentador mayor*. »

Les présentations terminées, il y eut encore l'accomplissement d'un rite juridique officiel, sans nul doute le plus important de toute la cérémonie.

Suivant, chacun de leur côté, les petits couloirs dédiés l'un à *Romulus et Remus*, l'autre aux *Matrones illustres*, les souverains et leurs ministres pénétrèrent dans les étroits cabinets appelés *retretes**, auxquels aboutissaient, de chaque côté, les couloirs, pièces volontairement petites et sans autre issue que la porte afin qu'aucun espion ou témoin malintentionnés ne pût s'y glisser parmi les acteurs, tous importants et identifiés, de ce moment solennel et dramatique.

Il semble qu'en ce jour les ministres ne souffrirent même pas la présence d'un porteur de plumes d'oie et de cornes à encre. Dans l'intimité de ces pièces exiguës, maîtrisant une angoisse secrète qui les mettait à l'unisson des scènes de *La Passion de Notre Seigneur Jésus-Christ* les entourant aux murs, les souverains paraphèrent et signèrent un nombre incalculable de documents dont heureusement leurs ministres, Mazarin et don Luis de Haro, avaient eu le temps d'en connaître et le chiffre et la nomenclature et le contenu, leur permettant de les collationner sans erreur.

Les plénipotentiaires se tenaient à la porte de ces cabinets, chacun pour prévenir son roi du moment où l'autre serait sur le point de sortir, afin que les deux le fissent en même temps comme il avait été convenu.

Il en fut ainsi.

Et de retour à la salle où ils avaient prêté serment, les deux monarques prirent congé l'un de l'autre avec force courtoisie et révérences mais dans une sorte de silence où chacun, ainsi que sa Cour, saluait et se retirait comme dans un ballet bien réglé. L'émotion était trop forte et serrait tous les cœurs.

Pendant les signatures on avait entendu au-dehors crépiter des salves d'honneur de mousquets et d'arquebuses,

---

* Ce mot prendra plus tard une autre signification.

tirées des deux rives. Et dans le lointain, le grondement des canons de Fontarabie apprenait à l'Espagne et à la France que « l'union de deux familles royales venait de sceller définitivement la Paix ».

Les officiers commensaux et leurs commis s'étaient distribué les sacs de velours brodé contenant les documents inestimables.

Dans le brouhaha de la presse et la contemplation des événements accomplis, venait le moment où personne n'avait plus rien à se dire.

Au-dehors le ciel était bleu. Les barques de toutes tailles et sortes louvoyaient dans le courant, chargées d'oriflammes et de musiciens.

« Cependant le crépuscule approchait.

« Le roi d'Espagne dit qu'il reviendrait le lendemain à trois heures.

« Puis enfin, lui et l'Infante gagnèrent l'embarcadère, pour rentrer à Fontarabie tandis que Louis XIV avec sa mère, le Cardinal et son frère, regagnaient Saint-Jean-de-Luz. »

7 juin

Le soleil du 7 juin se leva.

C'était le jour de la Séparation.

Jamais on ne pourrait lui donner un autre nom.

« Dès le matin, à Fontarabie, le roi Philippe IV entra dans l'appartement de sa fille pour lui faire ses adieux les plus intimes. Sa douleur était extrême. Marie-Thérèse répondit à la sollicitude de son père par des larmes et des sanglots qu'elle ne pouvait retenir. On peut se douter de ce que fut entre eux l'échange des souvenirs, l'évocation de cette vie commune d'enfant à père que génèrent les liens de la paternité et de la filiation, et qui, entre eux, n'avaient été que d'affection et d'estime, ainsi que de joie et d'émotion joyeuses en d'honorables fêtes publiques ou religieuses partagées, parmi les ovations du peuple espagnol.

« À deux heures et demie, le roi quitta son palais. Il portait encore ce jour-là à son chapeau les deux merveilleux joyaux: le diamant nommé Miroir du Portugal et l'inestimable perle: la Pelegrina.

« Leurs Majestés laissèrent leur carrosse à la Marine.

« Elles montèrent dans leur gabare habituelle au bruit des clairons et des instruments de musique et prirent le chemin de l'estuaire de la Bidassoa, toujours escortées de la flottille des petites barques luxueusement décorées et oriflammes au vent. »

De son côté, à Saint-Jean-de-Luz, la famille royale accompagnée du cardinal Mazarin, dans un carrosse de velours cramoisi avec des rideaux de même couleur brodés d'or et d'argent et tiré par huit chevaux blancs, s'apprêtait à gagner le rivage.

Tout, ce jour-là, reposait sur la reine Anne d'Autriche dans l'ultime étape de leur réunion de famille et de la séparation.

À elle et à sa garde allait être remise la jeune femme, épouse de son fils et fille de son frère le roi d'Espagne. À elle reviendrait la tâche délicate de guider ses premiers pas sur le sol de France et de lui assurer le bon accueil de son nouveau pays. Car le jeune roi ne pouvait jouer auprès d'elle le rôle de guide ou de protecteur tant que la bénédiction nuptiale ne leur serait pas accordée.

Ce qui aurait lieu le surlendemain dans une cérémonie grandiose en l'église de Saint-Jean-de-Luz.

Elle vint donc entre ses deux fils, Louis, le roi de France, et Philippe, duc d'Orléans, et accompagnée d'une seule dame d'honneur et d'atour.

« Elle avait donné l'ordre à Mlle de Montpensier et à toutes ses dames de se trouver à son logis et de tout préparer pour y recevoir au mieux la jeune reine lorsqu'elle la ramènerait au soir.

« Le roi Louis XIV était vêtu d'un habit constellé de pierreries, la reine portait de magnifiques joyaux sur son noir vêtement de veuve, et Philippe d'Orléans, avec peut-être un excès de dentelles et de rubans, n'en était pas moins le séduisant représentant de l'élégance française. »

Ce jour-là, les deux Cours arrivèrent ensemble au rendez-vous.

Le sacrifice de renoncer aux ultimes rencontres en l'île des Faisans fut difficile à accomplir pour la Grande Mademoiselle mais, désormais, il était juste de prodiguer tous les soins et toutes les attentions au bien-être de la reine Marie-Thérèse grâce à laquelle la paix allait s'étendre sur l'Europe. En attendant, à Saint-Jean-de-Luz, l'on se dépensa à lui préparer le meilleur accueil en terre française.

Une dernière fois dans ce décor reconstitué sur l'île des Faisans d'une somptueuse résidence royale, les grands de ce monde en présence demeurèrent assis, seuls, tandis que les ministres et les autres personnes se retiraient aux extrémités de la pièce.

Et ils devisèrent, échangeant les dernières paroles qui leur venaient à l'esprit, les derniers mots qui leur venaient aux lèvres, mots pauvres et un peu inutiles en cet instant suprême. Une dernière fois l'éclat d'or des tentures et les nuances colorées des superbes tapisseries s'épandirent sur eux qui s'étaient retrouvés, reconnus et qui allaient se quitter à nouveau. Chaque minute tombante inclinait le temps vers le moment de la séparation.

Il vint enfin.

Ils se levèrent et le roi Philippe IV étreignit étroitement sa sœur Anne. Puis celle-ci voulut prendre la main de sa nièce, devenue sa belle-fille, pour l'amener vers elle.

Mais l'Infante se jeta aux pieds de son père, lui embrassant les mains et les inondant de larmes tandis que Louis XIV et Philippe d'Orléans se portaient d'un élan vers le roi d'Espagne qui leur ouvrit les bras.

Et dans cet instant, la ligne frontière des tapis fut maintes fois franchie et piétinée par les semelles d'un groupe de personnes d'une même famille en pleurs, s'étreignant et s'embrassant dans l'effusion de leur chagrin de se séparer, séparation que tous pressentaient à jamais, ce qu'ils ne pouvaient souffrir ni accepter dans leur chair et dans leurs cœurs.

Enfin la reine mère réussit à reprendre la main de l'Infante et à l'attirer vers elle. Mais le jeune roi Louis XIV et son frère ne pouvaient se détacher du roi d'Espagne qu'ils étreignaient avec de gros sanglots, balbutiant qu'il était leur père, à eux qui n'en avaient point eu, lui, le frère de leur mère, leur oncle maternel, leur plus proche parent sur terre s'il en est.

S'arrachant à leurs bras, le roi Philippe IV adressa au cardinal Mazarin ses adieux et ses remerciements, et seul, suivant la galerie, il gagna la sortie et l'embarcadère, et seul monta dans la gabare dorée, et seul parmi la flottille triomphale et la foule qui le suivait tant bien que mal en l'acclamant le long de la rive, il gagna Fontarabie.

« Là, il se jeta sur son lit, ne pouvant retenir ses larmes.

« Je suis à demi mort, dit-il, car de voir pleurer ma fille, elle le devait, et ma sœur aussi. Mais d'avoir vu ces deux garçons pendus à mon cou pleurer comme des enfants, je me suis attendri de telle manière que je n'en puis plus! »

Sur l'heure, le roi quitta Fontarabie, passa à Oyazzu et, ayant dîné dans la maison de Martín de Amolez, le roi Philippe IV, qui n'était ni si vieux, ni si valétudinaire qu'on voulait bien le dire, monta à cheval, prit le chemin de Runteria et arriva à Hernani à l'entrée de la nuit.

Le mercredi 9 juin, il partit de bon matin et passa la nuit à Tolosa.

Le 14 au soir il était à Mondragon. Le samedi 15, il franchissait les deux côtés du Salinas.

Avant le coucher du soleil il fut à Vittoria où il fut accueilli au bruit de l'artillerie et avec un feu d'artifice. Le dimanche 16 juin, il coucha à Miranda del Ebro.

Il y eut grande fête pour l'accueillir à Valladolid le 20 juin. Le 22 juin, il passait par l'Escurial. Et le 26 à la Casa de Campo, le roi d'Espagne, toujours galopant en ce voyage de retour qui ressemblait à une fuite devant d'insupportables chagrins, retrouvait sa famille, venue à sa rencontre, son fils de quatre ans toujours vivant malgré sa faiblesse, sa jeune femme toujours heureusement enceinte et qui portait peut-être un fils vigoureux.

Alors il put retrouver celle devant qui il aspirait de s'abattre, de s'agenouiller, la Vierge de consolation,

Notre-Dame d'Atocha, déposer à ses pieds l'œuvre de paix accomplie. Que sortirait-il de cette alliance presque hors nature avec des descendants de ce royaume des Francs, l'ennemi de toujours ? N'avait-il pas ébranlé, fissuré, l'héritage de son arrière-grand-père qui était à la fois Charles Ier d'Espagne et Charles V d'Autriche, dit Charles Quint, le Grand Empereur sur les possessions duquel « le soleil ne se couchait pas* ».

Enfin, ayant retrouvé sa cellule et se confiant à la bonté de Dieu, il écrivit à la « Nonne bleue ».

* Phrase de Philippe II.

Chapitre treizième

En cette journée du 7 juin à Saint-Jean-de-Luz, Angélique était allée proposer ses services à Mademoiselle, mais celle-ci, faisant contre mauvaise fortune bon cœur, lui dit qu'elle n'avait que trop de dames pour l'aider à préparer la maison de la reine mère où l'on commencerait à recevoir Marie-Thérèse. C'est là que la nouvelle reine, selon la coutume, ferait prêter serment à ses principaux officiers et instantanément à la princesse Palatine qui devait être sa surintendante. Puis elle pourrait se retirer dans le logis contigu, prévu pour elle, et se reposer.

Le lendemain soir seulement, la veille du mariage, aurait lieu une assez simple et courte présentation de la Cour de France.

Incorrigible, l'abbé de Montreuil avait encore rassemblé des amis pour se réjouir avec lui. De la maison où était logé M. de Lionne, il y avait une large vue qui permettrait de ne rien perdre de l'arrivée de la nouvelle reine à Saint-Jean-de-Luz, et l'abbé de Montreuil avait déjà retenu toutes les fenêtres de l'étage pour y convier sa compagnie d'y attendre et savourer avec eux le beau spectacle qu'il ne fallait pas manquer, l'arrivée, parmi escortes et régiments, de la reine Marie-Thérèse d'Autriche, épouse du roi Louis XIV, abordant la première ville de son royaume à la recevoir et à l'ovationner.

Angélique se laissa une fois de plus enlever par l'abbé de Montreuil dont elle avait reconnu l'innocence dans le complot du Corpus Christi. Car, à la réflexion, elle avait décidé qu'il n'y avait eu ni complot, ni dol d'aucune sorte à part la difficulté qu'elle avait, par moments, à participer à cet état de demi-folie dans lequel, tout à coup, il fallait se laisser entraîner avec les gens de Cour et qui n'était que l'état normal des individus et des foules assumant l'existence agitée et naturellement théâtrale des Cours royales qui accompagnent et composent la magnificence des rois.

Installés devant les fenêtres avec des sorbets, ils s'apprêtèrent à attendre, en devisant, l'apparition de l'émouvant cortège.

On parla de la déception de Mademoiselle qui avait dû rester à préparer le logis de la nouvelle reine plutôt que d'assister au dernier épisode de l'île des Faisans. Et l'on évoqua spontanément son père Gaston d'Orléans, dont plusieurs courtisans reconnurent qu'il avait beaucoup manqué aux réjouissances actuelles. C'était bien de lui de mourir quasi subitement alors que l'on commençait à se diriger vers la frontière pour le mariage du roi.

La disparition des deux fils légitimes d'Henri IV creusait comme une brèche dans le rempart des générations. Car c'était un homme jeune encore, né sept années après son frère le feu roi Louis XIII, lequel était mort à quarante-deux ans.

Estimé par beaucoup comme d'agréable compagnie, sa disparition n'était pas encore vraiment acceptée par l'ensemble de la Cour.

Là encore, Gaston s'était conduit à sa façon de se dérober lorsque l'on comptait sur lui.

Le duc de Vivaret parla de la conspiration d'Amiens à laquelle, très jeune, il avait participé. Sans ferveur particulière. Mais, en ce temps-là, il était de mode d'essayer d'abattre Richelieu, ne serait-ce que pour venger la mort de des Chapelles et de Montmorency-Bouteville, duellistes impénitents qui avaient été décapités pour désobéissance aux nouveaux édits contre le duel où la peine capitale était annoncée. La mère de l'un, les amis des deux condamnés, tous plus grands noms de la noblesse s'étaient jetés à genoux devant Louis XIII en criant: « Sire! Miséricorde! » Mais rien n'y fit. Tous deux avaient été décapités en place de Grève, tandis que le peuple ému autour de l'échafaud entamait le *Salve Regina*.

La conspiration d'Amiens devait aboutir le 1er janvier 1627.

Cette fois, tous étaient persuadés de la réussite. Il y avait comme une ambiance de miracle.

Les conjurés se tiendraient étagés sur les dernières marches du perron de l'Hôtel de Ville qui était assez vaste et grandiose. Et alors que le cardinal de Richelieu se trouverait au milieu de la descente, ils se rapprocheraient de lui et chacun le frapperait d'un coup de poignard.

Le duc d'Orléans devait donner le signal de cette approche mortelle.

Richelieu parut et commença de descendre en toute sérénité.

Est-ce de l'apercevoir ? Comme à l'habitude, l'émotivité du frère de Louis XIII fut la plus forte. Au lieu de donner le signal, il sursauta et prit la fuite, remontant les degrés en courant vers l'entrée de l'Hôtel de Ville.

Tandis que M. de Réat, son secrétaire, se lançait à sa poursuite pour essayer, au moins, de l'arrêter avant que l'on s'interrogeât sur son étrange comportement, tandis que les conjurés, la main sur le poignard dans l'entrebâillement de leurs justaucorps, demeuraient médusés, le cardinal de Richelieu continua de descendre sereinement les marches de l'Hôtel de Ville, puis disparaissait indemne dans la pénombre de son carrosse.

— Et le miracle ?

— Eh bien ! le miracle, le voici : que le cardinal de Richelieu, toujours prévenu de tout par sa nuée d'espions et de mouches guettant, cette fois ne fut effleuré d'aucun soupçon. Ni la veille, ni ce jour-là, ni dans l'instant !

— Il ne sert donc à rien d'organiser sa vie, dit M. de Roquelaure avec amertume.

— D'organiser des attentats contre M. de Richelieu ? Apparemment, non. Il est mort dans son lit.

Le duc de Vivaret avait mené ce récit avec tant de verve, mimant les expressions des conjurés déconcertés et affolés, qu'il avait égayé son auditoire. M. de Vambrecht, un philosophe néerlandais qui venait à grands risques d'Utrecht, dit qu'il fallait être français pour rire de pareilles tragédies.

Tout à coup, Mme de Lionne poussa un cri en pointant un doigt sur l'autre côté de la place, montrant la façade du palais vis-à-vis qui commençait de rougir.

Bâtie de briques et encadrée de pierres fauves, il était connu que cette façade s'enflammait de rutilantes couleurs dès que le ciel commençait de rosir sous les effets du soleil couchant. La journée était donc fort avancée. Le soir tombait.

Et la nouvelle reine, laissée sous le portique du palais de la Conférence, au bout de la galerie vitrée, n'était toujours pas là. Que s'était-il passé ? Quel incident diplomatique, une fois de plus, paralyserait l'évolution heureuse de ces difficiles conventions ?

Parti aux renseignements, M. de Roquelaure revint en encourageant à la patience.

En effet, il y avait eu un incident. Oui, la jeune reine avait été sur le point de retourner en Espagne, mais cela s'était heureusement réglé.

Alors qu'elle se tournait vers la rive française et s'apprêtait à y poser le pied, on l'avait priée de faire ses adieux à sa *camarera mayor*, la comtesse de Priego, ainsi qu'à une trentaine de personnes espagnoles de sa suite qui devaient repartir pour l'Espagne. Violemment émue, la jeune reine avait protesté. Il avait toujours été convenu que sa *camarera mayor* la suivrait en France. Elle l'avait toujours connue, l'avait eue comme dame d'atour dans sa prime jeunesse, car ç'avait été également une dame d'atour de sa mère. Très vite, l'on s'inclina. Et la *camarera mayor* et la suite avaient débarqué côté France.

Cet incident réglé, la reine avait été priée de participer à un « ambigu » qui avait été préparé pour elle sur la plage.

Un « ambigu », mot désuet, était employé en espagnol pour désigner à l'entracte d'une pièce de théâtre, d'un opéra, un lieu où l'on servait des boissons fraîches et un peu de restauration également froide. D'où l'extension du mot à la présentation d'une longue table garnie de nombreux mets froids mais variés, à déguster de préférence un soir d'été, après une longue et chaude journée dans les premières ombres du crépuscule.

Et, naturellement, des corbeilles de fruits de saison, toujours superbes et abondants, car le temps était chaud et la saison précoce.

Le jeune reine avait-elle été réconfortée par la belle apparcnce de cet « ambigu » dressé à l'ombre des mimosas?

En tout cas, elle avait apporté à la dégustation de ce premier festin en terre française une application minutieuse et ininterrompue que certains avaient fini par qualifier de « gloutonnerie », car elle avait voulu goûter de tout, croyant peut-être que c'était là une forme de courtoisie envers ceux qui lui offraient ces agapes de bienvenue.

D'autres s'étonnaient de son appétit car, auparavant, la jeune reine avait manifesté dans les instants de la séparation un chagrin, un désespoir à la suite desquels sa fringale, sa gourmandise avait choqué.

Angélique, lorsqu'elle apprit la chose, la comprenait.

La reine Marie-Thérèse, un peu ébranlée par cet instant émouvant de toucher le sol français, la contrainte éprouvée sur le point d'être séparée de sa domesticité la plus proche, alors que ce n'était pas dans les conventions, et la sensation, à chaque pas, d'être privée de la présence de son père, avait eu une réaction de bonne santé. Car dans la tension où se trouvait une jeune femme de vingt ans, il n'y avait qu'une alternative: ou ne pas pouvoir avaler une bouchée, ou réparer ses forces de la façon la plus agréable à sa portée, c'est-à-dire en se restaurant de bon cœur. Elle avait pu faire face à cette première soirée parmi ses nouveaux sujets et sa nouvelle famille. On sut plus tard qu'elle avait regretté la présence de Mademoiselle.

Et tout à coup, en ce 8 juin, il fallait envisager la tenue d'apparat pour le lendemain.

Heureusement, ce 8 juin se présentait comme un jour de liberté qui permettrait à chacun de passer en revue ses atours.

Et pour l'Infante aussi, qui ce jour-là fut habillée à la française, « ce qu'elle souffrit avec patience et douceur ». Elle regrettait son garde-infante.

Allant et venant du balcon à sa chambre, tandis qu'on lui essayait ses robes et ses mantes, Mademoiselle confia à Angélique un incident de préséance qui avait eu lieu alors qu'on répétait l'ordonnance du cortège.

Le manteau de la reine Marie-Thérèse que l'on attachait en haut du corps de jupe comme une mante traînait jusqu'à terre, avec une queue fort longue dont le bout était rond et pesait un poids énorme. Mademoiselle était désignée par son rang de la soutenir et, sa robustesse étant connue, cela allait parfaitement.

Mais l'on s'aperçut qu'il faudrait pendant la messe présenter une offrande à la nouvelle reine et que ce droit revenait à Mlle de Montpensier. Par conséquent, il lui était impossible de porter la queue de Marie-Thérèse. Ses sœurs furent désignées pour ce rôle; mais elles n'avaient pas la vigueur de Mademoiselle et obtinrent le secours de Mme de Carignan. Le duc de Roquelaure s'offrit pour porter la queue de la princesse de Montpensier, mais lorsqu'on voulut prendre des ducs pour porter celles de ses sœurs, tous s'y refusèrent. On fut donc obligé d'en rabattre, dit Mademoiselle avec amertume ! Elle était pleine de tendresse pour les comtes de Sainte-Maisne, de Gondrin, et de La Feuillade qui, eux, s'étaient proposés spontanément pour porter les queues des jeunes princesses.

Cet incident l'avait fort blessée.

— Mes jeunes sœurs sont petites-filles d'Henri IV aussi bien que tant d'autres. Leur mère est une princesse de Lorraine, de grand lignage. Mais voilà ! Tout à coup, parce que Monsieur, Gaston d'Orléans, frère de feu le roi Louis XIII, est mort, on ne peut conserver à sa personne et à ses filles l'affection et la révérence qu'on lui dédiait lorsqu'il était en vie ! Ah ! je vois à quel point c'était un homme de sensibilité. Il n'y en a plus maintenant comme lui, à la Cour. Il ne pouvait se décider à donner le signal de la mort d'un homme, malgré les obligations de son rang. Il aimait l'art, la musique. Je le revois sifflotant gaiement, et pourtant c'était au moment de l'affaire Cinq-Mars.

Elle essuya des larmes.

— Croyez-moi ! Tout est bien changé. Je ne vois autour de nous que gens futiles, indifférents, avides… Allons, n'y pensons plus. Venez, ma chère. La fête n'est pas finie. Je veux que vous m'aidiez.

Il ne s'agissait plus d'être une spectatrice des festivités espagnoles. Mademoiselle était très émue. Pour elle, c'était une fête de famille dont elle était un peu l'hôtesse. Elle voulait être partout à la fois, entraînant Angélique, la chargeant de mille services.

❦

— Chanterez-vous pour nous ? demanda le roi.

Joffrey de Peyrac tressaillit. Il tourna vers Louis XIV un regard hautain et le contempla comme il eût fait d'un inconnu qu'on ne lui aurait pas présenté. Angélique trembla et lui saisit la main.

— Chante pour moi, chuchota-t-elle.

Le comte sourit et fit un signe à Bernard d'Andijos, qui se précipita au-dehors.

La soirée s'achevait. Près de la reine mère, du Cardinal, du roi et de son frère, l'Infante était assise, droite et les yeux baissés. Sa séparation d'avec l'Espagne était consommée. Philippe IV, le cœur déchiré, était reparti avec ses hidalgos pour Madrid, abandonnant l'Infante altière et pure, gage de la paix nouvelle…

Le petit violoniste Giovanni fendit les rangs des courtisans, et présenta au comte de Peyrac son luth et son masque de velours.

— Pourquoi vous masquez-vous ? demanda le roi.

— La voix de l'amour est sans visage, répondit Peyrac, et, lorsque rêvent les beaux yeux des dames, il ne faut qu'aucune laideur ne vienne les troubler.

Il préluda et se mit à chanter, entremêlant les chansons anciennes en langue d'oc, et des couplets d'amour à la mode.

Enfin, déployant sa haute taille, il vint s'asseoir près de la jeune reine et se lança dans un refrain espagnol endiablé, coupé de cris rauques à l'arabe, où brûlaient toute la passion et la fougue de la péninsule Ibérique.

Devant cette attitude chaleureuse, la jeune reine renonça à l'impassibilité qu'elle s'efforçait de garder en public, à l'imitation de son père. Ses paupières se soulevèrent et l'on vit ses beaux yeux bleus briller. Peut-être revivait-elle une dernière fois son existence cloîtrée de petite divinité, entre sa *camarera mayor*, ses femmes, ses nains qui la faisaient rire; existence austère et lente, mais familière: on jouait aux cartes, on recevait des religieuses qui faisaient des prédictions, on organisait des collations de confiture, de gâteaux à la fleur d'oranger et à la violette.

Elle eut une légère expression d'effroi en découvrant autour d'ellc tous ces visages français.

— Vous nous avez charmés, dit le roi au chanteur. Je ne souhaite qu'une chose, c'est d'avoir longtemps l'occasion de vous entendre encore.

Le regard de Joffrey de Peyrac brilla étrangement derrière son masque.

— Personne ne le souhaite autant que moi, Sire. Mais tout dépend de Votre Majesté, n'est-il pas vrai?

Angélique crut voir se froncer légèrement les sourcils du souverain.

— C'est vrai. Je suis heureux de vous l'entendre dire, monsieur de Peyrac, fit-il un peu sèchement.

En regagnant l'hôtel à une heure fort avancée de la nuit, Angélique arracha ses vêtements sans attendre le secours d'une servante et se jeta sur le lit en poussant un soupir.

— Je suis brisée, Joffrey. Je crois que je ne suis pas encore dressée à la vie de Cour. Comment font-ils pour absorber autant de plaisirs le jour et trouver encore le moyen de se tromper mutuellement la nuit?

Le comte s'étendit près d'elle. Il faisait si chaud que le seul contact d'un drap était pénible. Par la fenêtre ouverte le passage des torches jetait parfois une lueur rougeâtre jusqu'au fond du lit, dont ils avaient gardé relevées les courtines. Saint-Jean-de-Luz continuait à s'affairer dans les préparatifs du lendemain.

— Si je ne dors pas un peu, je m'écroulerai pendant la cérémonie, fit encore Angélique en bâillant.

Elle s'étira, puis se blottit contre le corps brun et sec de son mari.

Il avança la main, caressa la hanche qui luisait comme de l'albâtre dans la pénombre, suivit la courbe flexible de la taille, trouva le petit sein ferme et haut placé. Ses doigts frémirent, se firent plus pressants, revinrent vers le ventre souple. Comme il risquait une caresse plus audacieuse, Angélique protesta, à demi endormie :

— Oh ! Joffrey, j'ai tellement sommeil !

Bien que regrettant son manque d'entrain, car elle était plus que jamais irrésistible dans sa lassitude et son abandon au sommeil, il n'insista pas et elle lui jeta un regard entre ses cils, pour voir s'il n'était pas déçu qu'elle ne montrât pas une résistance à toute épreuve comme les mondaines de leur entourage. Appuyé sur un coude, il la regardait avec un demi-sourire.

— Dors, mon amour, murmura-t-il.

Chapitre quatorzième

9 juin

LORSQU'ELLE SE RÉVEILLA, elle eût pu croire qu'il n'avait pas bougé, car il continuait à la regarder. Elle lui sourit. Il faisait frais. La nuit n'était pas encore dissipée, mais le ciel prenait une teinte verdâtre, avant l'éblouissement de l'aurore. Une torpeur fugitive apaisait la petite ville à bout de fêtes et de réjouissances. Encore engourdie, Angélique se tendit vers lui et leurs bras se saisirent, attentifs à bien se nouer.

Il lui avait appris le long plaisir, la joute habile, avec ses feintes, ses reculs, ses audaces, l'œuvre patiente où les deux corps généreux se mènent mutuellement au paroxysme de la jouissance. Lorsque enfin ils se séparèrent, rompus, assouvis, le soleil était déjà haut dans le ciel.

Le brillant et valeureux soleil de la côte basque présiderait au mariage du roi.

On allait vivre ce jour inestimable.

— Dirait-on que nous avons une journée fatigante en perspective ? fit Angélique en riant.

Margot frappait à la porte.

— Madame ! Madame, il est temps. Les carrosses se rendent déjà à la cathédrale, et vous n'aurez plus de place pour voir le cortège.

Assourdissantes dans le bleu de l'air, le bleu du ciel, les clameurs des trompettes régnaient sur la ville, sur toute la contrée jusqu'aux rivages de l'océan.

Il y en avait treize du roi, quatre de la Chambre, trois des Chevau-légers, trois des Gardes du corps et deux autres encore.

Les musiciens étaient tous vêtus du justaucorps de velours bleu, chamarrés de galons d'or.

En brocart vert adouci d'une dentelle d'argent, Angélique tournait et retournait devant le miroir. Elle avait craint de ne plus avoir une toilette prête pour le jour du mariage, à force d'en utiliser pour toutes les occasions à toutes les heures du jour.

Elle vit que Joffrey la contemplait avec une intensité joyeuse. Il pensait : « Elle sera la plus belle ! Comme d'habitude. »

Sa grâce et sa perfection éveillaient son adoration, mais aussi un peu d'inquiétude. Cette inquiétude qui l'avait jeté sur son cheval et fait galoper jusqu'à Saint-Jean-de-Luz le soir où il avait appris que le roi donnait un bal pour fêter son mariage, accompli par procuration ce jour-là à Fontarabie. Il avait pressenti qu'Angélique serait la plus belle…

Mais aujourd'hui, l'on était le 9 juin. Une seule chose comptait.

C'était le jour du mariage du Roi auquel on avait été invité, pour lequel on était venu, pour lequel beaucoup de gens s'étaient ruinés, et qu'on avait presque oublié, dans l'émotion des grands jours de l'île des Faisans.

❦

Le cortège était petit.

Six personnages allaient à pied par le chemin couvert de tapis.

En tête venait Armand de Bourbon, prince de Conti, brillant et fougueux, un brin provocant. Sous des vêtements soigneusement remarquables et bien drapés, il avait toujours eu l'art de dissimuler sa gibbosité. Frère du Grand Condé rebelle de la Fronde dont il avait partagé les erreurs, aujourd'hui gouverneur de Guyenne, il ouvrait le chemin du roi et sa présence confirmait la volonté de part et d'autre d'oublier ces tristes souvenirs.

Puis M. le cardinal Mazarin, dans son fleuve de pourpre.

À distance, le roi s'avançait en habit de brocart d'or assombri d'une ample dentelle noire. À ses côtés le marquis d'Humières et le marquis de Péguilin, capitaines des deux compagnies des gentilshommes en bec de corbin, tenaient chacun le bâton bleu, insigne de leur charge.

Dans le sillage de leurs pas, l'Infante, la nouvelle reine, menée à droite par Monsieur, frère du roi, et, à gauche, par son chevalier d'honneur, M. de Bernonville. Sa robe était de brocart d'argent et son manteau de velours violet semé de lys d'or. Ce manteau avait dix aulnes de long à la pointe. Les deux jeunes cousines du roi, Mlle de Valois et

Mlle d'Alençon, le soutenaient vaillamment sur les côtés, et Mme de Carignan à l'extrémité. De plus, deux dames maintenaient au-dessus de la tête de la souveraine une couronne fermée.

La reine mère, drapée dans ses voiles noirs brodés d'argent, suivait le couple, entourée de ses dames et de ses gardes.

En queue, venait Mlle de Montpensier, vêtue de crêpe noir, mais avec vingt rangs de perles.

Étincelants, ils n'avançaient qu'avec peine dans la rue étroite le long de laquelle s'échelonnaient les Cent-Suisses, Gardes françaises et mousquetaires.

Le chemin était court des maisons royales à l'église.

Cependant il y eut quelques embarras. On vit fort bien Humières qui se querellait avec Péguilin.

Les deux capitaines prirent place à l'église aux côtés du roi. Avec le comte de Charost, capitaine d'une compagnie des Gardes du corps, et le marquis de Vardes, capitaine-colonel des Cent-Suisses, ils accompagnèrent le roi à l'offrande.

En l'occurrence, Louis XIV prit des mains de Monsieur, qui l'avait reçu du grand maître des cérémonies, le cierge chargé de vingt louis d'or et le remit à Jean d'Olce, évêque de Bayonne.

Mademoiselle remplissait auprès de la jeune reine Marie-Thérèse le même office que Monsieur près du roi, avec un bassin de vermeil rempli de pièces d'or.

Dans l'église, derrière le tabernacle, un escalier s'élevait jusqu'à la voûte chargé d'un million de cierges.

Angélique regarda, éblouie, ce buisson ardent. L'odeur épaisse de l'encens et les chants quasi célestes ajoutaient une atmosphère envoûtante de joie religieuse.

Comme sortant d'un rêve, la foule et les principaux acteurs se retirèrent lentement, s'écoulant comme à regret, encore sous le charme d'une rencontre mystique si rare et si bénéfique aux âmes.

On saurait plus tard qu'une grave querelle de préséance entre les évêques et les ducs avait failli faire tout rater, comme le commenteraient certains encore sous le choc de ces ultimes craintes qui menaçaient la réussite du mariage du roi. Mais Angélique n'était pas sensible à une perpétuelle défaillance à propos de la réussite d'événements auxquels on avait apporté un maximum de soins et de joie.

Elle s'enchantait de tout ce qui était beau et mis à la portée des spectateurs, plutôt émerveillée que l'on soit arrivé à ce résultat, qu'à rechercher les imperfections. Elle s'attarda à regarder l'intérieur de l'église de Saint-Jean-de-Luz. Dans la nuit des voûtes et des bas-côtés, on voyait luire les torsades dorées des trois balconnets à étages superposés où s'entassaient d'un côté de la nef les hommes, de l'autre les femmes.

Comme elle regardait dans la direction de l'étroit escalier qui donnait accès à ces balcons, elle vit s'élever au-dessus d'elle une silhouette pâle et imposante. Mgr de Fontenac, en satin mauve et camail d'hermine, gagnait l'un des balcons de bois doré. Il se pencha par-dessus la rampe. Ses yeux brillaient d'un feu destructeur. Il parlait à quelqu'un qu'Angélique ne voyait pas.

Soudain alarmée, elle se fraya un passage dans sa direction. Joffrey de Peyrac, au pied de l'escalier, levait son visage ironique vers l'archevêque.

— Souvenez-vous de l'« or de Toulouse », disait ce dernier à mi-voix. Lorsque Servilius Scipion eut dépouillé le temple de Toulouse, il fut vaincu en punition de son impiété. Voilà pourquoi l'expression proverbiale « l'or de Toulouse » fait allusion aux malheurs qu'apportent les richesses mal acquises.

Le comte de Peyrac continuait de sourire.

— Je vous aime, murmura-t-il, je vous admire. Vous avez la candeur et la cruauté des purs. Je vois briller dans vos yeux les flammes de l'Inquisition. Ainsi, vous ne m'épargnerez pas?

— Adieu, monsieur, dit l'archevêque, les lèvres pincées.

Les cierges jetaient des lueurs sur le visage de Joffrey de Peyrac. Il regardait au loin.

— Que se passe-t-il encore? chuchota Angélique.

— Rien, ma belle. Notre éternelle querelle.

Grâce à la protection de Mademoiselle, Angélique put assister de près à toutes les festivités qui suivirent: les repas, le bal.

Le moment venait de se rendre à la maison qui recevait le jeune couple. On discutait. Serait-ce au logis du roi ou à celui dévolu à Marie-Thérèse la veille? Il apparut que c'était bien celui contigu au logement de la reine mère. La nouvelle reine y avait déjà ses habitudes. Ou bien, le roi voulait-il garder les siennes, une fois le devoir de la première nuit accompli?

En la compagnie de Mademoiselle, Angélique participa et assista à tous les repas, servis en différentes demeures et, certains, dehors sur des tréteaux où Mademoiselle alla saluer les uns et les autres. Le bal, qui aussi se tenait en différents lieux et carrefours. Mademoiselle était très émue.

— N'ai-je pas porté mon offrande et fait mes révérences aussi bien que n'importe qui ? demanda-t-elle à Angélique.

— Certes, Votre Altesse avait beaucoup de majesté.

Mademoiselle se rengorgea.

— Je suis propre aux cérémonies et je crois que ma personne tient aussi bien sa place en ces occasions que mon nom dans le cérémonial.

Le soir, elle fut du long défilé des courtisans et des nobles qui vinrent s'incliner l'un après l'autre devant le grand lit où se trouvaient étendus côte à côte le roi et sa jeune épouse.

Angélique vit ces deux jeunes gens immobiles comme deux poupées, couchés entre des draps de dentelle sous le regard de ceux qui défilaient, leur adressant une révérence.

Tant d'étiquette ôtait vie et chaleur à l'acte qui allait s'accomplir. Comment ces époux, qui hier encore ne se connaissaient pas, et qui maintenant se tenaient guindés dans leur magnificence, empesés dans leur dignité, pourraient-ils se tourner l'un vers l'autre pour s'étreindre lorsque la reine mère aurait, selon l'usage, laissé retomber sur eux les rideaux du lit nuptial ? Elle eut pitié de l'Infante impassible, qui sous les regards devait dissimuler son trouble de jeune fille.

En redescendant l'escalier, les seigneurs et les dames échangeaient des plaisanteries osées. Angélique pensait à Joffrey, qui avait été si doux et si patient pour elle. Où était-il, Joffrey ? De la journée, après l'église, elle ne l'avait vu…

Péguilin de Lauzun l'aborda. Il était un peu essoufflé.

— Où est le comte votre mari?

— Ma foi, je le cherche aussi.

— Quand l'avez-vous vu pour la dernière fois?

— Je l'ai quitté ce matin après la cérémonie pour rejoindre Mademoiselle. Lui-même accompagnait M. de Gramont.

— Vous ne l'avez pas aperçu depuis?

— Mais non, vous dis-je. Vous avez l'air bien agité. Que lui voulez-vous?

Il lui prit la main et l'entraîna.

— Allons à la demeure du duc de Gramont.

— Que se passe-t-il?

Il ne répondit pas. Il avait toujours son bel uniforme, mais, contrairement à son habitude, son visage avait perdu sa gaieté.

Chez le duc de Gramont, le grand seigneur, attablé au milieu d'un groupe d'amis, leur dit que le comte de Peyrac l'avait quitté ce matin après la messe.

— Était-il seul? interrogea Lauzun.

— Seul? Seul? bougonna le duc, que voulez-vous dire, mon petit? Est-ce qu'il y a une personne dans Saint-Jean-de-Luz qui puisse se vanter d'être seule aujourd'hui? Peyrac ne m'a pas confié ses intentions, mais je puis vous dire que son Maure l'accompagnait.

— Bon. J'aime mieux cela, dit Lauzun.

— Il doit être avec les Gascons. La bande mène joyeuse vie dans une taverne sur le port; à moins qu'il n'ait répondu à l'invite de la princesse Henriette d'Angleterre, qui comptait lui demander de chanter pour elle et ses dames.

— Venez, Angélique, dit Lauzun.

La princesse d'Angleterre était cette agréable jeune fille près de laquelle Angélique avait été assise dans la barque, lors de l'incident avec Vardes. À l'interrogation de Péguilin, elle secoua négativement la tête :

— Non, il n'est point ici. J'ai envoyé un de mes gentilshommes à sa recherche, mais il ne l'a trouvé nulle part.

— Pourtant, son Maure Kouassi-Ba est un individu qu'on remarque sans difficultés.

— On n'a pas vu le Maure.

À la taverne de la Baleine d'Or, Bernard d'Andijos se leva péniblement de la table, où était réunie la fleur de la Gascogne et du Languedoc. Non, personne n'avait vu M. de Peyrac. Dieu sait qu'on l'avait cherché, appelé, jusqu'à aller jeter des cailloux dans les vitres de son hôtel rue de la Rivière. On avait même cassé des carreaux chez Mademoiselle. Mais de Peyrac, pas de traces.

Lauzun se prit le menton pour réfléchir.

— Trouvons Guiche. Le Petit Monsieur faisait des yeux doux à votre mari. Il se peut qu'il l'ait entraîné en partie fine chez son favori.

Angélique suivait Lauzun à travers les ruelles encombrées, éclairées de torches et de lanternes de couleur. Ils entraient, interrogeaient, ressortaient. Les gens étaient à table dans l'odeur des mets, la fumée des milliers de chandelles, le relent des domestiques qui avaient bu tout le jour aux fontaines de vin. On dansait aux carrefours au son des tambourins et des castagnettes. Les chevaux hennissaient dans la pénombre des cours.

Le comte de Peyrac avait disparu.

Angélique saisit brusquement Péguilin et le fit pirouetter vers elle.

— Cela suffit, Péguilin, parlez. Pourquoi vous inquiétez-vous à ce point de mon mari? Vous savez quelque chose?

Il soupira, et soulevant discrètement sa perruque, s'épongea le front.

— Je ne sais rien. Un gentilhomme de la suite du roi ne sait jamais rien. Il peut trop lui en cuire. Mais voici quelque temps que je soupçonne un complot contre lui.

Il lui chuchota à l'oreille:

— Je crains qu'on ait essayé de l'arrêter.

— L'arrêter? répéta Angélique. Mais pourquoi?

Il eut un geste d'ignorance.

— Vous êtes fou, reprit Angélique. Qui peut donner l'ordre de l'arrêter?

— Le roi, évidemment.

— Le roi a autre chose à faire que de songer à faire arrêter les gens en un pareil jour. Cela ne tient pas debout, ce que vous racontez.

— Je l'espère. Je lui ai fait porter un mot d'avertissement hier soir. Il était temps encore pour lui de sauter sur son cheval. Madame, vous êtes bien certaine qu'il a passé la nuit près de vous?

— Oh! oui, bien certaine, fit-elle en rougissant un peu.

— Il n'a pas compris. Il a joué encore, jonglé avec le destin.

— Péguilin, vous me rendez folle! s'écria Angélique en le secouant. Je crois que vous êtes en train de me faire une odieuse plaisanterie.

— Chut!

Il l'attira contre lui en homme familier des femmes et appuya sa joue contre la sienne pour l'apaiser.

— Je suis un bien vilain garçon, ma mignonne, mais meurtrir votre petit cœur, voilà une chose dont je ne serai jamais capable. Et d'ailleurs, après le roi, il n'est pas d'homme que j'aime autant que le comte de Peyrac. Mais ne nous affolons pas, ma mie. Il se peut qu'il ait fui à temps.

— Mais enfin!..., s'exclama Angélique.

Il eut un geste impérieux.

— Mais enfin, reprit-elle plus bas, pourquoi le roi voudrait-il l'arrêter? Sa Majesté lui a parlé hier soir encore avec beaucoup de grâce, et j'ai moi-même surpris des paroles où le roi ne cachait pas la sympathie que Joffrey lui inspirait.

— Hélas! Sympathie! Raison... d'État! Influences... Ce n'est pas à nous, pauvres courtisans, de doser les sentiments du roi. Souvenez-vous qu'il a été l'élève de Mazarin, et que celui-ci parle de lui de cette façon: « Il se mettra tard en chemin, mais il ira plus loin que les autres. »

— Ne pensez-vous pas qu'il y ait là-dessous quelque intrigue de l'archevêque de Toulouse, Mgr de Fontenac?

— Je ne sais rien... Je ne sais rien, répéta Péguilin.

Angélique demeurait immobile, dans un état de stupeur.

Joffrey!

« Qu'est-ce que cela signifie? s'interrogeait-elle. Où est-il? Où est-il? »

Désespérément elle souhaita qu'il fût là, devant elle. Mais il n'était pas là!

Soudain, il lui sembla qu'elle ne retrouverait le souffle de la vie que lorsque Joffrey serait là à nouveau devant elle, et qu'elle pourrait se persuader de sa présence.

Elle vacilla.

Elle sombrait dans un vide éternel.

Elle comprenait comment, dans « La Chanson de Roland », la belle Aude avait pu rendre l'âme en apprenant la mort de Roland le preux.

Mais lui, Joffrey, n'était pas mort ! Seulement disparu. Bientôt… Bientôt, il y aurait une explication. Une explication simple ! Normale !

C'est ce que lui répétait Péguilin, comme un moulin à vent détraqué. Elle se ressaisit, émergea de son vertige.

Péguilin la raccompagna jusqu'à son hôtel, lui dit qu'il allait s'informer encore et qu'il viendrait la voir au matin.

En rentrant, Angélique espérait follement que son mari attendrait là, mais elle ne trouva que Margot veillant sur Florimond endormi, et la vieille tante, bien oubliée au milieu de ces fêtes et qui trottinait dans les escaliers. Les autres domestiques étaient partis danser en ville. Il n'y avait pas eu de bris de fenêtre, juste un peu de charivari.

Elle finit par se jeter tout habillée sur son lit, après avoir seulement retiré ses bas et ses souliers. Elle avait les pieds gonflés de la folle course qu'elle avait menée avec Lauzun à travers la ville. Son cerveau tournait à vide.

« Je réfléchirai demain », se dit-elle. Et elle s'endormit lourdement.

❦

Elle fut réveillée par un appel venu de la rue.

— Médême ! Médême !…

La lune voyageait au-dessus des toits. Des clameurs et des chants venaient encore du port et de la grand-place, mais le quartier était calme et presque tout le monde y dormait, rompu de fatigue.

Angélique se précipita au balcon et aperçut Kouassi-Ba, debout dans le clair de lune.

— Médême ! Médême !…

— Attends, je viens t'ouvrir.

Sans prendre le temps de se rechausser, elle descendit, alluma une chandelle dans le vestibule et tira la porte.

Le Noir se glissa à l'intérieur d'un bond souple. Ses yeux brillaient d'un éclat étrange ; elle vit qu'il tremblait comme s'il avait été en état de transe.

— D'où viens-tu ?

— De là-bas, fit-il avec un geste vague. Il me faut un cheval. Tout de suite, un cheval !

Ses dents se découvrirent dans une grimace extraordinairement sauvage.

— On a attaqué mon maître, chuchota-t-il, et je n'avais pas mon grand sabre. Oh ! Pourquoi n'avais-je pas mon grand sabre aujourd'hui ?

— Comment cela, « attaqué », Kouassi-Ba ? Qui ?

— Je ne sais pas, maîtresse. Comment saurais-je, moi, pauvre esclave ? Un page lui a apporté un petit papier. Le maître y est allé. Je suivais. Il n'y avait pas beaucoup de monde dans la cour de cette maison ; seulement un carrosse avec des rideaux noirs. Des hommes sont sortis et l'ont entouré. Le maître a tiré son épée. D'autres hommes sont venus. Ils l'ont frappé. Ils l'ont mis dans le carrosse. Je me suis accroché au carrosse. Deux valets étaient montés derrière, sur l'essieu. Ils m'ont frappé jusqu'à ce que je sois tombé, mais j'en ai fait tomber un aussi et je l'ai étranglé.

— Tu l'as étranglé ?

— Avec mes mains, comme cela, dit-il en ouvrant et refermant ses paumes roses ainsi que des tenailles. J'ai couru sur la route. Il y avait trop de soleil et ma langue est plus grosse que ma tête tant j'ai soif.

— Viens boire, tu parleras après.

Elle le suivit dans l'écurie, où il prit un seau et but longuement.

— Maintenant, fit-il en essuyant ses lèvres épaisses, je vais prendre un cheval et je vais les poursuivre. Je les tuerai tous avec mon grand sabre.

Il remua la paille, en sortit son petit bagage et son sabre courbe. Tandis qu'il ôtait ses vêtements de satin déchirés et souillés de poussière pour revêtir une livrée plus simple, Angélique, les dents serrées, entra dans le box et détacha le cheval du Maure. Les brins de paille piquaient ses pieds nus, mais elle n'en avait cure. Il lui semblait vivre un cauchemar où tout allait lentement, trop lentement…

Elle courait vers son époux, elle tendait les bras vers lui. Mais jamais plus elle ne pourrait le rejoindre, jamais…

Elle regarda le noir cavalier s'élancer. Les sabots du cheval firent jaillir des étincelles de la rue pavée de cailloux ronds. Le bruit du galop décrut alors qu'un autre bruit naissait dans le matin limpide : celui des cloches sonnant les offices de matines pour une action de grâces.

La nuit des noces royales s'achevait. L'infante Marie-Thérèse était reine de France.

Chapitre quinzième

Le lendemain était le 10 juin. Le matin de ce jour, un cortège vint prendre la jeune reine pour l'accompagner à la messe. Puis elle alla se promener avec la reine mère et le roi. « Louis XIV était de la plus belle humeur du monde. Il riait et sautait et allait entretenir la reine avec des marques de tendresse qui faisaient plaisir à voir. » Malgré cela, flottaient à nouveau quelques secrètes tensions.

Le matin – était-ce avant ou après la messe ? –, il avait averti son épouse que cette fois c'était définitif. Elle devait se séparer de sa *camarera mayor*, lui disant que ce serait contre la coutume que cette place si importante ne fût pas occupée par une grande dame de France.

Cela avait été de nouveau un choc émotif très dur à supporter pour la jeune souveraine, tout amoureuse qu'elle fût de son magnifique époux et de l'accueil empressé que lui avait fait la Cour de France. Car, répéta-t-elle, on s'était engagé auprès d'elle à ne pas la séparer de sa *camarera mayor*.

Rapidement, quoique discrètement, furent diffusées les paroles qu'elle opposa à cette annonce, que tous s'attendaient à lui voir accepter avec la docilité et la soumission dont elle avait fait preuve jusqu'alors.

« Elle répondit au roi qu'elle n'avait d'autre volonté que la sienne et lui fit remarquer qu'elle avait quitté le roi son père qu'elle aimait tendrement, son pays, et tout ce qui lui avait été offert au cours de sa vie et à quoi elle était attachée, pour se donner entièrement à lui ; qu'elle l'avait fait de bon cœur, mais aussi qu'elle le suppliait de lui accorder en récompense cette grâce qu'elle pût être toujours avec lui et que jamais il ne lui proposât de la quitter, puisque ce serait pour elle le plus grand déplaisir qu'elle pourrait recevoir en surplus. »

On ne s'étonna point que le roi, avec la plus grande douceur, lui eût accordé cette grâce, après tout flatteuse pour lui. Il avait fait venir aussitôt son grand maréchal des logis, et lui avait commandé « de ne les séparer jamais, la reine et lui, pendant le voyage de retour, quelques petites que fussent les maisons où ils se trouveraient logés ».

Ainsi l'après-midi, le reflux humain ramena une foule nombreuse, bruyante, dissimulant qui ses larmes, qui sa complaisance aux dures exigences des traditions, sur les rives de la Bidassoa.

La comtesse de Priego et quasiment tous les Espagnols repartaient pour l'Espagne.

Le cardinal Mazarin remit à la comtesse une boîte sur laquelle se trouvait un portrait du roi enrichi de diamants. La jeune reine lui confia pour certifier son bonheur :

— Vous pourrez dire en Espagne que le portrait lui ressemble, mais qu'il est encore plus beau.

Le lendemain, alors qu'Angélique errait au carrefour de la place centrale, une personne l'aborda et lui expliqua avec une certaine indignation que le roi était le roi, n'est-ce pas ? Et, comme tous les maris, se devait d'imposer sa volonté, qu'il ne restait plus auprès de Marie-Thérèse que cinq hommes espagnols : un confesseur, un médecin, un chirurgien et le mari d'une de ses femmes qui était le neveu de la Molina, sa première femme de chambre, laquelle l'avait été de la reine sa mère, ce qui faisait qu'elle y était accoutumée depuis l'enfance. On ne pourrait l'écarter. La comtesse de Priego aussi avait été *camarera mayor* de la reine sa mère, mais ce n'était pas la même chose. Le rôle de dame d'honneur qui s'accompagnait de dame d'atour était en France de trop d'importance pour qu'il soit confié à une étrangère, espagnole de surcroît, qui n'avait aucune idée de la mode française ! Ce garde-infante, quelle horreur ! Et puis il aurait été impossible d'infliger un tel affront à Mme de Navailles qui avait beaucoup intrigué pour obtenir ce rang, puis après y avoir renoncé, avait été appelée d'urgence en remplacement de la maréchale de Guébriant, morte alors qu'elle s'apprêtait à entrer en fonction et à partir pour la frontière.

La reine Marie-Thérèse s'habituerait vite à des figures nouvelles autour d'elle et sans doute plus riantes que celles qui l'entouraient dans ses palais de Madrid ou de l'Escorial. Mais elle avait eu raison de réagir comme elle avait fait ! Avec une audace que personne n'attendait de sa naïveté, elle avait fait comprendre au roi qu'en échange de tous les sacrifices qu'il exigeait d'elle, elle lui demandait cette grâce d'être toujours avec lui et qu'il ne lui causât jamais « le déplaisir » – elle avait dit « le déplaisir » – de la quitter.

Malgré sa petite taille et son peu de connaissance de l'étiquette française ni de ses exigences, c'était bien une infante d'Espagne qui savait ce qui lui était dû comme héritière de tous les Habsbourg d'Europe…

— Mais le roi ne s'est pas offusqué, fit remarquer la discoureuse. Il a promis avec sa bonne grâce habituelle… On peut espérer qu'il est amoureux… Hum ! Il faut l'espérer.

Comme Angélique ébauchait un geste pour s'éloigner, la dame la retint encore.

— Étonnant, ce consentement du roi !… Il est très secret ! C'est la lune de miel et à laquelle il se doit… Mais hier il a dîné seul dans sa chambre, et la reine dans une antichambre… Cela fut remarqué. Qu'en pensez-vous ?

Angélique, après un geste vague, s'éloigna.

Durant ce long exposé animé des derniers bruits qui couraient, elle n'était pas parvenue à mettre un nom sur son interlocutrice, une des suivantes de Mademoiselle sans doute. Mais ce verbiage lui avait fait du bien. Pendant quelques instants elle s'était retrouvée libérée de l'angoisse. On aurait dit qu'il ne s'était rien passé de grave. La vie suivait son cours, qui était le déroulement des fêtes du mariage du roi à Saint-Jean-de-Luz et les commentaires que cet événement inspirait à tous et chacun, quelle que fût sa place dans cet événement.

Tout était simple et ce qui continuait à être important c'était le parfait enchaînement des cérémonies et des épisodes prévus, qui comme un lien bien tressé ou une tour bien montée assurerait la paix des peuples.

❦

11-12 juin

Il parut qu'on allait noyer Marie-Thérèse sous le poids des présents pour lui faire oublier les douleurs de la séparation, apprécier le bonheur d'être en France et souveraine du plus glorieux peuple de l'Univers.

À titre de consolation on lui détailla ces magnifiques présents qu'elle avait à peine eu le temps de regarder.

Quant au Cardinal, il y alla lui aussi de bon cœur à prodiguer les mille éclats des trésors de la terre, envoyant à la reine pour plus de douze mille livres de pierreries parmi lesquelles il y avait un diamant d'une grosseur « admirable ».

Son Éminence ne pouvait être en reste de générosité et de reconnaissance envers cette petite créature à laquelle il devait la plus éclatante, la plus inespérée, la plus bénéfique victoire diplomatique de son existence vouée à suspendre, en Europe, l'enchaînement ininterrompu de guerres meurtrières qu'après trente années il avait réussi à terminer en 1648 par les traités de Westphalie, mais qui s'étaient prolongées sur plus de dix ans encore en France et dans les Pays-Bas par la faute de son père, le roi d'Espagne, refusant de signer à Münster et soutenant de son or et de sa complicité les Frondeurs révoltés.

C'en était fait, cette fois.

La Paix était là. À sa jeune reine, la France épuisée devrait de pouvoir respirer, relever ses ruines, enfin moissonner et vendanger… Pour se nourrir d'abord et commercer ensuite.

Une allégresse qui n'était pas feinte allait se manifester sur son passage, exprimant le soulagement de tous.

M. le Cardinal personnalisa ses présents en envoyant de plus à sa souveraine un service tout d'or, des assiettes, des plats, des bassins, et toutes sortes d'ustensiles de table.

Puis, il lui fit don de trois calèches, de leur équipage et de leur attelage de six chevaux chacune.

Angélique fut happée et entraînée malgré elle pour aller les regarder passer dans les remous d'une exubérance admirative qui ressemblait à une subite ivresse.

Malgré le trouble insensé dans lequel ces exhibitions luxueuses jetaient la foule, il fallait reconnaître qu'il y avait de quoi délirer un peu devant tant de perfection choisie et d'élégance raffinée.

La première des calèches était de velours couleur de feu, revêtue d'or et ornée de quantité de figures brodées. Elle était tirée par six chevaux isabelle venus de Moscovie. La seconde était couverte de velours vert, revêtue d'argent, tirée par six chevaux venus des Indes et, selon avis, « d'une couleur surprenante et des plus admirables », la troisième… Angélique, entraînée à l'optimisme par l'apparition de telles recherches de richesses, ne cessait d'espérer que dans ce chaos joyeux surgiraient Joffrey et Kouassi-Ba.

Maintenant, cela faisait deux jours qu'il avait disparu et qu'elle était sans nouvelles.

En même temps, étaient arrivés la toilette et les objets de nécessité personnelle de la reine, portés par vingt-quatre mulets richement harnachés et quatre voitures.

Tout ce train fut conduit à Saint-Jean-de-Luz par le comte del Real, majordome du roi, Manuel Muñoz y Gabon, garde-bijoux, avec deux aides de son office.

Ceux et celles qui avaient été témoins des protestations énergiques et désolées de la reine, privée non seulement de sa suite habituelle, mais de « tous ses biens lui appartenant depuis l'enfance » et dont la valeur affective ne pouvait être compensée par de neufs présents, fussent-ils les plus beaux diamants du monde, atténuèrent un peu la compassion qu'elle leur avait inspirée.

On pouvait espérer que les objets de nécessité qui l'accompagneraient dans sa nouvelle vie seraient suffisants pour la réconforter et dissiper sa mélancolie au souvenir du passé.

Les vingt-quatre mulets, dans un océan de sonnailles, défilèrent hardiment par les chemins et les ruelles, le sabot triomphant à leur habitude quand ils entraient dans une ville.

13 juin

Le même jour, le Cardinal se rendit une dernière fois à l'île des Faisans qui serait dans l'avenir évoquée sous l'appellation plus éloquente d'île de la Conférence ou d'île des Serments.

Il y demeura trois heures et nulle chronique ne signale en quelle compagnie, et pour se livrer à quels travaux.

Peut-être y fut-il seul, méditant sur ces presque deux années de tractations qu'il y avait menées?

On commençait à démanteler l'éphémère palais dressé et orné par les soins de l'*Aposentador* du roi d'Espagne, don Diego Vélasquez qui prit froid et mourut peu après.

Tapisseries, tapis, tableaux, meubles avaient disparu. Et les ponts, après le dernier passage des derniers mulets, étaient attaqués dans leurs fondations sur pilotis, tandis qu'à grand bruit de planches ôtées, rassemblées, transportées, renaissait la seule frontière des eaux.

Un moment, considérant ces lieux où flottait le souvenir des récentes victoires, il se souvint des années lointaines où tout était perdu. Lorsque, exilé à Cologne, il dirigeait de loin la reine régente, insufflant à cette femme de nature indolente un surprenant courage. Elle avait bien tenu tête à toute cette bande de loups, de chacals, de rapaces. Elle l'attendait, lui, et rien ne donne plus de force et même de joie que d'attendre quelqu'un que l'on aime et qui vous aime.

Il avait louvoyé, opposé entre eux ses adversaires, négocié sans cesse avec tout le monde, semblant oublier les injures. Enfin, grâce à la lassitude de ses ennemis, il les avait abattus les uns après les autres.

On ne pouvait définir de quelles haines et contre qui se nourrissait la révolte de tous : peuples, magistrats, ducs et princes. S'unir contre lui avait simplifié les choses. Il s'était éloigné. Et cela avait étonné tout le monde. Ce n'était pas une fuite. Il pliait momentanément.

Au passage, il avait ouvert la cage aux prisonniers du Havre : Condé, Longueville, Conti, les laissant répandre le désordre derrière lui.

En cette dernière halte à l'île des Faisans, ce fut peut-être ce jour-là que le cardinal Mazarin, dénombrant les acquis de son traité, s'attardant parmi les multiples avantages des territoires conquis par la France – cette fois non par la guerre, mais par l'habileté, la persuasion, la ruse, la balance bien dosée des échanges et qui allaient rectifier le tracé protecteur des frontières de la France –, sentit germer une idée séduisante dans son esprit.

Là-haut dans le Nord, il y avait l'Artois, un plateau prospère, frange des Pays-Bas espagnols d'où l'ennemi, jusque-là, était prompt à déferler, menaçant Paris. Dans le Sud, à l'extrémité est des Pyrénées : un morceau de la Cerdagne, qui était elle-même un morceau de la Catalogne, cet État lié au royaume d'Aragon mais toujours lorgnant vers l'indépendance à l'égard des souverains hispaniques.

La Cerdagne, versant français. Des vallons saturés de soleil entre des montagnes difficiles à franchir. À leur pied, ses plaines à blé. Et le Roussillon aux rives duquel dansaient les flots bleus de la Méditerranée, mer ouverte sur toutes les civilisations, tous les conflits, toutes les concurrences. Le Roussillon, déjà familier de l'occupation française. Aujourd'hui son destin était scellé.

L'Artois, la Cerdagne et le Roussillon. Il y ajouterait l'Alsace, un territoire germanique, sur la rive gauche du Rhin, qu'il avait rattaché à la France en 1648, au traité de Münster. L'Alsace avec en son cœur Strasbourg, ville libre d'Empire, mais qu'il serait aisé, un jour, d'annexer.

Donc en ce jour, le Cardinal commença à rêver d'un bel édifice dans Paris pour y accueillir les enfants de ses nouveaux sujets. Là, groupés sous l'attention de maîtres bienveillants, ils se familiariseraient avec la langue française et feraient leurs humanités. Un établissement qui rappellerait à jamais les victoires de sa diplomatie.

Oublieux de la hargne que lui avaient témoignée les Parisiens, Mazarin souhaitait laisser sa trace en Paris, ville qui lui était chère par les merveilleux trésors d'art qu'il y pouvait trouver, acheter, rassembler pour la plus grande joie du regard, dans cette lumière à la fois douce et vive qui règne sur la cité, accompagnant la Seine en sa traversée, et qui est unique.

La difficulté serait de trouver un terrain propice. Il rêvait d'un palais orné de tous les artifices d'une vision architecturale nouvelle et qui affirmerait la grâce et l'élégance française avec la solidité et l'ampleur de l'ancienne Rome.

Il décida d'écrire à M. Jean-Baptiste Colbert afin que celui-ci commençât aussitôt ses recherches en vue de la réalisation d'un blanc bâtiment voué à la culture et à l'enseignement français qui serait appelé le collège des Quatre-Nations.

Le 12 juin, était aussi arrivé à Saint-Jean-de-Luz le comte de Fuensaldana, ambassadeur extraordinaire du roi d'Espagne.

Il débarqua au petit port d'Urrugne, où le maréchal de Clairambault et le sieur Charbenas-Bonheuil, introducteur des ambassadeurs, allèrent le prendre dans les carrosses du roi, suivis de tous les seigneurs de la Cour, richement vêtus.

Son train dépassait celui de la reine avec trente-six mulets, chargés de ses bagages et couverts « à la mode d'Espagne » de riches mantes de velours cramoisi sur lesquelles se détachaient ses armoiries aux broderies d'or, trente chevaux de main superbes, huit carrosses à six chevaux, et un grand nombre d'estafiers, magnifiquement vêtus.

Parmi beaucoup de musique et d'acclamations il avait été mené à son logis où le duc de Créqui le visita de la part du roi.

Le 14, il fut conduit à la comédie espagnole, et ensuite traité splendidement par Son Éminence dans un banquet de vingt-quatre couverts où il y avait « un plat à chaque service ».

Un ambassadeur d'Espagne! Au royaume de France!

On entrait en des temps nouveaux.

Lorsque Angélique réalisait qu'il ne s'agissait que de quelques jours, elle reprenait espoir. Kouassi-Ba allait surgir, triomphant, accompagné du comte.

Elle n'avait pas parlé à Lauzun de l'apparition nocturne de Kouassi-Ba; elle retenait sur ses lèvres, comme se doutant qu'elle ne serait pas écoutée de ses amis, la description de l'état alarmant en lequel il se trouvait, comment il avait jeté sur la paille sa livrée fripée, son turban à aigrettes et plumes constellé de diamants, comment il avait réclamé, hagard, son arme, son cheval.

Elle en parla au marquis d'Andijos, rencontré presque par hasard dans la rue, et comme elle l'appréhendait, il ne parut pas prendre au sérieux cette disparition de son ami qui était aussi son protecteur, le comte de Peyrac.

Il ne s'agissait que de quelques heures d'absence, fit-il remarquer. L'évocation de Kouassi-Ba surgissant en pleine nuit pour venir chercher son sabre acheva de le rassurer.

— Mais certainement, s'écria-t-il avec un air de soudain tomber de la lune, M. de Peyrac a devancé le départ de la Cour vers la capitale. Il m'avait entretenu de son intention de partir prématurément afin de préparer l'hôtel parisien pour votre venue. Vous savez comme il est quand une décision le traverse!

— Mais Kouassi-Ba m'aurait remis une lettre, un mot de sa part pour m'avertir de sa décision.

— Bah ! Le Maure a oublié ou a égaré le pli !...

C'est ce qu'aurait avancé Lauzun si elle lui avait signalé le passage de Kouassi-Ba. Qui ne commençait à perdre la tête alors que se clôturaient d'aussi solennelles et extraordinaires festivités ?

Toute la valetaille, à la fois sollicitée par un excès de tâches et par l'excellence des vins, offerts à tous aux fontaines des villes, s'était mise à l'unisson d'un certain climat d'insouciance, de légèreté et d'euphorie dont souffraient les services.

Elle n'insista pas sur la tenue poussiéreuse dans laquelle se trouvait Kouassi-Ba, son expression égarée, qui indiquait qu'il s'agissait d'un attentat criminel. Elle se raccrochait, malgré elle, à une explication normale. C'était vrai qu'au début, il n'y avait que quelques heures. Elle allait et venait, rentrait dans la maison, ou repartait jusqu'à la placette la plus proche, recherchant la direction vers laquelle s'était élancé le noir cavalier.

Au cours de ces quelques heures, qui devinrent quelques jours et dont elle ne garda pas tout à fait le souvenir détaillé, chaque fois qu'Angélique machinalement s'asseyait, la servante Marguerite glissait devant elle une coupe contenant des fruits ou un peu de potage. Quand la soirée s'avançait, elle la guidait vers un lit et il arrivait à la jeune femme de s'endormir pour quelques heures.

Avec diligence, Margot commençait de rassembler les gens de l'escorte, valets, cochers, et à entreprendre les bagages.

❦

Le 14, le roi, les deux reines et toute la Cour, jouissant d'un temps admirable et d'une température magnifique, se promenèrent une partie de la journée sur le bord de la mer.

Le lendemain, 15, devait commencer le voyage triomphal de retour.

Au cours de ces derniers jours, Angélique s'était sentie dans l'incapacité de vraiment correspondre avec ce qui l'entourait.

Chaque fois, elle sortait avec le vague espoir qu'elle allait rencontrer quelqu'un, apprendre quelque chose. Mais le tissu serré du Saint-Jean-de-Luz aristocratique et royal cédait de toutes parts.

Enfermés qu'ils avaient été dans les mailles d'un même filet par la nécessité d'un événement à venir, tous maintenant s'en évadaient dans la préparation de leur départ, la perspective de leur retour. Laquais, valets, domestiques de différents grades se réveillaient d'un relatif engourdissement dû au soleil, à l'attente, à la victoire, à l'apothéose, à la réussite d'une aventure où chacun du plus petit au plus grand avait joué son rôle.

Ç'avait été une belle aventure.

On arrêtait encore le limonadier des rues pour boire un dernier verre de jus de fruits. Mais les acteurs de la comédie espagnole comme ceux de la tragédie cornélienne repliaient leurs tréteaux.

Le bébé Louis-Philippe, filleul de Mademoiselle et de Monsieur, avait cessé d'être visité comme un héros portant chance.

Des chariots entraient dans la ville pour s'y charger de meubles, de tapisseries et de vaisselle.

Des chevaux, des carrosses étaient amenés pour être examinés et révisés, désignés pour le cortège triomphal qui allait faire escorte à Leurs Majestés Très-Chrétiennes dans leur voyage de retour vers Paris, tandis que d'autres regagneraient leur province et leur fief par les multiples chemins du royaume.

Dans ces brèves promenades à la recherche d'un visage, d'un indice, Angélique avait espéré apercevoir l'Anglais rencontré sur la plage, dans la nuit, au bivouac des vivandiers.

Il ne lui serait certainement d'aucun secours, mais c'était un ami de Joffrey.

Un ami. Quelqu'un qui était lié à lui par des souvenirs, par des ressemblances de caractère et de comportement, de connaissances universelles très profondes. Mais cela ne voulait pas dire qu'il pourrait quelque chose pour lui dans le présent. Au contraire.

Le tri se faisait rapide et juste, quoique de façon imprécise, entre les habitants de la ville, les originaires du pays, les Basques et ces personnages hétéroclites parmi lesquels un roi, qui durant deux mois s'étaient mêlés à eux et avaient partagé leur existence, partagé les caprices du climat, les averses printanières et les jours de chaleur accablante, partagé les inquiétudes et les réjouissances.

Tous et chacun avaient l'air satisfait du résultat obtenu, de l'exploit accompli. Et des visages affables, aux propos joyeux qui s'entrecroisaient, on retirait une impression de légèreté, sinon d'indifférence dans l'expression des adieux.

Pourtant un chagrin indicible paraissait flotter sur les riants paysages soudain ramenés à la mesure de l'intimité provinciale.

Une fois de plus l'habitude bien ancrée de la dissimulation cacherait la vérité des cœurs.

C'en était fini des jours d'exception.

Les folâtres envahisseurs pliaient bagage.

Leur agitation à la fois primesautière et bien réglée, et qui allait si bien avec le vent de mer et le mouvement des marées et des vagues, en disparaissant, laisserait un vide.

Les échos de cris, de rires, de musique et de fanfares, de martèlement de chevaux, de grincements de carrosses seraient longs à s'éteindre.

Comblée de cadeaux, la jeune reine s'en allait vers son destin.

Par la grâce du Ciel, l'amour qu'elle inspirait au peuple français l'escorterait de tendresse et d'enthousiasme tout au long de ce voyage, que couronnerait une entrée triomphale dans la plus belle ville du monde, sa capitale : Paris.

Longtemps le soleil de Saint-Jean-de-Luz, les beautés et les richesses du pays de France continueraient à lui cacher la vérité sur son bonheur, dont elle ne doutait pas et dont, peut-être, elle ne douterait jamais, dans sa simplicité, se contentant de ce qui lui était accordé.

Dédaignée par un être auquel tous donneraient raison, car lui possédait tous les charmes et tous les pouvoirs, sans communication avec son entourage, car elle ne maîtriserait jamais bien la langue française, et lorsque la reine mère ne serait plus, elle continuerait à se sentir étrangère parmi cette Cour dont la légèreté, l'insouciance apparente, l'insolence cachée sous le rire, ne cesseraient de heurter les solennels et hiératiques sentiments qu'elle devait à son éducation espagnole. Elle allait vivre tristement, mendiante des trop rares étreintes partagées de son dieu, préservée cependant de l'affront suprême qu'avaient dû subir avant elle d'autres reines de France, d'être séparée de lui, car jamais – fait exceptionnel – l'on n'ouvrit les rideaux du lit au lever du roi, sans voir celui-ci couché auprès de Marie-Thérèse, son épouse, comme il lui en avait fait la promesse, un matin, à Saint-Jean-de-Luz.

Mais l'avenir était encore caché dans les mystères et les imprévus de l'Histoire.

À Saint-Jean-de-Luz, le présent commençait de raccommoder les dommages causés par les piétinements de la foule.

L'île de la Bidassoa, dépouillée et pelée, reverdirait.

Sur les eaux de l'estuaire, les gabares des villages de Pasajes, ayant retrouvé leurs équipages de belles contrebandières, évolueraient à nouveau en toute sérénité.

Quatrième partie

Retour à Paris

Chapitre seizième

La Cour remontait vers Paris. Franchissant collines et plaines, on quittait Saint-Jean-de-Luz, on quittait le Pays basque.

La petite ville où s'étaient déroulés des événements à jamais historiques s'estompait et bientôt apparaîtraient les visages d'autres provinces.

À un tournant, Angélique mit la tête à la portière, voulant s'emplir la vue du paysage grandiose. Et elle ne savait si le déchirement qu'elle éprouvait était d'amour brisé ou de rancune pour le coup qui lui avait été assené en ces lieux: la disparition de Joffrey.

Ce qui restait ineffaçable de ce décor, s'estompant au loin, c'était la ligne mauve des montagnes, cette chaîne altière, qui de l'océan Atlantique à la mer Méditerranée régnait sur l'horizon, les Pyrénées!...

Derrière était l'Espagne, éclatante et sombre.

Par monts et vaux, entre les blés nouveaux et les pâtures, la longue caravane étirait ses carrosses à quatre chevaux, à six chevaux, à huit chevaux, ses chariots emmenant lits, coffres et tapisseries, ses mulets chargés de tout, ses laquais et ses gardes montés.

Aux abords des villes on verrait s'avancer dans la poussière les députations des échevins ou des consuls portant, jusqu'au carrosse du roi, les clés sur un plat d'argent ou sur un coussin de velours.

Angélique, elle aussi, remontait vers Paris, suivant la Cour.

— Puisqu'on ne vous dit rien, agissez comme si de rien n'était, avait conseillé Péguilin.

Il multipliait les « chut! » et tressautait au moindre bruit.

— Votre mari avait l'intention d'aller à Paris, allez-y. Tout s'expliquera là-bas. En somme, il ne s'agit peut-être que d'un malentendu.

— Mais que savez-vous, Péguilin?

— Rien, rien… Je ne sais rien.

Il filait, l'œil inquiet, pour aller bouffonner devant le roi.

Finalement, Angélique, après avoir demandé à Andijos et Cerbalaud de l'escorter, renvoya à Toulouse une partie de son équipage. Elle ne garda qu'un carrosse et une voiture, ainsi que Margot, une petite servante berceuse de Florimond, trois laquais et les deux cochers. Au dernier moment, le perruquier Binet et le petit violoniste Giovanni la supplièrent de les emmener.

— Si M. le comte nous attend à Paris et si je lui fais défaut, il en sera fort mécontent, je vous l'affirme, disait François Binet.

— Connaître Paris, oh! connaître Paris! répétait le jeune musicien. Si je parviens à y rencontrer le baladin du roi, ce Jean-Baptiste Lully dont on parle tant, je suis sûr qu'il me conseillera et que je deviendrai un grand artiste.

— Eh bien, monte, grand artiste, finit par céder Angélique.

Elle gardait le sourire, sauvant la face, se raccrochant aux paroles de Péguilin :

— Ce n'est qu'un malentendu.

En effet, hors le fait que le comte de Peyrac s'était subitement volatilisé, rien ne paraissait changé, aucun bruit ne courait de sa disgrâce.

La Grande Mademoiselle ne perdait pas une occasion de parler amicalement à la jeune femme. Elle n'eût pu feindre, car c'était une personne très naïve et sans hypocrisie aucune.

Les uns et les autres s'informaient de M. de Peyrac avec naturel. Angélique finit par dire qu'il l'avait précédée à Paris pour organiser leur arrivée. Mais avant de quitter Saint-Jean-de-Luz, elle chercha en vain à rencontrer Mgr de Fontenac. Celui-ci était reparti pour Toulouse. Elle croyait avoir rêvé, se bernait de faux espoirs. Joffrey était peut-être à Toulouse, tout simplement ?...

Florimond, séparé de sa nourrice et de son négrillon, pleurnichait sans cesse et refusait le lait frais que Margot se procurait dans les villages.

Il était agité, fiévreux, malheureux et de temps à autre lançait un cri :

— Pâ !... Pâ !...

« Papa ! » C'est dans le jargon du petit enfant l'appel qu'il lance au dieu tutélaire qui le protège : son père.

C'était le premier appel que Florimond avait prononcé avec intention, avant celui de « Ma-Man ».

Et maintenant il n'y avait pas à se faire d'illusions. Le bébé reconnaissait l'absence de son père. En souffrait.

— Pâ-Pâ !...

— Tu le reverras, mon chéri. Je te le promets, lui disait Angélique.

❦

Alors qu'on abordait les landes sablonneuses et brûlantes, un macabre incident la ramena à la tragique réalité. Les habitants d'un village se présentèrent et demandèrent si quelques gardes ne pouvaient venir les aider dans une battue qu'ils avaient organisée contre une sorte de monstre noir et terrible qui mettait à sang la région.

Andijos galopa jusqu'au carrosse d'Angélique et lui chuchota qu'il s'agissait sans doute de Kouassi-Ba. Elle demanda de voir ces gens. C'était des bergers de moutons, grimpés sur les échasses qui seules leur permettent de circuler sur le sol mouvant des dunes.

Ils confirmèrent les craintes de la jeune femme.

Oui, il y avait quelques jours de cela, les bergers avaient entendu des cris et des coups de feu sur la route. Ils étaient arrivés pour voir un carrosse assailli par un cavalier au visage noir qui brandissait un sabre courbe comme ceux des Turcs. Heureusement les gens du carrosse avaient un pistolet. L'homme noir avait dû être blessé et s'était enfui.

— Qui étaient les gens de ce carrosse ? demanda Angélique.

— Nous ne savons pas, répondirent-ils. Les volets étaient mis. Il n'y avait que cinq ou six hommes d'escorte. Ils nous ont donné une pièce pour enterrer celui auquel le monstre avait coupé la tête.

— Couper la tête ! répéta Angélique, atterrée.

— Oui, madame, si proprement qu'il a fallu que nous allions la chercher dans le fossé où elle avait roulé.

Par le pays, les commentaires allaient bon train sur ces incidents de banditisme. On commençait à souffrir des retombées du mariage royal.

En arrivant, en mai, Sa Majesté n'avait-elle pas fait ouvrir les prisons en don de joyeux avènement ? Il était fatal que cette amnistie eût jeté par les routes bon nombre de malandrins.

La course se continuait dans un nuage de poussière, dans la monotonie d'un paysage devenu désertique et immuable : les Landes.

Les seuls mouvements qui parfois se révélaient, presque irréels, c'était l'apparition d'une silhouette de géant d'un berger sur ses échasses guidant de son long bâton d'interminables troupeaux de moutons blancs dont la marche se confondait avec le sable et la ligne des dunes.

Dax, qui est de la Rome ancienne, avec ses thermes d'eau chaude, ses beaux hôtels particuliers entourés de jardins, de demeures édifiées pour le confort des hôtes, malades ou non, ses écuries ouvertes aux relais et au marché d'une race de petits chevaux réputés, le *pottok*, surgissait comme une île des sables, évoquant l'agrément d'un havre de repos, caravansérail sur la route de la Soie.

Tout le monde voulut y faire halte pour la nuit, avec l'arrière-pensée d'y séjourner quelque peu. D'autant plus que Dax accueillait son roi et la nouvelle reine avec un arc de triomphe dressé à l'entrée de la ville sur lequel était un dauphin sortant des eaux. Une inscription latine exprimait sans ambages les souhaits des sujets de Leurs Majestés:

PUISSE-T-IL, CE PETIT DAUPHIN,
NAÎTRE DU PASSAGE ROYAL AUX EAUX DE DAX!

On ne pouvait être plus jovialement mêlé au bonheur d'un couple royal dont le mariage, associé à tant d'inespérés contrats politiques, à tant de promesses de paix, avait fini par être l'affaire de tous les Français.

Tandis que les festivités de l'accueil se prolongeaient dans la nuit par des feux d'artifice et des danses, Angélique préféra mener son convoi plus loin, prenant de l'avance, poussée par une irrésistible nécessité de se hâter vers ce que désormais, elle entrevoyait comme la seule solution pour obtenir des renseignements à propos de la disparition, qu'elle appelait en elle-même: l'enlèvement de son mari.

Malgré les fatigues d'une étape assez longue, Angélique continua sur cette unique route traversant les landes, laissant derrière elle des bruits, musique, acclamations et vivats, et toutes les manifestations de joie et d'hilarité populaire.

Cette nuit-là, elle rêva de nouveau au sinistre appel.

— Médême! Médême!

Elle s'agita et finit par s'éveiller. Son lit avait été dressé dans l'unique pièce d'une ferme dont les habitants dormaient à l'écurie. Le berceau de Florimond était près de l'âtre. Margot et la petite servante s'étaient étendues sur la même paillasse.

Angélique vit que Margot, levée, enfilait une cotte.

— Où vas-tu?

— C'est Kouassi-Ba, j'en suis certaine, chuchota la grande femme.

Déjà Angélique était hors de ses draps.

Avec précaution, les deux femmes ouvrirent la porte branlante. Heureusement la nuit était très noire.

— Kouassi-Ba, viens! souffla-t-elle.

Quelque chose bougea, et un grand corps chancelant trébucha sur le seuil. Elles le firent asseoir sur un banc. À la lueur de la chandelle, elles virent sa peau grisâtre et décharnée. Ses vêtements étaient souillés de sang. Depuis trois jours, blessé, il errait dans les Landes.

Margot fouilla dans les coffres, et lui fit avaler une lampée d'eau-de-vie. Après quoi, il parla.

— Une seule tête, maîtresse, je n'ai pu couper qu'une seule tête.

— Cela suffit largement, je te l'affirme, dit Angélique avec un petit rire.

— J'ai perdu mon grand sabre et mon cheval.

— Je t'en donnerai d'autres. Ne parle pas… Tu nous as retrouvées, c'est le principal. Quant le maître te verra, il te dira: « C'est bien, Kouassi-Ba. »

— Reverrons-nous le maître?

— Nous le reverrons, je te le promets.

Tout en parlant, elle avait déchiré un linge pour en faire de la charpie. Elle craignait que la balle du pistolet ne fût restée dans la plaie, située au défaut de la clavicule, mais elle découvrit une autre plaie sous l'aisselle qui prouvait que le projectile était ressorti. Elle versa de l'eau-de-vie sur les deux blessures et les banda énergiquement.

— Qu'allons-nous faire de lui, madame ? interrogea Margot, effrayée.

— Le garder, parbleu ! Il reprendra sa place dans le chariot.

— Mais que dira-t-on ?

— Qui cela, « on » ? Si tu crois que tous les gens qui nous entourent se préoccupent des faits et gestes de mon garde noir… Bien manger, avoir de bons chevaux aux relais, se loger confortablement, voilà leur seul souci. Il restera sous la bâche, et à Paris, lorsque nous serons chez nous, les choses s'arrangeront d'elles-mêmes.

Elle répéta énergiquement, pour se convaincre en son for intérieur :

— Tu comprends, Margot, tout ceci est un malentendu.

Angélique se félicitait de s'être éloignée pour cette nuit du bruyant cortège de la Cour. Cela avait permis au malheureux de joindre son équipage et de se faire connaître d'elle sans attirer l'attention d'un voisinage indiscret. Elle l'avait soigné en hâte, craignant que bientôt, à l'aube, le remue-ménage ne reprenne, avec le passage sur la route d'escadrons de gardes ou de mousquetaires galopant à toute bride pour annoncer le train du roi. Mais, à part quelques carrosses isolés, l'endroit demeura étonnamment calme.

Le roi, encouragé par l'affection gaillarde de la ville de Dax, avait décidé d'y demeurer deux jours.

À l'abri de ce mas au toit de chaume dont les habitants taciturnes mais connivents lui avaient cédé la place, elle put écouter et enfin recueillir d'autres détails sur l'étrange attentat dont son mari avait été victime.

À Saint-Jean-de-Luz, une fois à cheval et armé, Kouassi-Ba avait réussi à rejoindre l'énigmatique carrosse noir qui avait enlevé son maître.

Il avait bataillé furieusement, puis, blessé, avait dû rompre le combat. Il ne savait s'il avait pu se faire entendre et reconnaître de l'occupant de la voiture. Angélique, le cœur meurtri, s'imaginait le sinistre véhicule aux volets clos où peut-être gisait celui qu'elle aimait, entravé, blessé.

— Les gardes et jusqu'au cocher étaient masqués, disait Kouassi-Ba. Il n'y avait pas d'armoiries sur les portières. Ils étaient violents mais silencieux et très forts au sabre... Je n'ai pu couper qu'une seule tête!...

C'était un mauvais rêve!

Les ruses et le courage que Kouassi-Ba avait déployés pour survivre et la rejoindre éveillaient l'admiration. Dans un pays plat, désertique, qui n'offrait pour se dissimuler que les dunes et quelques maigres buissons, dont les rares habitants le pourchassaient – et la vélocité des bergers sur leurs échasses pouvait surprendre –, il avait réussi à échapper à la mort et à s'informer sur Mme de Peyrac

Il est vrai que le Maure avait pour lui certains atouts. Il parlait la langue d'oc et plusieurs patois des différentes régions du Sud. Des régions où les Français du Nord étaient mal acceptés, pour ne pas dire tout bonnement haïs. Nourri et caché çà et là, Kouassi-Ba avait pu, dès lors que les premiers éléments du cortège royal avaient surgi à l'horizon, trouver aide et complicité parmi les laquais, pages et cochers de sa connaissance – et se renseigner sur la comtesse de Peyrac – et la retrouver puisqu'elle aussi remontait vers Paris.

Bien dissimulé dans le chariot, il pourrait continuer le voyage avec eux. Sa blessure guérissait rapidement.

Angélique et son équipage s'inséraient à nouveau dans la bruyante procession de carrosses et de chevaux, et suivaient le flot.

Elle ne s'interrogeait plus sur la décision prise. C'était la bonne. Elle acceptait la brusque contrainte de la situation.

La continuité de sa vie heureuse avait été rompue. Et ce qui s'annonçait avec ce voyage chaotique, c'était un autre temps fait d'angoisses mais aussi – et elle s'en persuadait – d'espoirs, dans la fièvre et la volonté de surmonter l'incompréhensible, de découvrir la réalité des faits, de renouer les fils brisés.

Défilèrent Bordeaux, Saintes, Poitiers qu'Angélique, perdue dans ses pensées, reconnut à peine.

Il fallait espérer que le mystérieux carrosse noir aux volets clos poursuivait la même route vers le même but. Elle n'aspirait plus qu'à atteindre Paris et ce bel hôtel que le comte de Peyrac avait fait bâtir dans la capitale.

Là, enfin, elle serait « chez elle » dans cette demeure qu'il avait préparée pour elle. Ce serait un peu comme si elle commençait à le retrouver.

Chapitre dix-septième

AUJOURD'HUI, LE CARROSSE ROULAIT à travers une forêt aux environs d'Orléans, Angélique somnolait, car la chaleur était terrible. Florimond dormait sur les genoux de Margot.

Le bruit d'une détonation sèche les réveilla tous en sursaut.

Il y eut un choc. Angélique eut la vision d'une ravine profonde. Dans un flot de poussière le carrosse, avec un craquement terrible, versa, Florimond hurlait, à demi écrasé par la servante. On entendait les hennissements claironnants des chevaux, les cris du postillon, des claquements de fouet.

Le même petit bruit sec retentit, et sur la vitre du carrosse, Angélique aperçut une bizarre étoile, pareille aux fleurs de givre de l'hiver, avec un petit trou au milieu. Elle essaya de se redresser à l'intérieur de la voiture renversée, de prendre Florimond.

Tout à coup, la portière fut arrachée et le visage de Péguilin de Lauzun se pencha par l'ouverture.

— Pas de mal, au moins?

Il disait « au moingue », retrouvant dans son émotion l'accent du Sud.

— Tout le monde crie, je suppose que tout le monde est vivant, dit Angélique.

Elle avait une petite écorchure au bras faite par un éclat de verre, mais c'était sans gravité.

Elle passa l'enfant hurlant au comte. Le chevalier de Louvigny apparut également, lui tendit la main et l'aida à s'extraire de la voiture. Sur la route, elle reprit précipitamment Florimond contre elle et s'efforça de l'apaiser. Les cris du bébé réussissaient à couvrir tout le tapage, il était impossible de prononcer un mot.

Tout en câlinant son enfant, Angélique vit que l'équipage du comte de Lauzun s'était arrêté derrière son chariot, ainsi que celui de la sœur de Lauzun, Charlotte, comtesse de Nogent, et que des deux voitures des frères Gramont, dames, amis, valets, accouraient vers le lieu de l'accident.

— Mais enfin, que s'est-il passé? demanda-t-elle dès que Florimond lui eut permis d'ouvrir la bouche.

Le cocher avait l'air effaré. L'homme n'était pas des plus sûrs: hâbleur bavard, toujours un refrain à la bouche, il avait surtout un penchant pour la bouteille.

— Tu avais bu ou tu t'es endormi?

— Non, madame, je vous l'assure. J'avais chaud, certes, mais je tenais ferme mes bêtes. L'attelage allait bon train. Voilà que tout à coup deux hommes sont sortis du couvert des arbres. L'un d'eux avait un pistolet. Il a tiré en l'air, ce qui a effrayé les chevaux. Ils se sont cabrés et ils ont reculé. C'est à ce moment-là que le carrosse a versé dans le trou. L'un des hommes avait pris les chevaux au mors.

Moi, je lui tapai dessus avec mon fouet tant que je pouvais. L'autre rechargeait son pistolet. Il s'est approché et a tiré dans la voiture. À ce moment-là le chariot est arrivé, et puis ces messieurs à cheval… Les deux bonshommes se sont enfuis…

— C'est une curieuse histoire, dit Lauzun. La forêt est gardée, protégée. Les sergents y ont traqué tous les malandrins en prévision du passage du roi. De quoi avaient-ils l'air, ces coquins ?

— Je ne sais pas, monsieur le comte. Ce n'était pas des brigands, pour sûr. Ils étaient bien mis, bien rasés. Le plus que je pourrais dire, c'est qu'ils ressemblaient à des gens de maison.

— Deux valets chassés, en quête d'un mauvais coup ? émit Guiche.

Un lourd carrosse remontait le long des groupes et finit par s'arrêter. Mlle de Montpensier mit la tête à la portière.

— C'est encore vous, les Gascons, qui faites tout ce tintamarre ! Vous voulez effrayer les oiseaux d'Ile-de-France avec vos voix de trompette ?

Lauzun courut jusqu'à elle en multipliant les saluts. Il expliqua l'accident dont Mme de Peyrac venait d'être l'objet, et qu'il faudrait un peu de temps pour redresser et remettre son carrosse en état.

— Mais qu'elle monte, qu'elle monte avec nous, s'écria la Grande Mademoiselle. Mon petit Péguilin, allez la chercher. Venez, ma chère, nous avons toute une banquette inoccupée. Vous y serez à l'aise avec votre bébé. Pauvre ange ! Pauvre trésor !

Elle aida elle-même Angélique à monter et à s'installer.

— Vous êtes blessée, ma pauvre amie. Dès que nous serons arrivées à l'étape, je ferai mander mon médecin.

La jeune femme réalisa avec confusion que la personne qui était assise dans le fond du carrosse, près de Mlle de Montpensier, n'était autre que la reine mère.

— Que Votre Majesté m'excuse!

— Vous n'avez pas à présenter vos excuses, madame, répondit Anne d'Autriche avec beaucoup de bonne grâce, Mademoiselle a cent fois raison de vous convier à partager notre voiture. La banquette est confortable, et vous vous y reposerez mieux de vos émotions. Ce qui m'ennuie, c'est ce qu'on me dit à propos de ces hommes armés qui vous ont assaillie.

— Mon Dieu, peut-être ces hommes en voulaient-ils à la personne du roi ou à la reine? s'écria Mademoiselle en joignant les mains.

— Leurs voitures sont entourées de gardes et je pense qu'il n'y a pas à craindre pour eux. N'empêche, j'en parlerai au lieutenant de police.

Angélique éprouvait maintenant le contrecoup du choc subi. Elle sentit qu'elle devenait très pâle et, fermant les yeux, elle appuya la tête contre le dossier bien rembourré de la banquette. L'homme avait tiré à bout portant en plein dans la vitre. C'était par miracle qu'aucun des occupants n'avait été blessé. Elle serra contre elle Florimond. Sous les vêtements légers de l'enfant, elle le sentit amaigri et se fit des reproches. Il était las de ces interminables voyages et de ces incidents bruyants et cahoteux qui troublaient son repos.

Il continuait de pleurer convulsivement et de temps à autre poussait un cri perçant comme de colère et de rage. Angélique le berçait en vain et, à nouveau, présenta ses excuses aux nobles personnes qui lui avaient offert le confort du carrosse royal.

Mademoiselle la rassura avec indulgence.

— Ne vous préoccupez pas, ma pauvre chère, Sa Majesté et moi nous savons ce que c'est que de souffrir la contrainte avec des enfants en bas âge. Lors de la fuite de la Cour à Saint-Germain, on m'avait mise au château Neuf dans une fort belle chambre de galetas, bien peinte, bien dorée et grande mais avec peu de feu et point de vitres aux fenêtres, ce qui n'est pas agréable au mois de janvier. Mes matelas étaient par terre et ma jeune sœur qui était à peine plus âgée que votre bébé et qui n'avait point de lit, coucha avec moi. Il fallait chanter pour l'endormir et son somme ne durait pas longtemps. Elle troubla fort le mien, vous le devinez. Elle se tournait, se réveillait et criait qu'elle voyait la bête : de sorte qu'on chantait de nouveau pour l'endormir et la nuit se passa ainsi. Jugez si c'était agréable pour une personne qui avait peu dormi l'autre nuit à Paris, et qui avait été malade tout l'hiver de maux de gorge et d'un rhume violent ! Eh bien, cependant cette fatigue me guérit…

Tandis que la princesse parlait, Florimond avait cessé de pleurer, la fixant de ses yeux brillants et, lorsqu'elle se tut, il lui adressa un sourire.

— On dirait qu'il a compris ce que je racontais, s'étonna Mademoiselle, toute contente.

— C'est aussi que la voix de Votre Altesse est harmonieuse, dit Angélique, et que la façon dont elle mène son récit distrait des idées sombres.

Elle-même se sentait apaisée et avait cessé de trembler. Mademoiselle fut touchée. Parmi les compliments qu'on lui adressait celui-ci n'était pas des plus fréquents.

— Il est bon quelquefois pour se remettre d'un incident fâcheux d'en évoquer de plus fâcheux encore, dit-elle. Ainsi l'on admet que la vie est faite de difficultés, et je me trouve heureuse aujourd'hui d'être dans ce carrosse bien en paix et non en fuite. Vous souvenez-vous ? dit-elle en se tournant vers la reine mère comme pour obtenir son témoignage, les circonstances étaient rudes. Je n'avais point de linge à changer. Et l'on blanchissait ma chemise de nuit pendant le jour et ma chemise de jour pendant la nuit. Je n'avais point mes femmes pour me coiffer et m'habiller, ce qui était très incommode. Je mangeais avec Monsieur, qui faisait très mauvaise chère. Mais je ne laissais pas d'être gaie, et Monsieur admirait que je ne me plaignais de rien.

La reine mère ne paraissait pas trouver trop de désagréments à l'évocation de ces temps de désordre.

Mais sa voix marqua un peu de rancune lorsqu'elles parlèrent des pillages systématiques dont avaient été victimes les chariots de la souveraine à destination de Saint-Germain. Entre autres trois charrettes de meubles, de lits, de tapisseries, de linge, d'habits, de vaisselle d'argent, qui avaient été attaquées par la populace du faubourg Saint-Antoine aux cris de : « Pille ! Pille ! »

— Ne vous ai-je pas bien obligée alors pour que vous puissiez enfin vous vêtir ? demanda Mademoiselle qui ne perdait pas une occasion de parler de ses services rendus pour faire oublier ses erreurs.

En l'occurrence, tout le monde était d'accord sur ce fait que précieuse avait été l'aide apportée par Mlle de Montpensier à la reine régente qui était fort honnie en ce temps-là parce qu'espagnole et pour toutes sortes d'autres raisons, alors qu'à elle, la princesse, la petite fille d'Henri IV qui avait su leur plaire, les rebelles avaient accordé un laissez-passer permettant à ses gens d'aller aux Tuileries chercher tout ce qu'ils voulaient.

Épisode dont elle avait parlé à Angélique à Saint-Jean-de-Luz.

— Les Parisiens vous ont toujours beaucoup aimée, admit Anne d'Autriche, qui n'ajouta pas « hélas! » comme son ton le laissait entendre.

La mimique de Mademoiselle exprima qu'elle se réjouissait de cette opinion tout en percevant la réticence.

Mais il y a souvent une pointe d'amusement dans les pires souvenirs héroïques.

Ces grandes dames s'égayèrent à rappeler que parmi les vêtements que la reine avait fait venir il y avait un coffre de gants d'Espagne. Et comment les bourgeois de la rébellion commis à fouiller le chariot afin de vérifier s'il n'y avait pas d'armes, et qui n'étaient point accoutumés à de si fortes senteurs avaient été saisis d'éternuements incoercibles!

Angélique se prit à sourire. Ces échanges ranimaient l'atmosphère de Saint-Jean-de-Luz, lui certifiant que ces jours vécus n'étaient pas un étrange rêve, mais une réalité, et qu'elle les avait partagés avec Joffrey bien vivant et faisant partie de cette Cour rassemblée autour du roi de France, et qui, pas plus que les autres, n'avait pu devenir un fantôme. Elle le retrouverait. Il reparaîtrait.

Florimond s'était endormi bercé par ces voix féminines Il soupirait en dormant, des larmes suspendues à ses longs cils qui ombraient ses joues pâlies. Il avait une toute petite bouche ronde et rouge comme une cerise. Doucement, de son mouchoir, Angélique tamponna le front blanc et bombé où perlait la sueur.

La Grande Mademoiselle soupira.

— Il fait une chaleur à vous cuire le sang!

— Tout à l'heure, sous les arbres, nous étions mieux, dit Anne d'Autriche en agitant son grand éventail d'écailles noires, mais voici que nous traversons un espace où la forêt a été clairsemée.

Il y eut un silence, puis Mlle de Montpensier se moucha et s'essuya les yeux. Ses lèvres tremblaient.

— Vous êtes cruelle, madame, de me faire remarquer ce qui depuis un moment me crève le cœur. Je n'ignore pas que cette forêt m'appartient, mais que Monsieur, mon défunt père, l'a fait couper pour ses dépenses et qu'il n'en reste plus rien. Au moins cent mille écus perdus pour moi, dont je pouvais espérer de beaux diamants et de belles perles !

— Votre père n'a jamais eu beaucoup de discernement dans ses actes, ma chère.

— N'est-ce pas un scandale, toutes ces racines à ras de terre ? Ne serais-je pas dans le carrosse de Votre Majesté que je pourrais croire mon procès fait pour crime de lèse-majesté, puisqu'il est d'usage de raser les forêts de ceux qui commettent de tels forfaits.

— Il est vrai qu'il s'en est fallu de peu, dit la reine mère.

Mademoiselle rougit jusqu'aux yeux.

— Votre Majesté m'a affirmé si souvent que sa mémoire avait tout oublié ! Je n'ose comprendre à quoi elle fait allusion.

— Je reconnais que j'ai tort de parler ainsi. Que voulez-vous, le cœur est prompt si la raison se veut clémente. Pourtant je vous ai toujours aimée. Mais il y eut un temps où j'ai été fâchée contre vous. Je vous aurais peut-être pardonné pour l'affaire d'Orléans mais pour celle de la porte Saint-Antoine et du canon de la Bastille, si je vous avais tenue, je vous aurais étranglée.

— Je mérite bien de l'être, puisque j'ai déplu à Votre Majesté. Ce fut un malheur pour moi de me trouver avec des gens qui m'engageaient par honneur et devoir à agir comme je l'ai fait.

— Il est difficile de toujours savoir où est son honneur et où est son devoir, dit la reine.

Elles soupirèrent ensemble profondément.

En les écoutant, Angélique se disait que les querelles des grands sont bien semblables à celles des petits. Mais là où il y aurait eu coup de poing, il y a un coup de canon. Là où il n'y aurait que rancune sourde entre voisins, il y a un passé lourd et entremêlé d'intrigues dangereuses. On dit qu'on oublie, on sourit au peuple, on accueille M. de Condé pour plaire aux Espagnols, on caresse M. Fouquet pour en obtenir de l'argent, mais le souvenir stagne au fond des cœurs.

Si les lettres contenues dans le petit coffret oublié dans la tourelle du château du Plessis paraissaient au grand jour, ne suffiraient-elles pas pour rallumer le grand incendie dont les flammes couvaient et ne demandaient qu'à s'élancer ?...

Il semblait à Angélique que c'était en elle-même qu'elle avait enfoui le coffret, et, maintenant, il pesait comme du plomb sur sa vie. Elle continuait à fermer les yeux. Elle avait peur qu'on y vît passer des images étranges: le prince de Condé penché sur le flacon de poison ou lisant la lettre qu'il venait de signer: « Pour M. Fouquet... Je m'engage à n'être qu'à lui, à ne servir que lui. »

Angélique se sentait seule. Elle ne pouvait se confier à personne. Ces agréables relations de Cour étaient sans valeur. Chacun, avide de protection et de largesses, se détournerait d'elle au moindre signe de disgrâce. Bernard d'Andijos aussi était dévoué, mais si léger ! Dès que serait franchie l'enceinte de Paris, on ne le reverrait plus, car, au bras de sa maîtresse, Mlle de Montmort, il courrait les bals de la Cour et, en compagnie de Gascons, il hanterait la nuit les tavernes et les tripots.

Au fond, c'était sans importance. Il fallait surtout arriver à Paris. Là on retrouverait la terre ferme. Angélique s'installerait dans ce très bel hôtel dans le quartier Saint-Paul. Puis elle commencerait démarches et recherches pour savoir ce qu'était devenu son mari.

La route était belle et la suspension du carrosse des meilleures.

Elle dut s'endormir car c'est comme en un songe qu'elle entendit la reine mère dire d'une voix rêveuse :

— Avez-vous bien compris le tour qu'il nous a joué, quand il nous a quittés sous prétexte de son passage dans la région pour aller inspecter le port de La Rochelle ? J'ai été informée. Après la visite rapide de un ou deux navires, il s'est rendu à Brouage.

— Elle n'y était plus, pourtant !...

— Marie ? En effet, elle n'y était plus et il le savait. Et c'est bien pire. Il voulait revoir la maison où elle avait habité, s'étendre dans le lit où elle avait dormi. Et il a pleuré toute la nuit.

Elles soupirèrent encore.

— C'est une bien dure loi que celle de l'amour, dit Mademoiselle.

— Mieux vaut n'en rien connaître, dit la reine mère.

Après un silence elles reprirent l'entretien autour du sujet qui les préoccupait.

— À part cette escapade, il semble qu'il couche chaque nuit dans le lit de la reine, dit Mademoiselle.

— Oui. Mais il a fini de nous être soumis. C'en est fait de sa facilité à vivre, à nous écouter, à nous obéir. Je savais qu'un jour il deviendrait plus dur et plus secret que son père, feu mon époux, le roi Louis XIII.

Il y eut un silence prolongé. La pensée d'Anne d'Autriche revint vers le présent, l'avenir proche.

— Encore un retour vers Paris... Encore une Entrée du roi dans sa capitale.

Le véhicule avait ralenti sans doute pour monter une côte et c'était le changement de rythme après un fort galop soutenu qui avait interrompu le sommeil d'Angélique. Elle n'osait bouger de peur de réveiller Florimond, profondément endormi.

— Tant de retours! continuait la reine mère, et le plus souvent dans l'angoisse, ne sachant s'il me fallait trembler ou me réjouir... Ne sachant si cette fois encore nous allions nous retrouver prisonniers en ces murs. Le retour de Saint-Germain... Le retour de Compiègne... Celui après la paix de Rueil...

Une fierté joyeuse vibra dans sa voix.

— Mais chaque fois il devenait plus beau! Plus royal! Et de plus en plus les cris de haine se changeaient en cri d'amour: « Vive le roi! Vive le roi! » Et cette fois, cette entrée avec la jeune reine! Le Cardinal apportant la paix!... Je ne parviens pas à imaginer de quelle joie sans mesure va être transporté le peuple.

— Cela va être une splendeur! dit Mademoiselle, frémissante.

Chapitre dix-huitième

À PART MADEMOISELLE qui avait hâte de retrouver ses Tuileries, la fin du voyage pour le roi et sa Cour se situait à Fontainebleau, belle et vaste résidence royale au sud-est de Paris. Il fallait laisser à la capitale le temps de se préparer et de dresser ses arcs de triomphe pour une des plus grandes fêtes à vivre en ce siècle.

— Nous serons à Paris avant-midi, annonça Andijos, alors que le lendemain matin Angélique prenait place avec Florimond dans le carrosse réparé qui les avait rejoints à l'étape avec le cocher.

— Je vais peut-être trouver mon mari là-bas et tout s'expliquera, dit Angélique. Pourquoi faites-vous ce long nez, marquis?

— Parce qu'il s'en est fallu de peu que vous ne soyez tuée hier. Si le carrosse n'avait versé, le deuxième coup de feu du malandrin vous aurait atteinte à bout portant. La balle est entrée par le carreau et je l'ai retrouvée dans la housse sur le dossier du fond, à l'endroit précis où aurait dû être votre tête.

— Vous voyez que la chance est avec nous ! C'est peut-être un heureux présage pour la suite des événements.

La pensée qu'on atteindrait bientôt Paris transforma agréablement l'atmosphère.

Le matin était clair, un véritable matin d'Ile-de-France, frais et piquant. Il y eut bientôt une animation sur la route qui annonçait qu'on se rapprochait de la grande cité. Les châteaux et les hôtels, protégés par des grilles au bout de courtes allées, étaient fréquents. Les potagers et les vergers poussaient entre les bâtiments, fermes, petites maisons – ces dernières étaient de plus en plus nombreuses et se regroupaient en hameaux, en bourgs qui bientôt se suivirent sans interruption.

Angélique se croyait déjà dans Paris alors qu'on traversait encore les faubourgs. Sitôt franchie la porte Saint-Honoré, elle fut déçue par les rues étroites et boueuses. Le bruit n'avait pas la qualité sonore de celui de Toulouse et lui parut plus criard et plus âpre. Les appels des marchands et surtout des cochers, et des laquais précédant les équipages, des porteurs de chaise, se détachaient sur le fond d'un sourd grondement qui la fit penser au roulement précurseur de l'orage. L'air lui parut torride.

Le carrosse d'Angélique, escorté par Bernard d'Andijos à cheval et suivi du chariot à bagages et des deux laquais montés, mit plus de deux heures à atteindre le quartier Saint-Paul.

Il s'engagea enfin dans la rue de Beautreillis et ralentit l'allure.

Les badauds regardaient avec des yeux ronds l'équipage qui avançait et cherchaient à voir les armoiries peintes sur la portière de la voiture. Certains reculèrent d'un air indigné. Des enfants s'enfuirent en courant, rentrèrent dans les boutiques en criant, puis revinrent en montrant du doigt le carrosse et les cavaliers.

Angélique, tendue à se briser l'échine, se demandait comment découvrir la sienne parmi les maisons neuves, et ne prêtait pas attention à ce qui se passait. Alors que le cocher avait été arrêté par une charrette de foin et qu'on se tenait devant une mercerie, elle entendit pourtant un homme s'exclamer depuis le seuil: « C'est le blason du diable! »

Puis il rentra en toute hâte dans sa boutique et ferma bruyamment la porte.

— Les gens de cette rue ont l'air de nous prendre pour des bohémiens, remarqua Margot, les lèvres pincées. Je regrette que M. le comte n'ait pas fait construire son palais près du Luxembourg. Dans le temps, j'y étais au service d'une de ses tantes, maintenant décédée.

— Kouassi-Ba est-il sorti de sous la bâche? C'est peut-être lui qui effraie ces gens.

— Cela prouve qu'ils sont eux-mêmes des barbares, s'ils n'ont jamais vu de Maure.

L'équipage venait de stopper devant une grande porte cochère de bois blond avec marteaux et serrures en bronze ouvragé. Derrière le mur de pierre blanche, on devinait la cour d'entrée et l'hôtel, édifié dans le goût du jour, en larges pierres de taille, avec de hautes fenêtres à vitres claires, et son toit garni de lucarnes et couvert d'ardoises neuves qui brillaient au soleil.

Un laquais ouvrit la portière du carrosse.

— C'est ici, madame, dit le marquis d'Andijos.

Il restait à cheval et regardait le porche d'un air stupide.

Angélique sauta à terre et courut à la petite maison qui devait servir de loge au Suisse gardien de l'hôtel.

Elle carillonna avec impatience. C'était inadmissible qu'on ne fût pas encore venu ouvrir la grande entrée. La cloche parut résonner dans le désert. Les vitres de la loge étaient sales. Tout semblait sans vie.

Alors seulement Angélique s'avisa de l'aspect curieux du portail qu'Andijos continuait à regarder comme frappé par la foudre.

Elle s'approcha.

Un entrelacs de ficelles rouges était maintenu en travers par d'épais cachets de cire bariolée. Une feuille de papier également fixée par des sceaux de cire mettait sa tache blanche.

Elle lut :

Chambre de justice du roi
Paris, 1er juillet 1660…

La bouche ouverte de stupeur, elle regarda sans comprendre. À cet instant le portillon de la loge s'entrebâilla et laissa voir le visage inquiet d'un domestique en livrée fripée. À la vue du carrosse, il referma précipitamment, puis, se ravisant, ouvrit de nouveau et sortit d'un pas hésitant.

— Est-ce vous, le concierge de l'hôtel ? interrogea la jeune femme.

— Oui…, oui, madame, c'est moi. Baptiste… Je reconnais bien le… la livrée de… de… mon… mon maître, M. de Peyrac.

— Cesse donc de bégayer, cria-t-elle en tapant du pied. Et dis-moi vite où est M. de Peyrac ?

Le domestique regarda autour de lui avec inquiétude. L'absence de tout voisin parut le rassurer. Il se rapprocha encore, leva les yeux sur Angélique et tout à coup s'agenouilla devant elle non sans cesser de jeter autour de lui des coups d'œil anxieux.

— Oh! ma pauvre jeune maîtresse, s'écria-t-il, mon pauvre maître… Oh! quel affreux malheur!

— Mais parle donc! Qu'y a-t-il?

Elle le secouait par l'épaule, folle d'angoisse.

— Relève-toi, idiot! Je n'entends rien de ce que tu dis. Où est mon mari? Est-il mort?

L'homme se redressa avec peine et murmura:

— On dit qu'il est à la Bastille. L'hôtel est sous scellés. J'en suis responsable sur ma vie. Et vous madame, tâchez de fuir d'ici pendant qu'il en est encore temps.

L'évocation de la fameuse forteresse-prison de la Bastille, au lieu de bouleverser Angélique, la rassura presque après la crainte affreuse qu'elle venait d'éprouver.

On peut sortir d'une prison. Elle savait qu'à Paris la prison la plus redoutée était celle de l'Archevêché, située au-dessous du niveau de la Seine et où l'on risquait d'être noyé l'hiver, et qu'ensuite le Châtelet et l'Hôpital général étaient réservés aux mendiants. La Bastille était la prison aristocratique. En dépit de quelques sombres légendes qui couraient sur les chambres fortes de ses huit donjons, il était de notoriété publique qu'un séjour en ses murs ne déshonorait personne.

Angélique poussa un soupir et s'efforça de regarder la situation en face.

— Je crois qu'il vaut mieux ne pas rester dans ces parages…, dit-elle à Andijos.

— Oui, oui, madame, partez bien vite, insista le concierge.

— Il faudrait encore que je sache où aller. Au fait, j'ai une sœur qui habite Paris. J'ignore son adresse, mais son mari est un procureur du roi nommé maître Fallot. Je crois même que, depuis son mariage, il se fait appeler Fallot de Sancé. En allant au Palais de Justice, on nous renseignera certainement.

Le carrosse et sa suite reprirent leur course à travers Paris. Angélique ne songeait pas à regarder autour d'elle. Cette ville qui l'accueillait de façon si hostile ne l'attirait plus. Florimond pleurait. Il perçait des dents, et c'est en vain que Margot lui frottait les gencives avec un onguent fait de miel et de fenouil pilé.

On finit par trouver l'adresse du procureur du roi, qui habitait, comme beaucoup de magistrats, non loin du Palais de Justice, en l'île de la Cité, sur la paroisse Saint-Landry.

La rue s'appelait rue de l'Enfer, ce qui parut à Angélique d'un sinistre présage. Les maisons y étaient encore grises et moyenâgeuses, avec des pignons pointus, des ouvertures rares, des sculptures et des gargouilles.

Celle devant laquelle le carrosse s'arrêta ne paraissait guère moins sombre que les autres, bien qu'il y eût trois fenêtres assez hautes à chaque étage. Au rez-de-chaussée se trouvait l'étude, sur la porte de laquelle on pouvait lire une plaque portant ces mots:

MAÎTRE FALLOT DE SANCÉ.
PROCUREUR DU ROI.

Deux clercs qui bâillaient sur le seuil se précipitèrent vers Angélique dès qu'elle mit pied à terre et l'entourèrent aussitôt d'un tourbillon de paroles dans un jargon incompréhensible. Elle finit par comprendre qu'ils lui vantaient les mérites de l'étude de maître de Sancé comme le seul endroit dans Paris où les gens soucieux de gagner un procès pouvaient être guidés en toute sécurité.

— Je ne viens pas pour un procès, dit Angélique. Je veux rencontrer Mme Fallot.

Déçus, ils lui indiquèrent une porte sur la gauche qui donnait accès au domicile du procureur.

Angélique souleva le marteau de bronze. Sans la disparition de son époux, elle n'aurait certainement pas rendu visite à Hortense. Elle n'avait jamais eu d'excellents rapports avec cette sœur au caractère si différent. Maintenant elle s'apercevait qu'au fond elle était contente de la revoir. Le souvenir de la petite Madelon tissait un lien invisible entre elles. Elle pensa aux nuits où, toutes trois blotties étroitement les unes contre les autres dans le grand lit, elles avaient dressé l'oreille pour entendre le pas léger du fantôme de Monteloup, cette vieille dame blanche qui allait, les mains tendues, de pièce en pièce. Elles avaient été presque sûres de l'avoir vue une nuit d'hiver, alors qu'elle entrait dans la chambre...

Ainsi attendait-elle avec émotion qu'on vînt lui ouvrir.

Une grosse servante en bonnet blanc et proprement mise l'introduisit dans le vestibule, mais presque aussitôt Hortense parut au sommet de l'escalier. Elle avait vu le carrosse par la fenêtre.

Angélique eut l'impression que sa sœur avait été sur le point de se jeter à son cou, mais que subitement, se ravisant, elle affichait un air distant. D'ailleurs, il faisait si sombre dans cette antichambre qu'il était difficile de se voir. Elles s'embrassèrent sans chaleur.

Hortense paraissait encore plus sèche et plus grande qu'autrefois.

— Ma pauvre sœur! dit-elle.

— Pourquoi m'appelles-tu « ma pauvre sœur »? demanda Angélique.

Mme Fallot fit un geste en désignant la servante et entraîna Angélique dans sa chambre. C'était une vaste pièce servant aussi de salon, car il y avait de nombreux fauteuils et tabourets ainsi que des chaises et des banquettes groupées autour du lit à beaux rideaux et courtepointes de damas jaune. Angélique se demanda si sa sœur avait coutume de recevoir ses amies étendue sur son lit comme le faisaient les Précieuses. Autrefois Hortense passait pour avoir de l'esprit et se piquait de beau langage.

Il y faisait également sombre à cause des carreaux de couleur, mais par cette chaleur ce n'était pas désagréable. Le dallage était rafraîchi par des bottées d'herbe verte jetées çà et là. Angélique respira leur bonne odeur rustique.

— On est bien chez toi, dit-elle à Hortense.

Celle-ci ne se dérida pas.

— N'essaye pas de me donner le change par tes façons enjouées. Je suis au courant de tout.

— Tu as de la chance, car j'avoue, moi, que je suis dans la plus complète ignorance de ce qui m'arrive.

Quelle imprudence de t'afficher ainsi en plein Paris! dit Hortense en levant les yeux au ciel.

— Écoute, Hortense, ne commence pas à lever tes prunelles au plafond. Je ne sais pas si ton mari est comme moi, mais je me souviens que je n'ai jamais pu te voir faire cette grimace sans avoir envie de t'envoyer une gifle. Maintenant, je vais te dire ce que je sais, ensuite tu me diras ce que tu sais.

Elle raconta comment, se trouvant à Saint-Jean-de-Luz pour le mariage du roi, le comte de Peyrac avait subitement disparu. Les présomptions de certains amis la portant à croire qu'il avait été enlevé et amené vers Paris, elle était remontée elle aussi vers la capitale. Là, elle venait de trouver son hôtel sous scellés et avait appris que son mari était, sans doute, à la Bastille.

Hortense dit sévèrement :

— Donc, tu pouvais te douter combien ta venue en plein jour était compromettante pour un haut fonctionnaire du roi ? Et pourtant tu es venue ici !

— Oui, c'est bizarre en effet, répliqua Angélique, mais ma première idée a été de penser que les gens de ma famille pouvaient m'aider.

— Seule occasion en laquelle tu puisses te souvenir de ta famille, je crois ! Je suis bien certaine que je n'aurais pas reçu ta visite si tu avais pu te pavaner dans ta belle maison neuve du quartier Saint-Paul. Pourquoi n'es-tu pas allée demander l'hospitalité aux brillants amis de ton si riche et si bel époux, tous ces princes, ducs et marquis, au lieu de nous causer du tort par ta présence ?

Angélique fut sur le point de se lever et de partir en claquant la porte, mais il lui sembla entendre, venant de la rue, les pleurs de Florimond et elle se maîtrisa.

— Hortense, je ne me fais pas d'illusions. En sœur affectueuse et dévouée, tu me mets à la porte. Mais j'ai ici avec moi un enfant qui a besoin d'être baigné, changé, nourri. Il se fait tard. Si je repars encore à la recherche d'un gîte, je finirai par coucher au coin d'une rue. Accueille-moi pour cette nuit.

— C'est une nuit de trop pour la sécurité de mon foyer.

— Ne dirait-on pas que je traîne derrière moi la réputation d'une vie scandaleuse ?

Mme Fallot serra ses lèvres minces, et ses yeux bruns et vifs, bien qu'assez petits, brillèrent.

— Ta réputation n'est pas sans taches. Quant à celle de ton mari, elle est atroce.

Angélique ne put s'empêcher de sourire de son expression dramatique.

— Je t'assure que mon mari est le meilleur des hommes. Tu comprendrais vite si tu le connaissais.

— Dieu m'en préserve ! J'en mourrais de peur. Si ce qu'on m'a dit est vrai, je ne comprends pas comment tu as pu vivre plusieurs années en sa demeure. Il faut qu'il t'ait envoûtée.

Elle ajouta après une seconde de réflexion :

— Il est vrai que, très jeune, tu avais une prédisposition marquée pour toutes sortes de vices.

— Tu es vraiment d'une amabilité, ma chère ! Il est exact que très jeune, toi, tu avais une prédisposition marquée pour la médisance et la méchanceté.

— De mieux en mieux ! Maintenant tu viens m'injurier sous mon propre toit.

— Pourquoi refuses-tu de me croire ? Je te dis que mon mari n'est à la Bastille que par un malentendu.

— S'il est à la Bastille, c'est qu'il y a une justice.

— S'il y a une justice, il sera libéré promptement.

— Permettez-moi d'intervenir, mesdames, qui parlez si bien de la justice, fit derrière elles une voix grave.

Un homme venait d'entrer dans la pièce. Il devait avoir une trentaine d'années, mais affectait une attitude fort compassée. Sous sa perruque brune, son visage plein, soigneusement rasé, affichait une expression à la fois sérieuse et attentive, qui avait quelque chose d'un peu ecclésiastique. Il penchait la tête légèrement de côté, comme quelqu'un qui est accoutumé, par sa profession, à recevoir des confidences.

À son costume de drap noir, confortable, mais à peine relevé d'un galon noir et de boutons de corne, à son rabat immaculé mais simple, Angélique devina qu'elle se trouvait devant son beau-frère le procureur.

Pour l'amadouer, elle lui fit une révérence. Il vint à elle et très solennellement la baisa sur les joues, comme il se doit entre gens de même famille.

— Ne parlez pas au conditionnel, madame. *Il y a* une justice. Et c'est en son nom et du fait de son existence que je vous accueille dans ma maison.

Hortense sursauta comme un chat échaudé.

— Mais enfin, Gaston, vous êtes fou à lier. Depuis que je suis mariée, vous me répétez à l'envi que votre carrière prime tout et que celle-ci dépend exclusivement du roi…

— Et de la justice, ma chère, interrompit avec douceur, mais fermement, le magistrat.

— Il n'empêche que depuis plusieurs jours vous émettez sans cesse la crainte de voir ma sœur se réfugier chez nous. Étant donné ce que vous savez sur l'arrestation de son mari, une telle éventualité, disiez-vous, équivaudrait pour nous à une ruine certaine.

— Taisez-vous, madame, vous me feriez regretter d'avoir trahi, en quelque sorte, le secret professionnel, en vous tenant au courant de ce que fortuitement j'ai appris.

Angélique décida de faire litière de tout amour-propre.

— Vous avez appris quelque chose ? Oh ! monsieur, de grâce, informez-moi. Je suis dans l'incertitude la plus complète.

— Hélas ! madame, je ne chercherai pas à me retrancher derrière une fausse discrétion, ni à me répandre en paroles lénifiantes. Je vous l'avoue tout de suite, je sais fort peu de choses. Ce n'est que par un renseignement officieux du Palais que j'ai appris, avec stupeur je l'avoue, l'arrestation de M. de Peyrac. Aussi je vous demande, dans votre propre intérêt comme dans celui de votre mari, de ne pas faire état jusqu'à nouvel ordre de ce que je vais vous confier. C'est d'ailleurs, je le répète, un bien médiocre renseignement. Voici : votre mari a été arrêté par une lettre de cachet de troisième catégorie, c'est-à-dire la lettre appelée « de par le roi ». L'officier ou le gentilhomme incriminé y est invité par le roi à se rendre en secret, mais librement, bien qu'accompagné d'un commissaire royal, au lieu qu'on lui désigne. En ce qui concerne votre époux, il a tout d'abord été conduit à Fort-l'Évêque, d'où il a été transféré sur ordre contresigné Séguier, à la Bastille.

Le cœur d'Angélique battait d'émotion et de soulagement.

Entendre parler de Joffrey comme d'une personne humaine qu'on plaçait et déplaçait, quitte à le mettre en prison, le ramenait parmi les vivants.

Il n'était plus un disparu.

— Je vous remercie, monsieur, dit-elle, de me confirmer ces nouvelles somme toute rassurantes. Beaucoup de gens sont allés à la Bastille et en sont sortis réhabilités aussitôt que la lumière avait été faite sur les calomnies qui les y avaient conduits.

— Je vois que vous êtes une femme de sang-froid, dit maître Fallot avec un petit hochement de menton approbateur, mais je ne voudrais pas vous donner l'illusion que les choses s'arrangeront facilement, car j'ai appris également que l'ordre d'arrestation, signé du roi, spécifiait de ne porter sur les registres d'écrou, ni le nom ni l'accusation dont le prévenu fait l'objet.

— Sans doute le roi ne désire-t-il pas infliger un affront à l'un de ses fidèles sujets avant d'avoir examiné lui-même les faits qu'on lui reproche. Il veut pouvoir l'innocenter sans éclat…

— Ou l'oublier.

— Comment cela, l'oublier? répéta Angélique, tandis qu'un frisson subit la secouait.

— Il y a beaucoup de gens que l'on oublie dans les prisons, dit maître Fallot en fermant à demi les yeux et en regardant au loin, aussi sûrement qu'au fond d'un tombeau. Certes il n'est pas déshonorant en soi d'être emprisonné à la Bastille, qui est la prison des gens de qualité où de nombreux princes du sang sont passés, sans pour cela déroger. Néanmoins, j'insiste sur le fait qu'être prisonnier anonyme et au secret est l'indice que l'affaire est particulièrement grave.

Angélique resta silencieuse un instant. Tout à coup elle sentait sa fatigue, et la faim lui tenaillait l'estomac. À moins que ce ne fût l'angoisse?

Elle leva les yeux vers ce magistrat en lequel elle espérait un allié.

Elle revécut cette impression de vertige sans fin qui s'emparait d'elle à la seule pensée d'un malheur irréparable planant sur Joffrey.

— Puisque vous avez la bonté, monsieur, de m'éclairer, dites-moi ce que je dois faire ?

— Encore une fois, madame, il ne s'agit pas de bonté, mais de justice. C'est par esprit de justice que je vous reçois sous mon toit, et puisque vous me demandez conseil, je vous adresserai à un autre homme de loi. Car je crains que mon propre crédit dans cette affaire ne soit jugé partial et intéressé, bien que nos relations de famille n'aient pas été jusqu'alors très fréquentes.

Hortense, qui rongeait son frein, s'exclama avec la voix aigre de sa jeunesse :

— Ça, vous pouvez le dire ! Tant qu'elle a eu ses châteaux et les écus de son Boiteux, elle ne s'est guère préoccupée de nous. Ne croyez-vous pas que M. le comte de Peyrac, qui est du parlement de Toulouse, n'aurait pas pu vous procurer quelques avantages en vous recommandant à de hauts magistrats de Paris ?

— Joffrey avait peu de relations avec les gens de la capitale.

— Oui, oui ! fit l'autre en la singeant. Seulement quelques petites relations avec le gouverneur du Languedoc et du Béarn, le cardinal Mazarin, la reine mère et le roi !

— Tu exagères...

— Enfin, avez-vous été invités au mariage du roi, oui ou non ?... Et il connaissait la capitale, ton mari, puisqu'il s'y était fait construire un superbe hôtel qu'il est venu lui-même meubler et garnir de glaces et de tableaux !

Angélique ne répondit rien et sortit du salon. Il n'y avait aucune raison pour que la discussion prît fin. Autant aller chercher Florimond, puisque le mari était d'accord.

En descendant l'escalier, elle se surprit à sourire. Elles avaient vite retrouvé, Hortense et elle, le chemin familier de leurs éternelles querelles !… Ainsi donc Monteloup n'était pas mort. Mieux valait se tirer les cheveux que de se sentir étrangères.

❦

Dans la rue, elle trouva François Binet assis sur le marchepied du carrosse et tenant dans ses bras le bébé endormi. Le jeune barbier lui dit que, voyant l'enfant souffrir, il lui avait administré un remède à sa façon, d'opium et de menthe pilée, dont il avait des réserves, étant, comme tous ceux de sa profession, quelque peu chirurgien et apothicaire. Angélique le remercia. Elle s'informa de Margot et de la petite bonne. On lui dit que la servante, comme l'attente se prolongeait, n'avait pu résister à l'annonce d'un valet d'étuvier qui chantait à travers les rues :

C'est à l'image de sainte Jeanne
Que vont se baigner les femmes.
Bien servies vous y serez
De valets et de chambrières.
Allez tôt, les bains sont prêts…

Comme tous les huguenots, Marguerite avait un penchant marqué pour l'eau, ce en quoi Angélique l'approuvait :

— Moi aussi, j'irais bien volontiers rendre visite à cette Sainte-Jeanne…, soupira-t-elle.

Les laquais et les deux cochers, assis à l'ombre du chariot, buvaient du vin clairet et mangeaient des harengs saurs, car on était vendredi, et ils étaient catholiques.

Angélique regarda sa robe souillée de poussière et Florimond barbouillé de morve et de miel jusqu'aux sourcils. Quel pitoyable équipage !

Mais il devait encore paraître très luxueux à la femme du besogneux procureur, car Hortense, qui était descendue derrière elle, ricana :

— Eh bien, ma chère, pour une femme qui se plaint d'en être réduite à coucher au coin des rues, tu n'es pas encore trop mal logée : un carrosse, un fourgon, six chevaux en tout, quatre ou cinq laquais, et deux servantes qui vont au bain !

— J'ai un lit, prévint Angélique, veux-tu que je le fasse monter chez toi ?

— C'est inutile. Nous avons assez de literie pour te recevoir. Mais, en revanche, il m'est impossible de loger toute cette valetaille.

— Tu auras bien une mansarde pour Margot et la gamine ? Quant aux hommes, je vais leur donner de quoi loger à l'auberge.

La bouche pincée, Hortense regardait d'un air horrifié ces hommes du Sud qui, estimant qu'ils n'avaient pas à se déranger pour la femme d'un procureur, continuaient de manger tout en la dévisageant avec insolence de leurs yeux de braise.

— Les gens de ton escorte ont décidément l'air de bandits, fit-elle d'une voix étouffée.

— Tu leur prêtes des qualités qu'ils n'ont pas. Tout ce qu'on peut leur reprocher, c'est une propension marquée à dormir au soleil.

Angélique prit doucement Florimond des bras de François Binet. Le jeune barbier saluait maintenant Hortense si respectueusement que celle-ci s'en apaisa quelque peu. Elle poussa un soupir de feinte résignation.

— Bien, je vais héberger la fille et peut-être aussi ce garçon qui me semble avoir de bonnes manières. Par contre, je ne sais pas ce que je vais faire avec un carrosse, des chevaux. Tu vois où se trouve notre écurie.

D'un air sarcastique, elle montra un recoin où se trouvait cette chaise à deux roues que l'on nommait *vinaigrette*.

— Voilà tout mon équipage ! Le garçon qui s'occupe des chandelles et du bois me conduit là-dedans quand je dois rendre visite à des amis qui habitent trop loin. Quant au cheval de Gaston, on le garde dans une écurie du quartier où les fonctionnaires peuvent louer une stalle au mois.

Finalement, on déchargea deux caisses et on fit venir quelqu'un pour conduire le carrosse, le chariot et son chargement à l'écurie publique.

Dans la grande chambre qu'on lui avait assignée au second étage, Angélique connut un moment de détente en se plongeant dans un baquet et en s'aspergeant d'eau fraîche. Elle lava même ses cheveux, puis devant un miroir d'acier accroché au-dessus de la cheminée, elle se coiffa tant bien que mal. La chambre était sombre, l'ameublement fort laid, mais suffisant. Dans un petit lit aux draps propres, Florimond, grâce aux médicaments du perruquier, continuait de dormir.

Après s'être fardée légèrement, car elle se doutait que son beau-frère ne devait pas apprécier les femmes qui se mettaient du rouge, Angélique se sentit embarrassée pour se choisir une robe. La plus simple paraîtrait encore trop somptueuse près des toilettes de la pauvre Hortense, qui portait à peine quelques galons de velours et de rubans au corsage de sa robe de drap gris.

Elle se décida enfin pour un ensemble d'intérieur couleur grains grillés avec d'assez discrètes broderies d'or, et remplaça la délicate berthe de dentelle par un mouchoir de cou de satin noir.

Elle achevait sa toilette lorsque Margot parut, la priant d'excuser son retard.

Elle dit avec beaucoup de mépris que les gens de Paris lui avaient fait l'effet de grossiers paysans. Les bains de Sainte-Jeanne ne valaient en rien les bains romains de Toulouse où même les petites gens pouvaient soigner leur santé en étuvant. À Sainte-Jeanne, l'eau était certes bien chaude, mais les draps de bain étaient d'une propreté douteuse et, à tout moment, quelqu'un regardait par la porte qui menait chez l'étuvier, lequel était en même temps barbier et, tantôt rasait un client, tantôt perçait un abcès. Ensuite, elle avait dû attendre la petite servante et l'avait vertement tancée parce qu'elle avait naturellement profité de l'occasion pour aller traîner dans les rues.

D'une main experte, la servante redonna à la chevelure de sa maîtresse le pli gracieux qui lui était habituel, et ne put résister au désir de la parfumer.

— Méfie-toi. Je ne dois pas être trop élégante. Il faut que j'inspire confiance à mon beau-frère le procureur.

— Hélas ! Avoir vu de si beaux seigneurs à vos pieds et vous parer maintenant pour séduire un procureur !

— C'est beaucoup plus difficile qu'on ne croit. Regarde-moi. Ai-je l'air à peu près réservée et quand même gracieuse ?

— Aussi longtemps que vous aurez des yeux d'une telle couleur, vous n'aurez jamais l'air réservé, répliqua la femme de chambre. Même autrefois, lorsque je vous ai vue pour la première fois dans votre château de Monteloup et que vous étiez encore une jeune indomptable, vous regardiez les hommes comme si vous vouliez leur dire : je suis à toi, si tu veux te donner un peu de peine.

— Moi ? Oh, Margot ! s'exclama Angélique, indignée.

Elle ajouta sévèrement :

— D'où te vient une telle idée ? Plus que quiconque, tu as pu constater quelle vie sage j'ai menée.

— Parce que vous aviez un époux jaloux et vigilant – bien qu'il ne le laisse pas paraître – qui se méfiait de tous, répondit Margot. Mais moi qui ai fréquenté beaucoup de dames distinguées et qui ai observé, je vous dis que vous appartenez à l'espèce la plus dangereuse.

— Moi ? répéta Angélique, incertaine.

Elle se laissait toujours un peu impressionner par cette grande femme dont le comportement lui rappelait les manières autoritaires de sa nourrice.

— Oui, madame. Parce que vous ne suscitez pas chez les hommes un penchant passager mais le grand amour, l'amour qu'ils ont attendu toute leur vie, et c'est ennuyeux quand cela arrive à plusieurs hommes en même temps. Saviez-vous qu'un jeune Toulousain s'est jeté dans la Garonne à cause de vous ?

— Non, je ne le savais pas.

— Je ne vous dirai pas son nom car vous ne l'avez jamais remarqué. C'est justement pour cela qu'il s'est noyé.

Un hurlement strident qui venait du rez-de-chaussée les interrompit. Elles se précipitèrent sur le palier.

Des cris de femme terrifiée montaient à travers la cage de l'escalier. Angélique descendit à toute allure et arriva dans le vestibule pour trouver ses gens groupés sur le seuil d'un air fort étonné.

Les cris continuaient, mais étaient maintenant assourdis et paraissaient provenir d'un haut bahut de faux ébène garnissant l'antichambre.

Hortense, qui était accourue, alla ouvrir le bahut et réussit à en extraire la grosse bonne qui avait ouvert la porte à Angélique ainsi que deux enfants de huit et quatre ans accrochés à ses jupes. Mme Fallot commença par envoyer une gifle à la fille, puis elle lui demanda ce qui lui prenait.

— Là! Là! balbutia la malheureuse, le doigt tendu.

Angélique regarda dans la direction indiquée et aperçut le brave Kouassi-Ba, qui se tenait timidement derrière.

Hortense ne put s'empêcher d'avoir un petit sursaut, mais se maîtrisant elle dit sèchement:

— Eh bien, c'est un homme nègre, un Maure, il n'y a pas de quoi crier ainsi. Vous n'avez jamais vu de Maure?

— N... Non, non, madame.

— Il n'y a personne dans Paris qui n'ait vu un Maure. On voit bien que vous sortez de votre campagne. Vous êtes une sotte.

S'approchant d'Angélique, elle lui glissa:

— Félicitations, ma chère! Tu t'y entends à jeter la perturbation dans ma demeure. Jusqu'à y introduire un sauvage des îles! Il est probable que cette fille va me quitter sur-le-champ. Moi qui ai eu un tel mal à la trouver!

— Kouassi-Ba, ces petits enfants et cette demoiselle ont peur de toi! s'écria Angélique. Montre-leur donc comme tu sauras les amuser.

D'un bond, il se précipita en avant. La servante hurla derechef en s'appuyant à la cloison, comme si elle eût voulu s'y enfoncer. Mais Kouassi-Ba, après avoir fait quelques culbutes, sortit des balles de couleur de ses poches et se mit à jongler avec une habileté surprenante. Il ne semblait nullement gêné par sa récente blessure. Enfin, voyant les enfants sourire, il prit la guitare du petit Giovanni et, s'accroupissant par terre, les jambes croisées, il se mit à chanter de sa voix douce et feutrée.

Angélique s'approcha des autres serviteurs.

— Je vais vous donner de quoi vous loger à l'auberge et prendre vos repas, dit-elle.

Le cocher du carrosse s'avança en tortillant son feutre à plume rouge qui faisait partie de la riche livrée du comte de Peyrac.

— S'il vous plaît, madame, on voudrait vous demander aussi de nous donner le reste de nos gages. Nous voici à Paris : c'est une ville où l'on fait beaucoup de dépenses.

La jeune femme, après un instant d'hésitation, accéda à leurs désirs. Elle pria Margot de lui apporter sa cassette et compta à chacun ce qui lui était dû. Les hommes remercièrent et saluèrent. Le petit Giovanni dit qu'il reviendrait demain aux ordres de Mme la comtesse. Les autres se retirèrent en silence. Comme ils franchissaient le seuil, Margot, debout dans l'escalier, leur cria quelque chose en patois languedocien, mais ils ne répondirent pas.

— Que leur as-tu dit ? demanda Angélique rêveusement.

Elle avait compris mais voulait l'entendre répéter.

— Que s'ils ne se présentaient pas aux ordres demain, le maître leur jetterait un sort.

— Tu crois qu'ils ne reviendront pas ?

— Je le crains bien.

Angélique passa la main sur son front avec lassitude.

— Il ne faut pas dire que le maître leur jettera un sort, Margot. De telles paroles lui causent plus de tort qu'elles ne lui donnent de pouvoir. Tiens, remonte la cassette dans ma chambre et veille à préparer la bouillie de Florimond pour qu'il puisse manger quand il s'éveillera.

— Madame, fit une voix fluette près d'Angélique, mon père m'a prié de vous avertir que le repas était servi et que nous vous attendions en la salle à manger pour dire le bénédicité.

C'était le petit garçon de huit ans qu'elle avait vu tout à l'heure dans le bahut.

— Tu n'as plus peur de Kouassi-Ba ? lui demanda-t-elle.

— Non, madame, je suis très content de connaître un homme noir. Tous mes camarades vont m'envier.

— Comment t'appelles-tu ?

— Martin.

On avait ouvert les fenêtres de la salle à manger, afin de donner un peu de clarté et de ne pas allumer les chandelles. En effet, un crépuscule rose et limpide se prolongeait au-dessus des toits. C'était l'heure où les cloches des paroisses se mettaient à carillonner l'Angélus. Des notes graves et splendides dominaient les autres et paraissaient porter au loin la prière même de la ville.

— Vous avez de fort belles cloches sur votre paroisse, fit remarquer Angélique pour dissiper la contrainte de ce début de repas, lorsque tout le monde se fut assis, la prière dite.

— Ce sont les cloches de Notre-Dame, répondit maître Fallot. Notre paroisse est Saint-Landry, mais la cathédrale est toute proche. En vous penchant à la fenêtre, vous pouvez apercevoir les deux grandes tours et la flèche de l'abside.

Le jeune Martin passa avec un bassin empli d'eau aromatique et une serviette. Chacun se rinça les doigts. Le garçon effectuait son office avec une mine sérieuse. Il avait une frimousse maigre et ressemblait beaucoup à Hortense. Il y avait encore un garçonnet d'environ six ans, un peu trapu comme son père, et une petite fille de quatre ans, dont on ne voyait qu'une coiffe ronde perchée sur des boucles brunes, car elle gardait la tête obstinément baissée.

Hortense fit remarquer qu'elle avait eu deux autres enfants qui étaient morts en bas âge. La petite revenait juste de la nourrice chez qui elle avait été mise à sa naissance, dans un petit village proche de Paris, du nom de Chaillot. C'était pour cela qu'elle se montrait si timide et qu'elle réclamait la paysanne qui l'avait élevée, ainsi que son frère de lait.

À ce moment, la fillette leva un peu la tête, et Angélique vit son regard clair.

— Oh, elle a les yeux verts! s'exclama-t-elle.

— Oui, malheureusement, soupira Hortense, irritée.

— Crains-tu qu'une deuxième Angélique grandisse près de toi?

— Je ne sais pas. C'est une couleur qui ne m'inspire pas confiance.

À l'autre extrémité de la table, un vieillard, oncle de maître Fallot, ancien magistrat, se tenait, docte et silencieux.

Au début du repas, lui et son neveu laissèrent tomber, d'un même geste plein de componction, un morceau de corne de licorne dans leurs verres. Ceci rappela à Angélique qu'elle avait omis, le matin, de prendre la pastille de poison à laquelle Joffrey de Peyrac voulait qu'elle s'accoutumât.

La servante passait le potage. La nappe blanche empesée gardait, en carrelures régulières, les plis du repassage.

L'argenterie était assez belle, mais la famille Fallot n'usait pas de fourchette dont l'usage n'était pas encore répandu. C'était Joffrey qui avait appris à Angélique à se servir de cet objet, et elle se souvint que le jour de son mariage à Toulouse elle s'était sentie fort gauche avec cette petite fourche dans la main. Il y eut plusieurs services de poissons, d'œufs et de laitage. Angélique soupçonna sa sœur d'avoir fait chercher deux ou trois plats préparés à une rôtisserie afin de compléter le menu.

— Il ne faut rien changer à ton ordinaire à cause de ma présence.

— T'imagines-tu que la famille d'un procureur ne mange que de la bouillie de seigle et de la soupe aux choux? répliqua l'autre aigrement.

Le soir, malgré sa fatigue, Angélique fut longue à s'endormir. Elle écoutait monter du creux des ruelles moites les cris de la ville inconnue.

Un petit marchand d'oublies* passa, secouant ses dés dans un cornet. Des maisons où l'on prolongeait la soirée, on l'appelait et les oisifs s'amusaient à jouer aux dés tout son panier de pâtisseries légères.

Un peu plus tard, ce fut la clochette d'un crieur de morts.

Écoutez, vous tous qui dormez,
Priez Dieu pour les trépassés…

---

* Sortes de gaufres.

Angélique frissonna et enfouit son visage dans son oreiller. Elle cherchait près d'elle le long corps sec et chaud de Joffrey. Combien sa gaieté, sa promptitude, sa voix merveilleuse toujours plaisante, ses mains caressantes, lui manquaient !

Quand se retrouveraient-ils ? Comme ils seraient heureux alors ! Elle se blottirait dans ses bras, elle lui demanderait de l'embrasser, de la serrer très fort !... Elle s'endormit en étreignant son oreiller de grosse toile rude au parfum de lavande.

Chapitre dix-neuvième

Angélique ôta le vantail de bois plein, puis elle s'escrima contre la fenêtre aux losanges de verres de couleur reliés de plomb. Elle réussit enfin à l'ouvrir. Il fallait être parisien pour dormir la fenêtre close par une telle chaleur. Elle respira profondément l'air frais du matin, puis s'immobilisa, stupéfaite et émerveillée.

Sa chambre ne donnait pas sur la rue de l'Enfer, mais de l'autre côté de la maison. Elle surplombait une étendue d'eau, lisse et luisante comme une épée, plaquée d'or par le soleil levant et toute sillonnée de barques et de lourds chalands.

Sur la rive d'en face, un bateau de lavandières recouvert d'une capote bombée de toile blanche mettait une tache éclatante comme de la craie dans le paysage pastellisé de brume. Les cris des femmes, le choc de leurs battoirs parvenaient jusqu'à Angélique, mêlés aux appels des mariniers, aux hennissements des chevaux que des valets menaient boire.

Cependant, une odeur pénétrante, à la fois aigre et sucrée, importunait l'odorat. Angélique se pencha et vit que les pilotis de bois qui soutenaient la vieille maison s'enfonçaient dans une grève de vase envahie d'un amoncellement de fruits pourris autour desquels s'affairaient déjà des essaims de guêpes.

Sur la droite, à l'angle de l'île, il y avait un petit port encombré de chalands. On y débarquait de pleines hottes de cerises, de raisins, de poires. De beaux garçons haillonneux, dressés à l'extrémité de leurs barques, mordaient dans une pomme à pleines dents, en jetaient la moitié que les vaguelettes repoussaient le long des maisons, puis, ôtant leurs loques, plongeaient dans l'eau pâle. Partant du port, une passerelle de bois, peinte en rouge vif, reliait la Cité à une petite île.

En face, un peu après les lavandières, commençait également une longue plage garnie de bateaux marchands. On voyait s'y ranger des tonneaux, s'y empiler des sacs, s'y charger des montagnes de foin pour les écuries.

Armés d'une gaffe, des mariniers retenaient les radeaux de bois flotté descendant le courant, puis les guidaient jusqu'à la rive, où les trimardeurs faisaient rouler les troncs, puis les mettaient en pile.

Et, sur toute cette animation, régnait une lumière couleur de primevère, d'une finesse exceptionnelle et qui transformait chaque scène en un délicat tableau estompé, noyé de rêve, rehaussé subitement par l'éclat d'un reflet, d'un linge ou d'un bonnet blanc, d'une mouette criarde qui passait au ras de l'eau.

— La Seine, murmura Angélique.

La Seine, c'était Paris. Les armoiries de la ville ne montraient-elles pas un vaisseau d'argent qui symbolisait les mérites des marchands à qui elle devait sa fortune ?

La veille, Angélique n'avait vu que des rues poussiéreuses et malodorantes. Cette autre image de la ville la réconcilia un peu avec Paris. Elle pensa avec plus d'optimisme aux démarches qu'elle devait entreprendre dès aujourd'hui. Tout d'abord, elle irait aux Tuileries demander audience à la Grande Mademoiselle. Elle lui décrirait franchement la situation: la disparition de son époux, la maison sous scellés, l'affaire enveloppée d'un silence total. On n'avait donné aucune explication. Personne, en dehors du procureur qui était de sa parenté, ne semblait avoir perçu un écho. De cette amie, Angélique espérait apprendre quelque chose des intrigues qui avaient conduit à l'arrestation de Joffrey. Qui sait, peut-être pourrait-elle pousser jusqu'au roi? Le roi, qui avait signé la lettre de cachet, devait bien avoir eu une raison. Il devrait la donner. Angélique se demandait pourtant encore si tout cela n'était pas le produit de son imagination. Elle se représentait une nouvelle fois l'atmosphère de liesse de Saint-Jean-de-Luz, le bonheur, le faste; chacun ne pensait qu'à ses joyaux, à sa place à la cathédrale ou dans les cortèges, et à ne rien manquer.

Et tout à coup, la voix de Joffrey s'était tue pour Angélique. Plus rien. Elle s'était soudain retrouvée seule.

On frappa à la porte.

La servante d'Hortense entra, portant un pichet de lait.

— J'apporte le lait pour le bébé, madame. J'ai été moi-même jusqu'à la place de la Pierre-au-Lait, dès les premières heures. Les femmes des villages arrivaient à peine. Le lait de leurs pots était encore tiède.

— Vous êtes bien bonne, ma fille, de vous donner tant de mal. Il fallait envoyer la petite que j'ai amenée et lui confier le pot pour le monter ici.

— Je voulais voir si le mignon était réveillé. J'aime tant les bébés, madame. C'est bien dommage que Mme Hortense mette les siens en nourrice. Elle en a eu un il y a six mois, que j'ai porté au village de Chaillot. Chaque jour, je me crève le cœur de penser qu'on va venir m'annoncer sa mort; car la nourrice n'avait guère de lait, et je crois surtout qu'elle le nourrit de « miaulée », de pain trempé dans de l'eau et du vin.

Elle était toute ronde avec des joues bien cirées et des yeux bleus et naïfs. Angélique éprouva pour elle un brusque sentiment de sympathie.

— Comment t'appelles-tu?

— Je m'appelle Barbe, madame, pour vous servir.

— Eh bien, tu vois, Barbe, j'ai nourri mon enfant les premiers temps. J'espère qu'il sera vigoureux.

— Rien ne remplace les soins d'une mère, dit Barbe, sentencieuse.

Florimond se réveillait. Il agrippa à deux mains les rebords de sa bercelonnette, et s'assit fixant de ses yeux noirs et brillants le nouveau visage.

— Le beau trésor, le beau mignon, bonjour, mon bézot! chantonna la fille en l'enlevant dans ses bras, tout moite encore de sommeil.

Elle l'emmena à la fenêtre, pour lui montrer les barques et les mouettes, et les paniers de fruits.

— Comment s'appelle ce petit port? demanda Angélique.

— C'est le port Saint-Landry, le port aux fruits, et plus loin c'est le pont Rouge qui mène à l'île Saint-Louis. En face aussi on débarque beaucoup : il y a un port au foin, un port au bois, un port au blé et un port au vin. Ces marchandises intéressent surtout les Messieurs de l'Hôtel de Ville, ce beau bâtiment que vous voyez là-bas derrière la grève.

— Et la grande place qui est devant ?

— C'est la place de Grève.

Barbe plissa les paupières pour mieux voir.

— J'aperçois du monde ce matin en place de Grève. Pour sûr il doit y avoir un pendu.

— Un pendu ? fit Angélique avec horreur.

— Dame, c'est là qu'on fait les exécutions. De ma lucarne, qui est juste au-dessus, j'en perds pas une, bien que ce soit un peu loin. J'aime mieux ça d'ailleurs, car j'ai le cœur sensible. Les pendaisons, c'est le plus fréquent, mais j'ai vu aussi deux têtes coupées à la hache et le bûcher d'un sorcier.

Angélique frissonna et se détourna. La perspective de sa fenêtre lui paraissait tout à coup moins riante.

S'étant habillée avec une certaine élégance puisqu'elle comptait se rendre aux Tuileries, Angélique pria Margot de prendre sa mante et de l'accompagner. La petite bonne garderait Florimond et Barbe veillerait sur eux. Angélique était contente que la servante de la maison fût son alliée, car cela avait beaucoup d'importance pour Hortense, qui était peu aidée. En dehors de Barbe, elle n'avait qu'une fille de vaisselle et un homme de peine qui portait l'eau ou le bois pour les feux de l'hiver, s'occupait des chandelles et lavait les carrelages.

— Votre train ne sera bientôt guère plus reluisant, fit la grande Margot en serrant les lèvres. Ce que je craignais est arrivé, madame. Vos croquants de valets et de cochers se sont enfuis, et il n'y a plus personne pour conduire votre carrosse et soigner vos chevaux.

Après un instant de saisissement, Angélique se rasséréna.

— Après tout, c'est aussi bien ainsi. Je n'ai pris avec moi que quatre mille livres. Mon intention est d'envoyer M. d'Andijos à Toulouse pour me ramener des fonds. Mais, en attendant, comme on ne connaît pas l'avenir, autant n'avoir pas à payer ces gens-là. Je vais vendre mes chevaux et mon carrosse aux propriétaires de l'écurie publique, et nous, nous irons à pied. J'ai grande envie de regarder les boutiques.

— Madame ne se rend pas compte de la boue qu'il y a dans les rues. À certains endroits, on enfonce jusqu'aux chevilles dans les immondices.

— Ma sœur m'a dit qu'en se mettant aux pieds des patins de bois on marchait très aisément. Allons, Margot, ma chère, ne grogne pas, nous allons visiter Paris, n'est-ce pas merveilleux ?

En descendant, Angélique trouva dans le vestibule François Binet et le petit musicien.

— Je vous remercie d'être fidèles, mais je crois qu'il va falloir nous séparer car je ne pourrai pas vous garder désormais à mon service. Veux-tu, Binet, que j'aille te recommander à Mlle de Montpensier ? Étant donné le succès que tu as eu près d'elle à Saint-Jean-de-Luz, je suis certaine qu'elle te trouvera un emploi, ou te recommandera à son tour auprès d'un gentilhomme.

À son grand étonnement, le jeune artisan déclina l'offre.

— Je vous remercie, madame, de votre bonté, mais je crois que je vais en toute simplicité me mettre au service d'un patron barbier.

— Toi, protesta Angélique, toi qui étais déjà le plus grand barbier-perruquier de Toulouse !

— Je ne peux, malheureusement, trouver d'emploi plus important en cette ville où les corporations sont très fermées.

— Mais, à la Cour…

— Briguer l'honneur des grands, madame, est une œuvre de longue haleine. Il n'est pas bon de se trouver trop subitement en pleine lumière, surtout lorsqu'il s'agit d'un modeste artisan comme moi. Il suffit de si peu de chose, d'une parole, d'une allusion venimeuse, pour vous précipiter du faîte des grandeurs dans une misère plus grande que vous n'auriez connue si vous étiez resté modestement dans l'ombre. La faveur des princes est si changeante qu'un titre de gloire peut aussi bien causer votre perdition.

Elle le regarda fixement.

— Tu veux leur laisser le temps d'oublier que tu as été le barbier de M. de Peyrac ?

Il baissa les paupières.

— Pour moi, je ne l'oublierai jamais, madame. Que mon maître s'impose à ses ennemis et je n'aurai qu'une hâte, c'est de le servir de nouveau. Mais je ne suis qu'un simple barbier.

— Tu as raison, Binet, fit Angélique avec un sourire. J'aime ta franchise. Il n'est aucunement nécessaire que nous t'entraînions dans notre disgrâce. Voici cent écus et je te souhaite bonne chance.

Le jeune homme salua et, prenant son coffre de barbier, se recula jusqu'à la porte avec force courbettes et sortit.

— Et toi, Giovanni, veux-tu que j'essaye de te mettre en rapport avec M. Lully?

— Oh! oui, maîtresse, oh, oui!

— Et toi, Kouassi-Ba, que veux-tu faire?

— Je veux me promener avec toi, médême.

Angélique sourit.

— Bon. Eh bien, venez aussi tous les deux. Nous allons aux Tuileries.

À cet instant, une porte s'ouvrit, et maître Fallot passa sa belle perruque brune dans l'entrebâillement.

— J'entends votre voix, madame, et justement je vous guettais pour vous demander un instant d'entretien.

Angélique fit signe à ses trois suivants de l'attendre.

— Je suis à votre disposition, monsieur.

Elle le suivit dans son étude, où s'agitaient clercs et greffiers. L'odeur fade de l'encre, le grincement des plumes d'oie, la clarté douteuse, les vêtements de drap noir de ces gens besogneux ne faisaient pas de cette salle un lieu extrêmement plaisant. Aux murs étaient pendus une multitude de sacs noirs contenant les dossiers des affaires.

Maître Fallot fit passer Angélique dans un petit bureau attenant, où quelqu'un se leva. Le procureur présenta:

— Maître Desgrez, avocat. Maître Desgrez serait à votre disposition pour vous guider dans la pénible affaire de votre mari.

Angélique, consternée, regardait le nouveau venu.

Lui, l'avocat du comte de Peyrac! Il eût été difficile de trouver manteau plus élimé, linge plus usé, feutre un peu moins miteux. Le procureur, qui pourtant lui parlait avec considération, paraissait presque luxueusement vêtu à côté de lui. Le pauvre garçon ne portait même pas de perruque, et ses longs cheveux semblaient de la même laine brune et rêche que son habit. Cependant, malgré sa pauvreté criante, il possédait certainement beaucoup d'aplomb.

— Madame, déclara-t-il aussitôt, ne parlons pas au futur, ni même au conditionnel : je suis à votre disposition. Maintenant, confiez-moi sans crainte ce que vous savez.

— Ma foi, maître, répondit un peu froidement Angélique, je ne sais rien ou à peu près.

— Tant mieux, on ne part pas ainsi sur de fausses présomptions.

— Il y a tout de même un certain point, intervint maître Fallot : la lettre de cachet signée du roi.

— Très juste, maître. Le roi. Il faut partir du roi.

Le jeune avocat mit son menton dans sa main et fronça les sourcils.

— Pas commode ! Pour le point de départ d'une piste on ne peut guère choisir plus haut.

— J'ai l'intention d'aller voir Mlle de Montpensier, la cousine du roi, dit Angélique. Il me semble que par elle je pourrais avoir des renseignements plus précis, surtout s'il s'agit d'une cabale de cour, comme je le soupçonne. Et par elle je pourrai peut-être parvenir jusqu'à Sa Majesté.

— Mlle de Montpensier, peuh ! fit l'autre avec une moue dédaigneuse. Elle est surtout maladroite. N'oubliez pas, madame, qu'elle a été frondeuse et qu'elle a fait tirer sur les troupes de son royal cousin. À ce titre, elle restera toujours suspecte à la Cour. De plus, le roi la jalouse un peu pour ses immenses richesses. Elle comprendra vite qu'il n'est pas de son intérêt de paraître protéger un seigneur tombé en disgrâce.

— Je crois, et j'ai toujours entendu dire que la Grande Mademoiselle avait un excellent cœur.

— Plût au Ciel qu'elle le montrât pour vous, madame! En tant qu'enfant de Paris, je n'ai guère confiance dans le cœur des grands, qui nourrissent le peuple des fruits de leur mésentente, fruits aussi amers et pourris que ceux qui stagnent sous votre maison, monsieur le procureur. Mais, enfin, entreprenez cette démarche, madame, si vous la croyez bonne. Je vous recommande cependant de ne parler à Mademoiselle ainsi qu'aux princes qu'avec beaucoup de légèreté et sans insister sur l'injustice qui vous est faite.

Angélique l'écoutait et hésitait. Elle comptait beaucoup sur Mademoiselle. Cet avocaillon en souliers percés n'avait pas l'air de se douter qu'elle venait de passer plusieurs semaines à bavarder avec Mademoiselle.

Elle prit sa bourse et en tira quelques écus.

— Voici une avance sur les frais que pourra vous occasionner votre enquête.

— Je vous remercie, madame, répondit l'avocat qui, après avoir jeté aux écus un coup d'œil satisfait, les glissa dans une bourse de cuir qu'il portait à la ceinture et qui paraissait fort plate.

Il salua très courtoisement et sortit.

Aussitôt, un énorme chien danois, au poil blanc parsemé de larges taches brunes, et qui attendait patiemment à l'angle de la maison, se dressa et emboîta le pas à l'avocat. Celui-ci, les mains dans les poches, s'éloigna en sifflotant gaiement.

— Cet homme ne n'inspire guère confiance, dit Angélique à son beau-frère. Je le crois à la fois un plaisantin et un vaniteux incapable.

— C'est un garçon très brillant, affirma le procureur, mais il est pauvre… comme beaucoup de ses pareils. Il y a pléthore d'avocats sans cause sur la place de Paris. Celui-ci a dû hériter la charge de son père, sinon il n'aurait pu l'acheter. Mais je vous l'ai recommandé parce que, d'une part, j'estime son intelligence, et que, de l'autre, il ne vous coûtera pas cher. Avec la petite somme que vous lui avez donnée, il va faire des merveilles.

— La question d'argent ne doit pas intervenir. Si cela est nécessaire, mon mari aura le secours des hommes de loi les plus éclairés.

Maître Fallot laissa tomber sur Angélique un regard à la fois hautain et rusé.

— Avez-vous en votre possession une fortune inépuisable ?

— Avec moi, non, mais je vais envoyer le marquis d'Andijos à Toulouse. Il verra notre banquier et le chargera, s'il faut de l'argent immédiatement, de vendre quelques terres.

— Ne craignez-vous pas que vos biens toulousains n'aient été aussi mis sous scellés, comme votre hôtel de Paris ?

Angélique le regarda, atterrée.

— C'est impossible ! balbutia-t-elle. Pourquoi aurait-on fait cela ? Pourquoi s'acharnerait-on contre nous ? Nous n'avons causé de tort à personne.

L'homme de loi eut un geste plein d'onction.

— Hélas ! madame. Bien des gens qui passent dans cette étude prononcent ces mêmes paroles. À les entendre, personne ne causerait jamais de tort à personne. Et, pourtant, il y a toujours des procès…

« Et du travail pour les procureurs », pensa Angélique.

Avec cette nouvelle inquiétude en tête, elle fut moins attentive à la promenade qui, par les rues de la Colombe, des Marmousets et de la Lanterne, l'amena devant le Palais de Justice. Suivant le quai de l'Horloge, elle atteignit ensuite le Pont-Neuf, à l'extrémité de l'île. Son animation enchanta ses accompagnateurs. Des petites boutiques montées sur roues se massaient autour de la statue de bronze du bon roi Henri IV, et mille cris en partaient vantant des marchandises plus variées les unes que les autres. Là c'était un emplâtre miraculeux, là on arrachait les dents sans douleur, ici on vendait des flacons d'un produit bizarre pour détacher les vêtements, là des livres, là des jouets, des colliers d'os de tortue pour délivrer du mal de ventre. On entendait grincer des trompettes et ronfler des caisses à musique. Les tambours battaient sur une estrade où des acrobates jonglaient avec des gobelets. Un individu hâve, vêtu d'un costume élimé, glissa dans la main d'Angélique une feuille de papier et lui demanda dix sols. Elle les lui donna machinalement et mit la feuille dans sa poche, puis ordonna à sa suite béate de se hâter un peu.

Elle n'avait pas le cœur à baguenauder. De plus, à chaque pas, elle était arrêtée par des mendiants qui surgissaient brusquement devant elle, montrant une plaie visqueuse, un moignon enveloppé de charpie sanglante, ou encore par des femmes portant des enfants dont le visage couvert de croûtes était environné de mouches. Ces gens sortaient de l'ombre des porches, de l'angle d'une boutique, se levaient des berges, éructaient des appels d'abord geignards, bien vite menaçants.

À la fin, écœurée et n'ayant plus de menue monnaie, Angélique donna l'ordre à Kouassi-Ba de les chasser. Immédiatement le Noir découvrit ses dents de cannibale et tendit les mains en direction d'un béquillard qui s'approchait, lequel décampa aussitôt avec une agilité pour le moins surprenante.

— Voilà ce qu'on gagne à marcher comme des croquants, répétait la grande Margot, de plus en plus indignée.

La petite troupe longea l'interminable galerie du Louvre qui reliait le château du roi aux Tuileries.

Bâtie de pierre de taille d'un gris délicat en harmonie avec le ciel parisien, la Grande Galerie située au bord de l'eau déployait ses pignons tour à tour triangulaires et ronds, sa façade régulière, simple, animée seulement de piliers grecs aux feuilles d'acanthe.

Angélique, qui n'était pas pour l'heure sensible à un charme aussi sévère, trouva surtout que ces longues murailles étaient sans fin. Elles lui paraissaient sinistres. On disait que la Grande Galerie avait été construite par Charles IX, le roi criminel, qui voulait être sûr de pouvoir, en cas d'émeute, s'échapper de Paris sans devoir quitter son palais. Il pouvait effectivement passer de la Grande Galerie du Louvre aux écuries des Tuileries, enfourcher un cheval et rejoindre aussitôt la campagne.

Angélique eut un soupir de soulagement en apercevant, couverte de lierre, le repère de la Tour du Bois, vestige de l'ancienne enceinte du vieux Paris. Puis apparut le pavillon de Flore, terminant la Grande Galerie et qui la reliait, à l'angle, au château des Tuileries.

L'air devenait plus frais. Un vent léger se levait sur la Seine et dispersait les effluves malodorants de la ville.

Enfin se découvrirent les Tuileries, palais armorié de mille détails, flanqué d'une coupole dodue, de lanternons, résidence d'une grâce féminine, car il avait été pensé par et pour une femme : Catherine, héritière d'une fastueuse famille italienne, les Médicis, épouse du roi Henri II. Lorsque celle-ci, folle de douleur et quittant après l'avoir fait raser, le quartier des Tournelles où elle avait vu périr dans un tournoi – l'œil crevé par le bout de lance brisée de son adversaire, Montgomery, pénétrant par la fente dc la visière du casque – l'époux qu'elle adorait, Catherine de Médicis, tournant le dos dans ses voiles de deuil qu'elle ne quitterait plus à ces lieux de réjouissances « réservés aux ébats des rois », s'était reportée à l'autre bout de Paris. Elle avait décidé de faire construire, en avancée du Louvre, un palais pour elle seule, ouvert sur la campagne. Bâti sur l'emplacement d'une ancienne fabrique de tuiles, le nom en avait été donné à ce palais où Catherine pourrait pleurer et se souvenir.

Avait-elle pu y résider ?

Ardente catholique, longtemps régente pour son fils Charles IX d'un royaume divisé en deux religions ennemies, le massacre des huguenots la nuit de la Saint-Barthélemy lui avait été imputé.

Mais le palais ne gardait en apparence, aucune trace d'événements sinistres, proches ou lointains.

Joint au Louvre, mais l'ignorant, c'était un palais aimable, avide de lumière qu'il recevait et buvait pleinement de toutes ses colonnes ioniques – ordre particulièrement féminin ainsi que l'avait souligné son architecte Philibert Delorme désireux de répondre à ce qu'il devinait des aspirations de la reine –, de toutes ses pierres, et fenêtres, et statues et balcons, il s'offrait au soleil sans qu'aucun obstacle ne lui fît ombre.

Car là s'arrêtait Paris.

Au-delà, vers l'ouest, il n'y avait, comme le chantaient les chroniqueurs, que « jardins magnifiques, parcs admirables, chemins tranquilles », bois et collines peuplés de petits villages et de pieux couvents, se déroulant jusqu'à l'horizon.

❦

Aux Tuileries, on lui dit d'attendre. La Grande Mademoiselle était allée au palais du Luxembourg afin d'y prévoir son déménagement, car Monsieur, frère du roi, avait décidé de lui disputer les Tuileries, où pourtant Mademoiselle résidait depuis des années. Il s'était installé avec toute sa suite dans une aile du palais. Mademoiselle l'avait traité de « chipoteur » et il y avait eu beaucoup de cris.

Finalement Mademoiselle cédait, comme elle avait toujours cédé. Elle était vraiment trop bonne.

M. de Préfontaines, son chambellan, qui confiait tout cela à Angélique, leva les yeux au ciel et pria la jeune femme de prendre place dans un petit salon dont les fenêtres donnaient sur les jardins; puis il continua de se lamenter. Ah! ce n'était pas tout... Mademoiselle désirait juger par elle-même de l'état des biens de son père décédé. On était rentré il y a trois jours, et depuis lors, elle se promenait avec une nuée d'hommes de loi, et se plongeait dans de vieux papiers comme si elle avait eu l'ambition de devenir avocat.

Et comme si cela ne suffisait pas, un émissaire du roi du Portugal attendait avec pour mission de négocier le mariage de son monarque avec la riche héritière.

— Mais c'est merveilleux, dit Angélique. Mademoiselle est charmante, et je suis convaincue qu'elle a déjà reçu maintes demandes flatteuses des Cours princières d'Europe.

— Oh! oui, en effet, acquiesça le bon M. de Préfontaines. Jusqu'à un prince au berceau qu'on lui a proposé il y a six mois. Mais Mademoiselle est difficile. Je ne sais vraiment pas si elle se décidera un jour. Elle se sent si bien à Paris qu'elle ne trouvera jamais le courage de vivre à une petite Cour ennuyeuse en Allemagne ou en Italie. En ce qui concerne Sa Majesté Alphonse IV du Portugal, elle m'a prié d'écouter attentivement le message que le représentant est venu transmettre. Je dois donc me retirer maintenant, madame, pardonnez-moi.

Les personnes qui avaient renseigné Angélique l'avaient rencontrée à Saint-Jean-de-Luz. Non seulement elles la reconnaissaient, mais elles s'adressaient à elle comme si elle ne les eût point quittées depuis ce temps. Et en vérité, mêlée au cortège du retour, il en était bien ainsi. On l'avait vue partager le carrosse de Mlle de Montpensier et de la reine mère. Elle ressentit l'impression à la fois rassurante et absurde qu'elle faisait partie désormais de la Cour. Elle était passée comme à travers un écran invisible de son monde à elle, dans ce monde étrange d'un Olympe habitué à être considéré d'en bas avec révérence et crainte. Comme à Saint-Jean-de-Luz, elle en éprouvait le charme ensorceleur, mais préoccupée de Joffrey et de son sort, elle était aussi sensible à l'égoïsme qui régnait, obstacle évident aux liens de l'amitié.

Elle se reprocha ces sentiments de méfiance presque épidermiques, au moment où elle s'apprêtait à faire appel au cœur et à la bonne volonté de ces privilégiés du sort. Il fallait qu'elle parvienne à les intéresser, à les convaincre, à les émouvoir, pour obtenir d'eux l'aide dont elle avait besoin.

Restée seule, Angélique s'exhorta au calme et à la patience.

Elle s'assit près d'une fenêtre et contempla les merveilleux jardins. Au-delà des parterres de mosaïques fleuries, on voyait briller les flocons blancs d'un grand verger, et plus loin les masses vertes des arbres et de la garenne.

Au bord de la Seine, un bâtiment abritait la volière de Louis XIII, où s'élevaient encore les faucons de chasse. À droite, c'était les célèbres écuries royales et les manèges, d'où montaient à cette heure le bruit des galops et les cris des pages et des entraîneurs.

Angélique respirait l'air champêtre et regardait tourner les petits moulins à vent sur les buttes lointaines de Chaillot, de Passy et du Roule.

Enfin, vers midi, il y eut un grand remue-ménage et Mlle de Montpensier apparut, suant et s'éventant.

— Ma petite amie, dit-elle à Angélique, vous arrivez toujours à point. Au moment où, me tournant de toutes parts, je ne vois que de sottes figures à gifler, votre ravissant minois aux yeux sages et limpides me cause une impression… rafraîchissante. C'est cela : rafraîchissante… Va-t-on, oui ou non, nous apporter de la limonade et des glaces ?

Elle se laissa choir dans un fauteuil, reprit son souffle.

— Que je vous raconte. J'ai failli étrangler le Petit Monsieur ce matin et cela ne m'aurait guère été difficile. Il me chasse de ce palais où j'ai vécu depuis l'enfance. Je dis plus. J'ai régné sur ce palais. Tenez… C'est ici même que j'ai envoyé mes valets et violons ferrailler contre les gens de M. de Mazarin, à la porte de la Conférence que vous voyez là-bas. Celui-ci voulait s'enfuir devant la colère du peuple, mais du coup, il n'a pu sortir de Paris. Peu s'en est fallu qu'on l'assassinât et qu'on ne jetât son corps à la rivière…

— Son Éminence ne semble pas vous en vouloir.

— Oh, il est extrêmement aimable. Que voulez-vous, la Fronde est finie. Mais c'était une grande époque. Quand je galopais à travers Paris, le peuple m'acclamait et enlevait les chaînes avec lesquelles on avait barricadé les rues. Maintenant je m'ennuie. Je dois me marier, me dit-on. Que pensez-vous de cet Alphonse du Portugal ?

— J'avoue n'avoir jamais rien entendu à son propos.

— Préfontaines vient de me faire part d'une chose qui ne m'encourage guère. Ce semble être un petit gros qui ne sent pas très bon et qui a des ulcères incessants entre les plis de sa panse…

— Je comprends que Votre Altesse ne s'enflamme pas pour lui…

Angélique se demandait comment elle pourrait aborder le sujet qui lui tenait à cœur.

Enfin, rassemblant tout son courage, elle dit :

— Que Votre Altesse m'excuse, mais je sais qu'elle est au courant de tout ce qui se passe à la Cour. N'est-il pas venu à sa connaissance que mon mari était à la Bastille ?

La princesse parut franchement surprise et tout de suite s'émut.

— À la Bastille ? Mais quel crime a-t-il commis ?

— C'est précisément ce que j'ignore et j'espère beaucoup en vous, Altesse, pour m'aider à éclaircir cette énigme.

Elle raconta les derniers jours de Saint-Jean-de-Luz et la disparition mystérieuse du comte de Peyrac. Les scellés apposés sur l'hôtel du quartier Saint-Paul prouvaient bien que son enlèvement avait trait à une action de justice, mais le secret était bien gardé.

— Voyons, dit Mlle de Montpensier, cherchons un peu. Votre mari avait des ennemis, comme tout le monde. Qui, selon vous, a pu chercher à lui nuire ?

— Mon mari ne vivait pas en bonne intelligence avec l'archevêque de Toulouse. Mais je ne crois pas que celui-ci aurait pu avancer contre lui rien qui motivât l'intervention du roi.

— Le comte de Peyrac n'aurait-il pas blessé quelques grands, influents auprès de Sa Majesté ? Je me souviens précisément d'une chose, ma petite. M. de Peyrac s'est montré jadis d'une insolence rare à l'égard de mon père lorsque celui-ci s'est présenté à Toulouse comme gouverneur du Languedoc. Oh ! mon père ne lui en a pas voulu, et d'ailleurs il est mort. Mon père n'était pas de caractère jaloux, bien qu'il passât son temps à comploter. J'ai hérité de cette passion, je l'avoue, et c'est pour cela que je ne suis pas toujours très bien vue par le roi. C'est un jeune homme si susceptible… Ah ! M. de Peyrac n'aurait-il pas blessé le roi lui-même ?

— Mon mari n'a pas coutume de se dépenser en flatteries. Cependant il respectait le roi, n'a-t-il pas cherché à lui plaire de son mieux en le recevant à Toulouse ?

— Oh ! quelle fête magnifique, s'enthousiasma Mademoiselle en joignant les mains. Ces petits oiseaux qui sortaient en groupe d'un rocher de confiserie!... Mais, justement, je me suis laissé dire que le roi en avait été irrité. C'est comme pour ce M. Fouquet de Vaux-le-Vicomte... Tous ces grands seigneurs ne se rendent pas compte que, si le roi sourit, ses dents sont agacées, comme s'il buvait du verjus, de voir ses propres sujets l'écraser de leur splendeur...

— Je ne puis croire que Sa Majesté soit d'esprit si mesquin.

— Le roi semble doux et honnête, j'en conviens. Mais, qu'on le veuille ou non, il se souvient toujours du temps où les princes du sang lui faisaient la guerre. Et j'en étais, c'est vrai, je ne sais plus pourquoi. Bref, Sa Majesté se méfie de tout ceux qui relèvent la tête un peu trop haut.

— Mon mari n'a jamais cherché à comploter contre le roi. Il s'est toujours conduit en loyal sujet, il payait à lui seul le quart de tous les impôts du Languedoc.

— Comme vous le défendez avec feu! J'avoue que son aspect m'effrayait un peu, mais, après m'être entretenue avec lui à Saint-Jean-de-Luz, j'ai commencé à comprendre d'où lui venait le succès qu'il a auprès des femmes. Ne pleurez pas, ma chérie, on vous rendra votre Grand Boiteux séducteur, devrais-je harceler de questions le Cardinal lui-même et mettre les pieds dans le plat à mon habitude!

Angélique se sépara de la Grande Mademoiselle un peu rassérénée.

Il fut convenu que celle-ci la ferait chercher dès qu'elle aurait obtenu des renseignements probants. Désireuse de faire plaisir à son amie, la princesse accepta de se charger du petit Giovanni qu'elle prendrait parmi ses violons en attendant de le présenter à Jean-Baptiste Lully, le baladin du roi.

— Il ne pourra rien me refuser car c'est pour moi que M. de Lorraine, mon parent, a rapporté d'Italie ce jeune funambule qui l'avait séduit, pensant que je saurais l'utiliser pour mes divertissements. En quoi il a parfaitement rempli son office, tout en se servant de ma protection pour se faufiler et parvenir jusqu'au roi. Je parle de Lully, ce fripon !

« Quant à votre affaire, de toute façon, aucune démarche ne pourra aboutir avant l'entrée du roi dans Paris, conclut-elle. Tout est suspendu en prévision des fêtes. La reine mère est peut-être au Louvre, mais le roi et la reine doivent rester à Fontainebleau ou Vincennes jusque-là. Cela n'arrange pas les affaires. Aussi ne vous impatientez pas. Je ne vous oublierai pas et vous ferai mander quand il le faudra.

Après l'avoir quittée, Angélique erra un peu dans les couloirs du château avec l'espoir de rencontrer Péguilin de Lauzun, qu'elle savait très assidu auprès de Mademoiselle. Elle ne le vit pas, mais croisa Cerbalaud. Celui-ci promenait une mine assez longue. Lui non plus ne savait que penser de l'arrestation du comte de Peyrac ; tout ce qu'on pouvait dire c'est que personne n'en parlait, ni ne semblait la soupçonner.

— On le saura bientôt, affirma Angélique, confiante en la Grande Mademoiselle, cette trompette aux cent bouches.

Rien ne lui semblait plus terrible maintenant que la muraille de silence dont s'environnait la disparition de

Joffrey. Si l'on en parlait, il faudrait bien que la chose vînt au jour.

Elle s'informa du marquis d'Andijos. Cerbalaud dit que celui-ci venait de se rendre au Pré-aux-Clercs pour un duel.

— Il se bat en duel? s'écria Angélique, effrayée.

— Pas lui, mais Lauzun et d'Humières ont une affaire d'honneur.

— Accompagnez-moi, je veux les voir.

Comme elle descendait l'escalier de marbre, une femme aux grands yeux noirs l'accosta. Elle reconnut la duchesse de Soissons, l'une des Mancini : Olympe, nièce du Cardinal.

— Madame de Peyrac, je suis heureuse de vous revoir, fit cette belle dame, mais, plus encore que vous-même, c'est votre garde du corps, noir comme l'ébène, qui m'enchante. J'avais déjà formé le projet à Saint-Jean-de-Luz de vous le demander. Voulez-vous me le céder? Je vous le payerai bon prix.

— Kouassi-Ba n'est pas à vendre, protesta Angélique. Il est vrai que mon mari l'a acheté tout petit, à Narbonne, mais il ne l'a jamais considéré comme un esclave, et il lui paye des gages.

— Je lui en paierai aussi, et de fort bons.

— Je regrette, madame, mais je ne puis vous donner satisfaction. Kouassi-Ba m'est utile et mon mari serait désolé de ne pas le trouver à son retour.

— Eh bien, tant pis, fit Mme de Soissons avec un petit geste déçu.

Elle jeta encore un regard d'admiration sur le géant de bronze qui se tenait impassible derrière Angélique.

— C'est inouï combien un tel suivant peut faire ressortir la beauté, la fragilité et la blancheur d'une femme. N'est-ce pas votre avis, très cher?

Angélique aperçut alors le marquis de Vardes qui se dirigeait vers eux. Elle n'avait aucune envie de se retrouver en face de ce gentilhomme, qui s'était montré avec elle brutal et odieux. Elle ressentait encore à sa vue la brûlure de ses lèvres qu'il avait mordues méchamment.

Aussi s'empressa-t-elle de saluer Mme de Soissons et de descendre vers les jardins.

— J'ai l'impression que la belle Olympe jette des regards concupiscents sur votre garde, dit Cerbalaud. Vardes, son amant en titre, ne lui suffit pas. Elle est follement curieuse de savoir comment un Maure fait l'amour.

— Oh! dépêchez-vous au lieu de dire des horreurs! s'impatienta Angélique. Moi je suis surtout curieuse de savoir si Lauzun et d'Humières ne sont pas en train de s'embrocher.

Combien ces gens lui semblaient étourdis et sans souci dans une situation si terrible. Elle, elle avait l'impression de courir, comme dans un rêve, à la poursuite de quelque chose d'extrêmement difficile, et de s'évertuer en vain à rassembler des éléments épars. Mais tout fuyait, s'évanouissait devant elle.

Leur groupe se trouvait déjà sur les quais, lorsqu'une voix les héla et les retint encore.

Un grand seigneur, qu'Angélique ne connaissait pas, l'aborda et lui demanda quelques instants d'entretien.

— Oui, mais je suis pressée.

Il l'attira à l'écart.

— Madame, je suis envoyé par Son Altesse royale Philippe d'Orléans, frère du roi. Monsieur désirerait vous entretenir au sujet de M. de Peyrac.

— Mon Dieu ! murmura Angélique dont le cœur se mit à battre très fort.

Enfin allait-elle savoir quelque chose de précis ? Elle n'aimait guère pourtant le frère du roi, trop paré, trop fardé, mais elle l'avait vu jouer un rôle influent à Saint-Jean-de-Luz, au service de son frère. Elle se souvint des paroles admiratives, encore qu'assez ambiguës, qu'il avait prononcées au sujet du comte de Peyrac. Qu'avait-il appris sur le prisonnier de la Bastille ?

— Son Altesse vous attendra ce soir vers l'heure de cinq après midi, continua à mi-voix le gentilhomme. Vous entrerez par les Tuileries et vous vous rendrez au pavillon de Flore, où Monsieur a ses appartements. Ne parlez à personne de tout ceci.

— Je serai accompagnée de ma servante.

— À votre guise.

Il salua et s'éloigna en faisant claquer ses éperons.

— Quel est ce gentilhomme ? demanda Angélique à Cerbalaud.

— Le chevalier de Lorraine, le nouveau favori de Monsieur. Oui, Guiche a déplu : il n'était pas assez enthousiaste pour les amours inverties et gardait trop de goût pour le beau sexe. Pourtant Monsieur n'est pas si dédaigneux des femmes lui non plus. On dit qu'après l'entrée du roi on va le marier, et savez-vous qui il épouse ? La princesse Henriette d'Angleterre, la fille du pauvre Charles Ier que les Anglais ont décapité… Mais son fils est remonté sur le trône.

Angélique n'écoutait que d'une oreille. Elle commençait à avoir faim. L'appétit chez elle ne perdait jamais ses droits. Elle en avait un peu honte, surtout dans les circonstances présentes. Que mangeait Joffrey dans sa noire prison, lui si raffiné ?

Cependant elle jeta un regard autour d'elle dans l'espoir d'apercevoir un marchand de gaufres ou de pâtés chauds, auquel elle achèterait de quoi se restaurer.

Leur nouvelle course les avait amenés de l'autre côté de la Seine, près de la vieille porte de Nesle flanquée de sa tour. Il y avait longtemps que n'existait plus le Pré-aux-Clercs où les étudiants prenaient jadis leurs ébats. Mais il restait encore entre l'abbaye de Saint-Germain-des-Prés et les anciens fossés un terrain vague, planté de boqueteaux où les jeunes gens pointilleux pouvaient venir laver leur honneur loin des regards indiscrets des gens du guet.

En s'approchant, Angélique et Cerbalaud entendirent des cris, et trouvèrent Lauzun et le marquis d'Humières, la chemise ouverte, en tenue de duellistes, et tombant à bras raccourcis sur Andijos. L'un et l'autre racontèrent qu'obligés de se battre, ils avaient prié en cachette Andijos de venir les séparer au nom de l'amitié, quand ils seraient sur le pré. Mais le traître s'était dissimulé derrière un buisson et avait assisté, en riant comme un fou, aux angoisses des deux « ennemis » qui faisaient traîner les choses en longueur, trouvant qu'une épée était plus courte que l'autre, que les chaussons étaient trop étroits, etc. Finalement ils protestèrent lorsque parut le conciliateur.

— Pour peu que nous eussions été gens de cœur, nous aurions eu le loisir cent fois de nous couper la gorge ! criait Lauzun.

Angélique se joignit à eux pour accabler Andijos.

— Croyez-vous que mon mari vous ait entretenu depuis quinze ans pour que vous vous livriez à ces facéties stupides pendant qu'il est en prison ? lui cria-t-elle. Oh ! ces gens du Midi !…

Elle l'empoigna, le tira à l'écart, le supplia et lui ordonna de repartir aussitôt pour Toulouse afin de lui rapporter de l'argent dans les plus brefs délais. Assez penaud, il lui avoua qu'il avait perdu tout ce qu'il possédait en jouant la veille au soir chez la princesse Henriette. Elle lui donna cinq cent livres et Kouassi-Ba pour l'accompagner.

Lorsqu'ils furent partis, Angélique s'aperçut que Lauzun et Humières, ainsi que leurs témoins, s'étaient également éclipsés.

Elle posa la main sur son front.

— Je dois retourner aux Tuileries vers 5 heures, dit-elle à Margot. Attendons par là, dans une taverne où l'on nous donnera à boire et à manger.

— Une taverne ! répéta la servante indignée, madame, ce n'est pas un lieu pour vous.

— Crois-tu que la prison soit un lieu pour mon mari ? J'ai soif et faim. Toi aussi d'ailleurs. Ne fais pas de manière et allons nous reposer.

Elle lui prit le bras familièrement et s'appuya contre elle. Maintenant elle la connaissait bien. Vive, véhémente, facilement outrée, Marguerite, dite Margot, vouait à la famille de Peyrac un attachement indéfectible.

— Peut-être as-tu envie de t'en aller, toi aussi ? dit brusquement Angélique. Je ne sais absolument pas comment tout cela va tourner. Tu as vu que les valets n'ont pas été longs à prendre peur et ils n'ont peut-être pas tort.

— Je n'ai jamais tenu à suivre l'exemple des valets, fit dédaigneusement Margot, dont les yeux flambèrent comme des braises.

Elle avait été scandalisée par les propositions de la duchesse de Soissons à propos de Kouassi-Ba et tout ce qu'elle avait vu de ce palais ne pouvait se comparer pour elle à celui du Gai Savoir. Elle ajouta après un instant de réflexion:

— Pour moi ma vie tourne autour d'un seul souvenir. J'ai été mise avec lui, le comte, dans la hotte du paysan catholique qui nous amena à Toulouse chez ses parents. C'était après le massacre des gens de mon village dont était ma mère, sa nourrice. J'avais quatre ans à peine, mais je me souviens de chaque détail. Il était tout brisé et gémissait. Moi j'essuyais maladroitement son petit visage sanglant, et comme il brûlait de soif, je lui glissais un peu de neige fondue entre les lèvres. Pas plus maintenant qu'alors, devrais-je mourir aussi sur la paille d'un cachot, je ne le quitterai…

Angélique ne répondit rien, mais elle s'appuya plus fortement et posa un instant sa joue contre l'épaule de Margot.

Elles trouvèrent une taverne près de la porte de Nesle, devant le petit pont en dos d'âne qui franchissait l'ancien fossé des remparts. La patronne leur prépara une fricassée dans l'âtre pendant qu'elles buvaient du vin rouge et mangeaient des petits pains ronds.

Il y avait peu de monde dans la salle, à part quelques soldats curieux de cette dame en riches atours assise devant une table grossière.

Par la porte ouverte, Angélique regardait la sinistre tour de Nesle flanquée de son lanternon. C'est de là que jadis on précipitait dans le fleuve les amants d'une nuit de la luxurieuse Marguerite de Bourgogne, reine de France, qui, masquée, allait racoler dans les ruelles les étudiants au frais visage.

Maintenant la tour délabrée avait été louée par la Ville à des blanchisseuses, qui étalaient leur linge aux créneaux et aux meurtrières.

L'endroit était calme et peu passant, la campagne toute proche. Des bateliers tiraient leurs barques sur la vase des rives. Des enfants pêchaient à la ligne dans les fossés.

Lorsque le soir commença de tomber, Angélique traversa de nouveau le fleuve pour se retrouver aux Tuileries. Il y avait beaucoup de monde dans les allées du jardin, car l'heure fraîche amenait non seulement des seigneurs, mais aussi des familles de riches bourgeois, qui avaient accès à la promenade du parc.

Au pavillon de Flore, le chevalier de Lorraine vint lui-même à la rencontre des visiteuses et les installa sur une banquette de l'antichambre. Son Altesse n'allait pas tarder à venir. Il les laissa.

Les couloirs semblaient très animés. Ce passage servait de communication entre les Tuileries et le Louvre. À plusieurs reprises, Angélique remarqua des visages rencontrés à Saint-Jean-de-Luz. Elle se renfonçait dans l'encoignure, n'ayant aucun souci d'être reconnue. D'ailleurs peu de personnes les remarquaient. On se rendait au souper de Mademoiselle. On se donnait rendez-vous pour jouer au trente et un chez Mme Henriette. Certains déploraient d'être contraints de retourner bientôt hors les murs, au château de Vincennes, si peu commode, mais où le roi devait demeurer jusqu'à son entrée dans Paris.

Peu à peu, l'ombre envahit les couloirs. Des files de laquais apparurent portant des flambeaux qu'ils disposèrent de console en console, entre les hautes fenêtres.

— Madame, dit brusquement Margot, il faut nous en aller. La nuit colle aux carreaux. Si nous ne partons pas maintenant, nous ne nous y retrouverons pas, ou bien nous nous ferons assassiner par quelque malandrin.

— Je ne bougerai pas avant d'avoir vu Monsieur, fit Angélique, têtue.

La servante n'insista pas. Mais quelques instants plus tard, elle reprit à voix basse :

— Madame, je crains qu'on ne veuille attenter à votre vie.

Angélique sursauta.

— Tu es folle. Où vas-tu chercher des idées pareilles ?

— Pas si loin. On a bien cherché à vous tuer il y a quatre jours à peine.

— Que veux tu dire ?

— Dans la forêt du côté d'Orléans. Ce n'était pas au roi et à la reine qu'on en voulait, madame, mais bien à vous. Et, si la voiture n'avait pas trébuché dans une ornière, la balle qu'on a tirée à bout portant sur la vitre, vous l'auriez reçue dans la tête, pour sûr.

— Tu te fais des imaginations extravagantes. Ces valets, à la recherche d'un mauvais coup, auraient assailli n'importe quelle voiture...

— Ouais ! Alors pourquoi celui qui a tiré sur vous était-il votre ancien maître d'hôtel, Clément Tonnel ?

Angélique regarda autour d'elle la perspective maintenant déserte de l'antichambre, où les flammes droites des cires ne faisaient remuer aucune ombre.

— Tu es certaine de ce que tu dis là ?

— J'en répondrai sur ma vie. Je l'ai bien reconnu, malgré son feutre baissé sur les yeux. On a dû le choisir parce qu'il vous connaissait bien, et qu'ainsi on était sûr qu'il ne se tromperait pas sur la personne.

— Qui ça, « on »?

— Est-ce que je sais, moi? fit la servante en haussant les épaules. Mais il y a une chose au moins que je crois encore: c'est que cet homme est un espion; il ne m'a jamais inspiré confiance. D'abord, il n'était pas de chez nous. Ensuite, il ne savait pas rire. Enfin, il paraissait toujours guetter quelque chose, un air de s'affairer à son travail et avec des oreilles trop ouvertes… Maintenant, pourquoi a-t-il voulu vous tuer, je ne pourrais pas plus l'expliquer que la raison pour laquelle mon maître est en prison. Mais il faudrait être aveugle et sourde et sotte par-dessus le marché pour ne pas comprendre que vous avez des ennemis qui ont juré votre perte.

Angélique frissonna et serra autour d'elle son ample cape de soie prune.

— Je ne vois rien qui puisse motiver cet acharnement. Pourquoi voudrait-on me tuer?

Dans un éclair, la vision du coffret au poison passa devant ses yeux. Ce secret, elle ne l'avait partagé qu'avec Joffrey. Était-il possible qu'on se préoccupât encore de cette vieille histoire?

— Partons, madame, répéta Margot d'une voix pressante.

À ce moment, un bruit de pas résonna dans la galerie. Angélique ne put s'empêcher de tressaillir nerveusement. Quelqu'un s'approchait. Angélique reconnut le chevalier de Lorraine, portant un flambeau à trois bougies.

Les flammes éclairaient son jeune visage très beau, dont l'expression affable démentait mal une nuance hypocrite et tant soit peu cruelle.

— Son Altesse royale vous prie de l'excuser, dit-il en s'inclinant. Elle a été retardée et ne pourra se rendre ce soir au rendez-vous qu'elle vous a donné. Voulez-vous que la chose soit reportée demain à la même heure ?

Angélique était affreusement déçue. Elle accepta cependant le nouveau rendez-vous.

Le chevalier de Lorraine lui dit que les portes des Tuileries étaient fermées; il allait les conduire jusqu'à l'autre extrémité de la Grande Galerie. Là, en sortant par un petit jardin qu'on appelait le jardin des Lavandières, elles seraient à quelques pas du Pont-Neuf.

Le chevalier marchait en tenant haut son flambeau. Ses talons de bois résonnaient lugubrement sur le dallage. Angélique voyait passer dans les vitres noires leur petit cortège, et ne pouvait s'empêcher de lui trouver quelque chose de funèbre. De temps à autre, on croisait un garde, une porte s'ouvrait et un couple en sortait, rieur. On apercevait un salon brillamment éclairé, ou la société jouait gros et petit jeu. Un orchestre de violons, quelque part derrière une tenture, laissa flotter longtemps sa mélodie aigrelette et douce.

Enfin l'interminable marche parut prendre fin. Le chevalier de Lorraine s'arrêta.

— Voici l'escalier par lequel vous allez descendre dans les jardins. Vous trouverez immédiatement sur votre droite une petite porte et quelques marches, et vous serez hors du palais.

Angélique n'osait dire qu'elle était sans voiture, et d'ailleurs le chevalier ne s'en informait pas. Il s'inclina avec la correction de quelqu'un qui a terminé son service et s'éloigna.

Angélique saisit de nouveau le bras de la servante.

— Dépêchons-nous, Margot, ma chère. Je ne suis pas peureuse, mais cette promenade nocturne ne m'inspire aucunement.

Elles commencèrent à descendre en hâte les marches de pierre.

Ce fut son petit soulier qui sauva Angélique.

Elle avait tant marché toute la journée que la fragile bride de cuir, brusquement, céda. Lâchant sa compagne à mi-chemin de l'escalier, elle se pencha pour essayer de la réparer. Margot continua de descendre.

Tout à coup un cri atroce monta de l'ombre, un cri de femme frappée à mort.

— Au secours, madame, on m'assassine… Fuyez!… Fuyez!

Puis la voix se tut. Un gémissement affreux se prolongea, s'affaiblit.

Glacée d'épouvante, Angélique sondait en vain le puits obscur où s'enfonçaient les marches blêmes.

Elle appela:

— Margot! Margot!

Sa voix résonna dans un silence profond. L'air frais de la nuit parfumé par les orangers du jardin venait jusqu'à elle, mais plus un bruit ne s'élevait.

Frappée de panique, Angélique remonta précipitamment et retrouva les lumières de la Grande Galerie. Un officier y passait. Elle se précipita vers lui.

— Monsieur! Monsieur! Au secours. On vient de tuer ma servante.

Elle reconnut un peu tard le marquis de Vardes, mais dans son effroi il lui parut providentiel.

— Hé! c'est la femme en or, fit-il remarquer de sa voix ricanante, c'est la femme aux doigts lestes!

— Monsieur, le moment n'est pas au badinage. Je vous répète qu'on vient d'assassiner ma servante.

— Et après? Vous ne voudriez pas que j'en pleure?

Angélique se tordait les mains.

— De grâce, il faut faire quelque chose, chasser les malandrins qui se cachent sous cet escalier. Elle n'est peut-être que blessée?

Il la regardait en continuant de sourire.

— Décidément, vous me semblez moins arrogante que la première fois que nous nous sommes rencontrés. Mais l'émotion ne vous va pas si mal.

Elle fut sur le point de lui sauter au visage, de le frapper, de le traiter de lâche. Mais elle entendit le glissement de l'épée qu'il tirait de son fourreau tout en disant nonchalamment:

— Allons voir cela.

Elle le suivit, essayant de ne pas trembler, et redescendit près de lui les premières marches.

Le marquis se pencha par-dessus la balustrade.

— On ne voit rien, mais on sent. Le fumet de la canaille ne trompe guère: oignons, tabac et vin noir des tavernes. Ils sont bien quatre ou cinq à grouiller en bas.

Et, lui saisissant le poignet:

— Écoutez.

Le bruit d'une chute dans l'eau, suivi d'une retombée d'éclaboussures, troua le silence morne.

— Voilà. Ils viennent de jeter le corps dans la Seine.

Tourné vers elle, les yeux à demi fermés comme s'il l'étudiait avec une attention de reptile, il continuait:

— Oh! l'endroit est classique. Il y a par là une petite porte qu'on oublie souvent de fermer, parfois volontairement. C'est un jeu, pour qui le veut, d'y poster quelques tueurs à gages. La Seine est à deux pas. L'affaire est vite menée. Tendez l'oreille un peu, vous les entendrez chuchoter. Ils ont dû s'apercevoir qu'ils n'ont pas frappé la personne qu'on leur avait recommandée. Vous avez donc de grands ennemis, ma toute belle?

Angélique serrait les dents pour les empêcher de claquer.

Elle réussit à dire enfin:

— Qu'allez-vous faire?

— Pour l'instant, rien. Aucune envie d'aller mesurer mon épée avec les rapières rouillées de ces malandrins. Mais d'ici une heure des Suisses vont venir prendre la garde dans ce coin. Les assassins déguerpiront, à moins qu'ils ne se fassent pincer. De toute façon, vous pourrez alors passer sans crainte. En attendant…

La tenant toujours par le poignet, il la ramena dans la galerie. Elle le suivait machinalement, la tête bourdonnante.

— Margot est morte… On a voulu me tuer… C'est la deuxième fois… Et je ne sais rien, rien… Margot est morte…

Vardes l'avait fait entrer dans une sorte de renfoncement du mur garni d'une console et de tabourets, et qui devait servir d'antichambre à un appartement voisin. Posément, il remit son épée au fourreau, détacha son baudrier et le posa ainsi que l'arme sur la console. Puis il s'approcha d'Angélique.

Elle comprit subitement ce qu'il voulait et le repoussa avec horreur.

— Quoi, monsieur, je viens d'assister au meurtre d'une fille pour laquelle j'avais de l'attachement, et vous croyez que je consentirais…

— Je me moque que vous consentiez ou non. Ce que les femmes ont en tête m'est indifférent. Je ne leur trouve de l'intérêt qu'au-dessous de la ceinture. L'amour est une formalité. Ignorez-vous que c'est ainsi que les belles dames paient leur passage dans les couloirs du Louvre?

Elle essaya de se montrer cinglante.

— C'est vrai, j'oubliais: « Qui dit Vardes, dit mufle. »

Le marquis lui pinça le bras jusqu'au sang.

— Petite garce! Si vous n'étiez pas si jolie, je vous abandonnerais volontiers à ces braves gens qui vous attendent sous l'escalier. Mais ce serait dommage de voir saigner un petit poulet si tendre. Allons, soyez sage.

Elle ne le voyait pas, mais elle devinait son sourire suffisant et un peu cruel dans son beau visage. Une lueur indécise, venue de la galerie, éclairait sa perruque d'un blond pâle.

— Vous ne me toucherez pas, fit-elle haletante, ou j'appelle.

— Appeler ne servirait à rien. L'endroit est peu fréquenté. Il n'y aurait guère pour s'émouvoir de vos cris que les messieurs aux rapières rouillées. Ne faites pas de scandale, ma chère. Je vous veux, je vous aurai. Il y a longtemps que j'ai décidé cela et le hasard m'a bien servi. Préférez-vous que je vous laisse repartir seule chez vous?

— J'irai demander aide ailleurs.

— Qui vous aidera dans ce palais, où tout semble avoir été si bien préparé pour votre perte ? Qui vous a conduite jusqu'à cet escalier réputé ?

— Le chevalier de Lorraine.

— Tiens ! Tiens ! Il y aurait donc du Petit Monsieur là-dessous ? Au fait, ce n'est pas la première fois qu'il supprimerait quelque « rivale » gênante. Vous voyez donc que vous avez tout intérêt à vous taire…

Elle ne répondit pas, mais, lorsqu'il se rapprocha de nouveau, elle ne bougea plus.

Sans hâte, avec une tranquillité insolente, il lui releva ses longues jupes de taffetas qui bruissèrent, et elle sentit ses mains tièdes lui caresser complaisamment les reins.

— Charmante, fit-il à mi-voix… Un régal sans pareil.

Angélique était hors d'elle-même d'humiliation et de peur. Dans son esprit affolé, tourbillonnaient des images absurdes : le chevalier de Lorraine et son flambeau, la Bastille, le cri de Margot, le coffret de poison. Puis tout s'effaça, et elle fut submergée par l'anxiété, la panique physique de la femme qui n'a connu qu'un seul homme. Ce contact nouveau l'inquiétait et la révulsait. Elle se tordit, essayant d'échapper à l'étreinte. Elle voulait crier, mais aucun son ne sortit de sa gorge. Paralysée, tremblante, elle se laissa prendre, réalisant à peine ce qui lui arrivait…

Un éclat de lumière plongea soudain à l'intérieur du réduit. Puis un gentilhomme qui passait écarta précipitamment son flambeau et s'éloigna en riant et en criant : « Je n'ai rien vu. » Ce genre de spectacle semblait être familier aux habitants du Louvre.

Le marquis de Vardes ne s'était pas interrompu pour si peu. Dans l'ombre où leurs souffles proches se mêlaient, Angélique éperdue se demandait quand la terrible contrainte allait prendre fin. Lasse, bouleversée, à demi évanouie, elle s'abandonnait, malgré elle, aux bras masculins qui la broyaient. Peu à peu, la nouveauté de l'étreinte, la répétition de ces gestes d'amour pour lesquels son corps avait été si merveilleusement façonné, lui causèrent un trouble contre lequel elle ne se défendit pas. Lorsqu'elle en eut pris conscience, il était trop tard. L'étincelle du plaisir allumait en elle une langueur bien connue, répandait en ses veines le subtil émoi qui bientôt allait se transformer en feu dévorant. Le jeune homme la devina. Il eut un petit rire étouffé et redoubla de science et d'attention.

Alors elle se révolta contre elle-même, refusant de consentir à ce forfait, mais la lutte ne faisait que précipiter sa défaite. Elle cessa d'être passive et se pressa sans retenue contre lui, emportée par le flot de la volupté. Sentant son triomphe, il fut sans pitié et elle, sans volonté, les lèvres entrouvertes et, dans la gorge, ces râles qui expriment la rancune et la gratitude de la femme vaincue.

À peine se furent-ils séparés qu'Angélique se sentit envahie d'une honte affreuse. Elle plongea son visage dans ses mains. Elle aurait voulu mourir, ne jamais revoir la lumière.

Silencieux, encore haletant, l'officier remettait son baudrier.

— Les gardes doivent être là, maintenant, dit-il. Viens.

Comme elle ne bougeait pas, il lui prit le bras et la poussa hors du recoin.

Elle se dégagea, mais le suivit sans un mot. La honte continuait à la brûler comme un fer rouge. Jamais plus elle ne pourrait regarder Joffrey en face, embrasser Florimond. Vardes avait tout détruit, tout saccagé. Elle avait perdu la seule chose qui lui restait: la conscience de son amour.

Au pied de l'escalier, un Suisse, en collerette blanche et pourpoint à crevés jaunes et rouges, sifflotait, appuyé sur sa hallebarde près d'une lanterne posée à terre.

À la vue de son capitaine, il se redressa.

— Pas de coquins dans les environs? interrogea le marquis.

— Je n'ai vu personne, monsieur. Mais, avant mon arrivée, y a dû avoir du vilain par là.

Levant sa lanterne il montra sur le sol une large flaque de sang.

— La porte du jardin était ouverte sur les quais. J'ai suivi le sang jusque-là. Je suppose qu'ils ont foutu le type à l'eau…

— Ça va, Suisse. Veille bien.

La nuit était sans lune. Des berges montait une odeur de vase fétide. On entendait bourdonner les moustiques et murmurer la Seine. Angélique, arrêtée au bord de la rive, appela tout bas:

— Margot!

L'envie lui prenait de s'anéantir dans cette ombre, de plonger à son tour au sein de la nuit liquide.

La voix du marquis de Vardes interrogea sèchement:

— Où demeures-tu?

— Je vous défends de me tutoyer! cria-t-elle tandis que la colère la ranimait brusquement.

— Je tutoie toujours les femmes que j'ai prises.

— Je me moque de vos petites habitudes. Laissez-moi.

— Oh! Oh! Tu étais moins fière tout à l'heure. Je n'avais pas l'impression de tellement te déplaire.

— Tout à l'heure était tout à l'heure. Maintenant c'est autre chose. Et maintenant je vous hais.

Elle répéta plusieurs fois « je vous hais! », les dents serrées, et cracha vers lui.

Puis elle se mit à marcher, en trébuchant dans la poussière du rivage.

L'obscurité était complète. À peine quelques falots, de place en place, éclairaient l'enseigne d'une boutique, le porche d'une maison bourgeoise.

Angélique savait que le Pont-Neuf se trouvait à sa droite. Elle repéra sans trop de peine le blanc parapet, mais comme elle s'y engageait, une sorte de larve humaine accroupie se dressa devant elle. À l'odeur nauséabonde, elle devina un de ces mendiants qui l'avaient tant effrayée pendant le jour. Elle recula, poussant un cri perçant. Derrière elle un pas se précipita et la voix du marquis de Vardes s'éleva:

— Arrière, truand, ou je t'embroche!

L'autre restait planté en travers du pont.

— Pitié, noble seigneur! Je suis un pauvre aveugle.

— Pas si aveugle que tu n'y voies clair pour couper ma bourse!

De la pointe de son épée, Vardes piqua le ventre de l'être informe, qui sursauta et s'enfuit en geignant.

— Cette fois, allez-vous me dire où vous habitez? fit l'officier durement.

Du bout des lèvres, Angélique donna l'adresse de son beau-frère le procureur. Ce Paris nocturne la terrifiait. On y sentait un grouillement d'êtres invisibles, une vie souterraine pareille à celle des cloportes. Des voix sortaient des murs, des chuchotements, des ricanements. De temps à autre, la porte ouverte d'une taverne ou d'un bordeaux jetait sur le seuil une giclée de lumière et de chants criards, et l'on apercevait dans la fumée des pipes des mousquetaires attablés avec, sur les genoux, la masse rose d'une fille nue. Puis le lacis des ruelles reprenait, labyrinthe ténébreux.

Vardes se retournait souvent. D'un groupe réuni près d'une fontaine, un individu s'était détaché et les suivait d'un pas silencieux et souple.

— Est-ce loin encore ?

— Nous arrivons, dit Angélique qui reconnaissait les gargouilles et les pignons des maisons de la rue de l'Enfer.

— Tant mieux, car je crois que je vais être obligé de percer quelques bedaines. Écoutez-moi bien, petite. Ne revenez jamais au Louvre. Cachez-vous, faites-vous oublier.

— Ce n'est pas en me cachant que je ferai sortir mon mari de prison.

Il ricana :

— À votre guise, ô fidèle et vertueuse épouse.

Angélique sentit un flot de sang lui monter au visage. Elle avait envie de mordre, d'étrangler.

Une seconde silhouette surgit d'un bond de l'ombre d'une ruelle.

Le marquis plaqua au mur la jeune femme et se posta devant elle, l'épée à la main.

Dans le cercle de clarté que dispensait la grosse lanterne suspendue devant la maison de maître Fallot de

Sancé, Angélique, les yeux dilatés d'effroi, regardait ces hommes couverts de haillons. L'un d'eux avait un bâton à la main, l'autre un couteau de cuisine.

— Nous voulons vos bourses, dit le premier d'une voix rauque.

— Vous aurez certainement quelque chose, messires, mais ce seront quelques bons coups d'épée.

Angélique, suspendue au marteau de bronze de la porte, frappait à coups redoublés. La porte enfin s'entrebâilla. Elle s'engouffra dans la maison, gardant la vision du marquis de Vardes dont l'épée haute tenait en respect les deux malandrins, grondants et avides comme des loups.

C'était Hortense qui lui avait ouvert la porte. Une chandelle à la main, son cou maigre jaillissant d'une chemise de grosse toile, elle suivait sa sœur dans l'escalier, en chuchotant d'une voix sifflante.

Elle l'avait toujours dit. Une traînée, voilà ce qu'était Angélique depuis son plus jeune âge. Une intrigante. Une ambitieuse qui ne tenait qu'à la fortune de son mari et avait encore l'hypocrisie de faire croire qu'elle l'aimait, tandis qu'elle ne se privait pas de suivre des libertins dans les bas-fonds de Paris.

Angélique écoutait à peine. L'oreille tendue, elle guettait les bruits de la rue; elle entendit nettement un cliquetis d'acier, puis un cri d'homme égorgé, suivi d'une galopade éperdue.

— Écoute, murmura-t-elle en saisissant nerveusement le bras d'Hortense.

— Quoi donc?

— Ce cri ! Il y a eu certainement un blessé.

— Et après ? La nuit est aux malandrins et aux bretteurs. Aucune femme respectable n'aurait l'idée de se promener dans Paris après le coucher du soleil. Il faut que ce soit ma propre sœur !

Elle éleva la chandelle pour éclairer le visage d'Angélique.

— Si tu te voyais ! Pouah ! Tu as une tête de courtisane qui vient de faire l'amour.

Angélique lui arracha le bougeoir des mains.

— Et toi, tu es une tête de bégueule qui ne l'a pas fait assez. Va donc rejoindre ton procureur de mari, qui ne sait que ronfler quand il est au lit.

Angélique resta longtemps assise devant la fenêtre, ne se décidant pas à s'étendre et à dormir. Elle ne pleurait pas. Elle revivait les diverses étapes de cette affreuse journée. Il lui semblait qu'un siècle s'était écoulé depuis le moment où Barbe était entrée dans la chambre en disant : « Voici du bon lait pour le bébé. »

Depuis, Margot était morte et elle, Angélique, avait trahi Joffrey.

« Si au moins cela ne m'avait pas fait tant plaisir ! », se répétait-elle.

L'avidité de son corps lui faisait horreur. Tant qu'elle s'était trouvée aux côtés de Joffrey, comblée par lui, elle n'avait pas su à quel point la parole qu'il lui avait souvent dite, « Vous êtes faite pour l'amour », était vraie. Heurtée par la trivialité de certains événements de son enfance, elle s'était crue froide, avec ses répulsions, ses réflexes ombrageux. Joffrey avait su la libérer de ses mauvaises chaînes, mais aussi il avait éveillé en elle le goût du plaisir, auquel la portait sa nature saine et champêtre. Parfois il s'en était montré un peu inquiet.

Elle se souvint d'un après-midi d'été, alors qu'étendue en travers du lit elle se pâmait sous ses caresses. Tout à coup il s'était interrompu et lui avait dit brusquement :

— Me trahiras-tu ?

— Non, jamais. Je n'aime que toi.

— Si tu me trahissais, je te tuerais !

« Eh bien, qu'il me tue ! pensa Angélique en se dressant brusquement. Ce sera bon de mourir de sa main. C'est lui que j'aime. »

Accoudée à la fenêtre, tournée vers la ville nocturne, elle répéta : « C'est toi que j'aime. »

Dans la chambre s'élevait le souffle léger du bébé. Angélique réussit à dormir une heure, mais dès les premières lueurs de l'aube, elle se trouva debout. Ayant noué un foulard sur ses cheveux, elle descendit à pas de loup et sortit.

Mêlée aux servantes, aux femmes d'artisans et de commerçants, elle s'en alla à Notre-Dame pour entendre la première messe.

Dans les ruelles, où le brouillard de la Seine se dorait comme un voile féerique sous les premiers rayons du soleil, on respirait encore les relents de la nuit. Truands, filous, coupe-bourse regagnaient leurs repaires, tandis que mendiants, malingreux, coquillards, béquillards s'installaient au coin des rues. Des yeux chassieux suivaient ces femmes prudes et sages allant prier leur Seigneur avant de commencer leurs tâches. Les artisans ôtaient les vantaux de leurs échoppes.

Les garçons perruquiers, le sac de poudre et le peigne à la main, couraient chez leurs pratiques bourgeoises afin d'accommoder la perruque de M. le conseiller ou de M. le procureur.

Chapitre vingtième

ANGÉLIQUE REMONTA LES TRAVÉES ombreuses de la cathédrale. Dans un froissement de savates les marguilliers préparaient les calices et les burettes sur des autels, garnissaient d'eau les bénitiers, nettoyaient les chandeliers.

Elle entra dans le premier confessionnal rencontré. Les tempes battantes, elle s'accusa d'avoir commis le péché d'adultère. Après avoir reçu l'absolution, elle assista à la messe, puis alla commander trois services pour le repos de l'âme de sa servante Marguerite.

En se retrouvant sur le parvis, elle se sentait apaisée. L'heure des scrupules était passée. Maintenant elle garderait tout son courage pour lutter et arracher Joffrey à la prison.

Elle acheta des oublies encore tièdes du four à un petit marchand et commença de manger en regardant autour d'elle. L'animation du parvis était déjà à son comble. Des carrosses amenaient de grandes dames aux messes suivantes, car il y avait de nombreux offices à Notre-Dame.

Devant les portes de l'Hôtel-Dieu, des religieuses alignaient les morts de la nuit, dûment cousus dans leur linceul.

Un tombereau les ramasserait pour les emporter au cimetière des Saints-Innocents.

Bien que la place du Parvis fût close d'une murette, elle n'en conservait pas moins le désordre et le pittoresque qui en avaient fait jadis la place la plus populaire de Paris.

Les boulangers venaient toujours y vendre à bas prix, pour les indigents, leur pain de la semaine passée. Les badauds s'assemblaient toujours devant le Grand Jeûneur, cette énorme statue de plâtre, recouverte de plomb, et que les Parisiens, depuis des siècles, avaient toujours vue là. On ne savait pas ce que représentait ce monument : c'était un homme tenant d'une main un livre et de l'autre un bâton autour duquel s'entrelaçaient des serpents.

C'était le personnage le plus célèbre de Paris. On lui attribuait le pouvoir de parler les jours d'émeute pour exprimer les sentiments du peuple, et combien de libelles circulaient alors signés « le Grand Jeûneur de Notre-Dame »...

Oyez, la voix d'un sermonneur
Vulgairement appelé Jeûneur
Pour s'être vu, selon l'Histoire
Mille ans sans manger sans boire

C'était aussi sur le parvis qu'étaient venus, au cours des siècles, tous les criminels, en chemise et le cierge de quinze livres en main, pour faire leur amende honorable à Notre-Dame, avant d'être brûlés ou pendus.

Angélique eut un frisson en évoquant le cortège des sinistres fantômes.

Combien étaient venus s'agenouiller là, au milieu des clameurs cruelles, sous le regard aveugle des vieux saints de pierre !

Elle secoua la tête pour chasser ces pensées lugubres et s'apprêtait à retourner chez le procureur, lorsqu'un ecclésiastique en costume de ville l'aborda.

— Madame de Peyrac, je vous présente mes hommages. Je comptais précisément me rendre chez maître Fallot pour vous entretenir.

— Je suis à votre disposition, monsieur l'abbé, mais je me remémore mal votre nom.

— Vraiment?

L'abbé souleva son large chapeau, entraînant dans le même geste une courte perruque en crin grisonnant, et Angélique, stupéfaite, reconnut l'avocat Desgrez.

— Vous! Mais pourquoi ce déguisement?

Le jeune homme s'était recoiffé. Il glissa à mi-voix:

— Parce qu'hier on avait besoin d'un aumônier à la Bastille.

Il prit dans les basques de son habit une petite boîte de corne pleine de tabac râpé, prisa, éternua, se moucha et demanda ensuite à Angélique:

— Qu'en pensez-vous? N'est-ce pas criant de vérité?

— Certes. Je m'y suis laissé prendre moi-même. Mais… dites-moi, vous avez pu vous introduire à la Bastille?

— Chut! Allons chez M. le procureur. Nous y parlerons librement.

En chemin, Angélique maîtrisait avec peine son impatience. L'avocat savait-il enfin quelque chose? Avait-il vu Joffrey?

Il marchait fort gravement à son côté, avec l'attitude digne et modeste d'un vicaire plein de piété.

— Est-ce que cela vous arrive souvent de vous déguiser ainsi dans votre métier? demanda Angélique.

— Dans mon métier, non. Mon honneur d'avocat s'opposerait même à de telles mascarades. Mais il faut bien vivre. Lorsque je suis las de faire du corbinage, c'est-à-dire de la chasse aux clients sur les marches du Palais pour pêcher une plaidoirie qui me sera payée trois livres, j'offre mes services à la police. Cela me nuirait si on le savait, mais je peux toujours prétendre que j'enquête pour mes clients.

— N'est-ce pas un peu hardi de se déguiser en ecclésiastique? interrogea Angélique. Vous pouvez être entraîné à commettre un acte proche du sacrilège.

— Je ne me présente pas pour donner les sacrements, mais comme confident. Le costume inspire confiance. Rien n'est plus naïf en apparence qu'un vicaire sorti tout frais d'un séminaire. On lui raconte n'importe quoi. Ah! certes, je reconnais que tout cela n'est pas brillant. Ce n'est pas comme votre beau-frère Fallot, qui était mon condisciple à la Sorbonne. Voilà un homme qui ira loin! Ainsi, pendant que je joue au frétillant petit abbé près d'une gentille demoiselle, ce grave magistrat va passer toute sa matinée à genoux, au Palais, à écouter une plaidoirie de maître Talon dans un procès d'héritage.

— Pourquoi à genoux?

— C'est la tradition judiciaire d'Henri IV. Le procureur procure, c'est-à-dire prépare les pièces. L'avocat les plaide. Il a grande préséance sur le procureur. Celui-ci doit se tenir à genoux pendant que l'autre parle. Mais l'avocat a le ventre creux tandis que le procureur a la bedaine rebondie. Dame! Il a gagné sa part sur les douze degrés de la procédure.

— Cela me semble bien compliqué.

— Essayez quand même de vous souvenir de ces détails. Ils peuvent avoir leur importance si jamais l'on arrive à faire sortir le procès de votre mari.

— Croyez-vous qu'il faudra en arriver là? s'écria Angélique.

— Il faudra en arriver là, affirma gravement l'avocat. C'est sa seule chance de salut.

Dans le petit bureau de maître Fallot, il ôta sa perruque et passa la main dans ses cheveux raides. Son visage, qui paraissait naturellement gai et animé, avait tout à coup une expression soucieuse. Angélique s'assit près de la petite table et se mit à jouer machinalement avec l'une des plumes d'oie du procureur. Elle n'osait interroger Desgrez. Enfin, et n'y tenant plus, elle hasarda:

— Vous l'avez vu?

— Qui cela?

— Mon mari.

— Oh! non, il n'en est pas question. Il est au secret le plus absolu. Le gouverneur de la Bastille répond sur sa tête qu'il ne doit communiquer avec personne, ni écrire.

— Est-il bien traité?

— Pour l'instant, oui. Il a un lit et deux chaises, et il mange le repas même du gouverneur. Je me suis laissé dire aussi qu'il chantait souvent, qu'il couvrait les murs de sa cellule de formules mathématiques à l'aide du moindre caillou de plâtre, et aussi qu'il avait entrepris d'apprivoiser deux énormes araignées.

— Oh! Joffrey, murmura Angélique avec un sourire.

Mais ses yeux se remplissaient de larmes.

Ainsi il vivait, il n'était pas devenu un fantôme aveugle et sourd, et les murs de la Bastille n'étaient pas encore assez épais pour étouffer les échos de sa vitalité.

Elle leva les yeux vers Desgrez.

— Merci, maître.

L'avocat détourna le regard avec humeur.

— Ne me remerciez pas. L'affaire est extrêmement difficile. Pour ces quelques minces renseignements, je dois vous avouer que j'ai déjà dépensé toute l'avance que vous m'avez donnée.

— L'argent est sans importance. Demandez-moi ce que vous jugez nécessaire pour poursuivre votre enquête.

Mais le jeune homme continuait à regarder ailleurs, comme si, malgré sa faconde, il eût été très embarrassé.

— Pour être franc, fit-il avec brusquerie, je me demande même si je ne devrais pas essayer de vous rendre cet argent. Je crois que je me suis un peu imprudemment chargé de cette affaire, qui me semble très complexe.

— Vous renoncez à défendre mon mari? s'écria Angélique.

Hier encore, elle n'avait pu s'empêcher d'éprouver de la méfiance pour un homme de loi qui, malgré ses brillants diplômes, était certainement un pauvre hère ne mangeant pas tous les jours à sa faim.

Mais maintenant qu'il parlait de l'abandonner, elle était saisie de panique.

Il dit en hochant la tête:

— Pour le défendre, il faudrait encore qu'il soit attaqué.

— De quoi l'accuse-t-on?

— Officiellement, de rien. Il *n'existe* pas.

— Mais alors, on ne peut rien lui faire.

— On peut l'oublier pour toujours, madame. Il y a dans les culs-de-basse-fosse de la Bastille des gens qui y sont depuis trente ou quarante ans et qui ne parviennent même plus à se rappeler leur nom ni ce qu'ils ont fait. C'est pourquoi je dis: sa plus grande chance de salut est de provoquer un procès. Mais, même dans ce cas, ce procès sera sans doute privé, et l'assistance d'avocat refusée. Ainsi l'argent que vous allez dépenser est-il sans doute inutile!

Elle se dressa devant lui et le regarda fixement.

— Vous avez peur?

— Non, mais je m'interroge. Pour moi, par exemple, n'est-il pas préférable de rester un avocat sans causes plutôt que de risquer le scandale? Pour vous, n'est-il pas préférable d'aller vous cacher au fond d'une province avec votre enfant et l'argent qui vous reste, plutôt que de perdre la vie? Pour votre mari, n'est-il pas préférable de passer plusieurs années en prison plutôt que d'être entraîné dans un procès… de sorcellerie et de sacrilège?

Angélique poussa un énorme soupir de soulagement.

— Sorcellerie et sacrilège!… C'est de cela qu'on l'accuse?

— C'est du moins ce qui a servi de prétexte à son arrestation.

— Mais c'est sans gravité! Ce n'est que la suite d'une ânerie de l'archevêque de Toulouse.

Elle raconta en détail au jeune magistrat les principaux épisodes de la querelle entre l'archevêque et le comte de Peyrac, comment ce dernier, ayant mis au point un procédé d'extraction de l'or des roches, invisible dans certains filons, mais que l'on pouvait récupérer grâce à sa science, l'archevêque, jaloux de sa richesse, avait décidé d'obtenir de lui ce secret, qui n'était en somme qu'une formule industrielle.

— Il ne s'agit d'aucune action magique, mais de travail scientifique.

L'avocat fit la moue.

— Madame, personnellement je suis incompétent en la matière. Si ces travaux forment la base de l'accusation, il faudrait réunir des témoins, faire la démonstration devant les juges et leur prouver qu'il ne s'agit pas de magie ou de sorcellerie.

— Mon mari n'est pas un dévot, mais il va à la messe le dimanche, il jeûne et il communie aux grandes fêtes. Il est généreux pour l'Église. Cependant, le primat de Toulouse craignait son influence et ils étaient en lutte depuis des années.

— Malheureusement, c'est un titre que d'être archevêque de Toulouse. À certains égards, ce prélat a plus de pouvoir que l'archevêque de Paris, et peut-être même que le Cardinal. Songez qu'il est le seul à représenter encore la cause du Saint-Office en France. Entre nous, qui sommes des gens modernes, une telle histoire ne paraît pas tenir debout. L'Inquisition est sur le point de disparaître. Elle ne garde sa virulence que dans certaines régions du Midi où l'hérésie protestante est plus répandue, à Toulouse précisément et à Lyon. Et finalement, ce n'est pas tant la sévérité de l'archevêque et l'application des lois du Saint-Office que je crains dans ce cas particulier. Tenez, lisez ceci.

Il sortit d'un sac de peluche usée un petit carré de papier apostillé dans le coin du mot « copie ».

> *Sentence:*
>
> *Entre Philibert Vénot, procureur général des causes de l'official du siège épiscopal de Toulouse, demandeur en crime de magie et sortilège contre le sieur Joffrey de Peyrac, comte de Morens, défendeur.*

Considérant que le dit Joffrey de Peyrac est suffisamment convaincu d'avoir renoncé à Dieu et de s'être donné au diable, et aussi d'avoir invoqué plusieurs fois les démons et d'avoir conféré avec eux, enfin d'avoir procédé en plusieurs et diverses sortes de sortilèges…

Pour lesquels cas et autres est renvoyé au juge séculier pour être jugé de ses crimes.

Rendu le 26 juin 1660 par P. Vénot, le dit de Peyrac n'y a provoqué ni appelé ainsi a dit que la volonté de Dieu fût faite.

Desgrez expliqua :

— En langage moins sibyllin, cela signifie que le tribunal religieux, après avoir jugé votre mari par contumace, c'est-à-dire à l'insu du prévenu, et avoir conclu d'avance à sa culpabilité, l'a remis à la justice séculière du roi.

— Et vous croyez que le roi va ajouter foi à de telles sornettes ? Elles ne résultent que de la jalousie d'un évêque qui voudrait régner sur toute la province, et qui se laisse influencer par des élucubrations d'un moine arriéré comme ce Bécher, certainement fou par-dessus le marché.

— Je ne puis juger que les faits, trancha l'avocat. Or ceci prouve que l'archevêque tient soigneusement à ne pas se mettre en avant dans cette histoire : voyez, son nom même n'est pas signalé sur cet acte, et pourtant on ne peut douter que ce soit lui qui ait provoqué le premier jugement à huis clos. En revanche, la lettre de cachet portait la signature du roi ainsi que celle de Séguier, le président du tribunal. Séguier est un homme intègre, mais faible. Il est gardien des formes de la justice. Les ordres du roi priment tout pour lui.

— Cependant, si le procès est provoqué, ce sera quand même l'appréciation des juges-jurés qui comptera ?

— Oui, convint Desgrez avec réticence. Mais qui nommera les juges-jurés ?

— Et que risque, selon vous, mon mari, dans un tel procès ?

— La torture, par question ordinaire et extraordinaire d'abord, puis le bûcher, madame !

Angélique se sentit blêmir, et une nausée lui monta à la gorge.

— Mais enfin, répéta-t-elle, on ne peut pas condamner un homme de son rang sur des racontars stupides !

— Aussi ne servent-ils que de prétexte. Voulez-vous mon avis, madame ? L'archevêque de Toulouse n'a jamais eu l'intention de livrer votre mari à un tribunal séculier. Il espérait sans doute qu'un jugement ecclésiastique suffirait à rabattre sa superbe et à le rendre docile aux vues de l'Église. Mais monseigneur, en fomentant cette intrigue, a été dépassé dans ses prévisions, et savez-vous pourquoi ?

— Non.

— Parce qu'il y a *autre chose*, dit François Desgrez en levant le doigt. Certainement votre mari devait avoir, parmi les envieux, quantité d'ennemis qui avaient juré sa perte. L'intrigue de Mgr de Toulouse leur a fourni un tremplin merveilleux. Autrefois, on empoisonnait ses ennemis dans l'ombre. Maintenant on adore faire cela dans les formes : on accuse, on juge, on condamne. Ainsi on a la conscience tranquille. Si le procès de votre mari a lieu, il sera fondé sur cette accusation de sorcellerie, mais le *vrai* motif de sa condamnation on ne le saura jamais.

Angélique eut une rapide vision du coffret au poison. Fallait-il en parler à Desgrez ? Elle hésita. En parler serait donner forme à des soupçons sans fondement, peut-être embrouiller encore des pistes si complexes.

Elle demanda d'une voix incertaine :

— De quel ordre serait cette chose que vous soupçonnez ?

— Je n'en ai pas la moindre idée. Tout ce que je puis vous affirmer, c'est que, pour avoir mis mon nez dans cette affaire, j'ai eu le temps de reculer d'effroi devant les hauts personnages qui s'y trouvent mêlés. En bref, je vous répéterai ce que je vous ai dit l'autre jour : la piste commence au roi. S'il a signé cette lettre d'arrestation, c'est qu'il l'approuvait.

— Quand je pense, murmura Angélique, qu'il lui a demandé de chanter pour lui et l'a couvert de paroles aimables ! Il savait déjà qu'on allait l'arrêter.

— Sans doute, mais notre roi a été à bonne école de sournoiserie. Toujours est-il qu'il n'y a que lui qui puisse révoquer un tel ordre d'arrêt spécial et secret. Ni Tellier, ni surtout Séguier ou autres gens de robe, n'y suffiraient. À défaut du roi, il faut essayer d'approcher la reine mère, qui a beaucoup d'influence sur son fils, ou son confesseur jésuite, ou même le Cardinal.

— J'ai vu la Grande Mademoiselle, dit Angélique. Elle a promis de s'informer autour d'elle et de me renseigner. Mais elle a dit qu'il ne faut rien espérer avant les fêtes de l'Entrée… du roi… à Paris…

Angélique acheva sa phrase avec difficulté. Depuis quelques instants, depuis que l'avocat avait parlé du bûcher, un malaise la gagnait. Elle sentait la sueur perler à ses tempes, et elle craignait de s'évanouir. Elle entendit Desgrez approuver :

— Je suis de son avis. Avant les fêtes de l'Entrée du roi, rien à faire. Le mieux pour vous serait d'attendre patiemment ici. Pour moi, je vais tâcher de compléter mon enquête.

Dans un brouillard, Angélique se leva, tendit les mains en avant. Sa joue froide rencontra une sévère étoffe ecclésiastique.

— Alors, vous ne renoncez pas à le défendre?

Le jeune homme garda le silence un instant, puis il dit d'un ton bourru:

— Après tout, je n'ai jamais eu peur pour ma peau. Je l'ai risquée dix fois dans des rixes idiotes de taverne. Je peux bien la risquer encore une fois pour une cause juste. Seulement il faut que vous me donniez de l'argent, car je suis pauvre comme un gueux, et le fripier qui me loue des costumes est un fieffé voleur.

Ces fortes paroles ranimèrent Angélique. Ce garçon était beaucoup plus sérieux qu'elle ne l'avait cru au début. Sous des apparences réalistes et désinvoltes, il cachait une connaissance approfondie de la chicane, et il devait s'atteler avec conscience aux tâches dont on le chargeait.

Angélique se doutait que ce n'était pas le cas de tous les jeunes avocats frais émoulus de l'Université qui, lorsqu'ils avaient un père généreux, ne songeaient surtout qu'à parader.

Reprenant son sang-froid, elle lui compta cent livres. Après un rapide salut, François Desgrez s'éloigna, non sans avoir jeté un coup d'œil énigmatique sur le pâle visage, dont les yeux verts brillaient comme des pierres précieuses dans la pénombre terne de ce bureau, empuanti par l'odeur des encres et des cires à cacheter.

Elle regagna sa chambre en se cramponnant à la rampe. C'était certainement aux émotions de la dernière nuit qu'elle devait cette défaillance. Elle allait s'étendre et essayer de dormir un peu, quitte à subir les sarcasmes d'Hortense. Mais à peine fut-elle entrée chez elle qu'elle fut reprise de nausées et n'eut que le temps de se précipiter vers sa cuvette.

« Qu'est-ce que j'ai? », se demanda-t-elle, saisie d'effroi.

Et si Margot avait dit vrai? si réellement on cherchait à la tuer? L'accident du carrosse? L'attentat du Louvre? N'allait-on pas chercher à l'empoisonner?

Subitement, son visage se détendit et un sourire éclaira ses traits.

« Quelle sotte je fais! Je suis enceinte, tout simplement! »

Elle se souvint qu'à son départ de Toulouse elle s'était déjà demandé si elle n'attendait pas un second enfant. Maintenant la chose se confirmait sans que le doute fût possible.

« Comme Joffrey sera content quand il sortira de prison! », se dit-elle.

Cette découverte entre toutes adoucit le goût amer de la nuit passée. C'était comme une réponse du Ciel à son désespoir. En dépit des coups mortels, la vie continuait.

Elle brûlait d'envie de partager son beau secret avec quelqu'un, mais Hortense ne se priverait sûrement pas de faire une remarque aigre sur la paternité douteuse de l'enfant. Quant à son beau-frère le procureur qui, à cette heure, était encore agenouillé, les membres de plus en plus raides, devant l'avocat Talon, la nouvelle le laisserait froid.

Elle descendit finalement à la cuisine où elle prit Florimond dans ses bras et lui apprit, ainsi qu'à la servante Barbe, l'heureux événement.

Cinquième partie

L'Entrée du roi

Chapitre vingt-et-unième

ANGÉLIQUE METTAIT LA MAIN à la cuisine, jouant avec Florimond qui, très actif, trottait à travers la maison en s'empêtrant dans sa longue robe. Ses petits cousins l'adoraient. Gâté par eux, par Barbe et la servante béarnaise, il semblait heureux et avait repris de bonnes joues. Angélique lui broda un petit béguin rouge, sous lequel son ravissant minois encadré de boucles noires fit l'extase de toute la famille. Même Hortense se dérida, et remarqua qu'un enfant de cet âge avait certainement beaucoup de charme ! Elle, hélas ! n'avait jamais eu les moyens de se payer une nourrice à domicile, de sorte qu'elle ne connaissait ses enfants que lorsqu'ils atteignaient leurs quatre ans ! Enfin tout le monde ne pouvait pas épouser un seigneur bancal et défiguré, enrichi par le commerce de Satan, et mieux valait être la femme d'un procureur que de perdre son âme.

Angélique faisait la sourde oreille. Afin de prouver sa bonne volonté, elle alla tous les matins à la messe en la peu distrayante compagnie de son beau-frère et de sa sœur. Elle commençait à connaître l'aspect particulier de la Cité, envahie de plus en plus par les gens de robe.

La plupart d'entre eux menaient une existence digne et austère. Le matin, ils se dépêchaient d'aller écouter la messe avant de se précipiter au Palais de Justice. L'après-midi, ils retournaient à leurs études où les attendaient de nouvelles obligations. Ils ne connaissaient le monde que du côté de l'envie, de la tromperie et de la haine et tiraient profit de toutes ces ignominies. Pour se détendre, ils jouaient aux boules sur les quais, sous les regards ébahis des passants que le jargon de leur profession intimidait. Le dimanche, ils s'entassaient avec des amis dans des carrosses de louage et rejoignaient les faubourgs où chaque fonctionnaire possédait un lopin de terre et une parcelle de vigne.

À bien y regarder, les fonctionnaires partageaient la souveraineté sur l'île de la Cité avec les chantres de Notre-Dame et les prostituées de la rue de Glatigny. Le fameux « Val d'Amour » se trouvait près du pont aux Meuniers, ce qui faisait que le bruit des roues des moulins couvrait celui des baisers et d'autres distractions moins innocentes.

En semaine, autour du Palais de Justice, de Notre-Dame, des paroisses de Saint-Aignan et de Saint-Landry, sur les quais, on voyait s'agiter nombre de sergents-huissiers, de procureurs, de juges, de conseillers.

Vêtus de noir, portant le rabat, le manteau et quelquefois la robe, ils allaient et venaient, les mains embarrassées de leurs sacs à procès, les bras chargés de monceaux de papiers qu'ils appelaient les « utiles liasses ». Ils encombraient les escaliers du Palais et les ruelles avoisinantes. Le cabaret de la Tête-Noire était leur lieu de réunion. On y voyait briller, devant des ragoûts fumants et des bouteilles pansues, les trognes enluminées des magistrats.

À l'autre bout de l'île, le Pont-Neuf braillard imposait un Paris que ces messieurs de la Justice s'indignaient fort de voir fleurir à leur ombre.

Lorsqu'on envoyait un laquais faire une course de ce côté et qu'on lui demandait quand il rentrerait, il répondait : « Cela dépendra des chansons qu'on entend aujourd'hui sur le Pont-Neuf. »

Avec les chansons, une nuée de poésies, libelles ou pamphlets naissaient de ce brassage perpétuel autour des échoppes. Sur le Pont-Neuf on savait tout. Et les grands avaient appris à redouter les feuillets salis qu'emportait le vent de la Seine.

Un soir, en sortant de table, et alors que les uns et les autres dégustaient du vin de coing ou de framboise, Angélique retira de sa poche une feuille de papier.

Elle la regarda avec étonnement, puis se souvint, non sans malaise, qu'elle l'avait achetée dix sols à un pauvre hère du Pont-Neuf, le matin de cette expédition désastreuse aux Tuileries, qui lui paraissait très lointaine. Elle lut machinalement à mi-voix :

Et puis entrons dans le palais
Où nous verrons que Rabelais
N'a point dit tant de railleries
Qu'il s'y fait de friponneries.
Nous y verrons de fins trompeurs
D'illustrissimes affronteurs.
Allons-y voir la grande presse…

Des cris indignés l'interrompirent. Le vieil oncle de maître Fallot s'étranglait dans son verre. Avec une vivacité qu'Angélique n'eût pas attendue de son solennel beau-frère, celui-ci lui arracha la feuille des mains, la roula en boule et la jeta par la fenêtre.

— Quelle honte, ma sœur ! s'écria-t-il. Comment osez-vous introduire de pareilles ordures dans notre maison ! Je parie que vous l'avez achetée à un de ces gazetiers faméliques du Pont-Neuf ?

— En effet. On me l'a fourrée dans la main en me réclamant dix sols. Je n'ai pas osé refuser.

— L'impudence de ces gens dépasse ce qu'on peut imaginer. Leur plume n'épargne même pas l'intégrité des gens de loi. Et dire qu'on les enferme à la Bastille comme s'ils étaient des gens de qualité, alors que la plus noire prison du Châtelet serait encore trop bonne pour eux.

Le mari d'Hortense soufflait comme un taureau. Jamais elle ne l'aurait cru capable de s'émouvoir à ce point.

— Pamphlets, libelles, chansons, nous en sommes accablés. Ils n'épargnent rien, ni le roi ni la Cour, et le blasphème ne les gêne aucunement.

— De mon temps, dit le vieil oncle, la race des journalistes commençait à peine à se répandre. Maintenant c'est une vraie vermine, la honte de notre capitale.

Il parlait rarement, n'ouvrant la bouche que pour réclamer un petit verre de vin de coing ou sa tabatière. Cette longue phrase trahissait combien la lecture du pamphlet l'avait bouleversé.

— Aucune femme respectable ne s'aventure à pied sur le Pont-Neuf, trancha Hortense.

Maître Fallot était allé se pencher à la fenêtre.

— Le ruisseau a emporté cette ignominie. Mais j'aurais été curieux de savoir si elle était signée du Poète Crotté ?

— Sans nul doute, dit l'oncle. Une telle virulence ne trompe pas.

— Le Poète Crotté, murmura sombrement maître Fallot, l'homme qui critique la société dans son ensemble, le révolté-né, le parasite professionnel ! Je l'ai aperçu une fois sur un tréteau, débitant à la foule je ne sais quelles élucubrations acides. C'est un nommé Claude Le Petit. Quand je pense que ce maigre échalas au teint de navet a trouvé le moyen de faire grincer les dents des princes et du roi lui-même, j'estime qu'il est décourageant de vivre à une pareille époque. Quand donc la police nous débarrassera-t-elle de ces saltimbanques ?

On soupira encore quelques minutes, puis l'incident fut clos.

Préoccupée les jours suivants, Angélique ne porta pas une particulière attention au manège d'Hortense. Celle-ci avait pris des airs entendus, accompagnés de sourires de pitié, et aussi de triomphe.

Encore choquée par ce qu'elle avait vécu lors de sa visite aux Tuileries, Angélique acceptait avec indifférence une mimique que sa situation, en effet peu brillante, méritait. Mais il lui vint à l'esprit au bout de quelques jours, qu'Hortense par ses grimaces expressives voulait lui faire entendre qu'elle avait remarqué l'absence de Margot. « Ha ! Ha ! La fidèle servante ! Elle aussi t'a plantée là ! semblait-elle dire. C'était bien la peine de lui manifester de l'amitié ! »

Angélique comprit le sens des réflexions que sa sœur lançait à la cantonade, au cours des repas, ou de temps à autre, sans aucun à-propos, telles que : « Tous les domestiques sont pleutres, c'est pourquoi il faut les mener durement », ou bien : « Un maître faible est certain d'être trompé. C'est une calamité pour tous !... »

Hortense n'était pas sotte, et même ne manquait pas d'intelligence, avec une certaine divination sur les personnes qui gravitaient autour d'elle. Elle aurait bien voulu savoir ce qui s'était passé. Le départ de la servante Margot ne lui paraissait pas normal. Le lien qu'elle avait perçu entrc Angélique et cette femme du Sud, diligente et solide, avait éveillé sa jalousie, elle qui n'arrivait pas à se faire servir convenablement.

Angélique se félicita de n'avoir pas eu, un seul instant, l'idée de se confier à sa sœur. Si elle éprouva un peu d'amertume en comprenant que les siens n'étaient pas prêts à la soutenir sans condition comme elle le croyait, elle ne put, à la réflexion, retenir un sourire désabusé en imaginant comment Hortense se mettrait dans tous ses états, si elle lui apprenait que sa propre sœur avait failli se faire assassiner dans le palais du roi, et que la servante qui l'accompagnait y avait laissé sa vie.

En contraste avec ces heures de cauchemar qui l'avaient comme broyée du côté du Louvre et des Tuileries, Angélique se surprit à apprécier la quiétude et le bon ton qui régnaient dans la demeure de sa sœur, et elle lui était reconnaissante ainsi qu'à maître Fallot de lui offrir cet asile dont il était préférable qu'ils ne connussent pas de quels dangers mystérieux mais certains, venus de très haut, de cette Cour brillante vers laquelle ils regardaient avec admiration, envie et dévotion, ils la protégeaient. Mieux valait ne pas troubler la vision édifiante qu'ils avaient sur leur propre existence.

Les jours suivants, elle s'efforça de prendre patience.

Un matin, son ancien cocher se montra chargé par le propriétaire des écuries qui abritaient le carrosse, le chariot et les chevaux, de propositions d'achat. Angélique s'empressa de faire affaire.

— Ainsi, tu t'incrustes? jeta Hortense qui avait suivi les débats.

Angélique répondit avec calme.

— Hortense, je dois attendre l'Entrée du roi dans Paris. Alors j'irai le trouver au Louvre et je pourrai obtenir de lui des explications.

Hortense sursauta, sans dissimuler ses sentiments incrédules.

— Le roi! Le roi! Toujours tes folies! Pulchérie avait raison de dire que tu serais une femme pleine d'inconséquences! Tu ne te rends donc pas compte que tu es en danger et qu'en restant ici tu mets toute ma famille en danger.

Les paroles d'Hortense n'étaient pas sans impressionner Angélique plus qu'elle n'aurait voulu. Mais que sa sœur, à son habitude ancienne, eût une plus juste notion des réalités qu'elle s'évertuait à lui cacher, ne changeait rien au fait qu'il n'y avait pas d'autre solution que d'attendre l'Entrée du roi dans Paris.

— Où vas-tu chercher que je suis en danger? ripostat-elle avec raideur. Prends patience! Dès que le roi et la Cour seront dans les murs cela changera. En attendant, avec cette vente du carrosse je vais pouvoir te dédommager un peu de tes frais d'entretien pour nous et je verrai à chercher une autre demeure que la tienne lorsque le marquis d'Andijos et Kouassi-Ba seront revenus du Languedoc avec la somme d'argent nécessaire.

Hortense leva les yeux au ciel pour exprimer son pessimisme, quant à la venue de ces fonds ramenés du Languedoc, mais n'insista pas.

Angélique comptait sur ses doigts combien de jours de galop pouvait prendre ce voyage de Bernard d'Andijos et de Kouassi-Ba pour se rendre à Toulouse et lui rapporter de l'argent et des nouvelles de la situation là-bas. Elle commençait chaque matin à espérer que ce jour serait peut-être celui où elle les verrait revenir. On était maintenant en temps de paix, et le voyage de Paris au Languedoc ne représentait plus une expédition livrée à tous les hasards du banditisme ou des ponts coupés, des chemins impraticables de provinces labourées par les batailles. Un peu partout, le vagabondage de la Cour et les déplacements de la noblesse des quatre coins du royaume pour se rendre au mariage du roi avaient obligé les provinces à restaurer leur réseau routier.

C'était les routes qui avaient fait jadis l'éternité de la paix romaine.

Pour Angélique la vie se continuait dans la maison de maître Fallot, au fond du quartier Saint-Landry.

Il fallait attendre, avait dit l'avocat. Attendre l'Entrée du roi dans Paris. Or, ce ne serait pas pour tout de suite. Contrairement à ce qu'elle avait imaginé, la solennité de l'événement nécessitait des préparatifs d'envergure. Les Entrées des rois dans Paris, quel qu'en fût le prétexte qui les rendait à l'affection de sa population, étaient toujours l'occasion de fêtes et de réjouissances inoubliables.

Saint-Landry était une île dans l'île, et cela contribuait à la rassurer.

Le soir, elle écoutait la rumeur de la grande ville. Au-delà de la Cité où elle se sentait à l'abri, il y avait des deux côtés de la Seine les multiples visages d'une ville animée et turbulente qu'on nommait Paris. Dans ses murs, dans un point quelconque de cet assemblage de demeures, d'édifices, de monuments, il y avait Joffrey.

Grâce à l'avocat Desgrez, maintenant elle pouvait en être certaine. Joffrey vivait, malgré l'inconfort de la prison. Alors elle lui envoyait un message. « Je t'aime », le tutoyant plus aisément dans le secret de son cœur, que lorsqu'elle était sous la fascination de sa présence qui l'avait si longtemps terrifiée. Fermant les yeux, elle revivait ce temps où, peu à peu, il avait su la captiver jusqu'à ce qu'elle se trouvât vaincue, sans défense, dans son propre désir de lui être entièrement livrée.

Et quand elle entendait les réflexions qu'Hortense ne pouvait s'empêcher de marmonner sur la réputation de « cet homme-là », elle avait peine à retenir un vague sourire, tant lui paraissait incommensurable le fossé creusé par les accusations inquiétantes et la vérité de celui qu'elle avait vu régner dans le lointain Languedoc. Joffrey de Peyrac, son époux, son amour. Avec effroi, elle mesurait le gouffre établi par de fallacieuses rumeurs et l'exceptionnelle stature de celui qu'elle aimait et qui savait si bien l'embraser de ses caresses, et elle s'apercevait qu'elle ne cesserait jamais de le découvrir. Il était immense. Il savait tant de choses. Il savait tout.

C'était elle, alors, qui s'émerveillait d'avoir inspiré l'amour de « cet homme-là ».

La fièvre la prenait de pouvoir enfin s'élancer à son secours.

Se jeter aux pieds du roi !

Quand donc entrerait le roi, enfin, dans Paris ?

❦

Juillet s'achevait.

Bientôt surgirait août, et le vieil oncle fit remarquer que cette année, le cœur de l'été, on n'en avait pas conscience. Ce n'est pas que le mois d'août apportât une chaleur plus insupportable, parfois même c'était moins pénible qu'en juillet parce qu'il y avait des orages qui rafraîchissaient le temps. Mais à l'accoutumée, en août, Paris se vidait de tous ses princes, nobles ou bourgeois, partis avec toute leur « livrée » ou maisonnée, en leur résidence de campagne, plus ou moins vaste, châteaux ou petits manoirs, les uns pour respirer un air meilleur, beaucoup pour surveiller les moissons de leurs domaines, tous pour festoyer gaiement et librement au bord des rivières ou la nuit, sous le ciel étoilé.

Or, cette année-là, dans l'attente de l'Entrée solennelle du roi et de la nouvelle reine, Paris continuait à s'engorger d'une foule impatiente qui, malgré les annonces successives et déçues, ne se décidait pas à se dissiper par crainte de manquer ce spectacle unique et trop rare à connaître deux fois dans une seule vie : une Entrée d'un couple royal et ses fastes.

Et malgré l'impatience de l'attente, on savait bien qu'elle finirait par se faire, cette Entrée du roi Louis XIV dans sa capitale avec la nouvelle reine de France, Marie-Thérèse d'Autriche qu'il ramenait des confins de l'Espagne avec un traité des Pyrénées qui assurait une paix éternelle entre les nations.

Et l'on se résignait à ce que les préparatifs fussent longs et d'importance.

L'avocat Desgrez n'était pas revenu.

Elle comprenait que rien – recherche de renseignements, d'appui – ne pouvait être entrepris avant la grande cérémonie d'apparat de l'Entrée solennelle du roi dans Paris. Cette attente, au fond du quartier Saint-Landry, était une épreuve.

Hortense avait l'art, vraiment, de rendre tout plus difficile. Elle réussissait à empoisonner jusqu'aux souvenirs les meilleurs. Et Angélique jugeait ridicule de se trouver chagrine comme une enfant à la pensée que la si bonne Pulchérie clabaudait sur elle dans les interminables conversations qu'elles avaient, Hortense et elle, toutes deux en tirant l'aiguille des heures dans la lumière grise des jours d'hiver qui éclairait les grandes chambres nues du château de Monteloup. Jusqu'à prédire qu'Angélique serait une femme « pleine d'inconséquences ». Hortense aurait volontiers apprécié que sa sœur vînt lui tenir compagnie, tandis qu'assise près de la croisée, elle brodait ou se livrait à d'indispensables ravaudages.

Mais, comme jadis, Angélique éprouvait l'irrésistible envie de s'élancer au-dehors bien que son élan fût freiné par une appréhension qu'elle se reprochait à la pensée du danger mystérieux qui semblait s'être levé autour d'elle.

Un après-midi, Angélique descendait l'escalier lorsqu'elle aperçut dans le vestibule le vieil oncle qui, quoique très vacillant sur sa canne, s'évertuait à gagner la porte d'entrée, puis, tout en jetant des regards furtifs de côté et d'autre, en tirait les verrous.

Elle le rejoignit et lui prit le bras pour l'aider à franchir le seuil.

— Je veux sortir, dit le vieil homme en la regardant avec soupçon.

— Dieu me garde de vous en empêcher, monsieur. Moi aussi je veux sortir, mais je crains de m'égarer en me trouvant dans Paris sans être accompagnée. Accepteriez-vous de me guider?

Se soutenant, ils se mirent en chemin et Angélique était soulagée dc ne pas se trouver seule, attirant les regards.

Cette frêle compagnie lui permettait de se mêler à la foule qui jusque dans ce quartier resserré à la pointe de l'île, derrière la cathédrale, était très animé. Elle n'était qu'une jeune femme escortant un aïeul dans sa promenade quotidienne.

Au bout de quelques pas, le vieil oncle ne cacha pas sa satisfaction. Depuis longtemps conscient de sa faiblesse, il avait renoncé à faire un petit tour au soleil, mais, saisi de l'envie de voir les travaux que l'on avait entrepris sur le pont Notre-Dame pour l'Entrée du roi, il avait décidé d'une brève évasion avec le seul recours de sa canne. La proposition d'Angélique venait à point. Lui aussi s'affermit peu à peu, assez content d'avoir cette belle jeunesse à son bras.

Aux abords du pont Notre-Dame, contre les murs d'angle de l'Hôtel-Dieu, la foule s'agglutinait. Les commentaires allaient bon train. À l'habitude, disait-on, les souverains avaient coutume, pour aborder et traverser l'île de la Cité, de franchir le pont au Change qui donnait au cortège le loisirde continuer sur une rue plus large, l'ancienne voie tracée nord-sud qui défilait devant l'imposant et interminable Palais de Justice dans son essaim de robes noires et d'hermines blanches sur fond rouge. Pourquoi cette fois-ci avait-on choisi le pont Notre-Dame qui débouchait sur le Marché Vieux, aux herbes et aux fleurs?

Sans doute, cette fois, le pont Notre-Dame avait été choisi, parce que le roi souhaitait montrer à sa jeune femme ce que la ville avait de plus remarquable.

Et c'était un fait reconnu par tous, habitants et visiteurs étrangers, que le pont Notre-Dame, avec ses soixante et une maisons de brique rouge, ses colonnades de marbre qui en traçaient la mitoyenneté, les auvents de ses boutiques aux enseignes exubérantes et colorées du côté de la rue pavée qui faisaient croire aux étrangers qu'ils étaient en terre ferme et non au-dessus de l'eau, ses galeries en encorbellements côté fleuve, était reconnu par tous comme le plus extraordinaire pont de Paris, de France et de toutes les capitales d'Europe.

Aujourd'hui, de grands arcs de triomphe de charpente légère et de toiles peintes étaient édifiés aux deux extrémités du pont.

Côté de l'entrée, l'arc de triomphe serait dédié à la Paix et à l'Amour conjugal. On y voyait Mars terrassé par l'Hymen et désarmé par les Amours, Mercure/Iris unissant les portraits des jeunes fiancés sous les yeux maternels de Junon-Anne d'Autriche. Plus loin, des couples allégoriques rappelaient les assises d'une union heureuse. L'Honneur et la Fécondité, ou bien la Fidélité tenant l'anneau nuptial et l'Union conjugale portant deux cœurs enfilés.

Du côté de Marché Neuf, le tableau principal représentait Hercule sous les traits du roi, uni à Minerve sous ceux de la reine par l'intermédiaire de Mercure, le cardinal Mazarin. Saint Louis et Blanche de Castille descendaient du ciel pour bénir les nouveaux époux, et sur la terre les Amours et les peuples réunis entonnaient avec ensemble le chœur de circonstance : « Hyménée ! Hyménée ! »

Sur le pont lui-même, tout au long de sa rue entre les maisons, dont on avait retiré les enseignes, des cariatides colossales étaient appliquées, occupant toute la hauteur du grand étage. De leur bras étendus elles soutenaient deux à deux des médaillons en « bronze peint » représentant tous les rois de France par ordre de succession, depuis Pharamond jusqu'à Louis XIV. Les soubassements étaient ceints de guirlandes de fruits et de fleurs peintes au naturel.

En attendant de pouvoir s'approcher plus avant pour contempler ces merveilles, Angélique nouvelle venue dans la foule eut droit au récit de la plus terrible catastrophe qu'avait connue la ville de Paris – hors les guerres et les massacres – et qui avait concerné le premier pont Notre-Dame, lui aussi fort chargé de maisons, et dont l'évocation détaillée continuait, parmi les plus beaux récits de catastrophes urbaines, à maintenir son public en haleine. À l'aube d'un siècle nouveau, en 1499 très exactement, quelques maîtres charpentiers donnèrent l'avertissement que « quantité de pilotis usés étaient près de se rompre, et qu'il était nécessaire de les ôter et d'en planter de neufs à la place ».

Comme il est fréquent pour des avertissements qui ne sont que la forme banale des prophéties – et Dieu est témoin que les prophètes ne sont jamais écoutés – les échevins avaient négligé cet avis et n'y pensaient plus, lorsqu'à l'automne, le vendredi 25 octobre précédant la Toussaint, un autre maître charpentier, à 7 heures du matin alla trouver le lieutenant criminel du moment et l'avertit qu'avant que l'heure de midi ne sonnât, le pont Notre-Dame – et toutes ses maisons – serait ruiné et tombé dans le fleuve. En vain des archers furent-ils postés aux deux extrémités du pont pour empêcher les badauds de s'y engager, en vain les habitants autorisés cherchèrent-ils à sauver leurs biens et leurs marchandises !...

Un peu après 9 heures le pont se rompit et se fondit dans la rivière.

Le poids des maisons tombées acheva de briser le reste des piliers et pilotis. La poussière qui s'éleva des gravats des maisons s'écroulant fut telle que l'air s'en trouva obscurci.

Très peu de ceux qui se trouvaient encore sur les lieux purent être sauvés.

On cita un petit enfant emmailloté et couché dans son berceau, dérivant au courant de l'eau et qui fut recueilli par des bateliers.

Pour clore cet horrible sinistre, la Seine se refoula en une énorme vague qui déferla sur l'extrémité de l'île, dans la rue du Val d'Amour et y noya bon nombre de ribaudes.

L'oncle en parlait comme si l'affaire se fût passée hier et qu'un tel dommage, conservé enseveli dans l'esprit des lieux, fût sur le point de se renouveler, car, rappelait-il, il ne fallait pas oublier que le Pont-Nouveau avait bel et bien un siècle et demi d'existence, et qu'à le surcharger de cariatides géantes et d'arcs de triomphe à la romaine pour l'Entrée du roi, rien ne garantissait aujourd'hui la solidité des gros pilotis de chêne, passés au feu et durcissant dans l'eau, bien alignés et espacés pour être plus fermes sur pied, qui avaient présidé à ses déjà lointaines fondations. Et, bien entendu, personne ne s'était préoccupé depuis tout ce temps de vérifier s'ils ne pourrissaient pas!...

On continuait à l'appeler le Pont-Nouveau-Notre-Dame.

Sur ce, il s'éleva des voix pour certifier que, bien que retardés par des crues hivernales, les travaux de restauration avaient eu lieu qui venaient à peine de se terminer. Alors l'oncle de maître Fallot rappelait qu'il avait habité l'une de ces maisons neuves qui avaient été mises à prix : à savoir que quiconque en voulait devait « donner sûreté de la tenir neuf ans durant et payer 20 écus d'or de louage par an ». Il y avait grand charme à habiter sur le pont Notre-Dame. Parmi les nouveautés qu'avaient apportées les maisons du Pont-Nouveau, ç'avait été que chacune était indiquée selon le nombre de son rang en lettres d'or, c'est-à-dire en chiffres romains sur fond d'azur, de I à LXVIII. C'était une innovation, un trait de génie disait l'oncle, car ce premier essai de numérotage appliqué aux demeures de Paris réalisait du premier coup le dernier perfectionnement de la division en deux séries de numéros, pairs d'un côté, impairs de l'autre. De si belles réalisations résisteraient-elles au passage du cortège royal ? Des chevaux, des carrosses, des chars à la romaine, les innombrables mules du cardinal Mazarin...

Le Pont-Nouveau tiendrait-il... ?

Au marché aux fleurs, l'on préparait des tonneaux de pétales de fleurs et de branches vertes à semer sur le sol.

Et Angélique, de partager toute cette vie agitée et toute préoccupée comme elle de l'Entrée du roi, se sentait moins isolée, moins étrangère.

Elle se faisait des réflexions qui lui étaient rarement venues en tête, et qu'elle devait à l'esprit chauvin de son grand-père si attaché à la personne du roi dans un sentiment de respect mais aussi de confiance. C'était ici, parmi les futurs spectateurs de la cérémonie qui se préparait que se révélait ce sentiment très ancré en tout Français, si petit fût-il, qu'il pouvait avoir des relations directes avec le roi, en particulier de recourir à sa justice. Ainsi en avait voulu le roi Louis IX, canonisé, qui s'asseyait sous un chêne et ordonnait qu'on laissât approcher de lui tout requérant s'estimant victime d'une injustice.

Alors elle se disait qu'ils étaient tous deux, elle et Joffrey, sujets du roi de France, et, bien que de haut lignage, en droit de faire appel à la justice qu'il réservait aux humbles. Par moments elle évoquait le regard impavide du jeune monarque qui la regardait sans la voir, puis, rassurée par la foule amicale autour d'elle, reprenait confiance. Cette foule croyait en son roi.

Tandis que scies, marteaux, pinceaux s'activaient dans Paris, des bruits parvenaient, renseignant sur les mouvements de la Cour qui provoquaient espérances ou déceptions sur la venue proche et le déploiement ultime des fêtes royales. On apprenait que, le 17 juillet, le roi avait emmené sa jeune femme admirer le château de Vaux, à ses yeux l'un des plus exquis et parfaits édifices de la province d'Ile-de-France, et le maître des lieux Nicolas Fouquet, surintendant des Finances, une seconde fois les y avait reçus avec son habituelle galanterie souriante et son hospitalité fastueuse.

Le 27 juillet, à Vincennes, le cardinal Mazarin régalait ses hôtes d'une pièce de théâtre qui ravissait l'assemblée, œuvre d'un talentueux auteur connu sous le nom de Molière, dont le Cardinal ainsi que le roi s'étaient entichés. Après avoir beaucoup chassé et dansé à Fontainebleau, la Cour s'était rapprochée de Paris. Vincennes était l'une des plus anciennes et imposantes demeures des rois de France. Un château aux allures de forteresse, mais où une compagnie nombreuse trouvait maints accommodements pour séjourner et organiser ses divertissements ou veiller sur sa sécurité. Il y avait de vastes appartements pour recevoir des hôtes étrangers, et de moins vastes dans le puissant et audacieux donjon qui dominait la contrée et surveillait Paris et qui pouvait servir de prison à ceux auxquels on voulait éviter la banalité de la Bastille.

C'était à l'orée même de l'épaisse forêt à son pied qui était à elle seule une défense contre toute armée ennemie, qu'elle vînt de la capitale ou d'ailleurs, que le saint roi Louis IX était un jour allé s'asseoir sous un chêne pour exercer sa justice, demandant aux plus humbles de ses sujets de venir s'adresser directement à lui lorsqu'ils seraient victimes de la part de leurs voisins, ou des magistrats eux-mêmes, d'une trop criante injustice. Le décret du roi déciderait du verdict, passant par-dessus les mille sournoiseries de la procédure des hommes et des lois qui risquaient d'accabler l'innocent.

À Vincennes, le cardinal Mazarin était chez lui, s'étant fait aménager de somptueux appartements par un architecte nommé Le Vau. Depuis que sa santé s'altérait, il y résidait de préférence, disant qu'à tous points de vue, pour lui, l'air y était meilleur qu'à Paris.

Il faut si peu de chose pour en quelques minutes perdre en politique ce qu'on a gagné par de longs efforts. Après quasiment deux années de promenades avec tout son train à travers la France et de négociations, stipulations, ratifications, propositions et refus d'avenants, toute une démarche diplomatique de petits pas d'avance ou de reculs, il était sur le point de présenter au peuple de Paris, « si mutin et versatile », le fruit glorieux de son audacieuse stratégie pour lui assurer la Paix: Marie-Thérèse, fille du roi d'Espagne Philippe IV, devenue reine de France.

Après tant de désordres, de crimes irréparables, de haines inébranlables, qui aurait pu croire que se vivrait un tel moment?

À Vincennes, la famille royale groupée autour du Cardinal se préparait elle aussi au jour victorieux de l'Entrée dans la capitale. Jour de liesse! Jour de « grand amour » entre tant de cœurs divers vivant le moment sublime d'une joie commune, d'un enthousiasme unique, partagé par tous, savouré par tous, instant d'union qui est trop rarement la récompense des humains à leur recherche du meilleur et la réalisation de leurs espérances les plus chères, les plus secrètes.

Ainsi, en ces derniers jours du mois d'août 1660, hors les murs et dans les murs, l'Entrée solennelle du roi en Paris, sa capitale, occupait tous les esprits et tous les cœurs.

Chapitre vingt-deuxième

À CETTE OCCASION, un rapprochement se fit entre Angélique et sa sœur. Un jour, Hortense entra chez Angélique en arborant un sourire aussi sucré qu'elle le pouvait.

— Figure-toi ce qui nous arrive! s'écria-t-elle. Tu te souviens de mon ancienne amie de pension, Athénaïs de Tonnay-Charente, avec laquelle j'étais très liée à Poitiers?

— Non, absolument pas.

— C'est sans importance. Voici qu'elle est à Paris, et comme elle a toujours été intrigante, elle a déjà réussi à se pousser près de quelques personnes importantes. Bref, pour le jour de l'Entrée elle pourra se rendre à l'hôtel de Beauvais, qui est situé juste dans la rue Saint-Antoine, où commencera le défilé du cortège. Évidemment nous regarderons par les fenêtres des combles, mais cela ne nous empêchera pas de voir, au contraire.

— Pourquoi dis-tu « nous »?

— Parce qu'elle nous a conviées à partager cette aubaine. Elle aura avec elle sa sœur et son frère, et une autre amie qui est également de Poitiers. Nous serons ainsi une petite carrossée de Poitevins. Ce sera très agréable, n'est-ce pas?

— Si c'est sur mon carrosse que tu comptais, tu n'ignores pas que je l'ai vendu.

— Je sais, je sais. Oh! le carrosse est sans importance. Athénaïs amènera le sien. Il est un peu délabré, car sa famille est ruinée, surtout qu'Athénaïs est fort dépensière. Sa mère l'a expédiée à Paris avec une femme, un laquais et ce vieux carrosse, avec ordre de trouver un mari dans le plus bref délai. Oh! elle y arrivera, elle se donne assez de mal. Mais voilà, pour l'Entrée du roi... elle m'a fait comprendre qu'elle était un peu à court de toilettes. Tu comprends, cette Mme de Beauvais, qui nous cède une de ses lucarnes, n'est pas n'importe qui. On dit même que la reine mère, le Cardinal et toutes sortes de grands personnages vont dîner chez elle et se placeront à ses balcons. En somme, nous serons aux premières loges. Mais il ne faut pas qu'on nous prenne pour des caméristes ou des pauvresses au point de nous faire chasser par les laquais.

En silence, Angélique alla ouvrir une de ses grandes malles.

— Regarde s'il y a là-dedans quelque chose qui puisse lui convenir, ainsi qu'à toi-même. Tu es d'une taille plus élevée que moi, mais ce sera facile de rallonger une jupe avec une dentelle ou un volant.

Hortense se rapprocha, les yeux brillants.

Elle ne pouvait cacher son admiration, tandis qu'Angélique étalait sur le lit les toilettes somptueuses. Devant la robe de drap d'or, elle poussa un cri d'admiration.

— Je crois que ce serait un peu déplacé pour notre lucarne, la prévint Angélique.

— Évidemment! Tu as assisté au mariage du roi; alors tu peux faire la dédaigneuse.

— Je t'assure que je suis très contente. Personne plus que moi n'attend avec impatience l'Entrée du roi à Paris. Mais, cette robe, je veux la garder pour la vendre, si jamais Andijos ne me rapporte pas assez d'argent, comme je commence à le craindre. Pour les autres, tu peux en disposer en toute propriété. Il est juste que tu te dédommages des frais que te cause ma présence chez toi.

Finalement, après beaucoup d'hésitations, Hortense se décida pour une robe de satin bleu ciel à l'intention de son amie Athénaïs et choisit pour elle un ensemble vert pomme qui affirmait son type un peu imprécis de brune.

Le matin du 26 août, Angélique, en regardant la maigre silhouette de sa sœur rembourrée par les « paniers » du manteau de robe, le teint mat rehaussé par ce vert éclatant, les cheveux rares mais flous et fins, d'une belle couleur marron, constata en hochant la tête :

— Je crois vraiment, Hortense, que tu serais presque jolie si tu n'avais pas le caractère si âcre.

À sa grande surprise, Hortense ne se fâcha pas. Elle soupira, tout en continuant à se regarder dans le grand miroir d'acier :

— Je le crois aussi, dit-elle. Que veux-tu, je n'ai jamais eu le goût de la médiocrité, et je n'ai connu que cela. J'aime à parler avec des gens brillants et bien vêtus, j'adore la comédie. Mais il est difficile de s'évader des besognes ménagères. Cet hiver, j'ai pu me rendre aux réceptions que donnait un écrivain satirique, le poète Scarron. Un affreux bonhomme, infirme, méchant, mais quel esprit, ma chère ! Je garde un souvenir émerveillé de ses réceptions. Malheureusement, Scarron est très malade. Il faudra retourner à la médiocrité.

— Pour l'instant, tu n'inspires pas la pitié. Je t'assure que tu as beaucoup d'allure.

— Il est certain que la même robe sur une « vraie » femme de procureur ne produirait pas le même effet. La noblesse ne s'achète pas. On l'a dans le sang.

Penchées sur des écrins pour choisir leurs bijoux, elles retrouvaient la fierté de leur rang, elles oubliaient la chambre sombre, les meubles sans goût, les fades tapisseries de Bergame sur les murs, qu'on tissait en Normandie à l'intention des ménages modestes.

Dès l'aube du grand jour, M. le procureur partit pour Vincennes où devaient se réunir les corps de l'État chargés de saluer et de haranguer le roi.

Les canons tonnaient, répondant aux cloches des églises. La milice bourgeoise, en tenue d'apparat, hérissée de piques, de hallebardes, de mousquets, prenait possession des rues, que les crieurs emplissaient d'un effrayant vacarme, distribuant des opuscules où étaient annoncés le programme de la fête, l'itinéraire du cortège royal, la description des arcs de triomphe.

Vers 8 heures, le carrosse, assez dédoré, de Mlle Athénaïs de Tonnay-Charente s'arrêta devant la maison. C'était une belle fille tout en teintes fraîches: cheveux d'or, joues roses, front de nacre rehaussé d'une mouche. La robe bleue seyait merveilleusement à ses yeux de saphir, un peu globuleux mais vifs et spirituels.

Elle songea à peine à remercier Angélique, bien qu'elle portât en plus de la toilette une très belle parure de diamants cédée par celle-ci.

Tout était dû à Mlle de Tonnay-Charente de Mortemart, et on ne pouvait qu'être honoré de la servir. Malgré la gêne de sa famille, elle estimait que sa noblesse ancienne valait une fortune. Sa sœur et son frère paraissaient doués du même état d'esprit. Tous trois possédaient une vitalité débordante, une verve caustique, un enthousiasme et une ambition qui en faisaient les gens les plus agréables et les plus redoutables à fréquenter.

Ce fut une joyeuse voiturée qui, bien que grinçante, s'ébranla à travers les rues encombrées, les maisons aux façades garnies de fleurs et de tapisseries. Au milieu de la foule de plus en plus dense, on voyait des cavaliers, des files de carrosses réclamer le passage pour se rendre à la porte Saint-Antoine, par laquelle le cortège entrerait dans la ville.

— Il va falloir faire un détour pour aller chercher la pauvre Françoise, dit Athénaïs. Cela ne va guère être facile.

— Oh! Dieu nous préserve de Mme « Scarron-cul-de-jatte »! s'exclama son frère.

Angélique l'avait aperçu à Saint-Jean-de-Luz, mais il ne parut pas la reconnaître. Assis près d'Angélique, il la serrait sans façon. Elle lui demanda de s'écarter parce qu'il l'étouffait.

— J'ai promis à Françoise de l'emmener, reprit Athénaïs; elle est bonne fille et n'a pas tellement de distractions avec son cul-de-jatte d'époux. Mais pour l'Entrée du roi, elle s'est autorisée à quitter son chevet. Elle lui est très dévouée.

— Dame, si repoussant qu'il soit, il gagne l'argent du ménage. La reine mère lui fait une pension.

— Est-ce qu'il était déjà infirme quand il l'a épousée? demanda Hortense. Ce couple m'a toujours intriguée.

— Bien sûr qu'il était cul-de-jatte! Il a pris la petite chez lui pour le soigner. Comme elle était orpheline, elle a accepté. Elle avait dix-sept ans.

— Croyez-vous qu'elle ait fait le saut? demanda la jeune sœur.

— Savoir?… Scarron clamait à qui voulait l'entendre que la maladie l'avait paralysé de partout sauf de la langue et d'un autre point que j'entends bien. Sans nul doute, la petite a dû apprendre pas mal de choses avec lui. Il est resté tellement vicieux! Et ma foi, tant de monde vient aussi chez eux… Un beau seigneur bien bâti a dû se charger de la distraire par-dessus le marché. On a parlé de Villarceaux.

— Il faut reconnaître, dit Hortense, que Mme Scarron est belle, mais elle se tient toujours très modestement. Elle reste assise à côté de la chaise roulante de son époux, l'aide à s'asseoir, lui passe des tisanes. Avec cela, elle est érudite et parle fort bien.

Mme Scarron attendait sur le trottoir, devant une maison de pauvre apparence.

— Mon Dieu, cette robe! chuchota Athénaïs en portant la main à ses lèvres. Sa jupe montre la corde.

— Pourquoi ne m'en avez-vous pas parlé? demanda Angélique. J'aurais pu lui trouver quelque chose.

— Ma foi, je n'y ai pas pensé. Montez donc, Françoise.

La jeune femme s'assit dans un coin, après avoir gracieusement salué à la ronde. Elle avait de beaux yeux bruns, qu'elle voilait souvent de ses longues paupières touchées de mauve.

Née à Niort, elle avait été en Amérique où son père avait un poste, mais était revenue orpheline.

Étant présentée de façon dénigrante, Angélique ne savait pas trop quel genre de personne elle s'attendait à découvrir, mais certes pas quelqu'un d'aussi enjoué et à l'unisson de leur gaieté mondaine. Et sa robe ne montrait pas la corde. Assise près d'elle, Angélique put estimer la qualité de l'étoffe, une étamine d'un bleu-gris discret, très seyant.

Lorsqu'ils parvinrent, non sans peine, à la rue Saint-Antoine, celle-ci, propre et droite, ne présentait pas un aspect trop encombré. Les carrosses se garaient dans les ruelles avoisinantes. Le jeune Mortemart les quitta pour rejoindre son poste dans le cortège qui se formait hors de la ville.

L'hôtel de Beauvais se signalait par son activité de ruche. Un dais de velours cramoisi, enrichi de passements et de crépines d'or et d'argent, décorait le balcon central. Des tapis de Perse embellissaient la façade.

Sur le seuil, une dame d'une certaine ampleur, très fardée, très frisée et qui abordait sans gêne apparente la disgrâce d'un tampon noir sur l'œil à la mode des pirates des mers du Sud, parée comme une châsse mais les poings sur les hanches, dirigeait en criant les tapissiers.

— Que fait là cette commère borgne? demanda Angélique, tandis que leur groupe s'approchait de l'hôtel.

Hortense lui fit signe de se taire, mais Athénaïs pouffa derrière son éventail.

— C'est la maîtresse de maison, ma chère, Catherine de Beauvais dite Cateau la Borgnesse. C'est une ancienne femme de chambre d'Anne d'Autriche, qui l'a chargée de déniaiser notre jeune roi lorsqu'il allait sur ses quinze ans. Voilà le mystère de sa fortune.

Angélique ne put s'empêcher de rire.

— Il faut croire que son expérience a remplacé le charme.

— Un proverbe dit qu'il n'y a pas de femmes laides pour les adolescents et les moines, renchérit Athénaïs.

Malgré leurs sentiments ironiques, elles ne s'en inclinèrent pas moins profondément devant l'ancienne femme de chambre.

Celle-ci, de son œil unique, leur jeta un regard incisif.

— Ah! ce sont les Poitevins. Mes agneaux, ne m'encombrez point. Filez là-haut avant que mes chambrières n'aient pris les bonnes places. Mais celle-ci, qui est-ce? fit-elle, pointant l'index dans la direction d'Angélique.

Mlle de Tonnay-Charente présenta:

— Une amie, la comtesse de Peyrac de Morens.

— Tiens! Tiens! Hé! hé! hé! fit la dame avec une sorte de ricanement.

— Je suis sûre qu'elle sait quelque chose sur ton compte, chuchota Hortense dans l'escalier. Nous sommes naïfs de croire que le scandale ne finira pas par éclater. Je n'aurais jamais dû t'emmener. Tu ferais mieux de rentrer à la maison.

— Entendu, mais alors rends-moi la robe, dit Angélique en tendant la main vers le corsage de sa sœur.

— Reste tranquille, sotte, répliqua Hortense en se débattant dans l'escalier étroit et en la repoussant.

Angélique se retrouva derrière, un peu plus bas, au côté de « la femme du cul-de-jatte » et, tout en continuant son ascension, elle se demanda pourquoi les gens de sa compagnie s'obstinaient à appeler cette dernière « la petite », alors qu'il s'avérait que de leur groupe de jeunes femmes elle était la plus grande. Mais cela ne se voyait pas au premier abord, sans doute grâce aux parfaites proportions de son corps et à sa silhouette harmonieuse.

— Françoise ! Françoise, venez donc près de moi, appela Athénaïs de Tonnay-Charente, parvenue à l'abord des derniers étages.

Comblée de tous les dons par la nature, la brillante Athénaïs paraissait accorder beaucoup d'importance à la présence de la déshéritée, son ancienne compagne de pension, femme de Scarron.

Avec autorité, elle avait pris d'assaut la fenêtre d'une chambre de domestiques et s'y installait pour ses amies.

Mme Scarron tendit la main vers Angélique et elle lui adressa, pour la convier près de la fenêtre, un sourire.

— On voit merveilleusement bien, criait Athénaïs. Tenez, là-bas ! La porte Saint-Antoine par laquelle va entrer le roi !

Angélique, à son tour, se pencha.

Et elle se sentit pâlir.

Ce qu'elle voyait sous le ciel bleu embué de chaleur, ce n'était pas l'immense avenue où se rangeait la foule, ce n'était pas la porte Saint-Antoine avec son arc de triomphe en pierres blanches et surchargée de guirlandes, mais un peu sur la droite, dressée comme une falaise sombre, la masse d'une énorme forteresse.

Elle demanda à mi-voix à sa sœur :

— Qu'est-ce que ce grand château fort près de la porte Saint-Antoine ?

— La Bastille, souffla Hortense derrière son éventail.

Angélique ne pouvait en détacher ses yeux. Huit donjons coiffés chacun d'une tourelle de guet, des façades aveugles, des murs, des herses, des fossés, une île de douleurs perdue dans l'océan d'une ville indifférente, un monde clos, insensible à la vie et que n'atteindraient même pas en ce jour les clameurs d'allégresse : la Bastille !...

Le roi passerait, éblouissant, au pied de la farouche gardiennc dc son autorité.

Aucun son ne percerait la nuit des geôles où des hommes désespéraient depuis des années, depuis toute une vie.

L'attente se prolongeait. Enfin les cris de la foule impatiente signalèrent le commencement du défilé.

Sortant de l'ombre de la porte Saint-Antoine, apparurent les premières compagnies. Elles étaient composées des quatre ordres mendiants : cordeliers, jacobins, augustins, carmes, précédés de leurs croix et de leurs porteurs de cierges. Les robes de bure, noires, brunes ou blanches, insultaient à la splendeur du soleil, qui faisait luire, pour se venger, un parterre de crânes roses.

Le clergé séculier suivait, avec ses croix et ses bannières, ses prêtres en surplis et bonnets carrés.

Puis les Corps de la capitale se présentèrent, trompettes levées et faisant succéder aux chants pieux des sonneries joyeuses.

Les trois cents archers de la Ville furent suivis de M. de Burnonville, le gouverneur, et de ses gardes.

Ensuite le prévôt des marchands chevauchant parmi une magnifique escorte de laquais en velours vert et précédant les conseillers de la cité, les échevins, les quarteniers, les maîtres et les gardes des corporations de la Draperie, de l'Épicerie, de la Mercerie, de la Pelleterie, du Vin et des Orfèvres en robes de velours de mille couleurs.

Le peuple acclama les Six Corps, symbole de ses compagnies marchandes.

Il se refroidit quand circulèrent à leur tour les chevaliers du guet, suivis des gens du Châtelet, c'est-à-dire des sergents à verge, et des deux lieutenants, civil et criminel.

En reconnaissant ses habituels tourmenteurs « grimauds » et « malveillants », la plèbe se taisait.

Le même silence hostile accueillit les cours souveraines, les Aides, les Comptes, symbole de l'impôt détesté.

Le premier président et ses principaux collègues étaient tous magnifiques dans leurs grands manteaux écarlates, aux parements d'hermine, la tête coiffée du mortier de velours noir galonné d'or.

Il fut bientôt 2 heures de l'après-midi. Dans le ciel d'azur, de petits nuages se formaient en vain, immédiatement dissous par le soleil brûlant. La foule suait, fumait. Elle commençait à entrer en transe, le cou tendu vers l'horizon des faubourgs.

Une clameur annonça qu'on venait de voir la reine mère apparaître sous le dais de l'hôtel de Beauvais. Elle y prit place avec la reine veuve d'Angleterre et la fille de celle-ci, la princesse Henriette. C'était le signe que le roi et la reine approchaient.

Angélique avait les bras passés autour des épaules de Mme Scarron et d'Athénaïs. Toutes trois, penchées à la fenêtre du dernier étage de l'hôtel, ne perdaient pas une miette du spectacle. Hortense et la plus jeune sœur d'Athénaïs avaient trouvé place à une autre fenêtre en compagnie d'autres invités.

Parmi les attractions attendues de ce jour fabuleux, l'une des plus prisées, déjà par sa réputation, c'était le train du Cardinal et la grande jubilation que l'on aurait à voir passer ses soixante-douze mules par vagues de vingt-quatre, couronnées d'aigrettes blanches et couvertes de housses éblouissantes. Venaient ensuite l'écuyer de Son Éminence avec vingt-quatre pages richement vêtus, puis douze chevaux magnifiques couverts de velours cramoisi tout brodé d'or et d'argent et menés à la main par douze laquais en livrée. Enfin, « le clou », disait-on, l'escalade des splendeurs : onze carrosses à six chevaux couverts de différentes étoffes précieuses. Le bouquet ! Le carrosse de Son Éminence.

Devant l'hôtel de Beauvais, le détour de la rue qui se rétrécissait s'emplissait encore des sonnailles des célèbres mules et de leur martèlement de sabots bien scandé, que montait à l'arrière une rumeur, à la fois d'ovations et d'étonnement.

Le carrosse de Son Éminence le Cardinal, de celui qui tant d'années avait joué du destin de la France et de l'Europe, s'avançait, tiré par huit chevaux, mais, parmi tous les carrosses de ce jour, le plus petit et ce carrosse était… *vide* !

Les acclamations redoublèrent. Dernier tour de l'habile Italien qui obtenait la difficile acceptation de sa personne par cette foule qui l'avait tant rejeté et haï. On ovationnait le symbole de ce que nul ne pouvait nier, celui qui, par son génie stratégique et le traité de Westphalie, avait tiré l'Europe de l'affreuse guerre de Trente Ans, qui par le traité des Pyrénées, aujourd'hui, apportait la paix avec l'Espagne, l'ennemie héréditaire. La sensibilité populaire comprenait qu'il eût reculé à supporter les cahots et les fatigues du défilé et plus encore il lui savait gré de s'être à la fois montré dans sa puissance et effacé dans son image.

Alors il apparut, masquant de fards les ravages de la maladie et de la douleur, au balcon de l'hôtel de Beauvais.

Auquel des trois balcons? La question reste posée.

À celui de la reine mère, avec laquelle il partageait en ce jour l'apothéose finale de leur longue lutte pour sauver le petit roi et son royaume?

Mais il y a plus de certitude qu'il se retrouvât seul à un autre des trois balcons, par ailleurs proches sur cette façade étroite.

Seul avec auprès de lui la silhouette rude, vêtue de sombre et, pour tout dire, militaire et huguenote, de M. de Turenne de La Tour d'Auvergne, son complice en victoires.

Les ovations crépitèrent.

Dans le fond du cœur, le peuple de France lui était reconnaissant de l'avoir préservé de sa propre folie, celle de bannir son roi, ce roi qu'on attendait maintenant dans un paroxysme d'admiration et d'adoration.

Ses gentilshommes et leurs maisons le précédèrent.

Maintenant Angélique pouvait mettre un nom sur bien des visages. Elle indiqua à ses compagnes le marquis d'Humières et le comte de Lauzun, à la tête de leurs cent gentilshommes. Lauzun, sans façon, espiègle toujours, envoyait des baisers aux dames. La foule y répondait par de grands rires attendris.

Comme on les aimait, ces jeunes seigneurs, si braves et si brillants! Là encore on oubliait leur gaspillage, leur morgue, leurs rixes et leurs débauches éhontées dans les tavernes. On ne se souvenait que de leurs exploits guerriers et galants.

On les nommait tous au passage : Saint-Aignan d'or vêtu, le plus agréable par la taille et la mine, de Guiche avec son visage de fleur du Sud marchant seul sur un fougueux cheval dont les bonds faisaient resplendir les pierreries, Brienne, et le triple étage de plumes de son chapeau qui l'entourait comme de battements d'ailes d'oiseaux fabuleux blancs et roses.

Angélique se recula un peu, et serra les lèvres lorsque passa le marquis de Vardes, son fin visage insolent dressé sous sa perruque blonde, marchant à la tête des Cent-Suisses engoncés dans leur fraise empesée du XVIe siècle.

Un fracas aigu de trompettes brisa la cadence du défilé.

Le roi approchait, porté par le remous des clameurs.

Il était là !... Beau comme l'astre du jour !

Comme il était grand, le roi de France ! Un vrai roi enfin ! Ni méprisable comme un Charles IX ou un Henri III, ni trop simple comme un Henri IV, ni trop austère comme un Louis XIII.

Monté sur un cheval bai brun, il avançait lentement, escorté à quelques pas de son grand chambellan, de son premier gentilhomme, de son grand écuyer, de son capitaine des gardes.

Il avait refusé le dais que la ville avait fait broder pour lui. Il voulait que le peuple le vît dans son habit tissé d'argent qui soulignait avantageusement son torse robuste. Un chapeau, dont les rangs de plumes étaient renforcés par des épingles de diamants, protégeait son visage souriant du soleil.

Il saluait de la main.

En passant devant l'hôtel de Beauvais, il fit tourner dans cette direction son cheval et salua largement, ce que chacun interpréta à sa propre manière. Anne d'Autriche y aperçut la délicatesse du fils qui avait été son plus grand bonheur et son plus grand souci; la veuve accablée du roi d'Angleterre, l'expression de la compassion et l'admiration face aux malheurs dignement supportés, le Cardinal la reconnaissance d'un élève dont il avait protégé la couronne. Émue, une larme coulant de son œil unique, Cateau la Borgnesse pensait au bel adolescent enflammé qu'elle avait une fois tenu dans ses bras.

La marche continua.

Louis XIV passa sans soupçonner le rôle que joueraient dans sa vie ces trois femmes réunies là-haut par le plus curieux des hasards: Athénaïs de Tonnay-Charente de Mortemart, Angélique de Peyrac, Françoise Scarron, née d'Aubigné.

Sous sa main, Angélique sentait frémir la chair de Françoise.

— Oh! qu'il est beau, chuchota l'épouse du cul-de-jatte.

Devant l'homme déifié qui s'éloignait parmi la tempête des acclamations, la pauvre Scarron évoquait-elle l'infirme dont elle avait été depuis huit années la servante et, selon l'inévitable malveillance des ragots, le jouet?

Athénaïs, ses yeux bleus agrandis par l'enthousiasme, murmura:

— Certes, il est beau sous son habit d'argent. Mais je pense qu'il ne doit pas être mal non plus sans habit aucun, et même sans chemise. La reine a bien de la chance de trouver un homme pareil dans son lit.

Angélique ne disait rien.

« C'est lui, pensait-elle, qui tient notre sort entre ses mains. Dieu nous préserve ! Il est trop grand ! Il est trop haut ! »

Cependant, à sa vue, l'espoir renaissait en elle.

Le roi était entré dans Paris. Désormais, il serait proche. Au-delà de beaucoup d'obstacles, si elle persévérait, elle pourrait l'approcher.

Déjà elle rassemblait ses forces.

Certes, elle ne devait pas se leurrer. Il était le roi ! Il était tout-puissant. Mais s'il le fallait, elle saurait l'affronter.

Une clameur s'éleva, la ferveur soudain ranimée.

Apparaissait la jeune reine, assise dans un char à la romaine tout de vermeil doré, tiré par six chevaux aux housses d'orfèvrerie brodées de fleurs de lys d'or et de pierres précieuses.

Les gazetiers du Pont-Neuf avaient propagé la rumeur que cette nouvelle reine était gauche, laide et stupide. On se réjouit de pouvoir constater que, si elle n'était pas une véritable beauté, elle n'en était pas moins avec son teint de nacre, ses grands yeux bleus, ses fins cheveux d'or pâle, une souveraine tout à fait charmante. On admira son maintien, sa dignité toute royale, l'endurance avec laquelle cette jeune femme fragile supportait le fardeau de ses habits de brocart garni de diamants, de perles et de rubis.

Après qu'elle fut passée, les barrières furent enlevées. La foule s'épandit avec l'abandon d'une eau libérée.

On s'était émerveillé jusqu'à l'épuisement.

À l'hôtel de Beauvais, les hôtes princiers se laissèrent conduire à une grande table où tout avait été prévu au plus raffiné pour l'apaisement de la faim et de la soif.

Table

Troisième partie
L'ÎLE DES FAISANS

Quatrième partie
RETOUR À PARIS

DU MÊME AUTEUR
CHEZ LE MÊME ÉDITEUR

ANGÉLIQUE

* *Marquise des Anges*

1646. Le château du baron de Sancé menace ruine. Angélique, sa seconde fille, mène une existence à demi sauvage dans les bois et marais du Poitou. L'enfance heureuse d'une petite fée, malgré la misère qui guette, les brigands, la Fronde et ses troubles…

Quand son père la fait sortir du couvent de Poitiers, Angélique découvre qu'elle est promise au riche et inquiétant comte de Peyrac, que l'on dit boiteux et balafré. Pour sauver sa famille de la misère, quel autre choix lui reste-t-il ? Et si le complot ourdi contre le roi, dont elle a été témoin, avait déjà scellé son destin ?

Au cœur du XVIIe siècle, une enfant part à la conquête des libertés qui feront d'elle une femme. Un demi-siècle après sa création, la saga picaresque d'Anne Golon n'a rien perdu de son pouvoir de séduction et de subversion.

« Une femme libre, amoureuse, un personnage de roman virevoltant et insolent. Un classique. » (Frédéric Beigbeder)

978-2-35287-159-0 / H 50-6579-2 / 384 pages / 7,65 €

ANGÉLIQUE

** *La Fiancée vendue*

1654. Angélique de Sancé, dix-sept ans, a quitté les siens. Un carrosse l'emmène vers Toulouse où le comte Joffrey de Peyrac prendra livraison de sa fiancée. De son futur époux, la jeune fille ne connaît que la réputation : sulfureuse et effrayante.

À Toulouse, malgré la richesse et la beauté des lieux, le cœur d'Angélique s'emplit de désespoir : comment vivre avec ce mari qui l'effraie ? Le caractère original de Joffrey, son goût pour les sciences et les arts suffiront-ils à la séduire ?

À la veille du mariage de Louis XIV avec l'infante d'Espagne, Angélique découvre un Midi où l'odeur des bûchers cathares plane encore au-dessus des cours d'amour et des fêtes que donne en son palais le comte de Peyrac…

« Angélique est revenue, bien décidée à séduire le XXIe siècle par sa beauté, son intelligence et son audace. » (Historia)

978-2-35287-160-6 / H 50-7040-4 / 352 pages / 7,65 €

ANGÉLIQUE

**** *Le Supplicié de Notre-Dame*

1661. Dans un Paris d'églises carillonnantes, d'asiles secrets, de foules hurlantes, une femme se bat pour sauver son amour. Angélique n'a qu'une idée en tête : obtenir une audience du roi afin de plaider la cause de Joffrey de Peyrac, son mari, emprisonné pour commerce avec le diable.

Au cœur de l'île de la Cité, dans un palais jadis édifié pour garder le trésor des rois, magistrats fourrés d'hermine et avocats en robe noire décident désormais de la vie ou de la mort. À quel obscurantisme Joffrey de Peyrac, qui prétend extraire l'or des roches, risque-t-il d'être sacrifié lors du procès inique auquel assiste Angélique, impuissante ? Elle-même échappera-t-elle aux assassins qui la guettent dans les couloirs du Louvre ?

Pour qui donc sonne le glas de Notre-Dame en ce matin d'hiver ? Abandonnée de tous, Angélique n'aura d'autre issue que de se mêler au cortège du Grand Coestre, roi de la Cour des Miracles, se rendant au cimetière des Saints-Innocents pour y tenir audience. Une dernière tâche lui reste à accomplir pour l'amour de Joffrey…

« Angélique est revenue, bien décidée à séduire le XXIe siècle par sa beauté, son intelligence et son audace. » (Historia)

978-2-8098-0213-9 / H 50-50-6520-6 / 448 pages / 7,65 €

Cet ouvrage a été composé
par Atlant'Communication
au Bernard (Vendée)

Impression réalisée par

BLACKPRINT IBERICA

en novembre 2013
pour le compte des Éditions Archipoche

Imprimé en Espagne
N° d'édition : 149
Dépôt légal: novembre 2013